Frank O'Connor

Frank O'Connor Collected Stories

〔爱尔兰〕弗兰克·奥康纳 著

路旦俊 译

人民文学出版社

Frank O'Connor Collected Stories

我的恋母情结

——弗兰克·奥康纳短篇小说选

著作权合同登记号　图字 01-2013-1681

Frank O'Connor Collected Stories

Frank O'Connor

Copyright 1954© 1966 by Frank O'Connor
Copyright 1945© 1981 by Harriet O'Donovan Sheehy
Executrix of the Estate of Frank O'Connor
All rights reserved
Translation copyright© 2012 by People's Literature Publishing House, China
根据 Vintage Books 1982 版　译出

图书在版编目(CIP)数据

我的恋母情结:弗兰克·奥康纳短篇小说选/(爱尔兰)奥康纳著;路旦俊译.—北京:人民文学出版社,2014
ISBN 978-7-02-009340-3

Ⅰ.①我… Ⅱ.①奥…②路… Ⅲ.①短篇小说—小说集—爱尔兰—现代 Ⅳ.①I562.45

中国版本图书馆 CIP 数据核字(2011)第 092596 号

责任编辑　刘　乔
装帧设计　马诗音
责任印制　张文芳

出版发行　人民文学出版社
社　　址　北京市朝内大街 166 号
邮政编码　100705
网　　址　http://www.rw-cn.com

印　　刷　河北新华第一印刷有限责任公司
经　　销　全国新华书店等

字　　数　269 千字
开　　本　880 毫米×1230 毫米　1/32
印　　张　10.375　插页 2
印　　数　1—5000
版　　次　2008 年 4 月北京第 1 版
印　　次　2014 年 9 月第 1 次印刷

书　　号　978-7-02-009340-3
定　　价　29.00 元

如有印装质量问题,请与本社图书销售中心调换。电话:01065233595

前　言

"……我从九岁起就一直在琢磨,我(长大后)究竟该当作家还是当画家。到了十六七岁时,我发现画画太费钱,于是我就决定当一名作家,因为只要有一支笔和一个廉价笔记本就能成为作家。"

说这番话的人后来果真成了作家,而且是大作家。他就是爱尔兰短篇小说名家、被叶芝称作"爱尔兰的契诃夫"的弗兰克·奥康纳。

弗兰克·奥康纳原名迈克尔·奥多诺万,1903 年 9 月 17 日出生于爱尔兰南部城市科克,是家中惟一的孩子。奥康纳出身贫寒,父亲为退伍军人,嗜酒如命,几乎将家中所有的钱都花在了酒吧中;母亲出于无奈只好外出给人当清洁工,以此来贴补家用。童年时的奥康纳性格内向,体弱多病,常常缺课,这不免让望子成龙的父亲颇感失望。父子间的隔阂,再加上父亲在一战期间重新加入英军后常年驻扎在外,奥康纳在更多的时间里只能与母亲相依为命(母子间的这种密切关系后来成了他的代表作《我的恋母情结》的核心)。在他九岁那年,爱尔兰民族主义文学的先驱丹尼尔·科克利来到了他的学校任教,激发了奥康纳对欧洲文学和爱尔兰文化的浓厚兴趣。1916 年,奥康纳初中毕业,从此永远离开了学校。他虽然再也没有能接受任何正规教育,却一直坚持自学,大量阅读欧洲古典文学名著并从中汲取营养,为自己日后的创作打下基础。1918 年,他加入了爱尔兰军的第一旅,但由于年龄太小,只负责一些宣传工作。爱尔兰内战爆发后,他又加入了爱尔兰共和军,为爱尔兰的彻底独立而战。1923 年,他被自由邦军俘虏,在都柏林城外的一个战俘营关押了十个月,这一事件对他的人生价值观产生了深远的影响。1924 年至 1928 年,他在多个乡村学校教书,后来又分别在斯里哥、威克洛和科克市的图书馆工作,并在这期间开始发表诗歌和散文作品。1928年,他来到了首都都柏林,开始在一家图书馆工作,并于1931年出版了他的第一部短篇小说集《国家客人》。1935年,他在叶芝的推荐下当上了阿贝剧院的董事,并于1937年成为该剧院的经理,但叶芝去世后他又于1939年被迫辞去这一职务。第二次世界大战爆发后,他在伦敦为英国广播公司工作,并继续着自己的小说创作。自1951年起,他开始侨居美国,先后在美国的西北大学、哈佛大学和斯坦福大学任教。奥康纳于1961年回到祖国爱尔兰,1966年3月10日在都柏林去世。

奥康纳是位多产的作家,在他四十二年漫长的文学生涯中,他出版了十一本短篇小说集,两部长篇小说,一本原创诗集,七部翻译自盖尔语的爱尔兰诗集,一部传记,一部自传,三部爱尔兰游记,八部剧作,五部文学评论集,以及二百五十多篇关于文化、社会和政治问题的评论。在所有这些作品中,真正让他名扬四海的是他的短篇小说。这些看似平淡、娓娓道来的故事以现实主义乃至自然主义的笔调向我们展现了一个个性格鲜明的爱尔兰普通百姓,使我们得以走进他们的精神世界,对二十世纪上半叶的爱尔兰有一个初步的了解。

奥康纳生活在一个社会急剧动荡的年代,当时的爱尔兰正为摆脱英国殖民主义统治、成为一个独立的国家而努力。如果说科克利激发了奥康纳对爱尔兰语言和文化的浓厚兴趣,那么真正激发起他爱尔兰民族主义情怀的却是1916年的复活节起义。此后,他不仅加入了旨在保护和宣传爱尔兰文化的“二十人俱乐部”,而且还在爱尔兰独立战争中加入了志愿军。然而,1923年十个月的战俘生活改变了奥康纳对待宗教和政府的看法。他开始将天主教和爱尔兰自由邦政府视作对爱尔兰社会有害的主宰力量。他的战争经历终于使他从一个浪漫主义的青年变成了一个具有独立思想的现实主义者。

奥康纳对爱尔兰可谓爱恨交加。一方面,他对爱尔兰自由邦政府和教会的种种政策感到失望并常常对它们进行猛烈抨击;另一方面,他又深深地热爱着自己的祖国与人民、文化与传统。这种爱与恨的对立常常构成他作品的核心。在《国家客人》中,两名被俘的英军士兵与俘获他们的爱尔兰士兵成了好朋友,但由于英军枪毙了两名被俘的爱尔兰士兵,这两名英军士兵也被执行了枪决。奥康纳借助这个短篇小说不仅揭示了战争的残酷与荒唐,而且还将矛头对准了曾与他并肩作战的战友。正是他本人在爱尔兰内战中的痛苦经历以及对他所支持的爱尔兰共和军的极度失望才使他写出了这样的名篇。

奥康纳对爱尔兰天主教会的态度同样复杂而充满了矛盾。他在对爱尔兰社会的宗教信仰和宗教传统进行剖析的过程中,一面不断质疑天主教会在爱尔兰社会事务中所扮演的操控性角色,一面又塑造了一些天真可爱、稍嫌迂腐的神职人员形象。《庄稼汉》中的那位神甫在面对一位年轻人盗用俱乐部资金的情况时,拒绝为其开脱。无论那群农民如何苦苦哀求,并且试图贿赂他,他仍然不为所动。最后,农民们只能认定这位神甫如此顽固不化是因为他在“十五英里外的”另一个村子长大。或许是对教会的一个讽刺,奥康纳给这个短篇小说安排了一个奇特的结局:年轻人从监狱里释放出来后,他的朋友们凑钱让他开了家商店。奥康纳在这里感兴趣的不是小说中那位年轻人是否合法、是否存在道德问题,而是维持爱尔兰传统社会稳定的友情,这种友情超越了宗教说教,也超越了外人的理解。但是,在《牧人》中,奥康纳显然对那位老牧师心存敬意,对他试图拯救教区的一位年轻姑娘,使她免遭法国船长的“玷污”这一行为颇有赞赏之意。

奥康纳的这种复杂矛盾的心态还反映在他对传统的看法上。他既嘲讽人们被动且盲目地服从传统,又认为人们应该尊重传统;他既入木三分地刻画出人们对过去的怀念与向往,又不加掩饰地认为已经过时的观念和习俗会造成社会的停滞不前。奥康纳对爱尔兰小镇上所谓的中产阶级生活方式进行了颇为深刻的剖析(如《卢西一家子》和《洛马斯内家的疯丫头》),在一定程度上对他们的虚荣、固执、愚蠢进行了间接的鞭笞。奥康纳对统治阶级毫无兴趣,他所描写的对象都是普通百姓;他在对穷人表达同情的同时也对野心勃勃的小资产阶级进行了辛辣的批判(如《已故的亨利·康兰》)。他的作品强烈地关注个人在社会中的地位,很少直接谴责摧毁个人欲望与希望的那些社会力量。奥康纳主张人们应该得到现代社会的"自由"来展现他们的个性,但同时又自相矛盾地歌颂传统社会的群体感所带来的安全感。奥康纳认为,"一个短篇小说的内涵是否被解读并不依赖于读者与人物之间的认同与识别,而要依赖于作者与读者之间在具体历史条件下的直接联系与理解。'超级'读者能够识别并评判这些现实主义短篇小说中的人物和生活方式"。他天真地希望他的作品能具有强烈的时代感和地点感,能够激励读者对爱尔兰二十世纪五十年代的生活进行批评。他甚至还希望能够在爱尔兰培养出一批知识精英,促使他们积极地就现存的社会和政治问题进行辩论,然后推进社会变革。

正是基于上述考虑,奥康纳在创作时通常喜欢从局内人的角度出发,依据自己对百姓生活的深刻理解来编织故事。然而,奥康纳毕竟是一位作家,他又会带着局外人的冷静来叙述故事中的前因后果。由于他的作品集中描写爱尔兰生活如何影响"普通"爱尔兰人,因此他的大多数作品所描述的都是从日常生活中提取而来的家庭式的英雄和事件。他的短篇小说情节大多发生在乡村或小镇,很少涉及爱尔兰的政治局势,而是侧重宗教、家庭、婚姻、追求、童年往事、怀旧等内容。他以细腻、幽默的笔触栩栩如生地再现了爱尔兰的习俗、虔诚、迷信、爱情与仇恨,而且将这些要素融入到更大的社会背景中。他笔下的人物丰富多彩,个个具有鲜明的特点。他的语言风趣幽默,仿佛讲故事的老手在絮叨一些陈年往事,然而他的风趣背后又常常带着一丝苦涩,幽默中又夹杂着一丝辛酸。我们可以说奥康纳的短篇小说就是二十世纪中叶爱尔兰的一部文化史。

如果从奥康纳短篇小说的体裁多样性与内容丰富性这两个角度来看,奥康纳可以与世界上任何最伟大的作家相提并论。我们在他的小说中能看到天真无邪的童年往事,如《我的恋母情结》和《初次忏悔》。这两个短篇虽然均通过孩子的视角来看待世界,却又带着超越儿童视角的深层意思。《我的恋母情结》带给我们的启示便是"恋母情结确实存在,而且并不那么可怕"。我们可以看到傲慢与固执带来的兄弟隔阂(《卢西一家子》),可以看到梦想与现实冲突的结果(《洛马斯内家的疯丫头》),可以看到执着与追求最终带来的回报(《男性原则》)。我们还可以看到对故土的留恋(《回乌梅拉的漫漫归途》)以及感人肺腑的人间博爱(《新婚之夜》)—— 那位可敬的女教师全然不顾自己可能招来的流言蜚语,不顾自己身体可能会受到的伤害,躺在那位已经精神失常的青年身旁,陪伴他度过人生中艰难的一刻。

由于奥康纳经常抨击爱尔兰社会、政府、新闻审查制度、宗教等多个方面,他的多部作品在爱尔兰被禁(如短篇小说集《海棠果冻》),他本人二战期间甚至还上了当局非正式的"黑名单",并被称为"反爱尔兰的爱尔兰人",五十年代他只能侨居美国,在那里继续从事他的写作。随着时代的变迁以及政治气氛的缓和,他于1961年返回爱尔兰后逐渐开始得到人们的广泛认同并赢得人们的尊重,甚至还被都柏林的三一学院授予了荣誉文学博士学位。在他去世之后,他更是声名鹊起,评论界和公众对他表现出了全新的兴趣。2000年,爱尔兰设立了"弗兰克·奥康纳国际短篇小说节"和"弗兰克·奥康纳国际短篇小说奖",算是对这位天才表达的一份姗姗来迟但众望所归的敬意。

译　者

目　　次

国 家 客 人

　　每到黄昏时分,那个名叫贝尔彻的大个子英国人就会把一双长腿从灰烬中挪开,问道:"嗯,哥们儿,来几盘咋样?"我或者诺布尔便会回答说:"随你的便吧,哥们儿。"(我们也学会了用英国人那些古怪的词语。)那个小个子英国人霍金斯便会点亮灯,拿出一副纸牌。有时候,杰里迈亚·多诺万晚上也会过来看我们玩牌,一看到霍金斯手上的牌就会激动不已(因为霍金斯的牌技一直很蹩脚),一惊一乍的,仿佛霍金斯也成了我们自己人:"哎呀,你见鬼去吧你,干吗不打三哪?"不过,说真格的,杰里迈亚跟大个子英国人贝尔彻一样,头脑冷静,知足常乐;虽然牌技平平,但抄写文件是里手行家,因此深得大家的尊敬。他头戴一顶小布帽,长裤上扎着绑腿。我很少看到他的双手从裤子口袋里抽出来过。不论是谁跟他说话,他都脸红,脚板朝后仰,前后晃动着身子,两眼盯着自己那双农民的大脚。你们听口音就知道我是城里人,所以每当听到杰里迈亚那浓重的土腔我就忍俊不禁。

　　当时我压根儿就不明白自己和诺布尔为什么非要跟贝尔彻和霍金斯在一起。我一直认为,不管你把贝尔彻和霍金斯这两个人搁到哪个旮旯,他们都会跟土生土长的杂草一样,就地生根开花的。根据我不太长的人生体验,我发现这两个人对爱尔兰的喜爱是其他外国人无法企及的。

　　敌人拼命搜查这两个人的时候,二营把他们俩交给我们看管。我和诺布尔都很年轻,自然感到责任重大。不过,小个子霍金斯给我们露了一手:他对这一带乡村了如指掌,与我们这两个爱尔兰人相比有过之而无不及。我们俩听后都傻了眼。他跟我说:"你就是他们所说的那个波拿巴吧?我说波拿巴呀,玛丽·布里吉德·霍康内尔托我向你致意,她还说你脚上的那双袜子是她哥哥的。"他们解释说,二营经常开一些小规模的晚会,当地的一些姑娘也前来凑热闹。我们爱尔兰的士兵看到这两个英国俘虏气宇轩昂,自然不会把他们撂下,于是便邀请他们跟大家一起嘻嘻哈哈地玩个痛快。霍金斯告诉我,他只花了一两个晚上就学会了跳《利默瑞克城墙》、《包围鄂尼斯》和《特洛伊之波》等舞蹈。不过,他没有恭维我们爱尔兰士兵,因为我们的士兵当时按规定是不能跳外国舞的。

于是,贝尔彻和霍金斯在二营时享有的特殊待遇,到了我们这里也照葫芦画瓢继续下去。过了第一个晚上,我们就不再做出密切监视他们的样子。这倒不是因为我们知道他们无法逃得很远——他们的英国口音很容易暴露身份,而且他们上身穿的是卡其布的紧身短军装,外面套着大衣,下身是便装裤子和靴子,很容易被人认出来——而是因为我相信他们俩压根儿就没有逃跑的念头,瞧他们那神气,是对自己的命运俯首帖耳了。

此刻,看到贝尔彻跟房东老太太勾勾搭搭的,我们在一旁也乐得合不拢嘴。老太太火爆性子,一张刀子嘴就连我们也不放过,但是我们这两个客人——这是我们的俏皮话——还没有来得及领教她那张利嘴,贝尔彻就跟她成了莫逆之交。当时她正在劈柴,走进这栋房子还不到十分钟的贝尔彻就从座位上跳起来,去跟她套近乎。

贝尔彻脸上略带古怪的笑容,说:"我来吧,太太。让我来。"说着,便从她手中接过斧子。老太太十分惊讶,不知说什么才好。打那以后,贝尔彻踩着老太太的脚后跟,不是替她拿桶,提篮子,就是帮她搬泥炭。诺布尔在旁边说起了俏皮话:"老太太一抬腿,贝尔彻就先替她看好了前面有没有坑坑注注。无论是热水还是大小琐事,只要她想要,贝尔彻都会给她准备好。"贝尔彻个头虽大——我自个儿身高一米七六,跟他说话也得仰着头——但很害羞,话不多。他像幽灵似的在房子里进进出出,一声也不吭,我们过了很久才适应。尤其是因为霍金斯喋喋不休,话比一个排的士兵还要多,所以每当贝尔彻把脚趾从灰堆里挪出来,偶尔突然蹦出一两个字眼——"劳驾"或者"对,哥们儿"时,我们都会有一种很古怪的感觉。贝尔彻惟一上瘾的就是打牌,而且我得说,他的牌真是玩到了家。有好多次他本来是能让我和诺布尔输得精光的,只是我们输给了他,霍金斯就输给我们俩,而霍金斯的钱又是贝尔彻给的。

霍金斯之所以输给我们,是因为他只顾着说话去了,现在回想起来,我们输给贝尔彻也是出于同样的原因。霍金斯和诺布尔谈起宗教时会唾沫四溅,能一直对骂到天亮。小个子的霍金斯会提出一大堆连红衣主教也难以回答的怪问题,让诺布尔(他哥哥是神甫)绞尽了脑汁。更糟糕的是,即使是谈论这样神圣的话题,霍金斯也是满口脏话;我一辈子也没见过谁在谈论宗教的时候说出这么多诅咒和脏话。小个子霍金斯真不是个东西,跟他斗嘴皮子可没你什么好果子吃!他从来不干一件正事,没人聊天了,就去跟房东老太太套近乎。

我幸灾乐祸地发现老太太跟霍金斯是针尖对麦芒。那一天他跟老太太聊起干旱来,本想让老太太把上帝骂一通,结果却碰了一鼻子灰。老太太说干旱是雨神朱庇特(我和霍金斯都没听说过有这么一个神,不过诺布尔说异教徒中是有人把朱庇特当做雨神来祭祀)搞的鬼。还有一天,也是这位霍金斯当着老太太的面咒骂资本主义者发动了日耳曼战争。老太太听了,放下手里的火钳,撅起她那螃蟹一样的小嘴,说:"霍金斯先生,你要是想骗一骗我这个狗屁不通的老太太,那你想说是谁就是谁,不过,究竟是谁发动了这场战争,老太婆我心里可有一本账。这场战争是那个意大利伯爵从日本人的庙里偷走了异教的神祇惹起来的。霍金斯先生,说真格的,谁打搅了神祇的安宁,谁就会倒霉!"哦,这个老太太真够怪的。

一天晚上我们几个人聚在一起喝茶,霍金斯点亮了油灯,大家围坐着打牌。过了一会儿,杰里迈亚·多诺万也进来了。他坐下来看了片刻。虽然他为人拘谨,话不多,但还是不难看出他对这两个英国人没有多少好感，奇怪的是，这一点我在此之前竟没有发现。嘿，就像前面提到过的一样，半夜时分霍金斯和诺布尔就资本主义者、神甫和爱国等问题打起了激烈的口水仗。

霍金斯气得大口大口地喘气道："资本主义者付钱给神甫，让神甫告诉你们：人死后有来世，这样你们这些人对资本主义者今生的所作所为就听之任之了。"

诺布尔也发了火："胡说，哥们儿，资本主义还没出现的时候就有人相信来世了。"

霍金斯站起身来，摆出一副布道的架势。他讥笑着说："哦，是有人相信来世，对吗？你是说只要你相信的就一定会有别人相信吗？而你相信上帝创造了亚当和夏娃，夏娃生下了约沙王①，对吗？你相信夏娃、亚当和禁果之类荒唐的神话故事吗？好吧，那你就听我的，哥们儿。如果你有权咬着那些荒唐的信仰不放，那我也有权照葫芦画瓢——也就是说，你们的上帝创造了一个他妈的有道德观念、有劳斯莱斯汽车的资本主义者。我说的对吗，哥们儿？"他转身面对着贝尔彻说。

"有道理，哥们儿，"贝尔彻说，脸上露出异样的笑容，只见他从桌旁站起身来，把一双长腿伸到火旁，一只手抚摸着髭须。谁也不知道这场关于宗教的争论何时才能尘埃落定。于是，看到杰里迈亚·多诺万要走，我也拿起帽子跟他一起出来了。我们俩肩并肩漫步朝村庄走去。突然，杰里迈亚停下了脚步，脸涨得通红，嘴上嘟哝着，跟往常一样身体重心从脚趾移到脚后跟。他在说我应该留下来看管囚犯。我觉得很突然，就问他：囚犯干吗要留人看管？我又说，我跟诺布尔谈起过这件事，我们俩都宁愿跟随某个纵队回去。"那两个家伙对咱们有什么用？"我问他。

他看了我一会儿，说："我还以为你知道呢，咱们是把他们俩当人质扣留着。""人质——？"我不解地问。他一字一顿地说："敌人扣留

---

① 约沙王，《圣经·历代志下卷》中公元前九世纪犹太国王。

了我们的人质,现在正考虑枪决他们。如果他们枪决了咱们的人质,咱们也得枪决他们的人质,一报还一报。""枪决他们俩?"我嘴上说着,心里忽然想到有这种可能。他说:"是的,把他们俩干掉。"我说:"那么,你不事先通知我和诺布尔,是不是太缺乏远见了?"他问道:"这话怎么讲?"我说:"你知道我们俩是看管这对囚犯的卫兵。"他说:"难道你们没有足够的理由自个儿猜出来吗?"我说:"没有,杰里迈亚·多诺万,确实没有。这两个家伙在我们手里这么久了,我们怎么猜得着?"他说:"那又有什么区别呢?敌人扣留我们的囚犯也有这么长时间了,甚至比这还要长,对吧?"我说:"区别可大了。"他严厉地问:"这话怎么说?"不过,我一时半会儿也说不清究竟有什么区别,因为我当时给这个消息惊呆了。我问:"咱们什么时候可以卸下这副重担?"他说:"今晚吧。要不,就是明天,最迟不超过后天。如果你觉得老是待在这一带腻味了,那么你很快就可以解放了。"

即使是现在我也说不清自己当时是多么的伤心,不过我转身回到了屋子里,满脸的沮丧。进屋的时候,争论仍在继续。霍金斯滔滔不绝、引经据典地宣讲没有来世,而诺布尔用宗教权威的口吻回答说有。我看到霍金斯正在使出浑身解数。他面带调皮的微笑说:"你知道吗,哥们儿?我认为你跟我一样是不相信来世的。你说你相信来世,可是却跟我一样对来世一无所知。什么是天堂?你不知道。天堂在哪儿?你不知道。天堂里有什么?你也不知道。你什么都不知道!我再问你,天堂里的人有翅膀吗?"

诺布尔说:"好吧,我告诉你:有。够了吗?他们的确有翅膀。""那么他们的翅膀是从哪儿来的?是谁制造的?天堂里有生产翅膀的工厂吗?有卖翅膀的商店,你递进一张欠条就可以卖到他妈的翅膀吗?回答我呀。"

诺布尔说:"跟你这种人没法进行辩论。你听我说嘛——"就这样两人又争论了起来。

后半夜我们把那两个英国俘虏锁在房间里,然后自己上床睡觉。我吹灭蜡烛,把从杰里迈亚·多诺万那里听来的消息告诉了诺布尔,可他听了以后竟然无动于衷。在床上躺了一个小时后,他问我应不应该把这个消息告诉那两个英国人。我跟其他许多人一样也是这么想的,但我回答说不,因为英国军队不可能枪决我们的俘虏,而跟二营来往甚密并且熟悉这两个英国人的那个旅是不希望看到他们死的。诺布尔说:"我也是这么想的。现在就把那么可怕的事情告诉他们也未免太残忍了点儿。"我说:"不管怎么说,杰里迈亚·多诺万太没远见了。"见他没言语,我知道诺布尔听懂了我的意思。

我就这样躺了半夜,想啊想,想像着自己和年轻的诺布尔试图阻止那个旅不要枪决霍金斯和贝尔彻,想到这里,我吓出了一身冷汗。因为在那个旅里,你手里没枪是不敢干涉别人的行动的。何况在当时我认为弟兄们之间的不团结是一种犯罪,直到后来年纪大了我才知道不是这么回事。

第二天早上我面对霍金斯和贝尔彻的时候脸上很难挂上笑容。我们几个人在屋子里待了一整天,几乎谁也没有吭声。贝尔彻对我们俩不理不睬的,和往常一样只顾着把双腿伸到灰堆上,脸上一副镇定自若的表情,仿佛在期待着某种突发事件,但小个子霍金斯却让我们很不自在:他肆无忌惮地冷嘲热讽,还不时地提一些问题。看到诺布尔不予理睬他很气愤,说:"哥们儿,拿出点儿男子汉气派出来,输了就要服输。什么亚当啊夏娃的,你就甭提了!我是个共产主义者——或者说,无政府主义者。对,我就是个无政府主义者。"一连几个小时,他在屋子里转悠,嘴里嘟哝着:"亚当夏娃!亚当夏娃!"

至今我也不清楚那一天是怎么过来的,但是我们毕竟过来了。茶具收拾走了以后,大家心里的石头落了地,贝尔彻不动声色地问:"来几盘吗?"于是我们围坐在桌旁,等着霍金斯拿出纸牌。正在这时,我听到了杰里迈亚·多诺万的脚步声,脑子里掠过一种不祥的预感。我默不做声地从桌旁站起来,不等他伸手推门,就把手搁在了他的肩上,问他:"你要什么?"他红着脸说:"我要你那两个当兵的朋友。"我问道:"没别的办法了吗,杰里迈亚·多诺万?""没别的办法。

今儿早上我们的四个小伙子上了西天,其中一个只有十六岁。"我说:
"太惨了,杰里迈亚。"

这时,诺布尔也出来了,我们仨边走边嘀咕着。当地的情报官菲
尼站在大门口。我问杰里迈亚·多诺万:"你打算怎么办?""我想让你
和诺布尔把他们俩带出来,可以告诉他们:又要转移了;这是最稳妥
的方法。""让我干别的去吧。"诺布尔突然说。杰里迈亚·多诺万用严
厉的目光注视了他一两分钟,然后平静地说:"那好吧,你和菲尼去棚
子里找几件工具,然后到沼泽地的那一头挖个坑。大约二十分钟后
我和波拿巴就来跟你们会合。但是,不管你们去干别的什么事情,都
不要让外人看到工具。除了我们四个人之外,这件事不得让任何人
知道。"

我们看着菲尼和诺布尔拐弯走到那个放工具的棚子跟前,然后
侧身钻了进去。这一切在我的眼前都是恍恍惚惚的。我让杰里迈
亚·多诺万跟囚犯把事情的原委讲清楚,自己坐了下来,一言不发。
他告诉囚犯说,要让他们回到二营去。听到这里,霍金斯骂个没完,
贝尔彻虽然一声没吭,但内心的慌乱也是溢于言表。老太太不顾我
们的劝阻一定要留住他们俩,嘴里唧唧喳喳的唠叨个没完,后来杰里
迈亚·多诺万火了,对她说了几句粗话,她这才收场。这时屋子里漆
黑一团,但谁也没想去点灯。黑暗中两个英国人拿起卡其布上衣,跟
房东老太太道别。霍金斯一边跟她握手,一边嘟哝着:"人嘛在什么
鬼地方都是可以安家的,可是总部的那个王八蛋还说太便宜我们俩
了,要把我们俩一脚踢开。"贝尔彻热情地拉着老太太的手,说:"老太
太,接受我们的千恩万谢,谢谢您帮我们做的一切……"我在一旁听
了觉得他这话像是凭空捏造出来的。

我们四个人辗转来到屋后,朝那片死亡的沼泽地走去。这时杰
里迈亚·多诺万把心里想好的话说了出来:"今天早上你们的人杀死
了我们四个小伙子,所以现在我们要对你们俩实行枪决。"霍金斯怒
不可遏地说:"得了吧,你。也好,你不提士兵的话,我们还蒙在鼓
里。"杰里迈亚·多诺万说:"是真的。对不起,霍金斯,我说的是真

7

话。"然后他把我们是例行公事、执行上级的命令等套话讲了一大通。"得了吧,你。"霍金斯气愤地说,"得了。"

接着,多诺万发现那两个英国人并不相信他的话,便转身对我说:"你们要是不信可以问问波拿巴。""我用不着问波拿巴。我跟波拿巴是哥们儿。"杰里迈亚·多诺万一本正经地问我:"是真的吗,波拿巴?""是真的,"我很伤心地说。"是真的。"霍金斯停下了脚步。"看在基督的分上……"我说:"伙计,我是说真格的。""你这话说得可没底气,听起来不像是真格的。"杰里迈亚·多诺万说:"哦,要是他的话不像是真格的,那就听我的好了。""杰里迈亚·多诺万,你他妈的干吗要枪决我啊?""那你们的人他妈的干吗要把我们的四个俘虏拖到营房前面的广场上枪决了呀?"我发现杰里迈亚·多诺万是在用愤怒的言辞来给自己打气。

不管怎么说吧,他拽着小个子霍金斯的手臂往前拖,但这个英国人还是不相信我们是动真格的。在此读者不难发现我当时的处境是如何的尴尬,我不停地触摸着手里的枪,心想如果他们俩反抗或者逃跑,我会怎么办?而我内心真的希望他们这么干。我知道如果他们真的逃跑,我是决不会开枪的。霍金斯问:"诺布尔也插手这事儿了吗?"我们说是的。他听后笑了。可是诺布尔为什么要枪决他呢?我们为什么要枪决他呢?他跟我们有什么冤仇啊?难道他不是我们的好哥们儿(这个名词痛苦地萦绕在我的记忆中)吗?难道我们不理解他,他不理解我们吗?我们双方当时都在想:如果换了他,为了执行英国某支军队某位旅长的命令,他会不会枪决我们呢?这时我看到黄昏时分沼泽地荒凉的边缘,这里将是他们今生今世的最后归宿,我的心头完全笼罩在悲怆之中,竟然回答不出他的问话。黑暗中我们行走在沼泽地的边缘,霍金斯不时地叫停,然后又继续前行,仿佛他认为我们最终还是好哥们儿,不至于会真的枪决他似的。使我感到绝望的是,等到他明白了冰冷、敞开的坟墓正等待着他的光临时,他才会相信我们是在动真格的。但是,不管怎么说,我并不想枪决他。

终于我们看到远处一盏灯笼在闪烁着光亮,便朝那里走去。举着灯笼的是诺布尔,他的身后站着菲尼。这两个人静静地站立在沼泽地上的图景居然与我心头死亡的痛苦有几分相似。贝尔彻认出诺布尔之后,用他那一贯冷静的腔调说:"你好,哥们儿。"可是,霍金斯却马上朝可怜的小伙子冲了过去,于是两人的争论又开始了,只是这一次诺布尔无言为自己辩解,只能呆呆地站在那里;灯笼在他那打着绑腿的胯下左右摇晃着。

　　倒是杰里迈亚·多诺万替诺布尔做了回答。霍金斯第二十次(因为这个问题一直萦绕在他的心头)质问有没有人认为他会忍心枪决诺布尔。杰里迈亚·多诺万简要地回答道:"你会的。""你他妈的,我不会!""如果你知道不服从命令上司就要枪决你,那你就会枪决他。"霍金斯说:"即使上司把我枪决了二十次,我也不会枪决诺布尔,因为他是我的好哥们儿。贝尔彻也不会枪决他的——对不对,贝尔彻?"贝尔彻平静地说:"说得对,哥们儿。"霍金斯说:"我要是会枪决他的话,天理不容。再说了,如果诺布尔不干掉我,谁会枪毙诺布尔? 如果我跟诺布尔交换一下位置,我会怎么办——大家都在荒无人烟的沼泽地上?""那你该怎么办?""他到哪里我就跟到哪里。我会跟他一道有福同享,有难同当。"

　　杰里迈亚·多诺万翘起手枪,说:"废话少说。在我开火之前,你们有没有口信要捎给谁?""没有,不过……""想做祈祷吗?"霍金斯说出一句冷冰冰的话,连我听了都感到吃惊,他再次转身面对着诺布尔,说:"诺布尔,你听我说。你和我是好哥们儿。如果你不到我这边来,那我就到你那边去。这还算公平吧? 你给我一支枪,你想到哪儿,我都乐意跟你走。"

　　没有人回答他。

　　他说:"你明白吗? 我把过去的一切都扔掉了,现在是个逃兵,脱胎换骨,重新做人。从现在开始,我就是你们中的一员了。这能不能证明我说话算数?"诺布尔·抬起头来,等多诺万开口说话的时候,他没有回答又把头低了下去。多诺万用冰冷而激动的口气说:"最后问一次:有没有口信要捎?"

"啊,住嘴,多诺万;你不理解我,但这两个人理解我,是我的好哥们儿;他们同情我,我同情他们。我们不是你想像的资本主义者的工具。"

只有我看见多诺万抬起手枪,对准了霍金斯的后颈,我急忙闭上眼睛,嘴里念起祷告来。霍金斯还想说什么,多诺万扣动了扳机,听到那声砰的枪响,我才睁开眼睛,看见霍金斯的双膝颤抖,像个小孩子一样缓慢而安详地倒在诺布尔的脚下,灯笼的光亮悲哀地照着他干瘪的双腿和那双锃亮的农民靴。我们都静静地站在那里,看着他的身体在最后一阵痛苦的痉挛过后完全平静下来。

这时,贝尔彻无声地掏出一块手绢,把双眼蒙上(我们刚才很激动,忘了给霍金斯蒙上眼睛)。他发现手绢太短,就找我借。我把手绢递给他,他想把两块手绢系到一起,用脚尖指着霍金斯说:"他还没有完全死,最好再给他补一枪。"果然,霍金斯在灯笼下面的左膝盖又抬了起来。我弯下腰,把枪对准他的耳朵;然后,我竭力使自己镇静下来,想到还有贝尔彻要去跟他做伴,便站直身体,急匆匆地说了几句话。贝尔彻明白我的心里在想什么,他说:"再给他一枪。我不在乎。可怜的土八蛋,不知道他是怎么搞的。"这时,我的脑子一片麻木,跪下来熟练地给霍金斯补了一枪,永远地结束了他的痛苦。

贝尔彻正在笨手笨脚地系手绢,听到枪响,解开手绢笑了。这是我第一次听到他笑。看到自己的老朋友悲惨地死去,他居然还在笑,我不由得打了个寒颤。可他平静地说:"可怜,昨儿晚上他对这一切还纳闷呢。我总是在想,哥们儿,这事儿太怪了。昨儿晚上,他还蒙在鼓里,现在,他们把能让他知道的都告诉他了。"

多诺万帮贝尔彻把手绢系好,蒙住他的眼睛。贝尔彻说:"哥们儿,多谢了。"多诺万问他有没有口信要捎。他说:"哥们儿,我没有。如果你们有谁要给霍金斯的母亲写信,他口袋里有他母亲的一封来信。可是我呢,老婆八年前就跟我分了手,跟另外一个男的跑了,孩子也带走了。我很喜欢家的感觉(这你们已经注意到了),可打那以后我就无法再从头开始了。"

现在他看不见我们了,我们傻乎乎地站在那里。多诺万看着诺布尔,诺布尔摇了摇头。接着,多诺万再次举起手枪,正在这时贝尔彻又发出了古怪的笑声。他一定以为我们在议论他;不过,多诺万还是把枪放下了。贝尔彻说:"请原谅,哥们儿,我觉得他妈的话太多了……太傻了……尽是讲自个儿会操持家务。但这是我无意中想起来的。我敢肯定你们会原谅我的。"杰里迈亚·多诺万问他:"你不想做个祈祷吗?"他回答道:"不啦,哥们儿。我想祈祷也没什么用。如果你想早点了结,我准备好了。"杰里迈亚·多诺万说:"你知道,这不是我们能做主的。话说白了吧,这是我们的职责。"贝尔彻高昂着头,真的像个瞎子似的。在灯笼的光亮下我们只能看见他的鼻子和下巴。他说:"我永远也不明白我的职责是什么。不过,你意思是说你们都是好人,这我没什么好说的。"诺布尔露出绝望的神色,向多诺万做了一个手势。多诺万一眨眼的工夫举起枪来开了火。大个子像一袋粮食似的倒了下去,这一次不需要补枪了。

埋葬尸体的细节我记不得那么多了,但比其他的事情更让人揪心,因为我们得抬着那两具未寒的尸体走几十米,沉没到大风呼啸的沼泽中。除了灯笼之外四周一片漆黑,除了受惊的鸟儿乱啼乱叫之外别无声响,我们感到分外的孤独。诺布尔首先从霍金斯的口袋里搜出了他母亲的来信。接着,我和诺布尔把任何能让人看出有坟墓的痕迹消除殆尽,收拾好工具,向另外两个人道别,然后沿着荒凉、鬼魆魆的沼泽地边缘默默地走着。我们把工具放在棚子里后便回到了屋子。厨房里黑洞洞、冷冰冰的,跟我们刚才离开的时候一个样儿。老太太坐在壁炉旁数着念珠。我们俩打她身边经过,走进房间。诺布尔划了一根火柴想把灯点亮。正在这时她无声地站起身,来到门口,一反平时大胆、倔强的常态。

她压低嗓门问道:"你们把他们俩怎么了?"诺布尔吓了一大跳,双手直打哆嗦,手上的火柴熄灭了。他没有转身,问道:"你这是什么意思?"她说:"我听到了你们的动静。""你听到什么了?"诺布尔问道,他明知自己此时此刻连小孩子也不会去哄骗的。"我听到了你们的动静。你以为我没有听到你们把家伙放回棚子里的声音吗?"诺布尔又划了一根火柴,这次灯点亮了。"你们就是用那些家伙对付他们的吗?"她问。诺布尔什么也没说——你叫他说什么才好呢?

接着,天哪,她双膝跪在门槛上,开始数念珠。一两分钟过后,诺布尔在壁炉旁跪了下来,于是我拨开老太太,走出门去。我来到屋子外面,仰望着天上的星星,听着鸟儿尖厉的啼叫。我当时的感觉十分怪诞,后来也没有记录下来。诺布尔常常跟我说他当时觉得眼睛看到的每一样东西都膨胀了十倍,而能看得见的只有那一小片黑黝黝的沼泽地,两个英国人的死尸僵直地沉了下去。而我当时的感觉跟他刚好相反:仿佛吞噬了那两个英国人的沼泽地离我有一千英里远,甚至连身后不停地嘟哝着的诺布尔、老太太、鸟儿和血红的星星都离我很远很远,而我自己非常渺小,非常孤独。在以后的岁月里不论发生了什么事情,我再也没有过类似的感觉。

已故的亨利·康兰

"我再给你讲一个小故事,"老头说。

"但愿这个故事好听,"我说。

"比刚才的那个好听多了。要是不信你自个儿沿着库特奈路亲眼去看一看。总不至于每个人都会说谎吧。"

"那倒是。"

"我这么说是有原因的,因为故事里的人我都熟悉。当年哪,我跟亨利——就是亨利·康兰,也有人管他叫'发迹的'亨利——嗯,我跟他很熟。在我见到过、听说过的人当中,没有谁的酒量大得过他的。说实话,'发迹的'康兰喝起酒来不要命。他身高一米八八,看上去也是人高马大的。清醒的时候,倒是安分守己,不过一喝醉了酒——天哪,你就不知道他会闹出什么乱子来!

"记得有一天晚上我到他家约他去参加一个政治会议——他是约翰·雷德蒙① 的积极支持者——发现他烂醉如泥,身上穿着衬衣和内裤;见我来了,连忙换掉身上破旧的工作服。嗯,说句您不见怪的话,他吐了一地的污秽。他当着我的面把身上的衣服脱得精光,然后拿着礼服擦地板。哦,礼服里装满了乱七八糟的东西。你瞧他昏头昏脑地还唱了起来:

　　起来吧,莫利党人! 好哇!
　　俺们不喜欢什么采石场胡同,

---

① 约翰·雷德蒙(1856—1918),爱尔兰民族主义党领袖,毕生致力于爱尔兰自治运动。

俺们只要自个儿的市场胡同。

"当然,可怜的亨利是保不住饭碗的,他那位可爱的内莉也帮不了什么忙。内莉整天喜欢唠唠叨叨,明白吗,她是那种情绪反常的女人。养了六个孩子,成天到晚不是想着文文静静地干活,安慰亨利,而是把神甫找来教训亨利。亨利呢,也不是什么省油的灯,把家里的东西砸个稀巴烂。不能说他脾气坏,只能说他独立性强,老婆去找外人来教训自己,当然有损他的尊严。

"亨利没活干,闲逛了六个月。后来找到一份工作,每天在街道上走来走去给别人做麦芽酒广告。他为此很伤心,自个儿说:'我成了啥样儿,堂堂的古凯斌人会① 委员,跟约翰·狄龙② 握过手的,我在全镇人的面前这样糟蹋自个儿? 你倒是不在乎,我可咽不下这样的猪食!'

"于是他只好去美国,这么一个正派的人,跟他分手我感到很惋惜! 后来内莉告诉我,她到甲板上跟亨利道别时很伤心,泣不成声。亨利说:'内莉,只要你一句话,我立马把船票扔到水里去。'内莉说:'我无话可说,因为在我的心目中你从来就是一个坏蛋。'

"话说得太绝了,没过多久内莉就吃后悔药了。带着六个孩子,七口人挤在一间屋子里。给人家洗衣服赚几个钱来餬口。

"二十五年啦,让我把他们的故事件件都讲出来那可太难了。也许你还记得她儿子阿洛伊修斯惹上麻烦的事? 那孩子并没有干什么坏事,他是法庭的办事员,参加各种救济会,随代表团今儿去这里,明儿去那里。阿洛伊修斯没有开枪杀过人,也没有坐过牢。他说:'那是当兵的干的。'而他干的都是光明正大的事情。天哪,这孩子越来越有出息。先是买了一幢房子,还安上了电铃,接下来买了或者是搞到了一辆汽车,然后给两个妹妹和一个弟弟找到了体面的工作。可怜两个大妹妹都嫁了人,要不然他的担子更重! 可怜的姐妹俩,嫁的

---

① 爱尔兰天主教兄弟会组织。

② 约翰·狄龙(1851—1927),爱尔兰民族主义党领袖。

是两个酒鬼,不过酒量不及她们老爸的一半,四分之一都不到!所以阿洛伊修斯对他们俩很冷淡。

"如今内莉对这一切都厌恶了,她经常对我说:'现在日子虽然好过了,要是有可怜的亨利在身边,我会更好。'那倒是真的,因为阿洛伊修斯开始找媳妇了。未婚妻是一位乡下来的姑娘,打扮得花里胡哨的,内莉一点也不喜欢,总是跟她拌嘴,挑她的刺儿。一天晚上,未来媳妇穿着最新款式的睡衣睡裤来到阿洛伊修斯家时,内莉大吵大闹,跑到神甫那里去告状,然后在邻居面前数落她。阿洛伊修斯觉得丢了大面子,一连好几个月对她不理不睬的。如果媳妇打那以后就改穿平常的衣服,她还是愿意跟儿子、媳妇过的。

"裤子的风波过去之后,阿洛伊修斯跟母亲闹分家,小两口搞了一套房子,比原来的大得多,两人就在新房子里结了婚。可怜的内莉不会写,不识字,张罗婚事也没她的份,邻居给她念报纸上刊登的结婚告示时她大吃了一惊:'阿洛伊修斯·贡扎加·康兰,内莉·康兰的儿子,家住库特奈路'——居然对亨利一字不提!看了报纸,全镇的人都笑了。最让内莉气恼的不是儿子没有把她自己当回事,而是没把她老公当回事。于是她来到阿洛伊修斯面前,说:'你不是我从树林子里捡回的,起码得给你老爸一点面子,不然的话我去登一份告示,把实情都抖出来。'天哪,她气得满嘴直吐白沫!阿洛伊修斯进退两难,母子俩斗来斗去的,阿洛伊修斯说父亲的坏话,内莉就说他的好话,年轻的媳妇建议登一则告示,上面就写'已故的亨利·康兰'。内莉也不反对,第二天报纸上出现了一则更正启事——这一次没提内莉,只是简单地写着:'已故亨利·康兰的儿子'。

"全镇都沸腾了!昨天,这个家伙没有父亲,今天他有了一个死去的父亲,却没有了母亲。与此同时,大伙儿都知道了亨利在美国,活得好好的,比在家里的时候更野。

"事情并没有就此了结。那天晚上我躺在床上,听到有人敲门。是我儿媳妇去开的门。只听一个陌生人的声音说要找我。见他妈的鬼我居然听不出来人是谁。陌生人立马就推开我儿媳妇,直奔我的卧室,只见他低着头,手扶着门框,高声说道:'起来吧,莫利党人！老相好,唱起咱们市场胡同的国歌吧！记得那天晚上咱们在黑池塘见人就打,见东西就砸吗？相好的,咱们来唱:起来吧,莫利党人！'

"看到来人个头那么高我才认出他来。

"我说:'是发迹的康兰。'

"他说:'正是发迹的康兰。'

"我说:'是老哥们儿一米八八吗？'

"他烂醉如泥,说:'太对了!'

"我说:'谢天谢地,你到这儿干吗来了？'

"他说:'我老婆登了一个告示,说我死了。拉里·科斯特洛,你说,我死了吗？我的好哥们儿,三岁的时候咱哥儿俩就认识了,你说说,看我是不是活得好好的。摸摸我!摸摸我的肌肉,告诉我,我是死人还是大活人？'

"我摸了摸他的手臂后说:'你没死。'

"'我要干吗？我非宰了她不可!我要把她全身的骨头砸个稀巴烂。拉里,你起来,我要让你瞧瞧咱们镇史无前例的一场骚乱。一切为爱尔兰的总部在哪儿？我要扔砖块去砸他们的房子。'

"我说:'一切为爱尔兰这个组织早就解散了。'

"他迟疑地看了我片刻。

"他说:'你在逗我。'

"'逗你我不是人,'我说。

"'一切为爱尔兰没了吗？'

"'没了,'我说。

"'莫利党呢？'

"'也没了。'

"'都没了？'

"'都没了。'

"'骗我你不是人？'

"'骗你我他妈的就不是人。'

"'上帝可怜见！看来我老了？'

"我说：'咱们本来就不是越来越年轻嘛。'

"他有点困惑地说：'都成老头儿了。也许我真的死了？拉里，你说，我死了没？'

"我说：'瞧你说的这话，还真像个死人说的。'

"'法庭会判我是死人吗？'

"我说：'高明的律师会让别人相信你是死人。'

"'可我没死吧，拉里？天哪，律师不能说我死了呀。'

"'亨利，你跟死了没什么两样。'

"他激动地说：'我要上法庭打官司去。我要证明自个儿没死。我是美国公民，不可能是死人嘛。'

"看到他对这事儿那么上心，我说：'冷静点儿！冷静点儿！'

"他气急败坏地说：'我没法冷静。我要法庭给我老婆发传票，告她损害我的人格，我不当着世人的面恢复自己的名誉就不回芝加哥。'

"我说：'亨利，没人说过你一句坏话。压根儿就没有人诽谤你，连影子都没有。'

"他说：'你是说，诬陷我是死人，这还不算是诽谤？哥们儿，见你的鬼去吧，你自个儿愿意听到这样的谣言在周围流传吗？'

"'亨利，我是不愿意，行了吧？但是，死了也不是什么犯罪。再说了，我以前也说过，这只是一种说法而已。有的人彻头彻尾地死了，有的人半死半活，有的人只是在你我看来是死人，有的人在上帝和世人看来是死了，咱们哥儿俩就属于这最后一种。'

"亨利越听越来气，他说：'这压根儿就不是什么说法的问题，不是他妈的什么说法问题。就像我说的那样，你可以说我烂醉如泥，但不能称呼我是什么已故的亨利·康兰哪……瞧我的起诉书。'说着，他一屁股坐在我床上，抽出一张蓝色的大纸。'埃伦·康兰，因诽谤中伤遭到起诉。在回国的船上有个人让我告她有重婚的企图，不过法庭的书记员不会同意的。'

"我说：'你从美国一路赶回来就是为这个吗？'

"'可不是吗？给我的头上戴上这么一顶帽子，我怎么还在美国待得住啊？见你他妈的鬼去吧，哥们儿，你不知道，我在上船之前一连几个礼拜遭的是什么样的罪吧！'

"我问他：'内莉知道你回来了吗？'

"'她肯定不知道，我要等到警察给她亮出搜查令之后才让她知道。'

"我从床上爬起来，对他说：'亨利，你听我说，你得把这一切向内莉和盘托出，越早越好，对双方都好。'

"他有点呆头呆脑地问：'哦，是吗？'

"'亨利，你在昆斯敦上船去美国到现在多少年了？'

"他说：'二十五年多了。'

"我说：'从法律的角度上讲，你跟妻子分居的时间也太久了。'

"'是呀，是，是很久了。'说着他突然双手捧着脸哭了起来。

"'拉里，我知道她是个狠心的女人，但我他妈的怎么也没想到她给我来这一招！我这颗可怜的心都碎了哇！莫利党——你说莫利党解散了？'

"我说：'莫利党是真的没了。'

"'拉里，除了这之外，镇里还发生了些什么事？'

"我说：'咱们出去说。'

"于是我像牵小孩子似的拉着他的手走出屋。一路上他一言不发，等我敲他家的门时，他又发起了牛脾气。我压低嗓门叫内莉快开门。她看见我身边的亨利，简直快要昏倒在地了。

"'那是谁？'她问道。

"我说：'你的老朋友。'

"'是亨利吗？'她低声嘟哝着。

"'是亨利。'我说。

"'不是什么亨利！'这时我的老朋友大声喊叫起来。'你知道你以前的亨利死了，埋了，天底下没一个人在他的尸体上洒过一滴眼

泪。'

"'亨利!'她说。

"他尖着嗓门喊道:'见你的鬼去吧。我是亨利的鬼魂来缠你了。'

"'进来吧,你们俩都进屋,'我说。'见鬼,你们俩干吗不学基督徒的样子夫妻见面亲吻一下呀?'

"我费了好大劲才把他拉进屋。

"'啊,你这狠心的女人!'他一边哭着,一边把两只爪子放在胸前,活像死人的鬼魂。'啊,没人性的坏女人! 就这么对待你可怜的老公?'

"'内莉,帮我把他的衣服脱下来,'我说。'亨利,坐下来,坐在床上,让我给你解开鞋带。'

"于是我把他推倒在床上,可是等我去抓他的靴子时,他的双脚却在空中乱踢,像孩子似的大笑不止。

"他说:'我死了,死了,死了。'

"'拉里,我来制服他,'内莉果断地说。于是,内莉把他的双脚举得老高,这样他一踢脚身体就会翻倒到地下。只用了两分钟她就把亨利的靴子和袜子都剥了下来。接着我脱下他的上衣,松开他的裤带,把他压倒在床上,内莉则扯下了他的裤子。这时他才开始清醒过来。

"'给她瞧瞧,给她瞧瞧!'亨利说着,发起了脾气,一下子朝他的衣服扑过去。

"我问他:'给她瞧什么呀?'

"'我的起诉书。给我,拉里。喏,见他妈的鬼,为了还我自己个儿清白我花了七先令六便士。'

"'正经点儿,到床上去。'我说。

"'我可不上床。'

"'我准备好了一件旧睡衣。'内莉说。

"'我不要什么旧睡衣。我不要你们的怜悯。我要还自个儿一个

清白，把被你们玷污了的名誉恢复过来。'

"内莉说：'拉里，把他的衬衣脱下来。'

"于是我把他满是臭气的衬衣从头顶上扯出来，一眨眼的工夫内莉给他穿好了睡衣。

"我说：'内莉，我走了。别的我帮不了你什么忙了。'

"她说：'谢谢了，拉里，谢谢。你是我们俩最铁的哥们儿。别的就甭麻烦你了。再过一分钟他就睡着了，我还不了解他?'

"我说：'晚安，亨利。'

"'晚安，拉里。明儿咱们把莫利党重建起来。'

"内莉把我送到门口，外面有两个姑娘和一个小伙子身穿睡衣在那里听着呢。

"'那是谁呀，妈妈?'他们问。

"'你们仨都去睡觉！'内莉说。'你们的老爸呗，还能是谁?'

"'我的天哪！'三人异口同声地说。

"正在这时我们听到屋里传出了亨利歇斯底里的喊叫声：'内莉，内莉，你在哪儿呀，内莉?'

"'趁我还没走，你进去看看他要什么。'我说。

"于是，内莉开门朝里头望了望，说：'你这会儿哪儿不舒服?'

"他说：'内莉，你可不能让我一个人孤零零地睡呀。'

"'你羞不羞，'内莉说。'孩子们都在听着呢，这样的话也说得出口?'然后她对我说：'你瞧他……我的天，你瞧他那模样！'她闪烁的眼神里露出轻松的光芒。于是，我向屋里瞥了一眼，只见亨利背对着我们，全身都裹着衣服。内莉说：'你瞧他那满头的白发！'

"亨利扭过头来，说：'不管怎么说，你们没权力说我死了。'"

新 婚 之 夜

　　太阳落山了,船只躺在离海水很远的岸上,从海湾上那两块大岩石组成的陆岬背后射出一缕缕夕阳的余晖。那幢墙上刷了石灰水的小屋子里只点了一盏灯。一只小船绕过岬角朝这里驶来,两只入水很深的桨就像一对飞翔的鹭鸶。老太太就坐在小屋外低矮的石墙上。

　　"这地方够荒凉的,"我说。

　　"是呀,"老太太接过我的话茬儿,"荒凉得很哪,没有了你牵挂的人,哪儿都荒凉。"

　　"你的家人都出远门了?"我问她。

　　"我只有一个儿子,别的什么人也没有,"她回答道。我知道她儿子还活着,因为她说完之后并没有加上一句祈祷。

　　"儿子去美国了吗?"我问。(这里出远门的小伙子都是去美国。)

　　"不是,"她简短地回答道。"十二年哪,他在科克市①的疯人院里,我时刻都惦记着他。"

　　我并不担心自己的问话会勾起老太太伤心的往事。在这种荒凉的地方,像老太太一样孤独的人们都很想跟生人聊天;他们就像野鸟一样很想把自己内心的痛苦倾诉出来。

　　"天哪!"我回答道。"够远的。"

　　"远哪,"她叹了一口气。"对于一个老太太来说那里太远了。以前这儿有一个好心的神甫,曾经开着汽车送我去看过儿子。把我送到那个满世界都是疯子的地方,还送我进城去。我在那里一点也不

---

　　① 爱尔兰科克郡的首府。

习惯,但是看到可怜的丹尼斯受到很好的照料,看到大家都喜欢他,我心里的石头也就落了地。在那以前我很担心,得病之前丹尼斯是那么可爱的小伙子,如今成了这个模样,别人会怎么想呢?丹尼斯能认出我来,还跟我打招呼,然后就什么也不说。直到看护来告诉我,茶点准备好了,他这才抬起头来,说:'下次别忘了带点烤面包来。她做的烤面包可好吃啦。'说完他仿佛轻松了许多,然后就哭了。这个好孩子跟过去一样好。七年哪,亏得他时刻还惦记着自己的老妈妈,惦记着她做的烤面包。"

"上帝保佑我们大家。"我说这话是因为她的声音犹如鸟儿的鸣叫,那是一群在苍穹急速飞翔的鸟儿,它们身披彩霞飞向大海,飞回自己在最后那座岛上的巢穴中。

"让上帝神圣的意志保佑我们,"老太太接过我的话茬说。"是祸躲不过呀。那时这里有一个女教师,名叫里根,人长得可俊了,是城里来的。她老爸在城里开了一家商店。据说,她刚到这儿来教书的时候她爸爸给了她三百英镑,那——真是让人难以置信,可大伙儿都这么说,我也不怀疑——她到这儿来不是流放,而是自愿来的,因为她忒喜欢这里的海和山。事情是这样的,都是我亲眼所见,一天又一天,她抄着小路来到一个别人看不见的、避风的山坳,然后就坐在里面。她是外地人,总是拿着一本爱尔兰的书,邻居们也不知道是怎么回事,也没人议论什么。而她好像对什么也不在乎,只是自顾自地坐在山坳里,读书,写信,快快活活的。偶尔她还带着一个学生去摘花。

"一天傍晚我儿子丹尼斯看见了她,就走上前去,坐在她旁边的草地上,后来还经常带她到海上去划船。她常常大笑着说:'丹尼斯是我的男朋友。'这是她的原话,她没别的意思,这我懂,丹尼斯也懂,我们三个人把这当笑话,就像她还常常拿那个山坳当笑话来讲一样。她说:'沙利文太太,别让任何人靠近那个山坳,因为那是我的巢穴,我的地洞,我做祈祷的小屋子,我像小鸟一样,闻到有陌生人的气味就会飞走的。'听到她的笑声我太开心了。每次看到丹尼斯在家里无所事事,我就对他说:'丹尼斯,你干吗不出去找里根小姐玩?大家都说你是她的未婚夫。'那只不过是一个笑话而已。当着里根小姐的面我也是这么说。丹尼斯是个很文静的孩子,在姑娘面前很腼腆,从不来粗的——再说了,在这种偏僻的地方他又怎么会来粗的呢?

"我不会说她的坏话;是她最先把可怜的丹尼斯看得比伙伴更亲密。她在我们这个小海湾里待腻味了,就想到岬角那边的小海湾去玩,每次去都带一个小学生做伴。'啊,'我想到里根小姐没人做伴就说,'里根小姐跟你都生疏了。'丹尼斯二话没说,披上外套到处去找她,哪怕是天黑了也要把她找到。可怜的孩子,见了她不会说话了,只是俯卧在她面前的草地上,嘴里嚼着干草。她站起身来,离开了丹尼斯。丹尼斯自个儿也控制不了自个儿,就疯了。等我发现他得了病,也没别的辙,我根本无法让他彻底把那姑娘忘了。他自个儿也知道得了病,因为有了这病他才不会说话的——他连买一撮烟草的钱都没有——我并不想抵赖:母鸡不下蛋他就没烟抽。有时一连好几天我们只吃得上麦片粥和土豆,而里根小姐在银行里有大笔的存款!还不只是由于这个,他是个好孩子;很文静,心地善良。要是换了别的姑娘,觉得他是个忠诚可靠的丈夫,会可怜他,可里根小姐不是这样的人,我第一次见到她就知道她不是那样的姑娘。她不是那种养子持家的女人。就这样,我儿子完完全全地疯了。

"于是,我又是拉又是扯地哄他待在家里别出去,我把一些小事情都撂起来,等到晚上他双手闲着没事干的时候再让他去干。而他老是侧着耳朵听,或者爬到小山包顶上去看里根小姐是不是去了哪里。老天爷,吃完了晚饭他就叹长气,我把门闩好,而他就在黑暗中熬过漫漫长夜——想起这些我的心都碎了。是呀,他是疯了,吃不下饭,睡不着觉,晚上我经常听到他辗转反侧,叹息声跟海浪拍打礁石似的。

"也就是在失眠的时候,他养成了夜游的习惯。记得第一个晚上我听到他拔门闩的响动,就起来穿上衣服跟在他的后面。我停下脚步,听到他踩在门槛上的声音,才转身把门拉上,然后又急急忙忙地去追赶他。除此之外我又有别的什么办法呢?这个地方天一黑就很可怕,到处都是岩石呀,山哪,水呀,小河呀什么的,而可怜的孩子因为缺少睡眠眼睛在黑暗中什么也看不见。他走了一段路就开始上山，我跟着他，双腿被荆棘刺扎得伤痕累累。到了山那边的新房子跟前他才停下来，转身面对着我，就像是一个因为淘气挨打的孩子逃跑后转身来抱住你的腿。他转过身来对我说：'妈，咱们回去吧。你生我的那一天准是个不吉利的日子。'天亮了，我拖着他上床，给他盖好被子让他睡一会儿。

"我总是盼着他折腾累了之后会慢慢好起来，但他越是这么折腾越好不了。那时候我身子骨健壮，壮得像头牛，可以跟男人一道赶着运送海带的大车，挖地。可是因为夜夜不能睡觉，我终于累垮了。有一天晚上，我跪在圣母像前祈祷着：趁我现在还活着，有什么灾祸就赶快降临吧。我不能自个儿走了，把儿子一个人孤零零地留在这个荒凉的鬼地方。

"果然，就像我祈求的那样，灾祸降临了。我的天哪，当天——要不就是第二天晚上，他醒来后大声呼喊着我，我走进他的房间，但制服不了他。他有五个男人那么大的力气。于是我出来把门反锁上，下了山，借着星光我看见了海湾上那栋小屋。我领着多诺霍父子三人回到家里；我没有半点谎话，他们父子几个都是彪形大汉，跟我是好邻居。父子三人从船上拿来一根绳子，费了好大力气，用了很长时间才把丹尼斯按倒在地上，然后又折腾了更长的时间才把他捆好，放到床上。我给他盖上家里最好的被褥，把一块烘热的石头放在他冰冷的脚上，让他散散寒气。

"那天，肖恩·多诺霍跟我一起在火边坐了一个晚上。天亮的时候他叫一个儿子去请大夫。这时，丹尼斯用平静的声音喊我，我来到他床前。'妈，'他说，'给我松绑，等大夫来了再把我捆上，好吗？'我本来是不忍心把他捆上的，上天作证，我是不忍心的。'别解开，老大姐，'肖恩说。'刚才费了那么大劲才捆上，再要捆住他就更难了。我可不干了。'

"我说：'肖恩，你是我的好邻居，我从来都不敢小瞧你，可是我就这么一个独生子，我宁愿他把我杀了也不愿让他那样丢人现眼呀。'

"于是我给他松了松绑,他躺在床上一整天没吃没喝。到了傍晚他跟我要了一口茶,没多大一会儿大夫带着一个人坐车来了。他俩跟丹尼斯说话,但丹尼斯不搭理,大夫给我一张小纸条。'警察要等到明天才能来带他去,'他说。'让你一个人待在这儿太危险了。'但是我说我得守着他,肖恩·多诺霍也表示同意。

"天黑了,从海上刮来一阵微风,丹尼斯自言自语地说起了胡话,是在喊姑娘的名字:'温妮',那是姑娘的名字,我还是第一次听他喊那姑娘的名字。'他这是在喊谁呀?'肖恩问我。'是那个女老师,'我说,'虽然我没听说过她有这么个名字,但除了她之外丹尼斯不会喊其他人的名字。''这是一个不祥的征兆,'肖恩说。'夜深了,风越刮越大,他的病情会越来越严重。趁他这会儿安静,我得下山去把小伙子们喊来把他捆上。'正在这时候我忽然想起一件事,便说:'也许把姑娘请到他跟前来待上一分钟,他就不会再发狂了。''可以试一试,'肖恩说,'如果姑娘的心肠好,她是会来的。'

"去请姑娘的是肖恩。我可没那个胆量去求她。她住的小屋子在山脚下;我们回家总打那儿经过,屋子前面有个小花园,可自从这位新老师来了之后,那花园就荒芜了。肖恩说得对,丹尼斯的病情越来越重,迎着风大叫着要我们去把温妮给他找来。肖恩去了很久,要不就是我觉得有很久了,我心里直犯嘀咕:那姑娘是不是害怕不肯来?有好多姑娘都是这样,这不能责怪她们。随后,我听见了她的脚步声,是她那熟悉的脚步声,以前她经常从我家门前的小巷子路过,我听惯了她的脚步声。我飞跑过去开门,想说对不起给她添麻烦了,但我开门的时候,丹尼斯高声喊叫她的名字,我一阵辛酸,心想以前我们仨在一起的时候是多么开心!

"我实在是忍不住,可姑娘一把推开我,走进卧房,脸色跟墙壁一样惨白。梳妆台上点着蜡烛。丹尼斯转身对着里根小姐吼叫,眼中露出惊恐的神色,接着看到姑娘给风吹乱了的头发,他被震住了,突然安静下来。我站在姑娘的背后,听到了他们的对话。丹尼斯把一双可怜的手举起来,露出手腕上红色的绳子印,悄声对姑娘说:'温

妮,亲爱的,你离开我是不是太久了?'

"'是的,丹尼斯,'姑娘说,'可你知道我也是没法子呀。'

"'不要再离开我了,温妮,'丹尼斯说完就沉默不语,两只眼睛仍然盯着坐在床边的里根小姐。肖恩·多诺霍给我搬来一个小凳子,于是我们三个人坐在一起聊天,丹尼斯只顾盯着她,对我们的谈话不予理睬。

"'温妮,'丹尼斯说,'就躺在我身边。'

"'哎呀,'肖恩跟他打趣地说,'你不知道可怜的姑娘累了一整天?现在得回家去休息。'

"'不,不,不,'丹尼斯说着,眼中露出狂暴的光芒。'外面在刮大风,天又黑了,这样的夜晚让她在外面多不好,就让她睡在我的身边。让她钻到我的被子里头,我给她暖暖身子。'

"'哦,哦,哦,'我说,'真的,真的,里根小姐,太对不起了,把你请到这里来。这哪是我儿子说的话呀,他是疯了。我这就去,'我说,'去把肖恩的两个儿子叫来再把他捆上。'

"'不,沙利文太太,'姑娘的声音很平静。'决不要这么做。让我来守候他,他会睡熟的。是不是呀,丹尼斯?'

"'我会的,我会的,'丹尼斯说,'不过,钻到我的被子里面来。那扇门给风刮得响个没完。'

"'我真的来,丹尼斯,'姑娘说,'不过你得答应我,你会睡着的。'

"'哦,嘘,姑娘,'我说。'我看是你疯了。在我家里我就得替你负责。要是让你守着他,我怎么跟你爸爸交代?'

"'别管我,沙利文太太,'姑娘说。'我一点也不担心丹尼斯。我向你保证他决不会把我怎么样的。你和多诺霍先生到外面的厨房里去,就让我留在这里,没事的。'

"姑娘脸上露出焦急的神色,毫无疑问,她有什么心事。我不忍心拒绝姑娘的好意,便和肖恩一道来到厨房。在这里他们俩的嘀咕声都可以听得一清二楚。姑娘躺在丹尼斯的身边。我听见丹尼斯对着她的耳朵嘀咕着那个年龄的男孩子都会说的话,接着就是两人的呼吸声。我来到房门口,朝里望了望,只见丹尼斯的手搂着姑娘的

腰,头枕在姑娘的胸口上,睡得像个小孩子,脸上的表情跟他往日无忧无虑的时候一个样。姑娘没有看我,我也没有跟她搭腔。我的心里充斥着一股激情,说不出话来。上帝呀,我忽然想起了我小时候经常听父亲唱的一支歌:'孤独的岩石就是我儿子要娶的媳妇。'

"后来烛光熄灭了,我也没有再去点燃一支。这时我也不用为姑娘担心了。暴风雨来了,但他睡得很香,呼吸平稳自然。天亮了,我为姑娘沏了一杯茶,在房门口招手让她出来。姑娘轻轻拉开丹尼斯的手,从床上溜了下来。这时,丹尼斯的身体挪动了一下,睁开了眼睛。

"'温妮,'他说,'你上哪儿去呀?'

"'我去上课,丹尼斯,'姑娘回答道。'你不知道吗,我上课得提前进教室?'

"'温妮,那你今晚还来吗?'丹尼斯问。

"'我会来的,丹尼斯,'姑娘回答说。'我会来的,别害怕。'

"丹尼斯侧过身子,又睡熟了。

"姑娘来到厨房,我在她面前跪了下来,亲吻她的双手。我真的是这么做的。我不知该说什么才好,只是跟姑娘一起坐着喝茶,当时我告诉她:我把儿子生下来,抚育到这么大,还有今后孤独的日子,这一切都是值得的。

"我们都松了一口气,可怜的丹尼斯再也没有动弹,警察来了,丹尼斯没有反抗,没有戴手铐,也没有做出任何其他有损他人格尊严的举动,就跟他们走了。他只是跟我说:'妈,告诉温妮,我等着她。'

"这个故事不是太有趣,太离奇了吗?从那一天开始一直到姑娘离开,没有人对她的这一举动说过一句不是,大家对她只有千恩万谢。常言说:世情险恶,可是在这个险恶的世界上居然没有一个人说姑娘一句坏话,这难道不是太离奇了吗?"

夜幕降临在大西洋上,只见远处一片灰茫茫,空荡荡。

达官老爷的女儿们

"北斗星?"大门口传来我大伯的声音。"你是说你不认识北斗星?喏,那儿就是北斗星。在那儿,下面,灯塔上头——看见了吗? ——红头的坏蛋就是俄里翁变的猎户星座。正是的!当然是爱尔兰人;来自一个武装到牙齿的大家族,姓蒂佩里。"

大伯略带伤感的声音使我想起了星光下沉睡的城镇,我不由得窃笑起来:他是这个镇里的书记员,世界上最糟糕的城镇书记员,不过我指的不是具体哪个城镇。我睁着眼睛在床上躺了一个多小时,听着大伯不停地折腾,听着几个女仆在厨房里窃窃私语,听着煤气炉嘶嘶的响声,最后慢慢地睡着了。后来我听到大伯起床,诺拉不耐烦地嘟哝着,惹得大伯生了气。我听到他含含糊糊地说:"你就不能——我没事,亲爱的。我不会告诉她什么的。"我不知道大伯说的"她"指的是哪个姑娘。他悄无声息地上了楼。我知道他还不打算上床睡觉,因为房门都没有锁。听到他拧两个姑娘卧房的门把手,我从床上溜下来,穿上睡衣。

"喂。"他终于用拉长的声调说出了这个古里古怪而又意味深长的词。

"嘿,"我的堂姐乔茜尖着嗓子胆怯地说。

"你妈妈睡着了吗?"大伯问。

"她是睡着了……不,她没睡着。是你刚才把她吵醒了。"

"哦,天哪,天哪!"大伯说。

"是你吗,爸爸?"莫妮卡睡眼惺忪、不耐烦地问。"几点了?"

我心里痒痒,忍不住打开了卧室的门。大伯听到了,冲出来一把将我拽了进去,笑嘻嘻地看着我。我闻到一股酒味,知道他又在闹恶作剧。大伯个子很高,干瘦的身材,满脸忧郁。我很崇拜他,可这个老糊涂却看不出来。我们俩经常在镇里碰面,每次都是他没注意到我,因为他一边走路一边沉思,双手放在背后,脑袋缩在大衣的领子里,嘴唇不停地动着,仿佛在自言自语。有时候我上前去拦住他的去路,他如梦初醒,做出一连串不自然的手势,高声笑着,深凹的眼睛睁得老大,太阳穴和高高的颧骨涨得通红,身体前倾或者侧斜,活像风雨飘摇中的一叶小艇,行驶在一条漫长、弯曲而惊恐的航道上,他不是一个劲儿地抓帽子,就是拨弄大衣的下摆。我真不愿意这样打搅他的沉思。

"进来,威利,"他说着,笑了起来,"进来,小伙子!我刚才还对诺拉说没机会跟你们说话呢。"

梳妆台上的烛光夸张地把他脑袋棱角分明的线条投射到地上:秃着顶、狭窄而高昂着的头颅,尖尖的颧骨,深凹的太阳穴和眼睛——整个一幅艾尔·格列柯① 画的圣徒形象。他用手把椅子擦干净,递给我。然后,自己坐在床头上,用调皮的眼神逐一看了大伙儿一眼。他撅着嘴,眼睛眯成一条缝,仿佛是在极力克制住自己不要笑出声来。

"现在咱们谈点什么呢?"他调皮地问。"咱们都在这儿,全家都到齐了。一切条件都具备了:有地点,有时间,有伙伴。谈点什么呢?"

"能不能给我们讲个故事?"乔茜说。她那双惊恐的褐色大眼直直地瞪着她爸爸,出于害羞她用被褥把下巴以下的身体遮得严严实实。我为她感到惋惜。只要她爸爸喝一点酒,她就很害怕,整个一个性情温顺的修女。莫妮卡就大不相同了,她在大街上像海员一样昂首阔步,一会儿东,一会儿西,一会儿跟这个逗乐,一会儿和那个打趣。每个礼拜天的早上,可怜的乔茜去敲她爸爸的门,告诉他去做弥

---

① 艾尔·格列柯(1541—1614)西班牙画家。

撒不要迟到了,然后便心神不安地站在大厅里,脸颊通红,一双褐色的大眼睛睁得老大,仿佛是遇到了什么不解的难题。我很喜欢乔茜,恨不得宰了亨尼西这小子,因为他居然拒绝了乔茜的爱情。

"讲故事?"爸爸嘲笑着扭过身子去。"没问题,我的宝贝,不过你们爱听故事的年龄早就过去了。"

"好故事什么年龄的人都爱听,"莫妮卡说。

"什么样的才算是好故事呢?"他问。只见他皱起眉头,使劲地收缩脸颊,整个颅骨高高地凸起。

"嗯,比如说你和奥尼·迈克今儿晚上干什么去了。"莫妮卡调皮地说。

"我和奥尼——?"他高声说着,脸上露出焦急的神情。"不,不,莫妮卡,对天发誓,我没有。我只是碰巧进去待了一会儿。"说到这儿,他的脸色缓和了许多,微笑着眨眼睛。"去你的吧,小调皮蛋!"他说。

"故事?"他脑袋后仰,沉思着说。"不知道今儿晚上想起的那个故事现在还记不记得。让我想想!是什么来着?对了,是一个小伙子,一个很莽撞的小年轻儿,不过人很不错……你们都记好了。真见鬼,是谁给我讲的,还是我在哪儿看来的?没关系,我会想起来的……很久以前他来到一个镇里。在这里有一份工作,这份工作在当地还是相当不错的,要是在外地就算不了什么了。当然啰,他还想晋升。咱们就称他为达官老爷得了。"

"这么说,故事发生的地点是在土耳其喽,"莫妮卡大声说着,用肘子支撑起上身。

"说得对!"我大伯的左手掌拍打着胸脯,兴奋地喊叫起来。"莫妮卡,算你猜得准!是在土耳其!等会儿我就会想起那个镇的名字。不过,不说出来你们听着也照样过瘾;那是个很穷、很脏的地方,到处都是断垣残壁;满街的垃圾堆成山;肮脏的角落里到处挤满了穷人,跟野人没什么两样——在土耳其就这个样儿。我刚才说了,这个小伙子有点傻气,他以为自己会当大官,然后可以改变这里的面貌。"

"然后就娶苏丹王的女儿为妻。"莫妮卡插了一句嘴,然后洒下一串银铃般的笑声。

"什么苏丹王的女儿?"我大伯不耐烦地吼道。"我压根儿就没提苏丹王的女儿!你能不能让我自个儿讲?当然啰,这个小伙子已经结了婚,我刚才说了他有点傻气。"

"哦!"莫妮卡大失所望。

"他的老家在君士坦丁堡,"我大伯很生气,说话时一字一顿,每吐出一个字就挥动一下拳头,前额上的青筋根根凸起,真有点像克鲁伊铁路枢纽站。"他可是见过大世面的,什么巴黎呀,维也纳呀,罗马呀,他全去过!哦,他可不像你们,乡巴佬,木头木脑的,人家整个一个欧洲化的土耳其青年,时髦得很哪,穿着灯笼裤,戴着牛角架的眼镜!他要的是一座开放、漂亮的大城镇,有宽阔的大街和林阴大道、高大的楼房、图书馆、学校和花园;他可以自豪地领着从巴黎来的朋友去参观这些地方。"

我大伯讲到这儿,停了一下,那双深凹、出神的眼睛游移到屋子的一角,眉毛上出现了一团阴影。

他深沉地说:"但是这个镇里有那么一些怪人,不赞成达官老爷的愿景。这种人是土耳其的土特产,别的地方根本找不到。他们有个专门的名字,叫穆夫提①,有男穆夫提,有女穆夫提,他们都住在镇子周围的高楼大厦里。他们除了到麦加去朝拜之外,就没别的事情可干了;他们惟一感兴趣的就是将大把大把的钱花来修建高大、难看的清真寺。你说这种人怪不怪!每天晚上,他们爬到烟囱一样的清真寺顶上,伸出双手,唱着什么'阿拉,真主'!

"真的,达官老爷看了一眼自己的账本,发现十年来这些穆夫提没有交半分钱的税,都是那些穷人替他们交的。于是,达官老爷坐下来给他们发了一份——什么来着,在土耳其有个专门的名词。"

"是有个专门的名词。"莫妮卡绞尽脑汁地想着。

· ① 意为伊斯兰教的长老。

32

"叫做菲亚特①,"我大伯说。"不对,不叫菲亚特,叫做菲尔曼!我想起来了。他给那些穆夫提每人发了一份菲尔曼。你猜,那些穆夫提说什么来着?他们说达官老爷这么做是要让穷人不安分守己,不到烟囱顶上去做祈祷,是要惹他们起来造反。"

"啊,你这都是在说什么鬼话!"诺拉在厨房里喊道。"明儿早上我又得费老大的劲儿喊你起床去上班了。"

"于是,有一天哪,"我大伯假装没听见,继续匆忙地讲着。"一天达官老爷坐在自己的——什么来着——"

"宫殿,"乔茜低声说道。

"我忘了土耳其语是怎么说的,不过就是这个意思——突然传来了敲门声。达官老爷亲自去开门。来人是大穆夫提,一个魁梧、肥胖、红脸的家伙,头上戴着一顶高高的土耳其帽,腋下夹着一把雨伞。就像这个样儿!"说到这儿,高傲的大伯翘起鼻子,做出一副腋下夹着雨伞的架势。

"我没听说过土耳其有雨伞。"莫妮卡表示怀疑。

"得了,得了,得了,"我大伯气呼呼地朝她挥舞着拳头。"安静,请大家安静!土耳其当然有雨伞啦。在那里雨伞跟土耳其帽子一样是神圣的东西。这一点历史书上讲得很清楚。我不是说了吗,雨伞是收起来夹在腋下的。"

"啊,这都是猴年马月发生的怪事。"乔茜坐不住了,她那双褐色的大眼睛惊恐地盯着她爸爸。

"我的天哪,你这叫我怎么讲啊,一个劲地打搅?这一下我全蒙了,讲到哪儿来了?"

"在宫殿里,"莫妮卡压低嗓门说。

"我想起来了。"我大伯低下头,用手指抚摩着下巴。"他打开门,看见外面楼梯过道上站着大穆夫提,两边是上下的大楼梯。"

"就像市政大厅一样吗?"莫妮卡忍不住问道。

---

① 即"政令"的意思,与后面的"菲尔曼"意思相同。

"正是！当然比咱们的市政大厅要阔气得多了,金碧辉煌,气派得很哪。虽然缺少那么点文明味儿,但是非常非常气派。达官老爷向他行了一个额手礼。"讲到这里,我大伯谦卑地把手举到太阳穴,然后把头低到膝盖上。"达官老爷说:'鄙人这厢有礼了。'然后想从大穆夫提手上接过雨伞和帽子,可客人只是轻蔑地哼了一声,不加理睬,头上仍然戴着那顶高帽子,从达官老爷身边走进屋子里……我刚才说了,达官老爷是君士坦丁堡来的,那里的人个个都脾气大,你惹火了他们,保不准就给你肋下来一刀。在君士坦丁堡,你戴着高帽子走进别人的屋子里,那就等于你把人家当做是基督徒了。但是,达官老爷年轻没经验,他想还是等等再说吧,便又行了一个额手礼,说:'大穆夫提,安拉的仆人能为您老人家做点什么?'大穆夫提回答道:'安拉的仆人能做的起码是不要再宣扬那一套煽动性的教义了。'说到这儿,我大伯模仿达官老爷的样子,双手合十,谦卑地鞠躬:'最尊敬的阁下——正如先知所说的,言论就是顺从。'大穆夫提说:'收起你那套基督教的鬼话!'达官老爷说:'高帽子老爷,顺从就是宽恕。'大穆夫提说:'你给我记住了,真主在上,再提半句纳税的话,我就要你的脑袋。'"

讲到这里,我大伯双手在空中乱抓,激动地说:"我不记得他的原话了,这个故事我是很久以前听说的,而土耳其语本来就很乱。不过,那意思就是'我要你的脑袋'!"

"天哪!"乔茜给吓得睁圆了双眼,我和莫妮卡见她那德性放声大笑起来。乔茜眨巴着眼睛,不解地看了看我,又看了看莫妮卡。我大伯微笑着停下来用一块大手帕擦着脸。

他接着又说:"嗯,这种话是达官老爷在巴黎时根本听不到的。他的眼睛一动不动地盯着——什么来着?"他拍了拍额头。

"土耳其帽。"莫妮卡替他说了出来。

"对,是一种很高的帽子,在咱们这儿只有高空作业的建筑工人才戴那种帽子。达官老爷恨不得伸手把他头上的高帽子摘下来,不过他还是忍住了,因为他想起了《古兰经》中那段耸人听闻的话:谁要是对穆夫提的高帽子表示不敬,伸手触摸,谁就会受到七种不同的惩罚! 可是这时,大穆夫提砰的一声把雨伞蹾在地板上,说:'拉卡基斯库拉提丁儿。'"

"这是什么意思呀?"乔茜皱着眉头问。

我大伯解释说:"那意思是说:'别再多说了。'达官老爷心想:如果他在巴黎的朋友看到自己这个德性会怎么说呢? 于是他那君士坦丁堡人的血液沸腾了起来,左手拉开身后的门,右手摘下他的高帽子——就像这样。"

"扔到外面去了。"莫妮卡说着,发出一阵银铃般的笑声。

我大伯的身体朝莫妮卡那边倾斜过去,迫不及待地说:"帽子沿着宫殿的楼梯,沿着大厅不停地滚,一直滚到两个看门的无业青年中间。他们俩商量着要跟帽子的主人要小费。你们想想,穆夫提的高帽子,那么神圣的东西,现在居然滚到了这两个下人的脚下! 听好了! 听好了! 接着,两个看门人看见大穆夫提的雨伞横空飞来。然后呢——猜猜他们看到了什么?"

"大穆夫提本人?"乔茜喘息着说。

"他们看到达官老爷拽着大穆夫提的衣领和长裤,把他拖到楼梯过道上。那家伙太重了,达官老爷只好把他放在楼梯口,然后用脚使劲一踢。那家伙像个水桶一样滚了下去。随后,达官老爷回到屋子里,砰地关上门,像发了疯似的大笑起来,因为他是历史上第一个敢拉穆夫提裤子的穆斯林。两个看门人在大厅下面都能听到他的笑声。"

"后来他们枪毙达官老爷了吗?"乔茜迫不及待地问。

"天哪,你能不能让我自个儿讲?"我大伯火了。"他们没枪毙他,不过那些穆夫提向哈里发① 打了小报告,哈里发对苏丹王嘀咕了几句,苏丹王又把这件事通报给各省的官员。在土耳其办事的程序就是这样的。他们觉得这件事处理得很好。不粗鲁,更不血腥;谁也没

---

① 伊斯兰教的最高宗教领袖。

有怨言;也没有人再提这件事,大家见了面只顾行额手礼和相互微笑致意,但达官老爷知道自己原来的宏图泡了汤。"

我大伯说这最后几个字的时候有一股咬牙切齿的蛮横劲。他用鼻子长长地吸了一口气,然后站起身来拉开窗帘。我看到灯塔里突然有一束火光照亮了漆黑的海水。

"快回来,老不死的东西,你打算这样折腾一整夜吗?"诺拉在楼梯脚下喊道。

"这就来,"大伯笑着说。

"那他后来呢?"莫妮卡问。

"谁呀?"大伯假装不知。"哦,你是说达官老爷? 他整天喝酒。"

"是威士忌吗?"

"不,是雷基酒。跟威士忌差不多,但劲要大一些。喝了酒他的话就特别多。后来人人嫌弃他。"

"接着讲吧,"莫妮卡平静地说。

"我的老天爷,"大伯调皮地笑着说。"就这些,没了。故事简单,人物也简单。哦,不过,我讲得有点离谱了。过去我记得很清楚的——故事原来的东方色彩很浓……"他轻松地补充道,"我得让你们睡一会儿觉。"

"故事没讲完,"莫妮卡仍用刚才那种平静的口吻说。

"可是,天哪,"他有点不耐烦了。"我说完了就完了!"

大伯眼睛瞪着莫妮卡,僵直而笨拙地朝她伸出拳头。

乔茜不安地说:"这个故事既古怪又陈旧。你过去的故事可不是这样的。"

"把结尾讲完吧,"莫妮卡仍不松口。

大伯有点摸不着头脑,说:"我不知道你在说什么。你哪儿不舒服? 想要个什么样的结尾?"

"达官老爷有两个女儿,"莫妮卡大声说着,跪坐在床上,一双光手臂不依不饶地指着父亲。

"我从来没说过他有两个女儿,"大伯咆哮起来。

"可他是有两个女儿!"

"他没有。"

"我告诉你他有。"

"丫头,你搞错了,"大伯怒不可遏。"你跟另一个故事搞混了。"

接着大伯猛地昂起头,用鼻子吸了一口气,望着天花板。他的声音从刚才的咆哮陡地降低成了含混不清的嘟哝,好像对自己刚才的话产生了怀疑。

"等一等,"他好像是自言自语。"我的记忆力大不如从前了。也许你是对的。也许他有一个女儿。莫妮卡,老天在上,我相信你是对的。至少有一个女儿吧。这个女儿的故事是怎样的呢?"

他坐在床头,双手紧捂着他那干瘦的头颅。过了一会儿他压低嗓门,结结巴巴地说着,好像是在回忆很久以前听说过的一件事情。我全身剧烈地颤抖起来,因为这件事太离谱了。

"他是有一个女儿,"大伯接着说。"他女儿上学了,老师都是一些女穆夫提,但那一定是很久以后的事情。这一切发生的时候,她还太小。当然,她长大之后她父亲是不会把这件事告诉她的。达官老爷太清高了,是不会乞求别人怜悯的。这姑娘呢——对,我想起来了——这姑娘迷上了镇里的一个小伙子,是一个店老板的儿子。姑娘不敢请小伙子到她家里来,因为她不想让意中人跟自己名声不好的老爸见面——她父亲也的确老了。这一切达官老爷都心知肚明,但他没吭气。他为人太清高了。后来小伙子的父亲,就是那些高帽子的走狗,干涉这一对情人的婚事,于是小伙子就跟另外一个姑娘好上了。那些时刻与达官老爷的女儿混在一起的女穆夫提们告诉她,说是她有这样的爸爸自然只会有这样的结局,因为她爸爸酗酒,亵渎神灵,比基督徒好不到哪儿去。而达官老爷的女儿……"说到这里我大伯慢慢地抬起头来,双手合十,看着天花板,仿佛要把后面的话从空气里攥住不放——"达官老爷的女儿开始发呆,一连几个礼拜哭闹不止……因为她……为自己的父亲感到羞耻。"

"我并不感到羞耻,"莫妮卡愤怒地说。

我大伯像个睁眼瞎似的,站起身来,恍恍惚惚地朝门口走去。有那么一阵子我完全忘记了他是一个可爱而又古怪的糟老头,说起话来喜欢夸夸其谈,而且刚刚与奥尼·迈克一起在码头上的里奥丹酒吧里喝醉了酒。他那模样有点像国王:理查王或者李尔王①。在房间里,在镇子里,在夜晚,到处都可以感到他的存在。

　　突然,他站直身体,昂起头,用雷霆般的声音辛酸地说:

　　"上帝保佑吧,姑娘为自己的父亲感到羞耻呀。"

　　莫妮卡热泪盈眶,歇斯底里地喊道:"她们不会这么说我的。这些自鸣得意的老婊子要是敢这么说我,我非把她们的眼珠子抠出来不可!"

　　我大伯没有回答,但我们都可以听见他迈着沉重的脚步下了楼,走进厨房。突然,乔茜一骨碌从床上跳了下来,跟在她父亲身后冲下楼去,褐色的大眼睛里充满了恐惧,脸色就像一个被孤零零地抛在陌生地方的小孩子一样。

　　"爸爸,爸爸,"她喊道,"我不感到羞耻。哦,爸爸,我决不再这样了! 回来吧,爸爸,回到我这里来!"

---

　　① 英国历史上的两位国王,莎士比亚的剧本分别写过这两位国王。

无　词　歌

　　即使世界上只剩下两个人,而这两个人都是圣徒,他们也不会幸福的,因为其中一个人总会极力去劝诫另一个人。人的本性如此。

　　当然,我这并不是说阿诺德修士或者迈克尔修士这两位修士是圣徒。在日常生活中,阿诺德修士大哥是业余邮递员,不过好多人都知道他是个名气很大的兽医,因此大家都让他来护理修道院里的奶牛。他的面孔完全可以成为香烟广告的形象大使:脸盘很大,一副天真无邪、知命乐天的样子,两只蓝眼睛不停地闪烁着。按修道院的规矩他应该是处事泰然自若、有条不紊的,不过他不习惯低着头,眼睛不管看着什么,都是炯炯有神,双手从白色的衣袖中伸出来,做着各种手势。修士们大都会手语,这是他们应付缄口规定的办法;他们之间用手势传递的信息之多,令人惊讶。

　　一天,阿诺德修士在找一瓶蓖麻油,突然想起来自己把它借给了看管马厩的迈克尔修士。他们俩的关系不怎么好,迈克尔修士是个神情阴郁、落落寡合、性格内向的人,长相平平,干瘪的小脸上老是一副哭相,一双无神的眼睛,眼眶四周有一圈红线——的确,如果他刮去络腮胡子,头上扣一顶圆顶高帽,嘴上叼一根香烟,那模样不用人介绍也可以找到一份看管马厩的工作。

　　马厩的院子里不见迈克尔修士的踪影,这也很正常,因为在其他修士从田里回来之前这里并不需要他,于是阿诺德修士推开马厩的门,自个儿进去找那个瓶子。瓶子没找着,但他看到一件事,后悔自己不该来。原来迈克尔修士躲在一个马栏里,背靠着隔板,背后藏着什么东西,脸上的表情活像一个做了坏事逃到人群中给人逮住的小男孩。阿诺德修士意识到此时此地自己是世界上最不受欢迎的人。他满脸通红,挥了挥手,表示自己并不是有意窥探别人的隐私,然后回到自己的住处。

他受的这一惊可不小,显然迈克尔修士在干什么见不得人的事。阿诺德修士情不自禁地猜想着究竟是什么事。有趣的是,以前在外面他也见过这种事;干这种事的总是那些不声不响、鬼鬼祟祟的人。去教堂做礼拜的时候他看了迈克尔修士一眼,觉得迈克尔修士正在偷看他,不想让他看到自己也在这里。第二天他们俩在院子里碰了面,他发现迈克尔修士瞥了他一眼,还点了点头,神情很冷淡。

接下来那一天迈克尔修士招呼他到马厩里去,那样子好像是马病了。但阿诺德修士知道不是这么回事,心里琢磨着这家伙是要做一番解释,他很好奇迈克尔修士会怎样解释这件事。他是个喜欢窥探别人隐私的人;这个他自己也知道,为此他也常常自责。

迈克尔修士小心翼翼地关上门,然后双手放在背后,两只脚交叉,背靠门框站着,那姿势酷似一只狐狸。接着,他朝马栏那个方向点了点头,在那里阿诺德修士那天差不多是当场把他逮住了。然后,他扬了扬眉毛,眼睛询问地打量着他。阿诺德修士严肃地点了点头。当时的情景他以后很难忘怀。迈克尔修士将手从袖子里伸出来,他的手中拿着一张折叠的报纸。阿诺德修士耸了耸肩膀,好像是说这事儿跟我无关,但迈克尔修士点了点头,硬是把报纸塞进他手里。

他毫无兴趣地打开报纸,心想那可能是迈克尔修士偷偷拿进来的地方报纸,上面有来自家乡的新闻,借此解释那天他鬼鬼祟祟的举动。他瞥了一眼报纸的名字,突然眼前一亮,仿佛背后猛地亮起了一盏电灯,把他的脸照得通亮,最后他情不自禁地哈哈大笑起来。迈克尔修士没有笑,只是干咳了一下,他笑的时候就这个样。报纸的名字是《爱尔兰赛马新闻报》。

这时最难堪的场面已经过去了,迈克尔修士也感到轻松了不少。他指了指有关克勒克马赛的标题,然后又指了指自己。阿诺德修士摇摇头,用期待的目光瞥了他一眼,仿佛又想大笑一阵。迈克尔修士

搔了搔脑袋,琢磨着用什么手势来传达自己的意思。他这个人头脑比较迟钝,用手势语交谈根本不在行。突然他拿起一把大刷子,两腿跨在刷子上,卷起袖子,左手握着刷子柄,右手在屁股后面拍打着空气,苍老粗糙的小脸上一副阴森的表情。他又一次用询问的目光看了阿诺德修士一眼,阿诺德修士激动地点了点头,竖起大拇指表示自己明白了他的意思。这时他知道了迈克尔修士那天举止异常的真正原因是他在偷偷地看赛马新闻,之所以要偷偷地看这样的新闻,是因为他在业余时间是克勒克马赛的赛马骑师。

阿诺德修士发疯似的笑个不止,蓝色的眼睛跳跃着,真想把自己的心思痛痛快快地跟别人讲一讲。他突然想起自己对迈克尔修士的种种猜想,于是低下头,捶打着自己的胸脯,表示请求对方的原谅。接着,他又瞥了一眼那张报纸,眼睛里闪出一丝顽皮的光芒,然后拿起报纸指着自己。迈克尔修士困惑不解,也用手指着自己。随后,阿诺德修士暗笑着把报纸藏进袖口里。迈克尔修士眨巴着眼睛竖起大拇指,然后缓慢而谨慎地走到马厩的那一边,把手伸到倾斜的墙壁上。看来那就是他藏报纸的秘密地点。他拿出几张报纸,递给阿诺德修士。

这一天,阿诺德修士非常高兴,逢人便眨巴着眼睛微笑,别人都纳闷这是怎么回事。他一直都想找个人倾诉一下自己的心思。那天晚上,下班回到卧室,他搓着手,一想起这事儿就格格地笑个没完,仿佛自己在孤独之中突然开启了一扇窗户,给他带来了温暖和愉悦,他那颗心膨胀得足以拥抱全人类。

直到第二天他才静下心来认认真真地读那张报纸。他在一张表面很粗糙的桌子上铺开报纸,桌子上方有一盏从屋顶上吊下来的昏暗的电灯泡。他已经有四年没看报了,四年前他看的那张报纸是一个卡车司机用来包面包和黄油的地方报纸。记得当时阿诺德修士把那张报纸抚得平平整整,然后藏进桌子里,有时间就认真地研读,仿佛那是一个失传了的古希腊剧本。他读了报纸才知道现代人喜欢用各种各样古怪的字——印刷体的字,而不管意思如何。那张报纸上登载的新闻是县委员会就任命七名牛皮蝇巡查员一事进行的辩论。等他读完的时候,他已经能够把那段文字背诵下来了。

此刻,他读这份赛马报纸不是像火车上的旅客那样借读报消磨时光,而是要把报纸整个地啃下去。一些吉祥的字眼就像是零星的曲调从过去的生活中朝他走来:有"赛前鞍具着装场",有"定点越野赛",有"两岁马驹"等,他仿佛置身于春季赛马日那一天的观众席上,银色的日光就像天国里的旗帜一样飘落下来。只要闭上眼睛,他就能看见休息帐篷的缝隙里渗出的金光,他所爱的那个姑娘坐在一个倒放着的柠檬纸盒上,对他说:"爱尔兰佬,天国里肯定也有赛马!"这个姑娘太野了,阿诺德修士嫌她太野,因为他自个儿是个安分守己的人,他发现姑娘同时又跟另外一个男人好,心里的疙瘩后来怎么也去不掉。此刻,他只记得姑娘的微笑和说那几个词语的声音了,这几个词语经常回荡在他的脑海里。后来他每次跟迈克尔修士见面,就想拍一下他的背,说:"哥们儿,天国里一定也有赛马。"然后,就咧着嘴笑,而迈克尔修士虽然以前从没听过这句话,也没听到那个姑娘说话的声调,但每次听了他的话之后都面带忧郁,粗硬的眼睫毛下面呆滞的眼珠闪烁着,做一个手势,是赌注登记经纪人习惯的手势,表示完全听懂了。

一天,迈克尔修士带来几张报纸。他指了指其中一张报纸上自己做了记号的马匹,又指了指另外一张报纸上获胜的马匹。他并没有做出任何欢欣鼓舞的样子,只是僵硬地眨了几下眼睛,而阿诺德修士看到获胜马匹的名单之后目瞪口呆。他感到既惊奇又自豪,因为那么多富人、聪明人输给了住在几百英里外一个头脑简单的修士。他越想越激动,有那么一会儿,他觉得自己有责任把这件事告诉修道院的院长,让修道院充分利用迈克尔修士的智慧,但一转念他又意识到这么做不合适。即使迈克尔修士可以拿赢来的钱把修道院从头到脚装修一次,教会的权威人士也不会同意的。不过,阿诺德修士此刻更想找个人倾诉一下自己的心思。

他走到门口,伸手从墙上拿下那块松动的石头。迈克尔修士好几次摇头示意自己对阿诺德修士的聪明很佩服。阿诺德修士咧着嘴笑了,接着他拿出一个瓶子,递给迈克尔修士。迈克尔修士用疑惑的眼光望着他,仿佛是问:这是不是什么兽药? 他不露声色地揭开瓶塞子,用鼻子闻了闻,脸色仍然没有任何变化。突然,他走到门边,飞快地朝上面瞥了一眼,又朝下面瞥了一眼,把瓶子举到嘴唇边。他的脸涨得通红,咳嗽起来。原来那是上好的啤酒,而他是不喝酒的。他看着阿诺德修士扭动着灵便的门铰链,不禁一阵颤抖,仿佛是兴奋所致,一双小眼睛也湿润了。阿诺德修士把瓶子放进墙洞里,做了一手势,表示迈克尔修士自个儿随时可以到这里来喝上几口。迈克尔修士怀疑地摇了摇头;阿诺德修士却一本正经地点了点头,他一边闪电般地挥舞着手指,一边解释道:他给一个农场主治好了一头生病的母牛,这个农场主每个星期给他送一瓶酒。

就这样两个人成了莫逆之交,彼此之间再也没有什么秘密,彼此的小毛病对方都心知肚明,也因此而更喜欢对方。尽管彼此之间不用语言进行交流,但都是极力找机会跟对方在一起,遇到了什么不顺心的事情,也只是一笑了之。阿诺德修士比之前任何时候都要开心。看到迈克尔修士的成功他的手也痒了,每次迈克尔修士把赛马报纸上自己选中的马匹标上记号,然后给他看时,他耐心地等上三四天,直到比赛结果出来了,才把报纸还回给迈克尔修士。对于迈克尔修士来说,这也是一种崭新的人生体验,因为如果自己老是赢家而没有一个人知道,那他从中又能得到什么乐趣呢? 此时此刻他觉得如果不论一匹马是输是赢他都能从中得到一个先令的奖赏,那他对人生就别无他求了。

后来还是足智多谋的阿诺德修士解决了这个难题。他把新闻写成摘要,摘要中的一个词相当于一句祷告,谁输了谁就为赢家做祷告。这是一条妙计,实施起来双方都心悦诚服。刚开始的时候总是阿诺德修士赢,但迈克尔修士也不是白输的,他从中汲取了宝贵的经验。虽然输了大不了也只是念几句祷告辞,但他可不能这么白丢人。于是,他的每一步都是三思而后行。阿诺德修士开始的时候总是跟在他后面依葫芦画瓢,但后来运气好就不免有些乱来。迈克尔修士看到以前克勒克马赛还有其他一些赛事中都出现过这种先赢后输的情况,好多原先住高楼大厦、开小汽车的人,后来到都柏林的街上沿街乞讨。为此他替阿诺德修士感到庆幸,因为上帝让他过着如此简朴的修士生活,要是玩真格儿的赌博他输了是会危害到自己和家人的。

再说这两个人之间的赌博与他们的性格也大相径庭。阿诺德修士性格上最大的缺点就是喜欢多喝两杯,他给家人招来的最大麻烦充其量也就是觉得跟他这么一个性子温和的老好人一起生活太窝囊了。迈克尔修士呢,对人生有一种愤世嫉俗的看法,总喜欢到每一件事情中去寻找寓意,尽管有好多事情是没有任何寓意可言的。他总是极力劝说阿诺德修士去寻找赌博的科学性,但对方觉得他这是在说笑话。阿诺德修士就是这么一个充满了幻想的人!他老是一副咧着嘴傻笑的模样,越赌越上瘾。没过多久迈克尔修士发现自己赢了一大堆祷告辞,他在脑子里想像着:要是换成赌钱的话,他已经赢了好几栋高楼大厦,好几辆小汽车了!不过,即便如此他还是有点于心不忍,觉得赌博不是什么好事。于是,便劝说阿诺德修士别赌了。作为这种赌博的发明者,阿诺德修士听了很生气,觉得自尊心受到了伤害,就像一个小孩子听到大人不准他玩游戏一样。迈克尔修士的良心过意不去,他隐约地感到自己跟阿诺德修士的关系太过亲密了,而事实也的确如此。可是,事到如今要想疏远也太难了:跟你情不自禁地喜欢的人在一起,总有一种温暖、友爱的感觉。

后来有一天他到阿诺德修士的住处去,发现阿诺德修士手上拿着一副纸牌。牌很旧,好像是哪个农场里玩旧了扔掉的。但是,阿诺德修士看着牌脸上一副乐不可支的样子。看着好朋友手里拿着这样的牌,迈克尔修士倒是吓了一跳。阿诺德修士半开玩笑地做了一个发牌的手势,迈克尔修士严肃地摇头表示不玩。阿诺德修士红着脸,咬着嘴唇坚持要玩,看样子他是要来真格的了。一连几个礼拜萦绕在迈克尔修士脑子里的疑惑现在涣然冰释了。自己的运气也太好了，一场接一场地赢个没完。阿诺德修士一边洗牌一边咧着嘴傻笑；迈克尔修士耐心地等着，抽出一张牌，翻面放着，由此决定谁坐庄。结果阿诺德修士得到了这张牌，他坐庄。阿诺德修士发了两手五，亮出一个红桃五作王牌，他要玩二十五点。迈克尔修士期待着奇迹的出现，看了看手上的牌，脸色阴沉了下来。虽然不是他期待的那种奇迹，但这也是一个奇迹：成串的四张红桃、一个爱司、一个杰克、两张王牌、三张黑桃。他的手太红了。是运气好吗？是偶然的巧合，还是冥冥之中有神灵拉着他的手，使他在泥潭里越陷越深？

他喜欢到万事万物中去寻找寓意，而这件事情的寓意太明显不过了，太让他伤心了。他是一个性格孤僻、多愁善感的人，在生活中不管遇到了什么挫折，他总是把全部希望寄托在马的身上。有时候他甚至觉得他之所以能保持清醒的头脑全得归功于那几匹马。如果他不知道比赛中马跑得怎么样，骑师们训练得怎么样——德比马赛日、潘趣斯顿马赛、雷帕孜顿马赛、还有克勒克马赛一场接一场地进行，而他对这些一无所知，那他又如何去面对今后二十、甚至三十年的人生道路呢？

"上帝啊，"他心里酸楚地想，"一个人为了您舍弃了一切，舍弃了娶妻生子的机会，舍弃了家人和朋友，舍弃了职业，来到一座荒山之上，内心的苦楚不能跟随行的伙伴倾诉。但他内心深处仍然保留着某种东西，这种东西虽然微不足道，但足以使他想起自己付出的代价。对于我来说，这种东西就是马；对于面前的这个人来说，就是一杯啤酒。我敢对您说，还有那么一些人，把姑娘的头发藏起来，不时地拿出来看一看。无所不知的上帝啊，您也知道我们每个人都有一个储藏秘密的小洞，对于他本人来说，这个洞虽小，但里面藏着的是整个世界。渐渐地这个洞越来越大，直到有一天您把里面的一切都公之于众。"

阿诺德修士还在等着他出牌。他叹了一口气，把手搁在桌子上。阿诺德修士看了看他的手，又看了看他的脸。迈克尔修士信手拿走一张黑桃，再放上一张红桃，但阿诺德修士还是没看见。接着，迈克

46

尔修士摇了摇头,指了指地板。阿诺德修士又咬起嘴唇,一副要哭的样子,甩下手中的牌,走到牛栏的另一端。迈克尔修士等了一会儿,他能看得见对方的内心在进行着激烈的斗争,甚至能听到有个微弱的声音在对方的耳旁嘀咕着:迈克尔修士真是婆婆妈妈的,人生的道路那么长,没有一点乐趣,还不如死了算了——这样的话迈克尔修士以前听到过,正是这样的花言巧语使得许多人走上了歧途。他知道,虽然此时此刻他有点不忍心,但到了另一个世界里,阿诺德修士是会感激他的。到了那里阿诺德修士会对他说:"迈克尔修士,如果没有你的榜样,我不知道会变成一个什么样的人。"

想到这儿,迈克尔修士走上前去,轻轻地拍了拍他的肩膀,然后指了指酒瓶,又指了指赛马的报纸和纸牌。阿诺德修士绝望地摆了摆手,但最后还是点了点头。两人把各自的纸牌、酒瓶和报纸都收了起来,藏到口袋里,免得外人看见了说东道西。然后,两人一同到修道院院长那里去忏悔自己的罪过。

牧　人

　　一个秋天的傍晚,教区神甫韦兰神甫去拜访自己的助手迪瓦恩神甫。韦兰神甫身材魁梧肥胖,宽阔的胸脯,粗壮的脖子,脑袋与躯干的分野不是很明显。两只耳朵周围竖立着蓬乱、粗硬的头发,红润、慈祥的脸颊上露出一股天真,整个一个乡下卖鸡蛋的虔诚老太太形象。

　　迪瓦恩神甫的皮肤显得苍白而憔悴,温和而颇为英俊的脸上闪烁着老式钢琴键盘柔和的光泽,略显忧郁的小鼻子上架着一副夹鼻眼镜。他跟韦兰神甫的关系很好。比如说,这个不知道自己什么时候才能发迹的迪瓦恩以韦兰神甫的名义创建了一个戏剧协会,每年有一个戏剧节。韦兰神甫既要参加戏剧协会的活动,又要出席戏剧节。韦兰神甫是个慈祥的老好人,从不对别人说长道短,但每当有人在他面前提起助理神甫的名字,他总是拍拍自己的前额说,可怜的迪瓦恩跟他那可怜的爸爸一个样。"他爸爸是个国民教师——我跟他很熟!"

　　迪瓦恩说起韦兰神甫时总是拉长着腔调,用诋毁的口气模仿老人的原话,故意加重语气把老人原话中的愚蠢突显出来:"我知道咱们神职人员中有些人反对书籍,但我本人就是喜欢书籍。我很喜欢赞恩·格雷① 的作品。我甚至对诗歌都感兴趣。比如说你们在广告

---

① 赞恩·格雷(1872—1939),美国通俗小说家,作品大多描写西部牛仔的传奇故事,
代表作为《紫色鼠尾草骑士》。这里是讽刺韦兰神甫的无知,因为他喜欢的只是
通俗小说。

48

上看到的有些诗句就写得很美嘛。"说完,这位不善言笑的迪瓦恩一想到韦兰神甫居然是宗教界智慧和权威的代表,就会忍俊不禁地窃笑几声。迪瓦恩人很聪明,很孤僻,收藏有几幅水彩画的真迹,书架上摆满了书籍,对此韦兰神甫深感惊讶。此刻,韦兰神甫站在迪瓦恩家的书架前,双手攥着帽子,翘起长满了赘疣的鼻子,一对无神、无望的眼睛露出慈祥的光芒。

"恐怕这儿没有合您口味的书,"迪瓦恩用一种明里夸赞、暗里贬低的口吻说道,仿佛他把韦兰神甫放在跟自己同一个欣赏水准上。

"话可不能这么说,"韦兰心不在焉地说。"我看到你有不少外国书。看样子你很懂外语喽。"

"只是读得懂而已,"迪瓦恩没精打采地说着,把他那英俊的脑袋偏到一边。"怎么啦?"

"码头上停着一艘外国船,"韦兰的眼睛一动不动。"是哪国的船?是法国的还是德国的?大伙儿议论纷纷。"

"是吗?"迪瓦恩拖长着声调,狭窄而倾斜的额头上高高地扬起两道浓眉。"我怎么没听说?"

"议论得可厉害了,"韦兰声音忧虑地说着,转过身来,那张红润的老圆脸和闪光的眼镜与迪瓦恩面面相觑。"每天晚上都有女孩子到船上去。我跟沙利文说了,今儿晚上要上那儿去一趟,察看察看。所以呀,我刚才在想,得找个懂外语的人去当翻译。"

"我的法语水平恐怕当不了那样的翻译,"迪瓦恩冷冷地说,不过他没有表示反对,因为除了有点婆婆妈妈之外,韦兰跟其他教区的神甫相比还算是过得去的。迪瓦恩见过一些很不称职的教区神甫。于是,他穿上一件褪色的旧大衣,戴上一顶破旧的帽子,把帽舌拉得低低的,抵住眼镜架。两个神甫就这样来到大街上邮局的拐角处。这里人迹稀少,两个无业人员像装饰品一样分站在门口两边,还有几个晚上睡不着觉的人在桥上出神地看着拦河坝上的水沫。迪瓦恩为了引导这些无业人员掌握专业技术曾经亲自去学过木匠,但他的努力收效甚微。

"天晓得,"他心事重重地说。"不用我说你也知道那些女孩子喜欢去什么样的地方。"

"啊,"教区神甫谨慎地昂起头,仿佛他的脑袋是一个花盆,一不小心就会掉下来摔碎了似的。"她们去那种地方干什么呢?一门心思地寻欢作乐。那个叫诺拉·菲茨帕特里克的姑娘就是这样子,她妈妈在家里都快要断气了。"

"那可能就是她到外面鬼混的原因,"迪瓦恩说,因为他到这个姑娘家去走访过,知道她的家底。妈妈得癌症奄奄一息,家里有六个孩子。

"唉,女人嘛,就该待在家里,"韦兰并无恶意地说。

两人途经技术学校来到码头。这里的人也很稀少,码头上停靠着一艘运煤的小船和一艘运粮食的外国大货轮。因为涨潮,这艘大船漆黑的轮廓在码头边沿上显得分外高大。这个镇在历史上——嗯,大约一百年前吧——是个有名的繁华集市,一排排灰色石块砌成的仓库睁着无神的眼睛注视着河对岸。有两个男人刚才一直靠着墙仰望那艘运粮食的大货轮,看见两位神甫后,便迎上前来。其中那个瘦高个子长着一张哭丧的长脸,特别令人恶心,因为他那张丑陋不堪的脸长得细皮嫩肉的,还透出一股青春的粉红色,活像一个浓妆艳抹的丑老太太。他头戴着假发,手拿一把折叠雨伞,放在背后。这人名叫沙利文,是镇上一家商店的老板,经常到教堂去做礼拜。迪瓦恩很讨厌这个家伙。另一个叫乔·谢里丹,矮胖的个子,黑黝黝的皮肤,长相像个犹太人,为人容易动火。迪瓦恩对这个人的印象要好一些。这个人跟谁都说得来,整天夸夸其谈的,喜欢自我陶醉。四个人走到一起,迪瓦恩抬头看见那艘外国货轮船舷上站着两个外国小伙子,手托着腮帮子正注视着他们呢。

"小伙子们,你们好哇?"韦兰跟他们俩打招呼。

"神甫,这会儿船上有两个,"沙利文尖着嗓子责怪地说。"是诺拉·菲茨帕特里克和菲莉·奥马利。"

"嗯,你最好亲自上船去叫她们俩下来,"韦兰平静地说。

"神甫,咱们这么做合不合法呀?,"谢里丹皱起眉头问道。"我是说,咱们具不具备采取这种行动的法律地位?"

"哦,他们要是捅了你一刀子,我想是会受到审判的,"迪瓦恩声音冰冷,满怀怨毒地说。"当然,我不知道你的老婆孩子会不会要求赔偿。"

韦兰没理会他话里的怨毒,把一只毛茸茸的手放在迪瓦恩的肩上,另一只手则搭在谢里丹的肩上,示意二人不要害怕,同时露出一种虔诚而自信的神色。其实他们只不过是谋事而已,成事与否得由上帝来决定。

"先别去管什么法律地位不法律地位的,"他慈祥地说。"这由我负责。"

"神甫,有您这句话我就放心了。"谢里丹说着,把帽舌拉下来遮住了眼睛,双手交叉放在背后,大踏步地走上舷梯,那模样就像一个美国通俗电影里的侦探。与此同时,沙利文用雨伞顶住自己的腰背部,昂着头,跟在他后面也上去了。这一对活宝,迪瓦恩心想。只见他俩朝那两个水手走去。

"有两个姑娘,"沙利文用呵斥的口吻厉声说道。"半小时前上了船,我们是来找她们俩的。"

两个水手一动不动,其中一个懒洋洋地转动着眼珠,上下打量着沙利文。

"不在这儿,"水手粗暴地说。"是在那一艘船上,那艘船上经常有女孩子去。"

这时谢里丹瞥了一眼甲板下面一扇开着的门,招呼道:

"菲莉·奥马利!"他那沙哑的声音喊道。"韦兰神甫和迪瓦恩神甫来了。出来吧! 他们俩有话要跟你说。"

"告诉她如果她自个儿不出来,我就进去把她拖出来,"教区神甫焦急地喊道。

"他说了,要是你不出来,他就进去把你拖出来,"谢里丹重复着教区神甫的话。

一两分钟过去了，什么动静也没有。接着一个姑娘出现在甲板上，她高高的个子，脸色通红，像得了肺结核似的，手拿一块手绢捂着眼睛。看着这个姑娘华丽的旧衣服、廉价帽子、念珠项链，迪瓦恩不由得一阵恶心，他感到气愤，感到羞辱，心头升起一股冰冷的怒气。谁叫他是个好牧人的呢！

"伙计们，加把劲儿，"教区神甫打气地说。"还有一个呢？"

谢里丹得意地涨红了脸，他正准备从升降口扶梯下去，突然一个水手用力推了他一把，他一下子跌倒在船舷上。然后，那个水手冷漠地站在扶梯口，堵住了他的去路。韦兰气得满脸通红，他等着那个姑娘离开舷梯，免得要他亲自上船去。迪瓦恩停下脚步，低声跟姑娘说话。

"菲莉，赶快离开这儿回家去，"他说，"别自个儿找麻烦了。"

听到他声音那样温和，姑娘把捂在脸上的手绢放了下来，真的哭了。这时，迪瓦恩也跟在别人后面走了上去。肥胖的老神甫昂着头，又惊又气，全身发抖，这场面可真逗。

"马上给我让开路！"老神甫说。

"别卖傻啦，"迪瓦恩平静的声音里带着一股怒气。"人家不习惯你这样跟他们说话。要是给你肋下来一刀，那可是你自找的。咱们找他们的船长说理去。"说完，他弯着腰，扬起眉头，用一种谦卑而又不以为然的声音说："劳驾，能不能给船长捎句话，我们找他有事。"

那个拦住路的水手看了迪瓦恩一会儿，然后朝上一层甲板的方向点了点头。迪瓦恩牵着教区神甫的手，告诉沙利文和谢里丹在原地待命，然后走上了甲板。没走几步，另外一个水手蹿到他们前面去敲门，门开了，他说了几句什么，迪瓦恩一句也没听懂。接着，这个水手皱着眉头打开门，把两位神甫让了进去。船长是个中年人，脸上密密麻麻地布满了皱纹，一头黑发剪得很短，上嘴唇留着一溜黑胡子。看那样子是地中海一带的人。

"晚上好,二位先生①,"船长一本正经地大声打着招呼,但话音里渗出一种紧张的情绪。

"晚上好,船长先生,"迪瓦恩弯腰致意,举起那顶破旧的帽子,伤感似的声音里带有几分讨好的意味。"我们打搅您了吗?"

"没有,没有;请进来吧,"船长热情地说,迪瓦恩友好的口气显然让他如释重负。"那么您也讲法语喽?"

"只会一点点,船长先生,"迪瓦恩不以为然地说。"这您是知道的,在我们爱尔兰讲法语的机会不多。"

"啊,嗯,"船长高兴地说起了英语。"我也会讲英语,所以咱们完全可以沟通。请坐,请坐。"

"恐怕我的法语远不及你的英语那么好,"迪瓦恩说着坐了下来。

"走的码头多了,"船长听了夸奖有点自得。"二位喝点什么吗?来杯白兰地怎么样?"

"当然,那再好不过了,"话一出口,迪瓦恩就有点后悔。"不过我们还是先请你帮个忙。"

"帮忙?"船长热情洋溢地说。"没问题,没问题呀。什么忙都成。来支雪茄吗?"

"从来不抽这玩意儿,"韦兰干巴巴的声音里带着一股执拗,他看了看烟盒,然后赶忙把眼睛移开。为了掩饰他的粗鲁,从不吸烟的迪瓦恩拿了一支雪茄,然后点着了。

"最好还是介绍一下我们俩的身份,"迪瓦恩又坐回到原来的座位上,脑袋偏到一边,一双细长的手耷拉在椅子扶手上。"这是韦兰神甫,教区神甫。我叫迪瓦恩,是助理神甫。"

"我呢,"船长自豪地自我介绍说。"我叫柏拉图·德马莱。我敢肯定你们从来没听说过名字叫柏拉图的人?"

"这么说,你跟哲学家柏拉图还有点关系?"迪瓦恩说。

---

① 本篇中仿体字表示原文为法文。

"正是,正是! 我还有两个弟弟叫芝诺和柏罗丁。①"

"一家的知识分子呀!"

"那些都是异教徒,"船长沾沾自喜地解释说,"还都是希腊人。我父亲是个小学教师。他给我们兄弟几个取这样的名字就是为了气一气当地的神甫。我父亲是反对教权主义的。"

"不只是法国小学老师有这种嗜好,"迪瓦恩冷冷地说。"不过我父亲也是小学教师,他就没有管我叫亚里士多德。叫不叫这样的名字都一样,"他暗笑了一声,接着又说:"闲话少说,船上有个叫菲茨帕特里克的姑娘,估计跟哪个水手在一起。她是韦兰神甫教区的信徒,如果您能把她放出来,我们将万分感激。"

"是你自己万分感激,"韦兰说着扬起他那执拗的、老农民似的脑袋,眼光中带着一种平息一切争端的亲善。"我可不会感激一个只是尽自己职责的人。"

"那么,韦兰神甫,你最好还是亲开尊口,说明自己的来意。"迪瓦恩克极力克制住自己内心跟暴躁差不多的一种情绪。

"神甫,我正是这么想的,"韦兰固执地说。"船长先生,不管她名字叫什么吧,"他一字一顿地说,"在您的船上没有什么正经事。这么晚了,一个没结婚的姑娘待在船上很不合适。"

"我听不明白,"船长不安地说着,斜视了迪瓦恩一眼。"她是您的亲戚吗?"

"不是,先生,"韦兰加重语气说。"她跟我毫无瓜葛。"

"那我就不明白了,您找她干吗呀?"船长问。

"先生,你不明白也是我意料之中的事,"韦兰固执地说着,眼睛盯住自己的指甲。

"哦,我的天哪!"迪瓦恩为老人的执拗激怒了,大声喊叫起来。"船长,你瞧,"他耐心地解释着,焦急地弯下腰,脑袋微微后仰仿佛担心眼镜会掉下来似的。"这个姑娘是韦兰神甫管教的信徒,不怎么安

---

① 这本是两位古代西方哲学家的名字。

54

分守己——我倒不是说她对别人有什么危害,"说到这儿,他连忙补充了一句,然后意识到自己的声音充满了热忱,一下子又感到难为情起来。"我是说,她只是有点野。韦兰神甫有责任管教她,不让她误入歧途。韦兰神甫是牧人,姑娘是一只迷了路的小羊羔,"说到这里他为自己的连珠妙语感到得意,脸上掠过一丝微笑。

船长身体前倾,轻轻拍打着神甫的膝盖。

"你们英国人可真逗,"他颇有兴致地说。"我跑遍了全世界,到处都碰到英国人,可我就是无法理解你们英国人的所作所为。永远也无法理解!"

"伙计,我们可不是英国人,"韦兰露出到目前为止从未有过的兴致。"你不知道自己是在哪个国家吗? 这是爱尔兰哪。"

"都一样。"船长说。

"那可大不一样。"韦兰说。

"当然不一样啦,船长,"迪瓦恩歪着脑袋温和地表示反对,然后上下打量着船长。"我们承认有区别吗?"

"区别?"船长说。"呸!"

"在博因河战役中,你们法国人支援了我们爱尔兰人,"迪瓦恩极力说服船长。"后来在丰特努瓦和拉米伊战役中我们爱尔兰人又支援了你们法国人。"①

> 拉米伊成了血流成河的战场,
> 法国军队打输了赶紧投降。
> 多亏克莱尔的龙骑兵及时赶到,
> 获胜的撒克逊人才撤出了战场。

迪瓦恩朗诵这首诗时面带着道歉的微笑,跟刚才用牧人和羊羔那个比喻时一样,仿佛是请求对方原谅他卖弄文学知识。但是,船长

---

① 这里指的是一六九〇年逃到法国的原英国国王詹姆斯二世与自己的女婿、时任英国国王的奥伦治公爵威廉之间争夺王位的一场战争。

不耐烦地挥手示意不理他这个茬儿。

"得了吧,你!"他耸着肩膀哼了一声说。"这我都知道。你们自称是爱尔兰人,还有人自称是苏格兰人,可你们都是英国人。没什么区别。都一个样,都是婆婆妈妈的,都会虚情假意,都是道德圣人。那个姑娘究竟是什么人?是神甫的女儿吗?"

"神甫的女儿?"迪瓦恩惊讶地大叫起来。

"谁的女儿?"韦兰把嘴撇得老高。

"我估计,他是说你的女儿?"迪瓦恩冷冷地说。

"哼,哼!"老人红着脸说。"他们法国人受的是什么教育?难道不知道干我们这一行的不能结婚?"

"我估计他是想当然,"迪瓦恩回答道,口气比刚才更冷淡。"她不是神甫的女儿,"他打趣地告诉船长。

"是真的吗?"

"千真万确。"

"这么说是他的情妇喽?"

"更不是了,"迪瓦恩声音平和地回答道,他那贝壳一样干瘪的脸上只剩下一丝微笑了。

"哦,好了,好了!"船长激动地大声说着,猛地从座位上站起来,在船舱里来回踱着步。只见他眉头紧锁,挥动着手臂。"好,很好。神甫先生,您是在嘲笑我。听好了,我刚才是出于礼貌才问是不是他的女儿。看得出来这个老家伙是在吃醋。难道我不知道秘密警察对我的船监视了整整一个礼拜吗?不过,请相信我,先生,我根本就没把他放在眼里,还有他派来的警察。"

"他好像很激动似的,"韦兰很反感地说。"他在说些什么?"

"我极力说服他,让他相信姑娘不是你的情妇,"迪瓦恩忍不住要拿话来刺他一下。

"我的什么?"

"你的情妇;就是跟你一起睡觉的女人。他说你吃醋,你派侦探对他这条船监视了一个礼拜。"

老头子脸上刚才泛起的红晕这一下子扩散到了脖子和耳朵根，气得连说话的声音都在打颤。

"哼,哼,哼!"他说。"迪瓦恩,咱们最好回去得了。跟这种人没什么好说的。他脑子有问题。"

"没准他也以为咱们的脑子有问题呢。"迪瓦恩说着站起身来。"明儿晚上到我家来吃饭,我把这一切都给你解释清楚。"他对船长说。

"先生,太谢谢了,"船长耸了一下肩膀说。"不过,我不需要什么解释。没有什么大不了的事情,你们只不过是编了一个故事而已。"他快乐地拍了拍迪瓦恩的肩膀,那模样简直是想和他拥抱。"当然,那个姑娘我是要交还给您的,因为您提出了这样的要求。不过,听明白了,我这么做仅仅只是因为您,而不是因为那位先生和他的警察。"说到这儿,他站直身体,瞪了呆若木鸡的教区神甫一眼。

"哦,至于我嘛,"迪瓦恩有点厌烦地说。"您最好是去哪里就把她带到哪里去。我本人就是这么想的。"

"什么?"船长紧抓着前额大声喊道。"你也爱着她?"

"不是,不是,不是,"迪瓦恩给逗乐了,拍了拍他的肩膀。"这事太复杂了。换了我恐怕也弄不明白。"

"他这会儿又是说什么?"韦兰满腹狐疑,愠怒地问。

"哦,他好像以为姑娘也是我的情妇,"迪瓦恩愉快地回答道。"看他那样子,他以为咱们俩共有一个情妇。"

"得了,得了!"韦兰无可奈何地说着,朝舷梯那儿走去。"我的天哪,我从没想到过有人竟然愚昧到这种地步。咱们欧洲人还派传教士到非洲去开化黑人呢!"

与此同时,船长冲到船尾,朝舷梯下面喊叫起来。另一个姑娘出来了,只见她细小的个子,长得很丰满,也在哭鼻子。船长很同情,拍打着她的肩膀以示鼓励,然后用粗哑的嗓门说了几句什么。迪瓦恩怀疑船长大概是在劝那姑娘,要她今后找情人时找年轻一点的。接着,船长气势汹汹地冲到沙利文跟前。沙利文靠着折叠起来的雨伞正站在船舷上。船长朝他挥舞着手,傲慢地点头命令他下船去。

"滚吧!"他声音很短促。"滚,滚,滚!"

沙利文和谢里丹先下了船。这时夜幕突然无声地沿着码头降临下来,流沙一样的颜色越积越浓。乌云笼罩的河流入海口处闪着光亮,乌云下方的天空上有一颗星在闪烁着。"这颗星是牧人圈羊的信号,"迪瓦恩忧郁地想。他的心里有一种无助的失落感,仿佛自己正返回年轻时候的囚牢。他前面的教区神甫正走下舷梯,那张老太太一样干瘪的脸都快靠着宽阔的胸脯了。他走下舷梯后停了下来,回头望着船长,只见船长站在船舷上正对着他怒目而视呢。

"不管怎么说吧,"教区神甫声音低沉地说。"感谢万能的上帝,你们这个该死的民族正在地球上枯萎、消亡。"

迪瓦恩面带苦涩的微笑举起那顶破旧的帽子,整理了一下大衣下摆,踏上舷梯。

"您明天来吗,船长先生?"他用讨好的口吻问道。

"一定来。明天见,牧人先生,"船长面带会心的表情回答道。

回乌梅拉的漫漫归途

每到傍晚,你总能看到一个胖墩墩、身体没有曲线的老太太,身上搭着一条褪色成了黄褐色的彩色格子呢披巾,拖着脚步从欧小姐的店子里买回一罐酒。她走路的时候脑袋耷拉在胸前,一只手抓着垂落在胸前的披肩;身上系着一条帆布的围裙,脚上趿着一双没有鞋带的男式皮靴。她浮肿的眼睛紧眯着,眼皮上凸起一团团叶芽似的息肉,那张像是芜菁雕刻成的红红的老脸上布满了密密麻麻的皱纹。她那颗年迈的心正在逐渐衰竭,她好几次把酒罐放下来,靠着墙壁歇上一会儿,把顶在头上的披巾拿掉。路上人来人往;她谦卑地看着从面前经过的行人;有人跟她打招呼,她就扭过头去注视着这个人的背影,过了好几分钟才肯把目光移开。她身上生命的节奏放慢了,你几乎察觉不到她的脉搏还在微弱而迟缓地跳动。有时候她出于某种古怪的直觉面对着墙壁,从胸前取出鼻烟壶,把一撮鼻烟倒在浮肿的手背上,然后吸一下,鼻烟粘满了她的鼻子和上唇,溅到黑色的衬衫上。她把手凑到眼睛前仔细看着,很有点责怪的意思,仿佛感到诧异:鼻烟怎么对她的作用不大了呢?接着,她掸掉身上的灰尘,重新拿起那只旧罐子,隔着衣服挠了挠痒,然后拖着脚步沿着墙脚走着,嘴里大声哼哼着。

她住在土包子上面的一个小屋子里,回到家便脱下靴子,端出一大锅土豆,和那个租她房住的老鞋匠一起用手指剥去土豆皮,蘸一点盐就吃,两人边吃边轮流喝着罐子里的酒。老鞋匠是个性情活泼、知命乐天的人,名叫约翰尼·桑顿。

吃罢晚饭后,两个老人借着火光,谈着乡下往日的时光,谈着早已过世的乡亲,谈着鬼神,谈着童话故事,谈着符咒和魔力。老太太的儿子每个月给她送来津贴,听到两个老人谈论这些事情,不免有点沮丧。她儿子是做生意的,日子过得不错,在主街南路开有一家小杂货店,在假日矿泉那边有一栋小房子。他最希望的就是让母亲跟自己一起享享清福,欣赏欣赏他家里的地毯、瓷器和报时钟。儿子坐在两位老人中间,拍打着下巴,心里纳闷:两个老人怎么老是用陈旧的观念谈论死呢,好像死亡是一种千篇一律的东西似的。

"妈,你们俩老是讲这些陈谷子烂芝麻的故事,有什么意思呀?"有一天晚上儿子问。

"哪些故事呀,帕特?"他妈妈腼腆地微笑着问。

"天哪,"儿子说。"就是你们俩经常讲的那些。什么死尸呀,坟墓呀,死去的人哪。"

"啊哈,怎么,不能讲这些吗?"她回答着,同时僵直地低下头,用手把那件开领衬衣扣上,因为她的老胸脯都露出来了。"那边的老人比这边多吗?"

"你没看到那些人,不认识他们,自然就不一样喽!"儿子大声说。

"哦,我干吗要认识那些人哪?"她不高兴地喊道。"你是说莱克洛来的托梅夫妇俩,还有乌梅拉来的德里斯科尔夫妇俩吗?"

"你说对了,我们是要把你送回乌梅拉!"儿子嘲笑道。

"哎呀,帕特呀,"她把脸在衣服上擦了一把,带着那种谦卑而愚昧的微笑说。"不把我送回乌梅拉,还能把我送到哪儿去呀?"

"咱们自家的那一小块地就葬不了你吗?"儿子问。"还有你的儿子、孙子?"

"天哪,是呀,你是想把我葬在城里?"她耸了耸肩,朝火堆眨了眨眼,脸上露出烦躁而固执的神色。"我要回乌梅拉去,哪儿来的还是回哪儿去。"

"回到咱们受苦挨饿的地方。"帕特轻蔑地说。

"孩子,是回到你爸爸的身边。"

"是呀,可不是吗,还能到别的什么地方呢? 可我爸爸、我爷爷从没像我小时候那么待你过。我小时候沿街乞讨,跑遍科克市的大街小巷,为你讨回半个便士。"

"孩子呀,是有这么回事,你是去乞讨过,"她附和着说,眼睛盯着火光,全身颤抖。"小时候你对我是很孝顺。"

"我经常是饿着肚皮去乞讨,饿得走不动了才作罢,"帕特接着又说,一副顾影自怜的神情。

"你说的都是事实,"她嘟哝着,"是有这么回事,是有这么回事。你经常是几餐饭没吃,还要出去乞讨。那时候咱们孤儿寡母的,能有什么法子呢?"

"可现在你看不上咱们自个儿的墓地了,"儿子抱怨着说。他的声调里带着一股苦涩。他本是个无足轻重的小人物,母亲居然对死者这么百依百顺的,他很嫉妒。

老太太面带着谦卑而有点傻气的微笑看着儿子,她那蒙古人种一样的颧骨上方一对布满皱纹的老眼睛紧眯着,两只浮肿的老手跟厨房里的搅棍差不多,毫无生气。她将了将太阳穴上几缕又黄又白的乱发——这是她遇到麻烦时的习惯动作。

"孩子呀,还是把我的尸骨送回乌梅拉去,"她哭哭啼啼地说。"把我送回老家去。我在陌生的地方是睡不安稳的。我会爬起来四处漫游的。"

"呵,真是个愚昧无知的老太太!"他说着,露出气愤的神色。"这种观念都老掉牙了。"

"我不会因为你而把尸骨抛在这里的,"她嘶哑的嗓子里突然之间充满了无可奈何的愤怒。她手扶着壁炉架站了起来。

"谁也不会求你把尸骨留在这里的。"儿子的回答很干脆。

"我的鬼魂会纠缠你的,"她神情紧张地嘀咕着,身子靠着壁炉架,弯腰俯视着儿子,一个劲地傻笑。

"你说这话就更愚昧了,"儿子点了一下头表示鄙夷。"什么鬼魂纠缠哪,什么仙女呀,什么符咒啊,尽是老一套。"

她朝儿子面前迈了一步,然后站直身体,按紧那两缕变黄的头发，一对无神的眼睛在烛光下转动着、眨巴着，浮肿而布满皱纹的脸颊就像是两块破碎了的珐琅。

"帕特，"她说，"咱们娘儿俩离开乌梅拉的时候，你答应要送我回去的。当时你只是一个毛头小子。乡亲们围着我，我上路时跟他们说的最后一句话是：'乡亲们，我儿子帕特说了，等我百年之后，他会把我的尸骨交还给你们的。'……今儿晚上上帝在上，我说的是真话。我准备好了一切。"她来到楼梯下面的橱柜前，拿出两个包裹，在微弱的烛光下低下头。"这个包裹里是两个铜的蜡烛架和几支吉祥的蜡烛。那个包裹里是我的裹尸布，我经常拿出去晒。"

"呵，你是疯了，"他气愤地说。"四十英里！在四十英里外的大山深处呀！"

她突然光着脚丫子朝他走来，抬起的双手在空中乱抓着，身体和脸都老得难以辨认了。嘶哑的嗓门声音一大就变成了吼叫。

"孩子呀，是我把你从那里带出来的，你得把我送回去。即便你只剩下一个先令，即便你和你的儿子用完了这个先令就要进济贫院，你也得用这个先令把我送回乌梅拉去。而且不能抄近路！你把我的话可听明白了！要走大路！沿着湖边的那条大路，就是当年我把你带出来时走的那条路。今儿晚上我发下重誓决不让你走那条翻山越岭的近路。你得在小巷子尽头的那棵白蜡树下停一停，因为从那里你可以看得见我的小屋子，你要为曾经在那栋屋子里玩耍过、老死的人祈祷。然后呢——帕特！帕特·德里斯科尔！你在听吗？我说，你听进去我的话了吗？"

她摇了摇儿子的肩膀，眯着眼俯视儿子那充满了痛苦的长脸，看他有什么反应。

"我在听着呢，"儿子耸了耸肩膀说。

"那么——"她降低了嗓音嘀咕着——"你必须在乡亲们面前挺直腰杆子说——把我的话牢记在心！——'乡亲们，这是贝蒂·黑格的女儿阿贝回来了，她终于信守自己的诺言回到这里来了。'"

她的声音里充满了甜蜜，自顾自地微笑着，仿佛是一首在漫漫长夜里反复吟唱的老歌,里面囊括了整个科克郡的西部:越过沼泽地通往乌梅拉的那条荒凉的大路,一座座平坦的灰色山头,山上耸立着宛如蛛网的围墙,绵延的山丘把插满了稻草人的田野拉扯得弯弯曲曲,墙上刷了石灰水的小农庄冷漠地散布在一小块一小块长着冬青树的土地之间,寒风中有的门朝南,有的门朝北。

“嗯,我要公平地跟你讨价还价,”帕特说着站起身来。老太太假装没听见,眯起眼睛注视着儿子那瘦削而忧郁的脸庞。“住在这里太浪费了,我跟你说了一百遍,你也听一听。跟我一起住去,我保证送你尸骨还乡。”

“哦,那我可不干,”她无可奈何地耸了耸肩膀,愠怒地回答道。她那模样俨然一个没有了生命气息的旧麻袋。

“好吧,”帕特说。“这是你自个儿的选择。我最后再说一遍;听不听由你:要么跟我一起住,我送你的尸骨回乌梅拉;要么你就住这儿,死后我在植物园给你找一块墓地。”

她看着儿子走出门去,肩膀耸得很高,都跟她耳朵一样齐了。然后她抖了一下肩膀,拿出鼻烟壶,从里面掏出了一撮鼻烟。

“啊哈,我可不理会他的话,”约翰尼说。“像他这样的人,今儿说的话明儿就变了。”

“可能会变,也可能不变,”老太太深沉地说着,推开后门,到院子里去了。这是一个星光闪耀的夜晚,两个老人可以听到山谷下面城里传来的喧闹声。老太太仰头看着后墙上明亮的天空,突然孤寂无望地痛哭起来。

“哦,哦,哦,今儿晚上乌梅拉比任何时候都远,我要死在这里,埋在这里了,这里离我熟悉的一切是那么遥远,中间隔着那条大路。”

她那天晚上抓着栏杆下楼爬到十字架前面去干什么,约翰尼当然是再清楚不过了。灯火通明的酒吧对面有一堵空荡荡的墙壁,那里站着一个人,名叫丹·里根,是出租马车的车夫。他嘴里叼着一根烟斗,身边是一辆有篷马车。老邻居出门去都租他的车。阿贝朝他招招手,他跟着老太太来到垂悬着青藤的大门的阴影处。他表情严肃地听着老太太要说什么,一边用鼻子吸气一边点头,时而用衣袖擦一把鼻子,时而跑到街道对面的水沟里去擤鼻子、吐痰。垂着两撇小胡子的脸上总是挂着谨慎和愁苦,无法轻松下来。

约翰尼本应该知道这意味着什么,本应该知道一向慷慨大方的阿贝老太太为什么坐在空荡荡的壁炉前不点着火,为什么每个星期五跟在他后面,不管他身上有没有钱,硬是跟他要房租,甚至两人之间公平交易共着喝的那点酒也不肯给他喝了。他知道这是临死前的性格变化,她把这样节省出来的钱都装进了胸前的钱包里。晚上她爬上阁楼,借着烛光数钱。有时候硬币会从她那已经不听使唤的手指之间滑落下来,他便会听到老太太像老母牛似的咆哮着,在光秃秃的地板上爬着,用手掌在地上乱摸。有时候,他听到老太太在床上乱跳,发出嘎吱嘎吱的响声,这是她拿走床头的念珠,声音一起一伏地在做祈祷;有时候,拂晓前河面上会刮起大风,他便会听到老太太在嘟哝着,嘟哝一阵打一个哈欠;有时候,她划亮火柴看闹钟——老年人都觉得夜晚很长——然后又是念经的嘟哝声。

但是约翰尼在有些方面很迟钝,直到那天晚上老太太喊他,他才猜出是怎么回事。他手上拿着蜡烛来到楼梯脚下,看见老太太穿着面粉袋似的内衣站在楼梯过道上面,一只手抓着门框,另一只手疯狂地撕扯着散乱的头发。

"约翰尼!"她在上面朝他喊叫着,看样子她激动得发了疯。"他来了。"

"谁来了?"约翰尼睡眼惺忪地吼叫道。

"迈克尔·德里斯科尔,帕特的爸爸。"

"呵,老人家,你在做梦,"他很厌恶地说。"看在上帝的分上回到床上去睡吧。"

"我不是做梦,"她大声道。"我睁大眼睛躺在床上,数着念珠,他来到我的门口,叫我过去。约翰尼,你去把丹·里根给我叫来。"

"我可不去给你叫丹·里根。你知道现在几点了吗?"

"是早上了。"

"是早上。才四点钟。要我去干这种差事！……你不舒服吗？"他一边走上楼梯，一边关切地问了一句。"你是要他送你去医院吗？"

"哦，不，我不去什么医院，"她愠怒地回答着，转过身去背对着约翰尼，然后咚咚几步走进自己的房间。她打开一个旧箱子，在里面摸索着，找出自己最好的衣服、帽子和斗篷。

"那你究竟要叫丹·里根干吗呀？"约翰尼气极地咆哮着问。

"我叫他来关你哪门子事呀？"她因为年老糊涂而起了疑心，反问道。"我要出一次远门，你就甭管我去哪儿了。"

"啊，你这个老糊涂虫，脑子恍惚不定，"约翰尼大叫道。"河上在刮大风。整个房子都在抖动。你自个儿也听得见。你脑子冷静点，回去睡觉吧。"

"我的脑子没有恍惚不定，"她喊道。"谢天谢地，我的脑子跟你一样好使。我计划好了，要回老家去，回乌梅拉去。"

"回哪儿？"约翰尼惊讶得目瞪口呆。

"回乌梅拉呀。"

"你的神经病比我想像的还要严重。你以为丹·里根肯驾车送你回去？"

"他会送我回去的，"她说着，耸了耸肩膀，把一件旧裙子拿到灯光下。"他答应了可以预约，白天或晚上任何时间都成。"

"那丹·里根的神经病比你还严重。"

"别管我的事好不好，"她固执地嘟哝着，眨巴着眼睛，耸了耸肩膀。"我要回乌梅拉，我的老伴儿就为这个来接我了。每天晚上从天黑到天亮我都在数着念珠，祈祷上帝，祈祷圣母玛利亚，不要让我死在陌生人中间。现在我要把这把老骨头扔在乌梅拉的高山顶上了。"

几句话就把约翰尼给说服了。看样子今儿出门天气还不错，她的故事会把整个酒吧间的人逗乐的。于是，他给阿贝沏了一杯茶，然后到山脚下丹·里根的小屋子里去。不等路上一户人家的烟囱里冒烟，他们就出发了。约翰尼激动得在车上不停地折腾，一会儿探出脑袋，一会儿从车窗口喊丹·里根，给他数说一些大户人家的名字，这些人家的房屋他有好几年没见到了。出了城以后,他和丹·里根一起到酒吧间去喝了几杯,老太太在车上打盹儿。丹·里根把她摇醒,问她想不想喝点什么,开始她不知道是谁在打搅她,然后又问到了哪里,眯起眼睛瞧着酒吧间和趴在门口晒太阳的一条老狗。等到第二次休息的时候,她又睡着了,张着撅得老高的嘴巴,呼吸时直喘粗气。丹·里根的脸色越来越阴郁。他眼睛直盯着老太太,吐了一口唾沫,然后在路上来回踱了几圈,点着烟斗,戴上帽子。

"约翰尼,她的脸色真难看,"他板着面孔说。"我错了。现在才明白,我不该答应送她回去的。"

随后,每走上两三英里他就停下来看老太太怎么样了。约翰尼生怕老相好没了,便摇她,喊她。每次丹·里根的脸色都比上一次更阴沉。他阴沉沉地在路上踱步,走到沟沿上去擤鼻子,吐痰。"上帝保佑!"他一本正经地念叨着。"我可不愿她死。她儿子有钱有势,会把我给揍瘪了。人永远都不应该管别人家里的闲事。血浓于水嘛。俺们里根一家总是倒霉。"

到了途中的第一个镇子里,他直接把车赶到警察所,用他特有的方式把事情原原本本地讲给警察听。

"你们可以告诉法官大人,我是愿意跟你们合作的,"他说话的声调里充满了理智和伤感。"我一贯是遵纪守法的良民。我对你们没有任何保留——我们之间商定的价格是一英镑。我估计如果她死了会判我谋杀罪。政治嘛,我是从不插手,从不参与,从不卷入的。这一点红十字会的达利中士对我很了解。"

阿贝醒过来的时候发现自己躺在医院的病床上。她伸手摸索着自己随身携带的物品,尖叫声招来了一大群住院的老太太。她们围在她的病床四周。

"嘘,嘘,嘘!"她们说。"医生都在忙着进行安全保护。你这一闹就把他们给招来了。"

"我就是要找医生,"她喊着,挣扎着要从床上爬起来。周围的老太太把她按住了。"让我走。你们这些狗强盗!抢劫犯!让我走。

啊,杀人啦,杀人啦!你们要杀我啦!"

最后,一个操着爱尔兰口音的神甫前来安慰她。神甫让她安静地数念珠,保证不管别人说什么都把她安葬到乌梅拉去。夜幕降临的时候,那一串念珠从她浮肿的手上掉了下来,她用爱尔兰语低声地自言自语。一群衣衫褴褛的老太太围坐在火边,很同情地嘀咕着,哀叹着。附近一座教堂里响起了奉告祈祷钟。突然,阿贝抬高嗓门喊叫起来,同时试着想用胳膊肘支撑着身体站起来。

"啊,迈克尔·德里斯科尔,我的好朋友,好伙伴,这么多年你还没忘记我。我离开你好久好久了,可我现在终于回来了。他们都想拦住我,都想让我跟城里的陌生人在一起,可是没有了你和那些老朋友,哪里有我的位置呢?宝贝,等等我,停下来给我带路……乡亲们,"她喊叫着,用手指着影子,"那个人就是我的老公,名叫迈克尔·德里斯科尔,你们瞧着好了,他是不会让我一个人独自找回家去的。乡亲们,点起灯笼围在我身边,让我认一认你们都是谁。你们这些人我全都认识。只是我的眼睛不好使。开心一点,我的光明,我的伙伴,我回来了。这么多年过后我终于回到了你的身边……"

这是一个阳光时隐时现的春日,大伙儿送她上了回乌梅拉的大路,四十年前她就是沿着这条路出来的。路边的湖水就像一群闪光的侏儒;一束束旋转的阳光宛如一架巨大的水车轮,把瀑布般的乳白色光线倾注在山野上,倾注在刷了石灰水的小屋子上,倾注在竖着稻草人的田野上和在田野里吃草的山区黑牛身上。灵车停在小巷子的尽头,前面有一栋没有屋顶的小木屋,老太太在漫漫长夜里惦记着的就是这个地方。帕特的神情比以前更忧郁,他转过身来对等候在这里的乡亲们说:

"乡亲们,这是贝蒂·黑格的女儿阿贝,她信守诺言终于回到你们身边来了。"

小　　贩

人人都为小学校长萨姆·希金斯的离去感到惋惜。萨姆人品很好,是全爱尔兰最正派的人,只是为人太老实了。

他矮矮胖胖的身材,圆圆的红脸看上去总是那样和蔼可亲,稀稀的眉毛长得很高,下面架着一副眼镜。即使是在天气最热的时候,他也戴着圆顶高帽,穿着硬领的上衣,因为他虽然人缘很好,但仍然时刻不会忘记自己的身份。他患有神经质和消化不良的毛病,所以跟姐姐迪莉娅一起住在车站附近的一栋房子里,由姐姐照顾他。医生总是说他的神经质和消化不良是同一种病,但是这两者却以完全不同的方式对他产生着影响。神经质发作的时候,萨姆就出去找乐,跟别人开玩笑。当然,开玩笑对神经质的疗效很好,却容易引发消化不良。于是他一连几个月节食,到野外去散步。另一方面,散步虽然可以治疗消化不良,但又容易引起神经质。于是,他在散步归来的路上,溜进约翰尼·德斯蒙德的小酒馆里喝上两杯,以减缓散步引起的精神紧张。约翰尼自个儿不识字,所以对他这样知书达理的人分外尊敬。不过尊敬之余也不免有几分鄙夷,因为萨姆虽然学富五车,脑子却有毛病——而约翰尼的脑子却很好使。

有一天两人聊起了德里亚的官司一事。一向为人谨慎、信奉宗教的约翰尼故意假装说这个案子有点离谱儿。其实这事儿很正常,只不过是林恩神甫又钓到了一条大鱼,如此而已。杰里迈亚·德里亚老死了,把所有的财产全都捐给了教会,老伴和家人分文不给。约翰尼听说为这事打起了官司——太惨了,太离谱了!可是萨姆听后却乐了,因为他痛恨林恩神甫,这种痛恨就像宗教信仰一样,是发自内心的。

"听说是一万五，"萨姆说着，露出坦诚的微笑。

"这我相信，"约翰尼说着皱了皱眉头。"这人连自个儿的名字都不会写！对于教育这个问题，你有什么高见？"

"哦，我一直都这么认为，"萨姆直爽地回答说。"没别的，没受过教育的人只是像缺胳膊少腿一样。"

"呵，我倒不觉得有那么严重，"约翰尼虽然也是相同的看法，但当着一个老师的面，这样批评人家的工作，觉得撕不下这个面子，而且他在骨子里对良好的教育给人的光彩是十分仰慕的。"他还持有广播公司的股票，那至少也是五千。我想教育的作用就体现在这些事情上。"

说了一大通教育的好话，约翰尼觉得现在该轮到自己夸一夸宗教了。有关林恩神甫的闲话很多，约翰尼不爱听。他觉得谈论这样的事是不吉利的。几年来，他一直特别留心观察在自己酒馆里吃饭的那些反教权主义者，得出的结论是：这样的人是没多大出息的。

"当然啰，杰瑞老兄一直很讲究吃喝，"约翰尼满腹狐疑地加了这么一句。

"他是这样的人，"萨姆冷冷地说。"非常喜欢圣母玛利亚的孩子们。"

"是吗？"约翰尼说着，仿佛不知道圣母玛利亚的孩子是什么样子的。

"有老的，有小的，"萨姆兴致勃勃地说。"穷人整天把他们挂在嘴边。"

萨姆就这个德性，心里憋不住话，独立性忒强！像他这样的人是没什么出息的。约翰尼把他送到酒馆的门口。萨姆身穿翻领的海军衫，头戴圆顶高帽，没精打采地走上了主街，心里感到纳闷：像他这样知书达理的人也比平常人聪明不到哪儿去。

萨姆散步回来的时候，姐姐迪莉娅正跟女子学校的新老师麦卡恩太太一起坐在花园里的折叠躺椅上。每天独自一人到乡下去散步比喝那两杯酒更提神。麦卡恩太太小个子,整天一副乐呵呵、无拘无束的样子。萨姆觉得她是世界上最讨人喜欢的女人,要不是对方刚刚举行完第一位丈夫的葬礼,他会把这个想法对她和盘托出的。他觉得现在还不是求婚的时候,由此可见萨姆对女性的了解是多么贫乏。

"还好吗,南希,"萨姆伸出一只肥胖的手,热情地跟她打招呼。

"很好,萨姆,"麦卡恩太太回答道,她眼里闪烁着愉快的光芒。"你身体咋样?"

"不好不坏吧,"萨姆说着,蹲下身子给割草机滴了一滴润滑油。"今天听说了一条新闻。好久没听到这么逗的新闻了。"

"什么新闻哪,萨姆?"迪莉娅用她那笛子一样的高嗓门问道。

"克里希·德里亚就遗产问题跟林恩神甫打起了官司。"

"呵,你不是说真格的吧,萨姆?"南希大声说。

"哦,当然是说真格的,"萨姆粗声粗气地说。"她请了阿斯拉格的坎蒂律师。这会儿林恩神甫请玛丽·米尔克梅德嬷嬷她们那一帮人做连续九天的祈祷,想让克里希回心转意呢。我的老天爷,恐怕九天都不够用。"

"克里希能得到那笔遗产吗,萨姆?"南希问。

"她怎么得不到?"

"能从神甫手上夺过钱来的人,该给她竖一尊雕像。"

"她肯定能拿到这笔钱喽,"萨姆很有把握地说。"还有谣传说,主教不让这件事上法庭。杰瑞老兄几年前立这个遗嘱的时候一定是精神失常。我要出面作证,说他拦住上学的小姑娘要看人家的衣服。"

"哦,天哪,萨姆,那是白费口舌!"南希格格地笑出声来。"又是官司,又是新来的老师,真够咱们乐的。"

"新来的什么?"萨姆停下手里的割草机问。

"怎么?奥蒙德没告诉你他调动工作了吗?"她惊讶地问。

“没有啊,南希,他没告诉我,”萨姆一本正经地说。

“可是这样的事情奥蒙德不可能对你保密呀?”

“他不会对我保密的,”萨姆说,“我敢打赌他对这件事一无所知。你是从哪儿听说的?”

“珍妮告诉我的呀。”(珍妮就是女子学校的校长达利小姐。)

“我估计她是从林恩神甫那里听说的,”萨姆若有所思地说。“可是这几天林恩神甫上都柏林去了呀。现在我明白他上那儿干什么去了。你没听说谁来接替奥蒙德的位置?”

“我没注意,萨姆,”南希说着皱了一下眉头。“不过她说这个人是从凯里来的。林恩神甫的老家不就是在那里吗?”

“哦,没得说的,一定是林恩神甫的表弟!”萨姆情绪低落地说着,擦了一把额头上的汗水。他突然感到十分沮丧,十分疲倦。甚至连想起克里希·德里亚的官司也无法使他打起精神来。他觉得自己笼罩在林恩神甫权力的阴影之中。有这么一个坏老板已经够呛了,现在这个坏老板又要在学校里安插了一个奸细,那当老师的日子就没法过了。

他猜对了。新来的老师跟林恩神甫正是亲戚。这个老师名叫卡莫迪,是开着一辆双座的破车子来的,他本人还觉得很风光。卡莫迪瘦高的个子,饱满的前额,高高隆起的颧骨,满脸的土灰色;走起路来挺直着身体,一副自鸣得意的样子。他身穿廉价的紧身格子西装,萨姆数了数,他胸前的口袋里装着两支钢笔和一排彩色铅笔。马甲的口袋里露出一个红色日记本。萨姆讲话的时候,他做着笔记,整个一个态度认真的小伙子。接着他把铅笔插到耳朵上,大拇指抠着马甲的袖孔,格格地笑话萨姆。萨姆也看到了卡莫迪在笑话自己,似乎是觉得自己的样子很逗。五分钟后,卡莫迪告诉萨姆,凯里的人讲话的时候是怎样的姿势。萨姆双手插在裤子口袋里,满脸的书生气,上下打量着卡莫迪,说话的口气也越来越冷淡。

“你跟你班里的学生好像很合得来嘛,”那天下午萨姆对他说。

“我是有意识地这样努力的,”卡莫迪夸耀地解释说。

"跟他们平等相待,是吗?"萨姆试探地问。

"当然,这是现代的教育方法,"卡莫迪说。

"是吗?"萨姆的口气冰冷,同时还做了一个鬼脸。这是消化不良引起的阵痛。

萨姆和南希通常一起在户外吃中饭,坐在两所学校之间很矮的隔墙上。过了几分钟,卡莫迪也出来了,站在台阶上挺着胸脯晒太阳,同时大口大口地呼吸着空气——凯里人管空气叫臭氧。

"这人的身材够好看的,是吧,萨姆,"南希是在挖苦卡莫迪的姿势。卡莫迪好像听见了南希的话,还以为她是在恭维自己,走上前来,面带着戏弄的神色。

"你们这儿景色不错嘛,"卡莫迪打趣地说。

"看多了就腻味了,"萨姆冷冷地说。

"这地方真安静啊,"卡莫迪没有注意到萨姆的话中缺少温暖。

"凯里人恐怕受不了这样的寂寞,"萨姆说着用肘子碰了碰南希。"你去过凯里吗,麦卡恩太太?"

"没去过,希金斯先生,"南希也跟他凑趣。"不过我想那里的风景一定很美。"

"美极了,"萨姆用忧伤的口吻附和道。"你看了那里的风景才明白当地人的脑子为什么那么灵。"

卡莫迪与所有谦虚的人一样,没有体会到萨姆的言外之意:凯里人的聪明智慧不是遗传的,而是从环境中吸收来的;他大概也并未料想到这点。

"请问,"卡莫迪很关切地说,"你们这里的人都是怎样打发自己的?"

萨姆对他这样粗暴无礼的问题感到很难堪,他目瞪口呆地望着卡莫迪,看他是不是很认真地问这个问题。然后,他指了指镇中心。

"看见那座桥了吗?"

"看见了。"

"看见附近那座修道院的塔了吗?"

"是有座塔。"

"我们这儿的人对生活感到厌倦了就从那上面跳下去。"

"我是真心地了解情况,"卡莫迪冰冷地说。

"哦,天哪,我也是说真格的,"萨姆说。"那座塔很高。"

"我想你们这儿应该有戏剧协会之类的组织,"卡莫迪面对着南希说,仿佛跟萨姆这种水准的人聊天索然无味。

"有啊,"南希快乐地回答道。"你喜欢演戏吗?"

"上过几次台,"卡莫迪说。"不过,在凯里我们喜欢上演一些知识性强的戏剧。"

"得了吧你!"萨姆说。"咱们这儿戏剧协会的人听了准得吓一大跳。"

"也许有必要吓一吓他们,"卡莫迪说。

"是有这个必要,"萨姆漫不经心地说着,身体从墙上跳下来,望着卡莫迪,下嘴唇撅得老高,眼镜折射着太阳光。"咱们这个镇也需要有人关心关心。你也许注意到了咱们这儿在走下坡路。还有,咱们这个国家也需要修理修理。我经常觉得我们需要一颗炸弹把国人惊醒过来。也许你就是这样一颗炸弹。"

一贯紧开口慢出言的萨姆居然讲了这么一通大道理,真是少见。要是其他人听了保准哑口无言。可是,卡莫迪这时只是用大拇指扣着袖孔,挺着胸脯,格格地笑个没完。

"我当然是一颗炸弹喽。"他说着斜视了一眼南希。这个沾沾自喜的卡莫迪脸皮也真够厚的。

一两个星期过后,萨姆又溜进约翰尼·德斯蒙德的酒馆里喝酒。

"麦卡恩太太跟新来的老师好像关系很不错嘛,"约翰尼并无恶意地说。

"是吗,约翰尼,"萨姆也用同样的口吻回答道。

"我只是看见他们俩开车出去兜风,"约翰尼说。

"可能是顺便带她回家,"萨姆说。"新来的那个老师每天都开车回家。但愿南希买了保险。"

"根本就不是这么回事,"约翰尼说着,打开一瓶煮熟的甜食,抓起一把塞进嘴里。"他们俩是到鲍拉乌伦那边去了。来点这个,希金斯先生!"

"谢谢了,约翰尼,我不吃那玩意儿。"萨姆没好气地说着,朝门外瞥了一眼,那样子是不让约翰尼看出自己的震惊。小个子约翰尼也的确没留意萨姆的神情发生了变化。他来到门口,站在那里嚼着甜食。

"寡妇门前是非多,"约翰尼若有所思地说。"不过只要还没到脱裤子的分上,就算不了什么。恐怕很快就要走到那一步了。"

"你好像对他们俩很了解嘛,"萨姆说。

"我很小的时候老爸就死了,"约翰尼很谨慎地解释说。"卡莫迪这小子,心眼够多的,"他眼睛盯着地面,又补充这么一句。

"整个一个人体炸弹,"萨姆讥讽地说。

"这我相信,这我相信,"约翰尼说。他压根不懂什么叫讽刺,不过他以自己特有的方法暗示自己对卡莫迪的所作所为有点看不顺眼。"可惜那家伙一喝了酒就跟人吵架。"他说着,扭过头来看着萨姆。

"他吵架了吗?"萨姆问。

"昨儿晚上他跟证券交易所的多诺万在这儿吵了起来。我想林恩神甫是想让他在咱们这儿安家。不过我也说不准,你说呢?"

"但愿老天爷别让他在这儿安家!"萨姆说。

萨姆回到家里,既没有读书,也没有休息。待在花园里吧,又太冷了点,待在屋子里吧,又有点闷热。他重新戴上帽子,出去散步。他自我解释说至少是出去散散步,可是脚步不由自主地来到了南希的平房跟前。房子里没有任何生命的迹象,萨姆也不知道这是不是好兆头。他溜进约翰尼的酒馆里,期望着在这里能碰到"炸弹"。可是这里头只有县政会的两个伙计。萨姆连喝了四杯,比医生允许的多了三杯。出来的时候,月亮已经很高了。他还是原路返回。果然,南希客厅的窗户里透出灯光，外面停着"炸弹"的汽车。

一连两天，萨姆吃中饭的时候没有在操场上露面。他朝外张望的时候，看到卡莫迪靠在墙上，一边跟南希聊天，一边格格地笑。

第三天下午，萨姆在自家的花园里，南希来拜访他，迪莉娅去给她开了门。

"哦，我的天哪！"迪莉娅的尖嗓门一边笑着一边喊道。"都快认不出你来了！"

"你猜不出我干吗来了吧？"南希问。

"我想你是要去开车，"迪莉娅笑着回答。

"呵，在咱们这个破地方，什么事儿也干不了，"南希说着不耐烦地耸了耸肩。"萨姆到哪个鬼地方去了？ 我有好久好久没见到他了。"

"他在工具棚里，"迪莉娅说。"我去把他喊来？"

"不着急，"南希快活地说着，抓住迪莉娅的手臂。"进来吧，等我把话说完了再去。"

"你的朋友卡莫迪先生好吗？"迪莉娅问，话音里尽量不想伤害对方的感情。

"只要你不跟他一起开车出去，他好着呢，"南希大笑着，没有注意到迪莉娅的不快。"送给他那辆车的可不是什么好人。"

"反正他是不会邀请我坐他的车的，是不是？"迪莉娅问，她的话一半是搞笑，一半是担心。"他还想凯里，想家吗？ 我想不会了吧。"

"他要在这儿安家，"南希漫不经心地说，根本没有意识到脚下有一座情感的火山即将爆发。"整个一个大傻帽，在荒野中长大的，你能指望他有多大的出息？"

"要我说呀，"迪莉娅说。"他可有魅力啦。"

这时，萨姆从花园那边过来，从后门进来，没有注意到南希也在这里。他站在门口，擦了擦靴子，头上的帽子遮住了眼睛，他笑的时候也很不自然。即便如此，要是他随心所欲地欢迎南希，事情也就过去了。可是，他跟迪莉娅一样，不善于掩饰自己的情感。

"哦,喂,"他拉长声调冷淡地说。"你好吗?"

"我很好,萨姆,"南希说着坐直身体,朝他意味深长地扫了一眼。"这几天你上哪儿去了?"

"干活呗,"萨姆回答说。"咬着牙干。其实什么也干不成,不是没了这,就是少了那。那把四分之一英寸的凿子你拿了吗,迪莉娅?"

"是很大的那把吗,萨姆?"迪莉娅不解地问。

"不是,"萨姆拉长着声调说。"比四分之一英寸大不了多少,你知道有多大吗?"

"我估计在书架上头,"她心怀愧疚地说。

"女人拿了东西怎么就不知道放回原地去呢!"他抱怨道,然后随手拿了一把椅子,站在上面,双手在书架上乱翻,最后终于找到了那把凿子。随后,他把凿子对着阳光,眯起一只眼睛。"老天!"他发着牢骚。"你是把这当螺丝刀用,还是当什么用?"

"我以为那就是一把螺丝刀呢,"迪莉娅回答道,她的笑声里有一股紧张的情绪。

"你应该将它用在自己身上,"他很动情地说,然后又出去了。

南希皱了皱眉头。迪莉娅又笑了起来,这一次的笑声里夹杂着紧张情绪。她知道这一幕意味着什么,但南希还是不肯相信。

"他好像很忙啊。"南希的声音里有一种自尊心受了伤害的意味。

"他整天翻箱倒柜的,"迪莉娅抱歉地解释说。

"他该不是有什么毛病吧?"南希疑惑地问。

"不是,"迪莉娅说。"只是消化不良的老毛病。"

"我想也是,"南希脸色苍白地说。不过此时她才意识到希金斯一家人跟自己再也没有什么瓜葛了。想到这,她感到很委屈,开始收拾自己的东西。

"你不会这么快就走吧,南希?"

"最好现在就走。我答应了内莉,今儿下午放半天假。"

"哦,天哪,萨姆会很失望的,"迪莉娅说着叹了一口气。

"他会把这一切都忘掉的,"南希说。"再见,迪莉娅。"

"再见,亲爱的。"迪莉娅说着关上门,哭了起来。在小镇子里,友谊的终止颇有一种死亡的意味。迪莉娅希望的是比友谊更亲密的一种关系。南希已经消除了她对其他女人的嫉妒。每当南希来到屋子里,萨姆就很开心,迪莉娅也觉得很开心。南希给他们姐弟俩的生活带来了快乐和青春的气息。

迪莉娅哭了好长一阵子,萨姆才从后面进来。他没提南希的茬儿,只是走到前面的房间里,拿出一本书。过了一会儿,迪莉娅洗了眼睛,也进来了。屋子里很黑,她开门的时候萨姆猛地吃了一惊,这是一个不好的兆头。

"你不想跟我一起散散步吗?"迪莉娅的声音尖厉而短促。

"不啦,姐姐,"他眼睛一动不动地回答说。"我身体不舒服。"

"我想,到约翰尼的酒馆里喝口酒能提神,"迪莉娅不肯就此作罢。

"不啦,姐姐,"他声音干巴巴地说。"我不爱去听他胡说八道。"

"那你到镇子里去瞧瞧医生咋样?"

"呵,医生能起什么作用?"

"可是,那也是一种病啊,"她说。她真希望萨姆把心里话说出来,然后一了百了,让她尽自己最大的能耐去安慰他:在这个孤寂而缺少友爱的地方,姐弟俩一起走向年迈。

"我自个儿知道是什么毛病,"他说。"是那个叫卡莫迪的小摊贩。我在这所学校待了二十年了,从来没人敢当面嘲笑过我。现在,他煽动学生起来跟我作对。"

"我想这仅仅是你的想像,弟弟,"她胆怯地说。"我不相信卡莫迪先生会挑唆任何人来跟你作对。"

"你错就错在这里了,姐姐,"他摇了摇头回答说,即使是在绝望之中他也对自己确信不疑。"林恩神甫很会用人,他把那个家伙安插到咱们这里是有目的的。过不了多久,他们就要指派新校长了。"

学校对于萨姆来说现在真的成了一种折磨。卡莫迪多少猜出了他的妒忌,因此常借题发挥。他派男孩子到女子学校那边去给南希送信,读回信的时候还得意洋洋地笑。萨姆像是受人捉弄了似的,昏头昏脑的。刚刚放下的东西,转身就找不着了,一些男生的名字他也记不住,有时候在教室后排的课桌跟前一坐就是一刻钟,痴痴呆呆地揉着眼睛和眉毛。

只有在跟卡莫迪较劲时,他才有精神。有一扇窗户,萨姆喜欢开着,卡莫迪却喜欢关着。就这么点小事两人也要分个你高我低。卡莫迪命令一个男生去关窗户,萨姆就问是谁让他关的。接着,卡莫迪怒气冲冲地走上前来,严厉地说他上课的时候是不允许任何人把冷风往他脖子里灌的。萨姆回答说比他强得多的老师在这里上了十年的课也没发现这里有冷风吹进来。你说这两个人是不是有点傻气。萨姆也知道这么做有点傻气,但就是咽不下这口气,也没有个更好的解决方法。

十一月过去了,萨姆总是在学校锅炉房里吃中饭。他朝外看了一眼,只见卡莫迪和南希在外面一起吃饭。南希伸手捋了一把头发,放声大笑起来。萨姆总觉得她是在嘲笑自己。

有一天他出来敲上课铃。坐在墙上的卡莫迪下来的时候故意卖弄自己的灵巧,日记本从马甲口袋掉到了地上。他一门心思想着南希,居然没有发现自己的日记本掉在地上。萨姆心事重重,朝操场走去,刚开始也没注意到。他只看见地上有一个装中餐的纸袋,便捡了起来,揉成一个纸团。也就在这时,他看见了那个日记本,还以为是哪个学生掉了的,就俯身拿起来翻看。他觉得很怪,不像是学生做的笔记。里面描写的全是作者感兴趣的一个姑娘。他情不自禁地读啊读,最后看到了这个姑娘的名字,他的脸涨得通红。接着,他认出了那上面的字体,是卡莫迪的笔迹。他数了数有多少页,然后装进了自己的口袋。事后他觉得自己这么做是错误的,可他当时也没有别的选择。上第一节课时,他站在讲台前埋头朗读。

卡莫迪是个自命不凡的小伙子,他觉得自己的所作所为关系重大,有必要记录下来让后人学习。写下来的事情,有的是萨姆连想一想都会觉得害羞的。此外,萨姆是个不喜欢感情外露的人,什么事情都藏在心里。除了姐姐迪莉娅之外,他对女人知之甚少。他认为南希是个天使一样的人儿,只是丈夫的过世毁了她美好的生活。他以为南希心里时刻想的都是他萨姆。可是从日记里能清楚地看出,南希平时根本就没把他萨姆放在心上。南希跟其他水性杨花、卖弄风情的坏女人一样,坐在小摊贩卡莫迪的汽车里跟他调情。卡莫迪自己也承认他根本没把这个女人放在眼里,只是想看看一个寡妇人家究竟会浪荡到什么样的地步。就像约翰尼所说的:"还没到脱裤子的分上。"约翰尼真没说错,看样子他对这样的女人还真看得准。约翰尼讨厌这个女人,就像他萨姆讨厌卡莫迪一样,想到这儿,萨姆有一种满足感。其实,话说白了,南希也是一个小摊贩。

这时,萨姆看了看钟。该做听写了。他不假思索地来到黑板前面,擦掉上面的数学公式,用整洁而娴熟的字体写道:"小摊贩的日记。"写完之后,他仍然不知道自己到底想干什么。但是,看到孩子们都端端正正地坐好了,他做了一个深呼吸,然后朗读起来。

"十月二十一日,"他用干巴巴的声音给学生做听写。"我想我把寡妇撞倒在了地上。"

学生们很惊讶,教室里一片沉寂,然后有的学生暗笑起来。

"没什么好笑的嘛,"萨姆满不在乎地解释着,指了指黑板。"我刚才说了,这个家伙是个小摊贩,就是你们在集市上看到过的,卖假珠宝首饰的小贩。再听一会儿你们就明白了。"

于是他那单调的声音又继续往下念,一只手拿着日记本,一只手插在裤子口袋里。他也知道自己的行为有点古怪,甚至很卑鄙,但他从中得到了一种巨大的情感宣泄,仿佛一连几个星期淤积在心头的痛苦和羞辱一下子全洗净了。他想过很多报复卡莫迪的手段,但都没有这样来得痛快。萨姆坚信卡莫迪也会用他曾经用过的方式向南希求爱,用他日记里的话说,这是为了练习一下谈情说爱的技巧;他坚信卡莫迪总有一天会在日记里这样描写:一天傍晚,他们俩在鲍拉乌伦看着夕阳消失在松树林的后面,他忽然发现自己不再对南希持蔑视的态度了。

学生们吃吃地笑个没完。萨姆扬起眉毛,面带疑惑的微笑看着他们,仿佛不知道他们在笑什么。在内心深处的某个角落里他也觉得这很逗,便像一个蹩脚的演员那样嘲弄地把日记里的描写表演出来。于是,他挥舞着一只手臂,脑袋后仰,用嗲声嗲气的腔调满含柔情地念出一个个模仿拜伦诗中的句子。"而这一切都是为了一个寡妇!"他读着,抬高嗓门,两眼瞪着卡莫迪。"一个情场经验十分丰富的女人。"

卡莫迪听到他的声音,突然明白了他是在念自己的日记。他几大步冲到教室里,从萨姆的手中夺过日记本。萨姆松手让他拿走,只是打了个哈欠。

"喂,小伙子,"他友好地问,"你要拿到哪儿去呀?"

"你这是干什么?"卡莫迪厉声质问道,他那模样,也像一幅蹩脚演员的漫画像。他仍是满腹狐疑,不敢相信萨姆真的是在向全班学生朗诵自己的日记。

"哦,我这是做听写呀,"萨姆说着朝黑板瞥了一眼。"我把这叫做'小摊贩的日记'。这个题目还算恰如其分吧。"

"你偷了我的日记本!"卡莫迪气得直喘粗气。

"是你的日记本?"萨姆假装关切地问。"你不是在搞笑吧?"

"你明明知道这是我的日记本,"卡莫迪怒不可遏地喊叫着。"你看到了我的姓名,也认得我的笔迹。"

"啊,天哪,"萨姆还在抵赖。"要是有人说这是一个喝过墨水的人写的,我准会说告诉我的人是在撒谎。"

这时卡莫迪能做的只有一件事了,而这可能也是萨姆内心所希望的——他朝萨姆的下巴狠狠地来了一拳。萨姆打了几个趔趄,站直身子,朝卡莫迪走过去。两人扭打在一起。孩子们纷纷离开座位,大声喊叫。有那么一两个学生还跑到了学校外面。过了一会儿,剩下的学生在两个奋力搏斗的老师身边围成一个拉拉队。萨姆个头小,只顾拽着对方的下半身。卡莫迪则有效而狠毒地捶打他的头部。

萨姆抓着他的衣服不放手,把他一会儿朝东拉,一会儿往西拽,最后发现自己站不稳脚跟了。终于,萨姆猛力一推,把卡莫迪推倒了。卡莫迪的头撞在了课桌的铁腿上。他一动也不动地在地上躺了几分钟,然后摸着脑袋站起身来。

正在这时达利小姐和南希进来了。

"萨姆!"南希大声喊道。"出了什么事?"

"你给我滚开,"卡莫迪大声喊着,在她的身边直跳脚。"你给我滚开,我非宰了他不可。"

"得了吧,小摊贩!"萨姆拉长着声调说。他耷拉着脑袋,垂着双手,眼睛从眼镜框的上方注视着卡莫迪。"来吧,再叫你尝尝我的厉害。"

"希金斯先生,希金斯先生!"达利小姐尖声叫道。"你们俩都疯了吗?"

听到她这话,两个人恢复了理智。这件事由达利小姐来处理。她敲响了上课铃,学校恢复了秩序。萨姆转过身,盲目地玩弄着一个粉笔盒。卡莫迪拍打着身上的尘土。接着,他跟着那两个女士来到操场上,还不时地回头看上几眼。萨姆听到他们在操场上大声说话,淡淡地一笑,取下眼镜,仔细地擦拭着,然后拿起课本、帽子、上衣,锁上教室门。他知道这是自己最后一次锁教室门了,但他并不后悔。另外三个老师后退了几步,他从这三个人身边经过时,连看都没有看他们一眼。他把钥匙放在教务评议会的办公室里,然后跟管理员说他会写一份辞职报告。第二天早上,他坐头班火车走了,从此再也没有回来。

我们都为他的离去感到惋惜。可怜的萨姆!天底下活着的人中没有像他这么正派的,只是太老实,太老实了!

卢 西 一 家 子

在我们这样一个小镇子里，一家人之间居然有这么深的怨恨，真是少见。特别是同一个家庭的两个成员之间，居然有这么深的怨恨，更是绝无仅有。像我们这样过集体生活的人，不是从集体生活中获益匪浅，就是深受其害，因为这种集体意识迫使你去跟闹过矛盾的人言归于好，同时也使你不敢轻易地跟别人吵架。老天在上，很多时候，你会为闹矛盾的人深感惋惜。

卢西一家子就是这样。汤姆和本是亲兄弟，小时候两人同多异少，但那是很久以前的事情了。汤姆是哥哥，他经营一个布店。本则等着郡政会给他安排了一个工作。这是他们哥儿俩的第一个区别，后来这种区别越来越大。哥儿俩都是很聪明、读过书的人。但汤姆对上学读书这种事看得重一些。本则咧嘴一笑，说只要有工作上学读书的钱他也舍得花。

汤姆经营的是一家老字号的布店，专门供应上等的布料，汤姆也为此感到自豪。虽然价格高了点儿，但一向脾气固执、暴躁的汤姆硬是不肯降价。他说讨价还价是很丢人的事。一些农场主的老婆还专门上他这儿来，别的什么布店都不肯去。本眨巴着眼睛听着哥哥的高见，就像是随手拿起来读的一本书那样，虽然也很佩服，但心想哥哥的这一套在别的地方还行，要是到了郡政会那里根本就吃不开。只有上帝才能解开这些盘根错节的事务。汤姆对郡政会的管理方法不感冒，本也不喜欢，但是事情就这个样，他觉得在诚实的哥哥面前老提这样的事还很逗。

后来汤姆和本都成了家。汤姆的儿子彼德跟堂弟查理——汤姆给他起了个绰号叫"查理斯"——是好朋友。两个孩子都很逗人喜爱。彼德胖胖的,长着一身肉,面孔很英俊,跟生人说话就脸红。查理呢,一张宽宽的脸盘,干什么事也不脸红。两家的关系很密切。妯娌俩喜欢凑到一起,喝上一杯红葡萄酒,探讨着是什么因素使得卢西一家的兄弟俩具备同一家庭性格的两个方面,而不是两种截然不同的性格,而这种性格又是令人费解的;兄弟俩定期见面,兴致勃勃地谈论着人生。世界上本来就是聪明人少,因而哥儿俩相互佩服对方的精明。

只有小查理有时候觉得汤姆大伯有点捉摸不透;凡是大伯在家的时候他就不肯去找彼德玩,因为每次去大伯总是把他叫到客厅里跟他说话。客厅是个让孩子丧气的地方,那里尽是什么厚厚的地毯、红木的餐具柜、装饰华丽的钟、镀着金边画有丘比特像的镜子。单说那儿的红窗帘吧,就令人沮丧。除了这些之外,还有一个镶着玻璃的红木大书柜,把一堵墙整个地都给遮住了,里面放着成套成套的书,除了神甫别的人谁也读不了那么大的书,有《爱尔兰史》、《教皇本纪》、《罗马帝国》、《约翰逊传》、《文学博览》等等。每次到这里查理都不寒而栗,就像是到了一个神甫的客厅一样。不过,这地方很适合他大伯。大伯细小而虚弱的身材,穿着宗教人士的黑长袍,长脸上满是焦黄的皱纹,嘴唇紧闭着,狭窄的颅骨,眉毛上方整个都是光秃秃的。鼻子上架着一副锡边眼镜。

跟大伯的谈话查理很难忘怀,因为他不懂大伯说的都是些什么鬼话。其中有一次的谈话连续在查理的心头萦绕了好几年,挥之不去,简直就像是一个读古书入了迷的人,担心自己是不是精神失常了呢。查理不是傻瓜,决不是的。但他身上既有低级的狡猾,也有真诚的仁慈,两者旗鼓相当,而两者又在他身上交融,使得他既不乏魅力,但也不善于耍诡计,讥讽人。

"下午好,查理斯,"大伯看见查理把那条所谓的"老狗崽"拴在门厅衣帽台的脚上,便跟他打招呼。"你好吗?"

"还好,"查理警惕地说(他讨厌人家管他叫查理斯。这名字女里女气的)。

"坐一会儿吧,查理斯,"大伯慈爱地说。"彼德马上就下楼来了。"

"我不坐,"查理说。"我怕那条老狗崽。"

"你这个名词用得可真逗,查理斯,"大伯的小嗓门听起来很刺耳。"有点自相矛盾。不过,既然你对狗不熟悉,这么说也可以。"

"呵,当然可以喽,"查理说,他是不想让老人费神。

"你爸爸好吗,查理斯?"

"他肚子痛的老毛病又犯了,"查理说。"除了肚子痛没别的毛病。"

"听到这个消息我为他感到难过呀,"大伯神情忧郁地说。"告诉我,查理斯,"他补充了一句,像鸟儿一样歪着脑袋,"他现在是怎么说我的?"

这是汤姆大伯最龌龊的诡计,他老以为查理的爸爸在议论他,不过,说真格的,本也的确经常议论他。但另一方面,大家都承认本是这个镇子里首屈一指的聪明人,有资格议论汤姆,而大家也一致认为他大伯脑子有点问题。查理小心翼翼地看着他,内心深处低级的狡猾和仁慈在进行着激烈的搏斗,因为大伯虽然脾气古怪,但为人很慷慨,谁也不想惹他生气。结果在他的内心还是仁慈占了上风。

"他说如果你不小心点,将来会进济贫院的,"查理说这话是有目的的:如果大伯听了别人对他的议论,他可能会改变自己的所作所为。

"查理斯,你爸爸说的从来都是对的,"大伯说着,站起身来,双手放在背后,叉开双脚,站在壁炉前面。"你爸爸说得很对呀。查理斯,人可以分成两大类——一种人朝济贫院那个方向进行重力倾斜,另一种人朝监狱那个方向进行重力倾斜……你知道'重力倾斜'是什么意思吗,查理斯?"

"我不知道,"查理说着,心里自然很沮丧。他觉得怎么会有这样的怪词语。

"所谓'重力倾斜'就是物体受万有引力的作用而倾斜。下次可不准你说不知道是什么意思了!"

"我就是不知道嘛,"查理说。

"那么,你知道这是什么吗?"大伯微笑地说着,拿出一枚硬币。

"知道,"查理说着,有点得意,因为跟大伯的对话终于有了点眉目。"六便士的硬币。"

"我可不熟悉这样的叫法,查理斯,"大伯用讥讽的口吻说,而查理也知道不管自己随口说出什么不妥当的话,大伯只要一生气就会把那枚硬币放回到口袋里。"我们就管它叫六便士吧。我注意到,你的眼睛朝着这枚六便士的硬币进行重力倾斜(查理十分惊讶,他的眼睛真的立刻朝大伯进行重力倾斜),有些人也是用同样的方式朝监狱或济贫院进行重力倾斜或自然转向的。不过,这两种人中只有极少数人最终到达了目的地——我跟你爸爸就是这样,"他用一种威严而低沉的声音说,同时身体前倾,嘴唇紧闭。"我说的你听得懂一个字吗,查理斯?"他说这话时脸上露出灿烂的微笑。

"我不懂,"查理说。

"好孩子! 好孩子!"大伯赞扬他。"我就是喜欢那种既诚实又有男子汉气魄的人。别忘了把那枚六便士的硬币拿去,查理斯。"

查理跟彼德一起出去的时候,皱了皱眉头,压低嗓门嘟哝着说:"时髦! 时髦! 时髦! 这个老家伙真够时髦的!"

孩子们长大了,彼德接受培训后成为了一名律师;查理家里的人多,他步父亲的后尘进了郡政会。查理长得很英俊,宽宽的脸黑黢黢的,一副庄重的表情,红色的下嘴唇厚厚的,一头自然拳曲的黑发。大家都说他是个大人物,身后老是跟着猎犬和姑娘。他对待任何人都十分讲信用。他的对头都称他为"狡诈的王八蛋"。一向精明的本惊讶地发现查理认为他头脑简单。

两个孩子长大之后仍然是好朋友。彼德的办公地点在阿斯拉格,他生活的那个圈子跟查理格格不入,因为这些专业人员的地位是根据家里的摆设、伙食和酒的好坏来衡量的。查理觉得这些人的娱乐令人遗憾。你可以在生活中去找乐,可是没必要把时间花在昂贵而又乏味的饮食上面哪,没有必要在东倒西歪的小餐桌中间躲躲闪闪的,谈论一些堂而皇之的东西呀。查理是个为人谦虚的小伙子,他佩服彼德从来不毛手毛脚地把东西撞翻了还要来一句"他妈的"。查理喜欢喝酒,喝咖啡,谈论古书,他也可以就养狗、赛马等话题跟你聊上一大通。

查理听说彼德遇上了麻烦,犹如晴天霹雳。他最先是从侦探麦克希那儿听说的。他在法院门外跟麦克希打了个招呼。(查理跟他父亲一样见了熟人非得打声招呼不可。)

"喂,麦克希,"查理站在法院门口的台阶上乐呵呵地喊道。"你是找我,还是找我老爸?"

"今儿就放你一马,"麦克希说着,把自行车的车架横梁当做公园里的凳子,坐在上面。接着他压低嗓门不让别人听到,说:"不过,有个案子跟你的亲戚有关。"

"我的什么,麦克希?"查理问,与此同时他听到这个消息赶紧三步并作两步地从台阶上蹦了下来(这一点他也很像他爸爸)。"你该不是说我们卢西家族中有人忘乎所以了吧?"

"这么说你没听说彼德犯了事?"

"彼德?彼德遇上麻烦了!你该不是说真格的吧,麦克希?"

"如果我说的不是真格的,彼德的好多当事人可就高兴喽,"麦克希阴沉着脸说。"你跟他这么铁的哥们儿,我还以为你早就知道了呢。"

"伙计,我们俩是很铁的哥们儿,是的,"查理很认真地说。"对了,我还跟他一起遛狗呢——是什么时候?——上个星期四吗?我怎么没看出任何蛛丝马迹呀?要不是你说我还忘了,他把大把大把的钞票撒在那条克鲁恩布洛克狗身上。我告诉他了,达利一家人训练不出什么好狗来。"

查理跟麦克希分手之后,只觉得天旋地转!一口气冲到出纳员的办公室,他父亲坐在办公桌旁,正在付款单上签字呢。本头戴一顶灰色的花呢帽子,身穿灰色花呢西装和开襟毛衣,身体粗壮有力,宽宽的胸膛,黑黝黝的脸毛茸茸的很丰满,两只带着探询意味的眼睛总是眯成一条狭长的缝,鼻子上、耳朵上都长满了毛,高高的颧骨上也长满了胡须,他那张面孔整个像一块种着卷心菜的地。

听了查理的消息本没有做任何评述,只是抚摸着下巴,露出焦虑的神色。接着查理冲出去找他大伯。布店里那个名叫奎尔的伙计正在应酬着顾客,查理噔噔几步冲进柜台后面的仓库里。大伯在后面忙乎着,累得直不起腰。看到查理来了,脸上堆起微笑,站直身子。他身穿一件黑色的旧大衣,布满皱纹的黄脸看上去活像犹太教的拉比。

"我听说了,彼德究竟出了什么事?"一贯不拘礼节的查理劈头就问。

"好事不出门,坏事传千里呀,查理,"大伯冷漠地小声说完,便紧闭着嘴巴,嘴角的皱纹一下子布满了脸颊。他心烦意乱,竟然忘记了叫他"查理斯"。

"你知道数额有多大吗?"查理问。

"我不知道,查理,"汤姆痛苦地说。"我儿子干那种勾当从不对我说。"

"那你打算怎么办?"

"我能怎么办呢?"由于痛苦,大伯沙哑的声音每讲一句话要停顿好几次,仿佛是做政治演说。"查理斯,我是怎样把他抚育成人的,这你都是亲眼看到的。你看到了我给他提供的教育。我自个儿没有的东西全都给了他哇,查理斯。我给他找了一份体面的工作。如今我有生以来第一次没脸在店里露面。你说我还能怎么办?"

"呵,这个,呵,这个这个,汤姆大伯,这些我们都知道,"查理粗声粗气地说。"可那又有什么用呢? 咱们现在总该想个法子呀。"

"彼德真的把委托给他的款子卷走了吗?"汤姆的话忽然变得很顺溜起来。

"千真万确,"查理回答的时候没有像大伯所期待的那样声音充满恐慌。"每个月也有人把钱委托给我,只是我每次又把钱还回去了。"

"他真的为了躲避惩罚逃跑了吗? 干吗不拿出点男子汉气魄来勇敢地面对法律的审判?"汤姆问这话的时候,没去理会查理。

"他不畏罪潜逃还能干什么?"查理反问道,此刻他完全没有心思去欣赏赎罪的精神美德。"天哪,要是判我两年劳改,我也会拍屁股开溜的。"

"你意思是说我是老脑筋,查理斯,"大伯说,"可我小时候接受的不是这样的教育,我也不是这样教育孩子的。"

"所以人家的渡船就不载你嘛,"查理呼哧呼哧地说。"你这一套听起来还可以,拿到市场上就没人要了。彼德犯了错误,我们大家人人都犯错误,只是,他不来找我,也不找其他的朋友,心里发了慌,就跟法律赌博,这就不对了。天哪,比他强得多的人也干这种事,这我见得多了。你不知道数额有多大吗?"

"不知道,查理斯,我压根儿就不知道。"

"你连他去了哪儿也不知道?"

"他妈妈知道。"

"他跟我是老哥们儿了,我想跟他谈谈。没准还有辙儿。这个大傻帽儿要是星期四告诉我,不在那条克鲁恩布洛克狗身上下赌注,可能还有辙儿!"

查理又来到父亲的办公室,看见父亲坐在桌前,双手交叉,嘴上叼着烟斗,神情紧张地盯着门口。

"什么事?"

"咱们到阿斯拉格去一趟,亲自去找一找那个叫图兰的卫士,"查理说。"我想知道他那笔款子究竟有多少。咱们可以查一查他的账目。"

"不能让他老爸去吗?"本面色阴沉地说。

"你以为他老爸懂这些玩意儿吗?"

"嗯,汤姆一贯喜欢文学呀,"本简短地回答道。

"见他的鬼去吧,"查理说。"这回他对文学可要腻味了。"

"都怪他骄傲自大,"本气愤地说,双手插在裤子口袋里大踏步地在办公室里来回踱步。"他总是喜欢对别人说长道短的。即使是在咱们这里也讲究权势。当然,他从不使用权势。现在他想利用咱们的权势。"

"是这么回事,"查理很冷静地说,"不过现在不是重提宿怨的时候。"

"谁重提宿怨了?"他爸爸气愤地喊叫起来。

"说得是,"查理表示赞同。"你要不要我把门打开,让整个办公楼的人都听见?"

"没人听的,"他爸爸用更冷静的口气说——查理很善于抓住机会刺他爸爸一下。"我不是重提宿怨。我只是把平时挂在嘴边的话再重复一遍。这孩子是他爸妈溺爱给毁了的。"

"咱们再不赶快采取措施,他真的就彻底给毁了,"查理说。"你跟我一块儿去阿斯拉格吗?"

"我不去。"

"为什么?"

"因为我不想掺和进去。就为这个。我从来不喜欢沾钱的边。这样的事情我见得多了。我这么说只是为了你好。被骗走了钱的人跟疯狗一样见人就乱咬。你这么做吃力不讨好。出了差错,自个儿还得背黑锅。"

不管查理怎么说,他爸爸都不为之所动。查理很精明,也知道爸爸说得句句在理。去找人说情放彼德一马,这种事汤姆不在行;有时候你得来软的,有时候你又得来硬的;家庭压力就像一台复杂的机器。查理知道自己是无能为力的。他很沮丧地告诉大伯,汤姆听了这消息一副无可奈何的样子,甚至很困惑。

一个星期后,本心烦意乱地回到办公室里。他谨慎地关好门,伸长脖子面对着办公桌对面的查理,面孔拉得老长,好大一阵子说不出话来。

"你这是怎么啦?"查理不冷不热地说。

"刚才你大伯在主街上打我身边经过,"他爸爸低声说。

查理并不为这个消息所动。他一生中看惯了爸爸和大伯之间的纠葛。他不知道对于爸爸这样态度和蔼、人缘很好的人,当众训斥意味着什么。

"是吗?"他并无惊讶地问。"你跟他说什么了?"

"我不说你也知道,"他爸爸说着,看着查理帽子底下的那张面孔露出困惑的神色。

"又提彼德那件事了?"查理猜测着说。

"可能吧,可能吧,"他爸爸疑惑地附和着。"我跟你说的话——呵——你没告诉外人吗?"

"你以为我是这样的傻帽!"查理气愤地说。"的确我想你也是聪明人。你跟大伯说什么了?"

"哦,没说什么,就是我跟你说的那些话,"本说完,走到窗前望着外面。他靠着窗台,然后紧张地敲打着窗框。他心里老惦记着自己跟熟人喝酒时说过的一些话——其实这些话跟他与汤姆之间说过了大半辈子的话也没有多少差别。"那些话我是不应该说的,可我不知道这些话又原路返回到了我的耳朵里。"

"我对大伯的所作所为感到很惊讶,"查理说。"平时他对别人的议论是不那么上心的。"

有时候查理似乎能理解他那位火暴性子的大伯,他没料到自己点燃的希望之火被更工于心计的爸爸一下子扑灭了。汤姆动了情,那是一种洋洋自得的情,理想主义者总是洋洋自得,而且也知道自己的洋洋自得。有时候他本来很乐意在泥潭里行走,只是他不认识路;需要别人领着他走;他虽然做好了丢面子的准备,但还是不肯去丢这个面子。现在要是让汤姆去跟小偷求情,他都干。彼德改名换姓参加了空军。这对他是致命的打击,因为这样一来他就绝了后。他业余时间喜欢研究家谱学,也不知怎么搞的,他研究出自己这个家族与格洛斯特郡的露西家族同宗。这本身就是一种死亡。

真的死亡没过多久也降临了。一向消息灵通的查理首先听说了,就叫爸爸把消息告诉米恩大娘,他自己则去通知大伯。这是一个风和日丽的春天。布店里一个顾客也没有,大伯背对柜台站着,两眼注视着货架。

"早上好,查理斯,"他扭过头来格格直笑。"有什么好消息?"

"是坏消息,大伯。"查理回答着,身体靠在柜台的另一边朝大伯伸长脖子。

"又是彼德的消息,对吗?"大伯淡淡地问,不过查理注意到大伯心不在焉,竟然一反常态在彼德的名字前面没有加上"我儿子"几个字。

"正是。"

"我猜猜,他死了吗?"

"是死了,大伯。"

"这在我的意料之中,"大伯说。"但愿万能的上帝保佑他的灵魂!……奎尔!"他一边换衣服一边朝店后面喊。"你最好把店门关了。绉纱在架子最上头,黑边纸牌在我桌子里面。"

"是谁呀,卢西先生?"奎尔问。"该不是彼德吧?"

"是他呀,奎尔,我很遗憾地告诉你就是他,"汤姆肩上扛着雨伞快步走了出来。到了大街上有两个人拦住了他们俩:消息已经传开了。

查理负责张罗葬礼,他离开大伯来到屋子外面,所以没看到屋子里头发生的那一幕。这并不是他有意回避。他爸爸发现米恩大娘整个都瘫痪了。本是世界上最不善于照料女人的,不过他还是给米恩找来一个枕头,把她的双脚放在椅子上,用毯子盖好,这是查理万万没有料到的。米恩的呼吸中带着白兰地的气味。接着,本双手插在口袋里,帽子遮住眼睛,一边在黑暗中来回踱步,一边讲着坐飞机旅行的种种危险。他知道自己不适合给米恩这种多愁善感的女人做伴,所以汤姆的到来让他如释重负。

"汤姆，这消息太可怕了，"他说。

"哦，上帝保佑咱们大伙儿!"米恩喊道。"大家都说他给咱们家丢了脸。可他没过多久就走了。"

"我真宁愿他是我自个儿的孩子，汤姆，"本激动地说。"上帝做证，我真是这么想的。我丢了一个孩子，还有一双。可你就这么根独苗。"

他向汤姆伸出手去。汤姆看了看他的手，又看了看他的脸，然后故意把手放到了背后。

"你不跟我握握手吗，汤姆?"本乞求似的说。

"不啦，本，"汤姆阴沉地说。"我不想握手。"

"哦，汤姆·卢西呀!"米恩强作笑脸悲哀地说。"你这是站在你儿子的尸体跟前哪!"

本气愤地看着大哥，把手放了下来。有那么一阵子，他那样子好像是想揍大哥一顿。他是个喜怒无常、脾气暴躁的人。

"我期待的不是握握手呀，汤姆。"他说着，做出一副极力克制自己的样子。

"本，"汤姆说着，挺直自己那瘦弱的小肩膀，"我儿子活着的时候你不把他当人看。现在他走了，我得感谢你对他的冷淡。"

"我没把他当人看?"本气愤地吼叫着。"我压根儿就不是这么对待他的。我只不过说了他几句不该说的话而已。那也是在气头上。我这人的脾气你是知道的。你自个儿也有在气头上的时候，也说过一些不该说的话。"

"这可不一样啊，本，"汤姆那粗哑的嗓门固执地说。"我说那些话是因为我爱他。你说那些话是因为你恨他。"

"我恨他?"本不相信似的说。"我恨彼德? 你是不是吃错了药啊?"

"你说他改名换姓是因为咱们这个姓不够高贵，"汤姆说着，抓住西装的翻领，身体的重心从一只脚移到另一只脚。"孩子遇上了麻烦，你干吗还要说那样卑鄙、嘲笑、怯懦的话来伤他呀?"

"好了,好了,"本厉声说。"我承认我错了。你说我家的孩子说得还少了吗？可我没有半句怨言。"

"你还说就是看见他在路对面栽到了也不会伸手去拉他一把,"汤姆说着,撇起嘴角,低下头去。"你为什么会这样,本？我替你说了得了。因为你嫉妒他。"

"我嫉妒他？"本重复着大哥的话,仿佛他在跟另外一个人说话,在谈论另外一条生命似的,仿佛大哥的本性完全变了样。

"你嫉妒他,本。你嫉妒他因为他受到的家庭教育和学校教育是你的几个孩子所没有的。我这样说不是要贬低你的儿子们。决不是的。可是你嫉妒我儿子享有的优越条件。"

"从来没有过!"本怒不可遏,大声喊叫道。

"而我对他也太严了点儿,"汤姆说着,紧张地朝前又迈了一步,他那刻薄而粗哑的小嗓门也更严厉。"我对他很严,而你又嫉妒他,所以他惹上麻烦的时候,没人可以帮忙。本哪,你现在能做的就是不要怜悯我们。"

"哦,我的老天爷,你可别见怪,本,"米恩哭哭啼啼地说。"大家都知道你决不会嫉妒我儿子的任何东西的。汤姆是老糊涂了。"

"这我知道,大嫂,"本说着,极力克制住自己的怒火。"我知道他心里很烦。不然,他是不会说这种话的——我相信。"

"咱们走着瞧吧,本,咱们走着瞧,"汤姆阴沉地说。

卢西一家子的怨恨就这样开场了,以后好多年一直进行了下去。查理结婚生了孩子。他一直对大伯很友好,经常去看望他;两人坐在闷热的客厅里,查理皱着眉头严肃地听大伯的高见,跟小时候一样他听不懂老人在说些什么。好像是说,那些政党都没有什么原则,我们国家因为年轻一代的文盲和缺乏良好的教育而每况愈下。汤姆看上去越来越像犹太教的拉比,和偏远小镇里那些有道德的人一样,他越来越注重礼仪,简直成了原来的他的一幅漫画。关于那些头脑简单的顾客的职业笑话也越来越精巧;精巧到了不需任何解释的程度,而别人说他古怪他也不置可否。这样一来他弟弟本就轻松了许多；本把哥儿俩之间的裂痕看做是哥哥喜欢唱反调的结果，说起这事儿来也当做是逗乐。

后来本病倒了；查理精心地照料他。本是个极难伺候的病人。他已经病入膏肓，但自己还蒙在鼓里，不肯去医院，惹得老婆、闺女很伤心。每天早上六点钟他就醒了，玩命儿地按铃要喝茶，然后又是焦急不安地等待报纸和邮件。"是什么鬼魂缠住了米克·杜贡哪？这家伙把一半的时间花在路上跟别人聊天去了。九点半了还不把邮件送来！"随后整个一个白天对他来说都是空白。到了傍晚，郡政会的哥们儿会来看望他，给他讲起法院里审案的过程。他这间又长又矮的病房里贴着蓝绿花纹的墙纸，除了一张床头桌、一个书柜和三四张宗教画之外，别无他物。本的心思不在这些东西上，而是放在了外面的世界里——他只听到外面来来往往地忙碌的脚步声，却没人告诉他这些人在忙些什么。为此他很伤心。他不相信自己的病情像别人说的那么严重。有时候他责怪医生，有时候埋怨药剂师把药装错了瓶子——他记得有的药剂师就是因为这个闹出人命来的。他躺在床上对自己的退休金进行复杂的数学计算。

查理每天晚上过来陪爸爸坐一会儿。虽然爸爸很少提及汤姆大伯，但查理知道那场宿怨的阴影仍留在他脑子里。本是个不记仇的人，他也不知道该如何处理兄弟之间的这场恩怨。查理知道这件事他自己也有部分责任。爸爸这是病情所致：肯定是有人搞错了；在适当的场合没有说适当的话，或者在错误的场合说了错话。查理和汤姆的关系密切，所以这事还得怪他。对于自己无能为力的事情，本只是困惑不解。一天晚上他终于把心事抖了出来。

"你没到大伯那里去吧？"本问儿子。

"去了，"查理点头回答道。"我在回家的路上去坐了一会儿。"

"他没问起我？"本问这个问题的时候用眼角瞥了儿子一眼。

"哦，他问了，"查理惊讶地说。"说句公道话，我每次去他都问到你。所以我才每天去他们家。他对你的病情很关心。"

但是查理也知道父亲关心的不是这个。他关心的是："你在大伯面前说错话了吗？你是不是说我骨瘦如柴？你该没说错吧，没说我一天好似一天了吧？"这些问题必须微妙处理。如果换在查理的位置上，本会处理得相当得体。

"他没说什么时候过来坐坐？"本假装满不在乎的样子问道。

"没有，"查理故作沉思地说。"我不记得了。"

"你真够浑的！"他爸爸突然生了气。查理吓了一大跳；他还是第一次听到爸爸说出心里话的时候是这个样子。他知道爸爸活不了几天了。

"天知道，"查理说着，紧张地拍了拍脚后跟，"他是个怪人。忒怪忒怪！"

"告诉我，查理，"他爸爸仍不肯放过他。"你会当面这样说他吗？那是不对的，孩子，你也知道那是要不得的。"

"这我知道，"查理说着，撕扯自己的头发，"不过跟你说实话吧，我压根儿就不想跟他说话。"

"是呀，"他爸爸失望地说。"我知道这对你来说不合适。"

查理意识到父亲想起了大伯的店铺，他在临终之际很自然地会想起这事。查理站起身来，站在壁炉前面，英俊而肥胖的脸上布满了忧郁。

"这是两码事，根本不搭界，"查理说。"要是他把我惹急了，今儿晚上他把店铺给我，明儿大清早我就当着他的面把那个破店铺给他还回去。我不要他的东西。只是我不知道他会跟我说些什么。今儿晚上我就叫帕蒂到他那儿去，问问他。"

"去吧，叫帕蒂去，"他父亲会心地点了点头。"你应该这么做。叫朱莉送瓶威士忌和两个杯子来。你也来一杯吗？"

"我不喝。"

"喝吧，喝吧，朱莉会送杯子来的。"

查理来到弟弟帕蒂的房间，请他去拜访汤姆大伯，并通知他本的时间不多了。帕蒂是个性情温顺、憨厚老实的孩子，虽有查理的忠厚,但没有他的狡诈。

"我这就去,"帕蒂说。"可你自个儿干吗不告诉大伯? 大伯对你的看法最好。"

"我这就告诉你为什么,"查理把手放在弟弟的袖口上低声说。"因为如果他拒绝了我,我会狠狠地报复他的。"

"可你估计呢,他会不会拒绝你?"帕蒂不解地问。

"我估计他一定会的,"查理若有所思地说。"我知道。"

的确他是知道。第二天下午回家叫门的时候,妈妈和妹妹正在里面等着他呢。两人情绪激愤,大声叫喊,原来帕蒂碰了一鼻子灰。妈妈和妹妹的歇斯底里也感染了他。现在他才明白为什么刚才大街上有些人用好奇的目光偷看自己。镇上每一家酒馆里人们纷纷猜测查理·卢西会采取什么对策。这些人他妈的就是不去关心自个儿的事情,专管别人的闲事。他厉声吼了妈妈妹妹一句,然后一步三级台阶地上了楼。他父亲背对窗口躺着。昨天晚上的威士忌还好端端地放在那里没动。看到这情景他比看到父亲的绝望更揪心。

"你这会儿不舒服?"他没好气地问。

"不舒服,不舒服呀,"本说着,揭开盖在脸上的被单。"帕蒂没有讨个回信?"他疑惑地问。

"我还是听你说的呢,"查理假装震惊地说。

"叫帕蒂去捎信,那是找错人了,"他父亲沮丧地说着,在床上辗转反侧,但眼睛没去看查理。"当然,他是没脑子的人。告诉我,查理,"他爸爸的声音很微弱,"那次我议论彼德的时候你在场吗?"

"议论彼德?"查理惊讶地大叫起来。

"你在场,你在场,"他爸爸望着窗口说。"是的,我是从你那儿听说的。你要到阿斯拉格去帮他查账,我对你说要是出了差错你自个儿得背黑锅。我是这么说的吗?"

查理琢磨了半天才明白父亲在漫长的孤寂和痛苦中回忆起了往事,检讨了自己的过错。越是这么回忆他就越是茫然。查理已经想不起父亲说过的话了;他估计大伯也不记得了。

"我当时可能只是说个笑话而已，"他爸爸说。"不过我总是喜欢打趣他，他也喜欢打趣我。除此之外，还有什么别的意思？"

"哦，那只不过是一句有口无心的话！"查理也表示同意。

"可我发现，"他爸爸说着，要看看儿子的眼睛，"有人在这件事上面大做文章。咱们镇里这种人特多。如果你去一趟，告诉他，他会相信你的。"

"我去，我去，"查理说着，心里感到十分厌恶。"我今天亲自去找他。"

查理走出门去，一路上痛骂大伯是个自私鬼。他觉得整个镇里的人都在发疯似的注视着自己，而他也知道这种疯狂也传染了他自己，渗透到了他的内心深处。他的弟弟妹妹，还有街上那些小店铺里的人都期待着他从大伯那里讨个说法，如果讨不到一个说法，就跟他一刀两断。此刻正是是非曲直水落石出的时候，他知道自己是很善于站稳立场的。

米恩大娘给他开了门，她的红眼圈沾满了泪痕，满嘴的白兰地气味。她也快发疯了。

"你爸怎么样了，查理？"她哀鸣着问。

"快不行了，大娘，"查埋一边回答着一边擦靴子，从米恩的身边走过去。"熬不过今儿晚上。"

听到查理的说话声，汤姆打开了客厅的门，出来把查理拉了进去。米恩跟在后面。汤姆大伯不肯松手，拉着查理的那只手一个劲儿地发抖，像女人似的非常紧张。

"听说了你爸爸的病情，我非常难过，查理斯，"他说。

"那你肯定很难过喽，大伯，"查理刚说出前面几个字，心头的歇斯底里溶解成了一股巨大的理解和怜悯。"你知道我是来干吗的？"

大伯松开了他的手。

"这我知道，查理斯。"大伯说着，站直了身体。两个人都不善于旁敲侧击。

"你得去看他最后一眼，"查理不容置疑地说。

"查理斯，"汤姆紧缩了一下嘴角说。"我从来不会闪烁其词，我不能去。"

他说最后几个字的时候几乎没有发出声音，米恩听了大声嚎啕起来。

"跟他说呀，查理！我都烦死了。我们再也没脸去见镇里的人了。"米恩说。

"那我也就不用说了，查理斯，"大伯露出一种近乎邪恶的得意神情。"我根本没把这事放在心上。"

"这我知道，"查理很认真地说，他的眼睛仍盯着大伯那张枯萎的老脸和他那很窄、近乎透明的高鼻子。"你知道我从不插手你跟我爸之间的纷争，不管你们哥儿俩如何斗嘴我从没站在我爸那边反对过你。这不是因为我觊觎你的遗产。"

大伯激动得大笑起来，这是一种很不自然的笑声，笑声中既有感情，又有自傲，是一个理想主义者没有意识到自己很容易上当受骗的那种傲慢。

"我从没想过这件事，孩子，"他说着抬高了嗓门。"连一秒钟都没去想过。你也没有这种想法。"

"你知道你从前也是这个样子，后来反悔了。"

"非常后悔，非常后悔！"

"你当年对待亲儿子犯过的错误现在又要犯在亲兄弟的身上？"

"那件事我并没有忘记，查理斯，"汤姆说。"我不止是在昨天和今天想起过。"

"可是你并不是对我爸满不在乎的呀，"查理仍不甘心。"你并不是对他毫无感情的呀。你知道他躺在床上等你去。昨天他叫我弟弟来请你，可你就是不去。他拿着一瓶威士忌，还准备好了两个杯子搁在床头。就是等你去说一句：你原谅他了……天哪，"他提高了嗓门，心中的怒火越来越大，"不要去管他心里会不会难受。你知道你自个儿心里会好受吗？"

"这我知道，查理斯，"大伯用他那冰冷而又激动的声音说道。

"这我也知道。我并不像你所说的那样对他毫无感情。上帝知道我并不是不肯原谅他。他诋毁过我最亲爱的儿子,这我在好多年以前就原谅他了。不过,查理斯,就在我原谅他的那一天我也发誓:不管我活到多大岁数,决不会友好地去牵你爸爸的手。如果此时此刻上帝因为我的冒昧要惩罚我,我还是会这么说的。你是了解我的,查理斯,"说到这儿,他攥住西装的翻领。"我从来没在上帝或其他人面前食言过。现在也决不食言。"

"哦,你怎么能这么说呢?"米恩大声道。"就是野兽也有点人性啊。"

"将来有一天我会求你原谅我的,"汤姆加了一句,对米恩的话不予理睬。

"这就没必要了,大伯,"查理坦率而谦卑地说。"要原谅的是你自己。"

查理走到门口时停下了脚步,觉得如果自己转过身去会看见彼德站在后面。他知道大伯能给予那位堂兄的惟有他令人腻味的傲慢劲,而拦在大伯和他之间的正是这位死去的堂兄。有那么一阵子他很想转过身去乞求堂兄,可他从来就不相信鬼神。现实世界里的麻烦已经够他受的了。于是,他迈着缓慢的脚步朝家走去,心里祈祷能看到家里的窗帘被拉了起来①。

---

① 在爱尔兰,如果某家有人去世,该家的窗帘便会被拉上。

离 别 故 乡

春天刚到,内德·基廷就已经厌烦死了;厌烦这个城市,厌烦自己的工作。他是乡下来的,准备到城里来干一番轰轰烈烈的大事业。但是这个梦想久久未能实现。如今他要是能够做到每天早上九点半到学校,不惹那位呆头呆脑的校长生气,就已经心满意足了。

他住在拉斯迈恩斯一栋红砖屋里。房东是一对中年兄妹,继承了一笔遗产,打算在城里舒舒服服地了此一生。可是他们俩的日子过得并不舒坦,因为心里老惦记着在凯里郡的一个小农场。两人对内德·基廷的到来很高兴,因为内德跟他们讲过去的事情,讲他们喜欢听的事情。

基廷是个脑子迟钝、手脚笨拙的小伙子,两只黑色的眼睛,前额翘起一绺黑发,不停地在眼睛前面拍打着。他说话的时候有轻微的口吃,一只手会因为紧张而时不时地抚摩着松软的长发。他为人很严肃,但喜欢想入非非。赶集的日子里你常常会看到他在诺兰的店铺门前,一站就是一个小时,手里翻着一本课本。他买不起,就把书放回原处,叹一口气,抬头朝杰克·诺兰笑一下,然后转身到酒馆里去找他爸爸。大哥汤姆到教堂里去了之后,他经常为这事跟爸爸吵架。内德现在一门心思想当老师。他还不知足吗?他爸爸问他。他不是有住的地方了吗?他想去教书又是为了哪桩啊?可是内德死心眼。正是因为他有这种执着、锲而不舍的决心才考上了进修学校,毕业后在城里找到了一份教书的工作。原来他朝思暮想的就是到城里来生活,可是现在城市生活却让他失望了。每天傍晚你能看到他在码头上的二手书店里闲逛,不过他眼光里的那种渴望已经开始消退了。

这一切都再清楚不过了,但是他不能指望靠自己的性格去过日子。他人缘很好,那是因为他性情温和,可那也是以多少让步作为代价得来的呀!他为人优柔寡断,和蔼可亲,不要小心眼,不跟别人作对。他觉得自己对自己的能力估计得太低了,甚至觉得缺少主动性。他不喝酒,很少抽烟,因为他看到到处都有因为喝酒抽烟而惹下乱子的事情。他责备自己的贪婪和胆怯。他最喜欢听的就是关于乡下孩子和信箱的故事。"是呀,你瞧我这人真傻帽儿,把信放进水泵里了!"

他还没有到把信放进水泵里的地步。他只有一个女朋友,是文森特医院的护士,是个很野性、无忧无虑、头脑简单的姑娘。他很喜欢这个姑娘,心里琢磨着等到哪一天有钱了就去向姑娘求婚;但现在还不行;现在他太害羞,太拘谨,还不能走那么远。有时候他觉得每星期见一次面,看一次电影还不过瘾,心里盘算着带姑娘去很远的地方旅游。可是这个想法最终都落了空。

他已经不知道自己当初为什么要到城里来了,但起码不是为了自己在拉斯迈恩斯的那间卧室兼客厅的房子,不是为了窗户外面那个落满灰尘的长方形花园,不是为了坐来来往往的有轨电车,不是为了那个装满二手书的书架,也不是为了偶尔去看一场电影。有时候他半幽默、半绝望地双手抱着脑袋,心里对自己说他不知道自己想要的是什么。他很想抛弃眼前的一切,只身跑到格拉斯哥或纽约去当苦力;这倒不是因为他喜欢浪漫,而是因为他觉得只有用自己的双手干活谋生,在没有固定住处的情况下,才能找到自己全部理想和情感的意义所在,才知道怎样把自己的理想和情感放置到生活的规划之中。

第二天早上他去上课,缓步走在运河边上,看着树木又绿了,暗紫红色的高楼大厦倒映在平静的水面上。突然,他又开始浮想联翩。真的把信放进了水泵里!他本想伏伏帖帖地领工资,盘算一下自己每月能存多少钱,什么时候可以买一栋小房子,把姑娘带进去住。春天的早上想这样的事情是很惬意的:一栋属于自己的房子,床上有妻子躺在自己的身边。而就他的本性而言，他本应该把每一个理想、每一个高尚的情感冲动编织成一张网，把自己的头牢牢地绑在膝盖上，十年之后，再把手和脚绑起来。

汤姆是威克洛教堂的助理神甫。他给内德写了一封信，建议他们一起回家过周末。于是，星期六早上，他们坐着汤姆那辆老福特牌汽车出发了。正值复活节前后，珠灰色的天空，天气很冷。一路上他们好几次下车到酒馆里去喝酒。汤姆点了几杯威士忌。内德也兴高采烈，跟他一起喝起来。他不习惯跟大哥一起喝酒，部分原因是以前内德觉得自己没有受到汤姆那么好的教育，心里不平衡；还有一部分原因是汤姆担任宗教职务以后似乎跟家人隔绝了。汤姆现在好像是要通过喧闹和找乐来消除这种隔阂，说起话来似乎是在跟远处的朋友对话，把嗓门抬得高高的。他的长相也跟内德有着很大的区别：头发和皮肤的颜色要浅一些，大大的脑袋，脸上容光焕发，嗓音浑厚而略带一种专横的意味，为人容易发怒，但很幽默、很和善，深受上司的青睐；他跟修汽车的工人和宾馆的女招待都能打得火热。对此，腼腆而内向的内德羡慕不已。

到家的时候天已经黑了。父亲穿着衬衫在大门口等着迎接他们呢，听到他们回来了，母亲也冲了出来。窗台上放着一盏灯，灯光照到了粉刷过的门柱上。家住山上的小姑娘布里吉德来帮助他们年迈的母亲干活。此时布里吉德站在门口，他们兄弟俩只能看到她的侧影。她跟兄弟俩对视的时候，羞涩地低下头去。

厨房里洁白的高墙空荡荡的，挽具还挂在老地方，壁炉旁边有一个凳子，是母亲经常坐的，念珠挂在凳子后面的一枚钉子上。窗口下面摆着一张餐桌，正对着后门有一只盛奶的罐子，墙上方有一个豁口，是阁楼，有一排没有栏杆的楼梯直通这个门——一切就像外面的大海一样依然如故。母亲坐在凳子上，双手搁在膝盖上，头上系一条深色的披巾，饱经风霜的黄脸和大嗓门使她看上去活像一个吉卜赛女人。父亲跟汤姆一样容光焕发，他身材粗壮，裤子屁股上破了一个洞,两眼盯着前门,一只手扶着衣橱,那姿势很像是在演说。布里吉德在沏茶。

"我说你们到家会很晚的,"父亲得意地说着,一边用手捻着胡子。"我是说过这话吧,老伴? 我说过他们到家会很晚的,对吗?"

"他是说过,是说过,"母亲向两个儿子证明。"给他说对了。"

"呵,我知道他们在路上会歇脚的。要不是萨德·拉伊的车迷了路,开到东边去了,我他妈的早到家了!"

"那是萨德·拉伊的车吗?"母亲惊讶地问。

"我跟你说过了,是萨德·拉伊的车,"布里吉德尖着嗓子说,她用手拍打着身上的粗呢长袍,赤着脚在地上走来走去,发出啪嗒啪嗒的声音。

"老伴,我本应该知道的,"父亲恼怒地说。"他趁咱们没注意溜到城里去了。"

"哦吪,那他是怎么去的呢?"母亲问。

"别插嘴好不好,"父亲绝望地说。"我也说不上,我也说不上。"

"我的天哪,我敢肯定那是老爷的车。"母亲好奇地说着,一边心烦意乱地用手拉扯着披巾上的流苏。

"不管在哪里我一听那砰砰的声音就知道是萨德·拉伊的车。"布里吉德趁别人没注意的时候很得意地说。

内德觉得仿佛这场对话是从他上次回家就开始一直进行到现在的,而他回家来打断了大家的谈话,仿佛外面的路和远处的大海还有眼前经过的所有人都在这个黑暗的小屋子里无休无止地、充满激情地上演着一幕哑剧。

"我说,你们俩想不想来点酒啊?"父亲突然有点生气地问。

"是威士忌吗?"汤姆嗡嗡地问。

"怎么? 你喜欢威士忌?"

"你就不能先倒上,然后再问我们喝不喝?"汤姆抱怨地说。

"要威士忌,对吗?"

"不是。我走这么远的路到这儿来,不是为了喝一点自己家里有的酒。你最好给我一瓶,让我带回去得了。"

"考林该死。昨儿晚上我还对考林说你很可能要一瓶带回去的,对吗?我心里琢磨着你会要一瓶的。哦,考林这家伙该死,真该死。"

"他们逮住那混蛋了没有?"汤姆把酒杯放在嘴唇边上问。

"哎哟,我的天,你得变成猎狗才能抓住那家伙。去年十一月他们派了五十个警察来抓他,把山里山外搜了个遍,只看了一眼他的白屁股。呵,神甫还专门针对他进行了一次的布道——只闻其名啊,汤姆,只闻其名!"

"老墨菲还在吹他的能耐?"汤姆的声音低沉而愠怒。

"哦,别再烦我了,"父亲举起双手,激动地走来走去,裤子后面破了一个洞的屁股晃晃悠悠的。内德很伤心,他知道父亲原先很谨慎,工于心计,不多言不多语的,他对父亲偏脑袋,眯眼睛的动作是再熟悉不过了,但是现在老人像个孩子,无缘无故地激动个没完,又是喊又是叫的。跟老演员似的,芝麻大的事情也要演出一场戏来。"从来没听说过这种事,没听说过,没听说过!出了这种事,将来考林在众人面前怎么抬得起头来!都是从哪儿听来的!汤姆,我的宝贝儿子,你可千万别出这种事啊。"

"我可没那份闲工夫,"汤姆蔑视地回答道,"看样子你自个儿也戒酒了吧。"

"我没戒,汤姆,我没戒。还喝几口。误不了别人什么事。只是圣诞节和复活节喝上几口。"

放在后墙上的灯照在新刷上石灰水的墙壁上,灯光呈现出一道圆弧。母亲叉着双手,斜靠在壁炉上,陷入沉思之中。前门开着,外面的夜色越来越暗,那是西方五彩缤纷的夜晚。儿子们吃饭的时候,父亲迈着笨拙的步伐在屋子里走来走去,走到门口停下来扫一眼道路的两端,到了壁炉跟前又停下来烘一烘裤子后面破了一个洞的屁股。内德听到道路的西边传来了脚步声。父亲也听到了,转身来到门口,双手紧抓住门框。内德双手捂住眼睛,好像什么事也没有似的。他听到海浪声中夹杂着人声。

"上帝保佑你,托马斯,"那个声音说。

"上帝和圣母玛利亚保佑你,泰格。（两人说的都是爱尔兰语。）还好吗?"

"嗯,谢天谢地。今儿晚上好天气。"

"是呀,是呀。的确是好天气,感谢上帝。"

"我说,那是谁呀?"母亲环顾四周,问道。

"是泰格,"父亲看着那人的背影说。

"申穆斯的儿子泰格吗?"

"正是,正是。"

"这么晚了,申穆斯的儿子泰格这是上哪儿去呀? 是到店子里去吗?"

"不是的,老伴,不是。我想是上大叔那儿去。"

"是内德·威利大叔吗?"

"他在内德·威利家睡觉,"布里吉德尖着嗓门插了一句,声音里虽略带一点羞涩,但洋溢着一股得意的神情。"那个年轻老师来了之后,他就在那儿睡觉。"

话说完了,疑团都解开了。内德露出了微笑,布里吉德的声音是他最陌生的,但此刻却成了他最熟悉的声音。

第二天早上汤姆做早班弥撒,除了布里吉德之外全家人都去了教堂,是开车去的。托马斯兴高采烈地和汤姆坐在前面,逢人都挥手打招呼,跟小孩子似的,心里乐开了花。小教堂坐落在道路旁边的一个高坡上。早上天空灰蒙蒙的,悬崖外面是大海,海风很大,径直刮过来,吹得人身上的斗篷和裙子乱飞乱舞。

晚饭后,两个儿子拜访完邻居后回家,父亲从大路上过来迎接他们俩,热烈地跟他们俩握手,问他们好不好。儿子坐在厨房里,他又激动地打开了话匣子。

"嗯,"他说,"明儿我给你们安排了一次出游,感谢上帝,"仿佛是寻找灵感的源泉,他摸了摸后颈上的帽顶,然后一本正经地举起帽子。

"我说,你让他们俩去哪儿呀?"母亲愠怒地问。

"我们爷儿仨一起到海滨你弟弟家里去。"

"你就不能让孩子们歇歇?"母亲大声训斥着。"他们不是只有这一天的假吗?难道孩子们回来就为了这个?"

"就算是吧,就算是吧,"托马斯激情不减。"他们的表哥表嫂不是也很想见见他们俩吗?"

"去年夏天我在卡里加纳萨待了一个礼拜,"汤姆说。

"是呀,可我没去,内德也没去。这样不招人嫌弃。"

"你压根就不在乎别人嫌弃不嫌弃,你只在乎那两盅酒,"汤姆抱怨着说。

"哦!"父亲倒吸了一口气,伸手去摸帽顶,因为他准备发个誓。"要是为了酒,我不得好死!"

"老不死的,别多嘴了,"他妻子喊道。"说到点子上了,汤姆简直就是我的脉搏。他一走出我的眼皮底下,就想灌个烂醉。只能让你待在家里,哪儿也不去。"

"我不能老待在家里,老伴,"托马斯喊叫起来。"你干吗老找我的岔儿?不管他们俩回不回来,我都得出去。我要出去,就是要出去,事情就这么着了。"

"你干吗非出去不可呀?"他妻子问。

"因为我警告过雷德·帕特里克和登普西了,"他大声咆哮着。"娘家在岛上的那个女人要回岛上去看她闺女,她闺女嫁到岛上去了。再说,我借了卡西迪的船,本来他自己急着要用,但还是借给我了,我不能把人家的好心当做驴肝肺,我得去。"

"哦,最好我们大家都去得了,"汤姆说。

大风刮了整整一个晚上,托马斯心急如焚,天一亮就跑出去看海上的白浪。孩子们吃早饭的时候,他回来了,双手交叉撑在餐桌上,仿佛是在做祈祷。他用爱抚的声音说谢天谢地今天天气很好,空气很潮湿,刮着微风,他们正好可以顺风过去。他的嘀咕声就像是哄孩子睡觉的催眠曲,不过他妻子还在唠唠叨叨地数落着他,他气得迈着沉重的步子走出去,靠墙根盘腿坐了下来,嘴上叼着烟斗。他穿上了自己最好的衣裳,上身是笔挺的燕尾服,下身是一条浅色的花呢裤子,屁股上只有一个补丁。他把帽子掉了个个儿,让帽顶盖住右边耳朵。

托马斯像个小孩似的蹦蹦跳跳地上了船。登普西面容憔悴,神情忧郁,长着一脸的青春痘,嗓门整个是一个穿透力极强的女高音。他拿着舵柄,雷德·帕特里克拿着帆。托马斯爬到船头,弓着一只膝盖,站在那里,身体像个木偶似的前倾着。说起这片海滩,他如数家珍。岛上来的那个女人坐在压舱的石块上,手里拿着念珠,因为害怕海浪,她用披巾蒙上了眼睛。这条笨重的旧船扬帆之后显得很轻灵。内德用肘子抵住船舷站着,心里乐滋滋的。

"你瞧咱们的船笑了,"他父亲看到船头上的浪花开心地说。

"那是谁家的船哪,登普西?"内德眯着眼睛望着前面那片倾斜着的褐色船帆问。

"是岛上的船,"登普西尖着嗓子说。

"不是的啊,登普西。不是岛上的船哪。"

"那你说是谁家的船?"

"是卡里加纳萨那边过来的,登普西。"

"我说过了,是岛上的船。"

"你干吗老跟我作对呀,登普西? 不是岛上的船。岛上的船帆是深褐色的;一个月前刚刚涂的焦油。可这条船上的焦油都旧了,再说,岛上的船帆角上有一个补丁,这是铁证。"

内德斜倚着船舷,看着一排排深紫色的礁石从船底下远去。他把一只肘子放在弓起的膝盖上,扭头去看着水底的礁石,褐色的脸上溅满了水花,倒映着水面忽隐忽现的光亮。他的肌肉仿佛溶解成了一种透明体,蓝色的眼睛闪烁着异样的光芒。内德半闭着眼睛,眼前红褐色的船帆映照着朝阳,船帆后面是缓慢地一起一伏的大海和天空,船帆下面稳稳地站立着一个人影,那人一副急不可耐的样子。

"汤姆!"托马斯父亲喊着,那张憔悴的老脸从船帆的拱顶下面探出来,跟船帆一样的色调,布满了温暖的银光。

"什么事?"汤姆瓮声瓮气、毫无表情地问。

"昨儿晚上你说得对呀,汤姆。我的孩子,我的宝贝。你说得对。我来这儿就是为了喝两盅。"

"呵,你不说我还不知道呢,"汤姆讽刺地说。

"是的,就是为了这个,"老人悔恨地说。"就是为了喝两盅。你妈妈娘家的人都是很好客的,所以呀,她才对我疑神疑鬼的。你可怜的妈妈是个好人,心地很好,但愿上帝保佑她,为她免灾免难。"

"阿门,"汤姆毫无敬意地沉吟着,只见父亲虔诚地朝天空摇晃着那顶旧帽子。

"汤姆! 你在听吗,汤姆?"

"嗯,你又是唱哪出呀?"

"我还有一个理由。"

"是吗,还有一个?"汤姆的声音里根本没有愿意听的意思。

"老天在上,我还有一个理由,真的。汤姆呀,要是说谎,我就不得好死。"

"又是吹你们爷儿俩,"登普西从船尾尖叫着说,这时大风把他尖厉的嗓音吹得像碎纸屑似的满世界都是。

"正是这样,登普西,你说得太对了,登普西。你说话总是很在理。但愿上帝保佑你,登普西,因为你说的句句都是实话。"巧克力颜色的船帆鼓着风,倾斜着,船帆下面托马斯那张矮妖精似的笑脸闪烁着光亮,他那浑厚的嗓音完全吞没了登普西声音。"你会怪我吗?"

"奥唐奈一家几个弟兄从不打架,"登普西尖声说。

"谢天谢地,"托马斯一边喊着,一边朝天空挥舞着帽子,他觉得万能的上帝就在头顶上那块天空听着他。"不打架。他们没打过架啊,登普西。奥唐奈家的几个兄弟都是好样儿的。是一个很好的家庭,一个老家族了,为人很和善,他们可不像我那两个儿子。"

"你当年到他们家相亲的时候,他们对你够狠的吧,"登普西尖着嗓门说。

"是的,登普西,他们对我是够狠的。可你也不能怪他们哪,登普西。他们是一个老家族了,而我是个没有立足之地的穷光蛋。"说着,老人做了一个凶狠的手势,把帽子拉得更低,吐了一口唾沫,猛地拉了一把髭须,身体朝船舷倾斜得更厉害,蓝色的眼睛里露出得意的神色。"可是,我为人精明啊,登普西。我为人很精明,孩子。"

小船驶过了那个岛,水面变得狭窄了,海浪也小多了。那座丑陋而高大的教堂下面三三两两地散落着几栋白色的小屋子。海岸边的礁石犬牙交错,潮水涨到了最高水位,他们只得把船拖到礁石丛中。雷德·帕特里克轻灵地跳到岸上去拖船。其他人也逐一下船,踩在几英寸深的水里。雷德·帕特里克倾斜着身子扶他们站稳脚跟。内德和汤姆很难为情地脱下了鞋子。

"别脱!"托马斯厉声地说。"我们背你们俩上岸。上帝可怜见,别把你们的嫩脚给弄坏了。"

"你不开口嘴痒吗?"汤姆不高兴地说。

大伙儿在卡赫拉格家外面的台阶上歇了一会儿。卡赫拉格大爷那张宽宽的笑脸上长满了红色的络腮胡子。然后,他们来到奥唐奈家。这家人有两栋房子,一栋是老式的,另一栋则很新潮,中间隔着一个院子。老式房子里住着莫里斯舅舅和他一家子,他已经结了婚的儿子西恩和儿媳妇住新式房子。内德和汤姆就待在西恩夫妇俩的那栋新式房子里。汤姆和西恩是老朋友了,西恩说话的时候很少看汤姆,只是偶尔斜视他一眼,眼光仅仅到达他的下巴尖,马上就羞涩地一笑,把眼光低垂下去。"是的,"西恩说。"他是这样的。"然后又说:"几乎不是。"他的媳妇舒沃恩个子很高,面容端庄,但有点腼腆。她紧握着两位表弟的手,好像舍不得让他们走似的,嘴上温情地说出一连串表示高兴、惊奇、怜悯和钦佩的话。她说话喜欢用"小"字,什么"小孩"、"小手"、"小船"等等。三个小孩趴在地板上全神贯注地玩耍,客人来了,也丝毫不为之所动。舒沃恩从孩子们中间走来走去,忙着往水壶里灌水,切面包,然后仿佛担心冷落了汤姆似的,又拉着他的手。女主人的热情使人觉得仿佛她把自己的注意力过于集中到照料客人上面而对客人说的话一个字也没听进去。非要等到三天以后她才会显得很随意,才会开始留心客人说的话。

年轻的尼尔·奥唐奈带着女朋友来了。姑娘是山上戴格南家的。她长得很丰满,性格活泼,在镇子里从事服务行业的工作。尼尔身强力壮,眼睛睁得老大,露出温和的光芒,面孔看上去让人觉得很舒服,嗓音温和而浑厚有力。几个人聚集在客厅里喝茶,客厅的墙壁上方挂着三四张全家福的照片,其中两张内德隔着后窗又看到过。照片上一家人神采奕奕地站屋子后面的高地上,背景是春天的天空。尼尔在问舒沃恩一件什么事,但她却似乎对客厅窗口更感兴趣,只是在摇头。

"你们回老家是想念爸爸了,"汤姆兄弟俩到老房子那边去吃晚饭时,莫里斯舅舅说。莫里斯是个沉默寡言的小个子,前额到头顶都光秃秃的,说起话来像是跟人吵架似的。"他这会儿到奥尼·帕特那儿去了。"

"那个老鬼!"汤姆说。"我知道他是为了躲我。你给他威士忌了吗?"

"我还能给他别的什么呢?"莫里斯厉声说。"你以为老糊涂来这儿是为了喝茶不成?"

汤姆坐在上座上。他在这里是贵宾。从卧房门里可以看到里面一张帆布大床,高高的白枕头上面躺着一张瘦骨嶙峋的脸,脑袋四周环绕着烟蓝色的头发,头发上面有一个很像茶壶保暖罩似的东西。有时候那个白色的脑袋动弹一下,大家顿时安静下来,备受老人宠爱的尼尔把老人低声的嘀咕翻译给大家。有时候,尼尔直挺着身子趾高气扬地走进去,用他那浑厚有力的男低音拉长腔调把汤姆的笑话学给老人听。一群母鸡肆无忌惮地走进来围着他们的脚直打转,不时地在他们中间昂起高傲的脑袋;一个姑娘发出嘘嘘的驱赶声,母鸡拍打着翅膀,尖利地叫着冲出门外。在一种威严、祥和而超越时间的气氛中,内德看到了这里的一切。仿佛他从来没见过母亲的娘家似的。

"告诉我,"汤姆假装很关心的样子瓮声瓮气地说着,同时身体靠近舅舅,做出很神秘的样子,然后皱起眉毛看着尼尔,"作为一个神甫,为了全家着想,告诉我,你儿子是在向迪莉娅·戴格南求婚吗?"

"怎么了?那个恶棍又去缠她去了?"莫里斯给逗乐了,恶声恶气地说。

"不过,也可能是我搞错了,"汤姆犹疑不决地说。

"你是不愿意认识戴格南家的姑娘的,"西恩冷冷地说。

"他们家的姑娘有出嫁了的吗?"汤姆问。

"没有,见鬼去吧,一个都没有,"莫里斯说。"这事儿是不是太离谱了?"

"因为,"汤姆仍然用他那严肃的声音说。"我想找一个人来管束管束我弟弟。都柏林是个很野的地方,到处都是各种各样的诱惑。你们就不认识一个我所需要的那种很体面的姑娘?"

"凯特!凯特!"他们齐声喊叫起来,尼尔那浑厚的嗓音叫得最响。

"好了,迪莉娅看上去很秀气的,"汤姆说。

"不,是凯特!凯特!迪莉娅进城以后都变了。眼界也高了。让你弟弟娶凯特吧!"

尼尔开心地站起身来,踉踉跄跄地走到老人身边。汤姆用开玩笑的眼光看着大家,低声说:

"那个姑娘很文静吗?我可不愿意内德找个恶婆娘。"

"很文静,很文静,"他们说。"百里挑一的好姑娘!"

西恩无声地站起来,低着头走到门边。

"只有天晓得,他压根儿就不把姑娘当人待。"

汤姆坐直身子,假装气愤的样子,餐桌不停地摇晃着。尼尔大声地朝老人的耳朵喊叫着汤姆的笑话。那个淡紫色茶壶保暖罩动弹着,这是老人给逗乐了的惟一信号。

　　戴格南一家住在道路旁边的山冈上,站在上面周围几英里开外的乡村景色一览无余。汤姆兄弟俩和西恩还有奥唐奈家的几个姑娘一起沿着弯弯曲曲的山坡向上爬,时而走过灰色的采石场,时而穿行在高耸入云、嶙峋的岩石丛中。他们路上碰到一群人正下山。走在最前面的是托马斯,他和那个岛上来的女人手牵着手,后面是两个当地人,最后是登普西和雷德·帕特里克。除了那个岛上来的女人之外,这几个人个个都喝得酩酊大醉。托马斯冲下来跟自己的儿子握手、问好,从这一点你就看得出来,他喝醉了。他还说全世界也找不出像卡里加纳萨家那样诚实的好人,可是他们家的人又远远不如奥唐奈家的人;你瞧他们一眼就知道不是国王,就是王子。他说还要去拜访一个人,一刻钟后到卡赫拉格家来跟儿子们会合。

　　汤姆一行人朝戴格南家的独扇门望去,只见厨房里空空如也,几个姑娘吃吃地窃笑起来。汤姆他们知道,戴格南一家人一定是看着他们从莫里斯家的门口出来一直走到这儿来的。厨房装饰得很漂亮,其他房间里的木制用具和家具都是自己手工做的,形状十分美观,上的是浅红褐色的油漆,一个油光发亮的衣橱上有一面闪闪发光的镜子。他们走了进去,环顾四周。里面除了衣橱上一只廉价的闹钟在滴答作响之外,别无动静。有一个姑娘发疯似的格格笑个没完。西恩抬高了嗓门。

　　"你们这一家倒霉鬼,是在里面还是都出去了?"

　　有好大一阵子没有人回答,接着,阁楼上传来一阵急促的脚步声。一个姑娘跑下楼来,紧紧地拉着肩膀上那条黑色的毛线披巾,看样子年纪在二十八到三十之间,窄窄的脸盘宛如雪貂的脸,两只蓝色的眼睛露出惊慌的神色。她侧着身子笨手笨脚地走进厨房,眼睛没有看任何人,只是机械地朝几个来客打了声招呼。

　　"非常欢迎……你们好吗?……今儿个天气还不错。"

　　奥唐奈家的姑娘们又格格地笑起来。诺拉·戴格南惊讶地看着她们,嘴巴咬着披巾上的流苏,露出一嘴又尖又小的白牙齿。

"怎么了,几位小姐?"她问。

"喂,你就别老是啰里啰嗦的好不好?"汤姆瓮声瓮气地说。"告诉我们你们家的凯特在哪儿?你总该知道我们大老远的跑来不是看你们家丑八怪的吧。"

"凯特!"诺拉低声喊道。

"什么事?"楼上一个声音问道。

"见鬼,你知道是什么事,"汤姆怒吼道。"今儿一早你就知道我们要来。是你自个儿下来,还是我上楼来接你呀?"

一阵急促的脚步声后,又一个女孩子下来了。直到后来内德才看出她相貌出众。这个姑娘跟她姐姐一样脸盘又窄又尖,细皮嫩肉的面容因为有一种动物的直觉而显得轮廓分明。跟姐姐一样水汪汪的蓝眼睛中闪烁着一丝惊恐,但是容貌的结构又与姐姐迥然不同,有一种透明的质地,仿佛她的性情从外貌上历历可见。"火光的孩子,汝之四肢在燃烧,烧穿了裹在外面的面纱,"①内德下意识地嘟哝着。这个姑娘跟她姐姐一样满怀敌意地来到众人跟前,脸涨得通红。汤姆的眼光停留在她身上。跟她的眼睛不同,汤姆的眼光柔和而充满激情,还有一股惺忪的睡意。

"你没什么话要跟我说吗,凯特?"汤姆瓮声瓮气地问。内德觉得哥哥的声音温和而模糊。

"哦,热烈欢迎呗。"凯特那双穿透力很强的蓝眼睛在汤姆身上停留了片刻,露出一种率直,然后又移到敞开着的门上。外面下着淅淅沥沥的细雨;乌云笼罩着四野,一片灰暗。渐渐地四周的一切融合成一个平面,天空越来越明朗。灰色的田野上因为矗立着一堵堵灰色而粗糙的大石块而显得崎岖不平。这些大石块像被风刮来的沙子一样,零零星星地堆积着,一个个粉刷得洁白的农舍映衬着褐灰色山腰上徐徐下坠的夕阳。

---

① 雪莱:《被解放了的普罗米修斯》第二幕第五场一首歌中的两行。

"就没别的可说了吗,姑娘?"汤姆撅起嘴巴,气冲冲地问。

"你好吗?"

"你太拘礼了,都喘不过气来了。迪莉娅在哪儿?"

"在这儿呢,"迪莉娅站在他身后的门口,回答道。她偷偷地围着屋子转了一圈。她满不在乎、不拘礼节的举动引来一阵大笑。

"我们此行的目的,"汤姆清了清喉咙说,"是为我这位弟弟相亲来了。"

又是一阵哄堂大笑。内德知道,好的笑话只要别人喜欢听重复一遍也会引起笑声,但是他觉得这个笑话的魅力已经减退了。

"就让他相中我得了,"迪莉娅说着淘气地看了内德一眼,此时内德正面带微笑地盯着地板。

"别插嘴,小贱人!"汤姆说。"你前面还有两个姐姐呢。"

"即便如此,我还是想到都柏林去……先生,到了你家里你会拿柠檬来招待我吗?"她面带放肆的微笑问内德。"咱们这个鬼地方,咳。如果让我走的话,我想到美国去。"

"美国没有你就不成其为美国了,"汤姆说。"别让我催了,我老爸还在约翰尼·基德家等着我们呢。"

"我们姐儿几个跟你们一块儿去,"诺拉说,三个姑娘从房间里面分别拿出三条黑色披巾,刚才那种紧张的气氛似乎已烟消云散。她们相互逗乐,开心地笑着。

"凯特的披巾下面得给我留个位置,"汤姆说。

"我才不呢,"凯特大声地说着,扭过头去大笑起来。

"你越来越腼腆了,"西恩咧着嘴露出和蔼的笑容。

"那倒不是,她只是看上那个小伙子了,"迪莉娅说。

"越是怪事就越逗,"诺拉说。

凯特用她那小巧玲珑的前齿咬着嘴唇,很不高兴地看着姐姐和西恩,然后放声大笑起来。她瞥了内德一眼,撩起披巾邀请内德到她那儿去,尽管与此同时她因为生气前额上泛起了一团又一团的红润,就像湖面上刮起了飓风。外面风刮得很大,但是一刻不停的毛毛细雨下得还是很柔和。四周一片模糊,有一种荒凉的感觉。内德的脑袋躲在凯特的披巾下面避雨,他闻到一股草皮烟的气味,觉得自己仿佛从时间的口袋里掉了下来。

大伙儿在卡赫拉格家的厨房里等候着。满脸胡须的卡赫拉格大爷坐在烟囱的一角,一个光着脚丫子的男孩坐在烟囱的另一角。宽大的烟囱里一股暗蓝色的光亮像阵雨一样洒落在他们俩的头顶上,那是古瓷器上人们不易察觉的一种柔光。在爷儿俩中间是刷了石灰水的壁炉,里面燃烧着橘红色的火焰,壁炉上面有几根黑铁棒,铁棒下面挂着吊锅。从单扇门往外看去,柔和的细雨还在无声地下着。迪莉娅的黑色披巾从肩膀上一直垂到地下,她弯着腰,充当古希腊戏剧中守夜人的角色。汤姆的父亲说过十五分钟后就到这儿来,可现在一个小时过去了还不见他的人影。于是大家派两个赤着脚的小男孩去找他。

"他们这会儿在哪儿呀,迪莉娅?"奥唐奈家的一个姑娘问。

"正在帕齐·基德家门口的田野里走着呢。"

"他不在那儿吧。"

"他不会在那儿的,"老人说。"这会儿他们很可能去内德·基德家了。"

"正是去他家,"迪莉娅说。"在山顶上,渡口的那一边。"

"那两个孩子会找到他的,"老人很有信心地说。

内德觉得自己仿佛还躲在那块有草皮烟气味的披巾里面,仿佛有一种东西自天而降,使他的心头充满了激情和孤独。他无法把自己的眼睛从凯特身上移开。此时姑娘跟诺拉坐在靠着后墙的长板凳上,身上黑白交融,黑色的披巾紧紧地系在下巴上,披巾上的风帽遮掩住了黑发的曲线,遮掩住了倒映在墙上的身影的曲线。除了回答汤姆有关她哥哥的提问之外,她一言不发。偶尔内德跟她四目相遇,她暗笑一下赶忙把眼睛移到门口,又陷入沉思之中。她的脑子是在沉思,还是一片空白?内德心里琢磨着。他本能地盯着姑娘的脸,姑娘那纤弱的面容犹如一面镜子,在那上面内德可以看到外面淅沥的细雨、怒吼的大海、岩石和山冈。

迪莉娅告诉大家第一个进来的是雷德·帕特里克,紧随其后的是岛上来的那个女人。两人都说在不同的地方见到过汤姆的父亲。内德突然想到父亲醉酒后在滂沱大雨中摇晃着裤子后面破了一个洞的屁股,在一望无际的田野里笨拙地走路的样子,他那种急迫、高亢、热烈的情绪,还有跟在他后面的一大群人,不禁暗笑起来。最后进来的是登普西,他怀疑托马斯那样子恐怕上不了船。

"怎么回事呀,姐儿们,"迪莉娅扭过头去说。"今晚咱们可以给小伙子找个地儿歇歇。"

"把他安置到哪儿呀?"诺拉瞪大眼睛问。

"他可以睡凯特的床,"迪莉娅并无恶意地说。

"哦吧,那凯特睡哪儿呀?"诺拉问完,蹦蹦跳跳地用披巾遮住脸。迪莉娅笑了。几个男人也笑了起来。凯特气愤地咬着嘴唇,看着地板。内德又发现她在注视着自己,两人对视了片刻,凯特笑了起来,转身走开了。

托马斯冷不丁地像一阵海风似的闯了进来,大家赶忙给他让路。他紧握着汤姆的手,连声问好。然后又握着内德的手,一个劲儿地问好。内德板着面孔回答说他很好。

"我的老天爷,"托马斯像风车似的挥舞着手臂,大声说道:"你们都在等啥呀?"

退潮了。托马斯攮着一只桨,把船推到礁石上,然后竖起船帆,一不小心跌倒了,赶忙从透湿的帆布中挣脱出来,一边摸索着,一边咒骂卡西迪的破船。一小群人冒着不断飘落的雨水站在光秃秃的礁石上,身后是灰蒙蒙的天空。内德长时间地朝凯特挥手,因为她还在向他挥舞着黑色的披巾。狂喜和失落感交织在内德的心头。他裹紧身上的大衣,和登普西一起坐在船尾,一言不发。

"今天真不赖,"他父亲说着,来回摇晃着身体,一只手狠狠地拉着他那斯堪的纳维亚人一样的长髭须,另一只手把帽顶拽下来遮住耳朵。他的动作缺乏节奏感,开始和结束显得过于突然。"登普西,好小伙子,你说今天还不赖吧?"

"对于你来说不赖,"登普西尖着嗓门,仿佛喉咙快要撕裂了。

"的确是不赖,我的宝贝,好极了。我受到了热情的接待,我儿子们也受到了热情的接待。"

说完,他躺了下来,一只脚整个地搭在船舷上,把一只冰冷潮湿的手从后面伸向他的两个儿子。

"今儿是我一生中最得意的日子,"他说。"我喝了啤酒、威士忌和自家酿的酒。汤姆,我的乖孩子,我喝了不少哇。内德,我的好宝贝,我去了七家,每家喝一杯,家家都欢迎我。你妈妈的娘家人个个都是好样儿的。虽然我是个没有一寸土地的穷光蛋,可他们一点也没冷落我。没冷落我呀,汤姆。一点也没有。"

夜幕降临了,雨也停了下来,漆黑的天空现出几颗星星,海面上这艘小船颠簸着朝前行驶,仿佛完全迷失了方向。四周一片寂静,惟有浪花拍打着船舷的声音和托马斯唱着的醉歌:

> 傍晚金黄色的夕阳分外美丽,
> 我停下脚步注视着一位女郎,
> 她翻越山脊朝我这里走过来,
> 她的脸像浆果一样鲜艳明亮。

内德第一个醒来,划亮一根火柴,点燃了蜡烛。现在是黄昏时分,是该动身回城里的时候了。九点半他就得回到教室里去面对那一张张城市孩子消瘦的面孔。他点着一支香烟,闭上眼睛。他的血液里仿佛还回荡着小船的颠簸,他的脑海里仿佛还闪现着凯特·戴格南的面孔,他的耳边仿佛还回荡着从遥远的地方传来的他父亲唱的情歌:"天黑之前我们要赶着鹅群回家。"

他听到哥哥一边朝他嘟哝着什么,一边用肘子轻轻推他。汤姆看上去肥大而脆弱,他那颗英俊的脑袋歪在一边,嘴上不停地淌着口水,滴在睡衣的袖子上。内德轻轻地从床上溜下来,穿好裤子,走到窗前,拉开窗帘。一束冰冷的微光射了进来。外面海湾隐约可见,十

分宁静。汤姆那惊恐的声音仍在嘟哝着，内德摇了摇他。汤姆惊叫一声醒了过来，抓住被子，先看了看内德，然后看了看蜡烛，最后揉了揉他那惺忪的睡眼。

“你也听到了吗？”汤姆问。

“我听到了什么？”内德微笑着问。

“在房子里，”汤姆说。

“房子里什么也没有，”内德回答道。“你在说梦话，所以我把你搞醒了。”

“是吗，那我说了些什么？”

“你没说出什么秘密，”内德平静地微笑着。

“见鬼！”汤姆厌恶地说着，伸出一只手向内德要香烟。他借着蜡烛点燃了香烟，那张没有睡醒的红脸皱了起来，露出困惑的表情。“我睡得很熟。”

“哦吔！”内德平静地说着，扬起了眉毛。汤姆用这种腔调说话是很少见的。他坐在床沿上，双手交叉，身体前倾，两只温和的眼睛睁得大大的，看着汤姆。

“有什么不对劲的吗？”内德问。

“太多了。”

“你没遇上什么麻烦吧？”内德提这个问题时并没有抬高嗓门。

“不是你说的那种麻烦。麻烦在我自个儿心里头。”

内德朝他看了一眼，眼光里充满了强烈的同情和理解。他那充满激情的褐色眼睛在汤姆身上搜寻着，仿佛要对他这个人进行评估。以前内德从来都没像现在这样急于对哥哥进行评价。

“是的，”内德温和的声音闪烁其词地说，眼睛游移到房间的另一边，说起话也跟往常一样带点口吃，“麻烦总是在我们自己心里。如果我们自己对自己感到满足了，那么其他的事情都好办。也许咱们应该把这一切留给时间去评判。时间会决定一切。”

“时间决定不了我的任何事情，”汤姆绝望地说。“你还有一些东西可以期待。可我什么也没有。我这份工作致命的缺点就是寂寞，让我难以忍受的寂寞。哪怕是跟朋友聊聊我的这份工作都是一种解脱,而我偏偏没有可以谈工作的朋友。别人遇到了不顺心的事就来找我,可我自个儿遇到了不顺心的事却没有人可找。"

内德那褐色的眼睛再次挑战似的瞪着哥哥,对哥哥寄予了无限的同情,他知道多年来汤姆就是生活在这种疑惑和恐惧之中不能自拔,为自己的本性所困扰;而且在未来的日子里,他还会这样生活下去,也许永远不能像现在这样被另外一个人所发觉。

"可惜你来到了这种地方,"内德含糊不清地支吾着。"可惜咱们去了一趟卡里加纳萨。要是咱们俩去别的什么地方可能要好一点。"

"你干吗不肯娶她为妻呀,内德?"汤姆一本正经地问。

"娶谁为妻?"内德问。

"凯特呀。"

"昨天,"内德像是忏悔什么罪过似的脸上露出羞涩的微笑,"我真希望自己能娶她为妻。"

"你可以娶她嘛,"汤姆急不可待地说着,用胳膊肘支撑着身体。就像所有人的心里都有千千结一样,汤姆的心里装着许多为别人着想的计策。"你可以娶她,然后在这里办一所学校。要是换了我,我一定会这么干。"

"不,"内德哀伤地说。"很久以前我们就做出了决定,现在无法反悔了。"

说完,内德双手插在裤子口袋里,低着头走进了厨房。他母亲头上搭着那条黑色的披巾,正在吹火。卧房的门开着,他可以看到房间里面父亲穿着衬衫跪在床边,虔诚地仰望着一幅圣画,裤子背带耷拉在后背上。他抽出那个半截门的门闩,穿过花园,来到大路上。眼前的一切仿佛都闪烁着魔幻的光亮。他看到一幅令他瞠目结舌的图画:在天空的映衬下,一个男孩正在策马飞奔。一条条长长的深红色光线划破卡里加纳萨上空苹果绿的光亮,仿佛是用瓷漆绘制的图案,十分宁静。魔幻,魔幻,魔幻! 他看到眼前的景色犹如一本儿童图画书,五颜六色的,十分鲜艳;那是一种他长大成人后再也无法重温的东西,而他向往着的世界又是那么遥远,那么不可捉摸,如同他年轻时在绝望之中的感觉一样。

　　此刻他仿佛是第一次要离开家乡,第一次并永远地要对家乡的一切说声再见。

洛马斯内家的疯丫头

内德·劳里和丽塔·洛马斯内可以说是一对青梅竹马的情人。两人第一次见面的时候内德十四岁,丽塔也就十二三岁的样子。那是一个星期六的下午,丽塔坐在林阴北路树下的一张长凳上,她高高的个子,瘦得皮包骨头,干柴似的,长长的下巴显出一股倔强的气质。内德是个学习很勤奋的小伙子,头上戴着一顶蓝白相间的大学生帽子,身材瘦削,面色苍白,戴着一副眼镜。他从丽塔身边经过时用猫头鹰一样的目光看了她一眼,丽塔也很傲慢地瞪着他一眼。内德心里很不是滋味——他没有跟女孩子接触的经验——于是红着脸,举起帽子表示歉意。姑娘见状脸色温和了许多。

"你好,"丽塔试探着打了声招呼。

"下午好,"内德回答时露出苍白的微笑。

"你这是上哪儿去呀?"她问。

"哦,到堤坝上去遛遛弯。"

"请坐,"姑娘尖着嗓门说,随即把一只手放在身边的凳子上。他顺从地坐了下来。那是一个美丽的夏夜,飘着白云的蓝色天空下,白色的码头、墙壁高大的暗红色住宅楼倒映在懒洋洋的水面上;靠岸边的水面呈现出一道道的皱纹,宛如一块上了油漆的地毯。

"这里真舒服,"内德得意地说。

"是吗?"丽塔话语中的尖酸刻薄使内德感到很惊讶。"我怎么没有舒服的感觉呢?"

"这儿风景很美,很宁静,"他略感惊讶地说着,扬起两道浓眉,看了看林阴大道两端的老式房屋以及树下三三两两的保姆。"我姓劳里,"他礼貌地补充了一句。

"哦,商业大街上那家珠宝店是你们家的吗?"丽塔问。

"是的,"内德自豪而又谦虚地回答道。

"我们家有一架钟是从你们那儿买的,"她说。"是一架老式的钟,走得不准,"她说这话时没怀好意,但语气很平和。

"你应该拿到我们店子里去修修,"他很关切地说。"也许需要拆修了。"

"我准备跟几个朋友一起到河里去划船,"她突然掉转了话题。"你也去吗?"

"去不成,"他说着微微一笑。

"怎么啦?"

"我只有到堤坝上溜达一下的时间,"他得意地说。"每个星期六我到圣彼得教堂和圣保罗教堂去做礼拜,然后到堤坝上去遛遛弯,完了就回西路。偶尔也去看上一场很激烈的板球赛。你喜欢板球赛吗?"

"好多女里女气的男人抢一个球!"她声音急促地说。"我不喜欢。"

"可我喜欢,"他声音很坚定地说。"我每个星期六都去看。当然,我不该随便和人聊天,"他为自己的胆大感到很好笑。

"为什么不跟人聊天?"

"我妈妈不准。"

"她干吗不准?"

"我妈出身于一个世家,"他的语气很缓和,如果不是看到他脸上那文雅的微笑,丽塔还以为他是在有意侮辱自己呢。"你瞧,"他那细声细气的嗓音很迷人,扳起手指数数,每数一个就看一眼那个手指——是个办事有条不紊的小伙子——"我外婆家姓霍利根,有三个分支:一个是内迪·内德家族,一个是内迪·杰瑞家族,还有一个是内迪·托马斯家族。内迪·内德家族住在海菲尔德一带,是最老的一个家族,我妈妈就是这个家族的。她原来很有钱,后来我外公跟内迪·杰瑞家族的一个人签了一个合同做生意,这个人违约逃到澳大利亚去了。"说到最后他蔑视地用鼻子哼了一声。

"哎哟!"姑娘说。"你妈妈赔钱了吗?"

"她当然得赔钱喽,"他越讲越来劲,"我外公是个安分守己的人。他在餐桌上的规矩特多,所以吃晚饭的时候,常常有班特里国民小学的男孩子来学他吃饭的规矩。有一次他逮住我舅舅吃白菜用刀子,就用拨火棍揍他,后来伤口缝了四针。"他讲到这里快乐得笑了起来。

"哎哟,"姑娘说。"他为什么要打人哪?"

"是教孩子懂礼貌啊,"内德很认真地说。

"他肯定有点毛病。"

"哦,我可不这么说,"内德有点惊讶地说,这姑娘说的每句话他都感到惊讶。"不过,这就是为什么妈妈不让我跟别的孩子玩的原因。再说了,我花很多时间读书。你喜欢读书吗?嗯——你姓什么来着?我忘了。"

"我压根就没告诉你,"她说着,双手在他眼前一晃。"如果你想知道的话,我叫丽塔·洛马斯内。"

"你经常读书吗,洛马斯内小姐?"

"我可没那份耐心。"

"我读各种各样的书,"他充满激情地说,"而且我还跟商业大街的莫德小姐学小提琴。当然,那很难,因为都是古典音乐。"

"什么是古典音乐?"她突然饶有兴趣地问。

"《马利塔那》是古典音乐,"他急切地回答说。丽塔觉得他这人很有点捉摸不透。她从未见到过像内德这样好为人师的人。"你到歌剧院去看过《马利塔那》吗,洛马斯内小姐?"

"我从来不去那种地方,"她草草地回答道。

"《爱丽丝你在哪里》也是古典音乐,"他补充说。"比普通音乐难多了。这个,"他说着在空中画着符号,"上面有这样的符号,你看到这种符号就知道要转调了,不过名字还是老样子。爱尔兰音乐都一个调,所以妈妈不让我学。"

"你去过巴黎的歌剧院吗?"她突然问。

"没有,"内德说。"我没去过巴黎。怎么啦?"

"你应该去一趟,"她面带轻浮而欢快的神情说。"在咱们这儿听不了什么歌剧。巴黎那儿的楼梯间比咱们这儿整个的歌剧院还大。"

他俩正津津有味地谈论着知识性很强的话题,突然从威斯山街那里下来了两个人,丽塔赶紧站起身迎上前去。内德抬头看了他们俩一会儿,然后站起身来,很礼貌地举起帽子。

"嗯,下午好,"他兴高采烈地说。"我跟你很谈得来。希望再次见面。"

"再找一个星期六吧,"丽塔说。

"哦,晚上好,老兄,"那两个人中的一个故意拉长声调说,同时假装要举起高顶黑色大礼帽。"到我们家来玩吧。"

"别多嘴,福斯特!"丽塔厉声说。"要不我扇你一耳光。"

"哦,顺便说一句,"内德说着,退回来从裤子口袋里掏出几块宝石递给丽塔,"也许你喜欢看看这个。还不赖。"

"谢谢,这个我很喜欢,"她毫无诚意地说。内德微笑着再次举手行礼。接着他很礼貌,甚至是很恭敬地走到福斯特跟前。"刚才你说什么了吗?"他问。

福斯特满脸惊讶,仿佛是一只猫突然蹲坐在后腿上,向内德发出挑战的信号。

"我没说什么。"福斯特说着连连后退。

"这我就很高兴了,"内德心满意足地说道。"我还以为你想自找苦头吃呢。"

丽塔对此也很惊讶。不管她对内德·劳里的看法如何,但她怎么也不会把内德与打架这种事联系到一起。

洛马斯内一家住在假日矿泉那边的一栋屋子里。房间很小,前面的花园是一块长长的坡地,站在上面,整个城市和河流一览无余。哈里·洛马斯内是个建筑师,小小的个子,穿着一套灰色花呢软领西装,但大了好几号。面孔像一块砸得稀巴烂的红砖。两只蓝眼睛炯炯有神,浅棕色的络腮胡子乱糟糟的,一边高一边低,工友们说你只要看他扯哪一边的胡子,就知道他是喜还是怒。他的绰号叫"急性子哈里。""天哪!"妻子生第一胎的时候他发了脾气。"九个月就做这么点屁事! 要是让我怀孕,三个礼拜就解决问题了。"他妻子个子高高的,面容很端庄,是个虔诚的教徒,不过她的虔诚倒是从来不碍她的事。能够在急性子哈里跟前挺过来的人,什么样的事都能挺过来。大女儿叫基蒂,嗓门特大,成天乐呵呵的,因为给男生写情书,让学校开除了。她的情书是从一本法国小说里抄下来的,不过她没把这一茬儿告诉教会学校里的那些修女老师。二女儿内莉要文静一些,长相也更像妈妈。此外,她从不看法国小说。

三女儿丽塔跟两个姐姐都不同。她身上似乎没有温柔细胞。她不崇拜任何圣徒和圣女,还说这些人都是假仁假义。由于同样的原因她也从不跟男人调情。她跟内德·劳里的友谊是她有生以来跟男人最亲密的关系了。虽然内德经常到她家来,两人也一起去看电影,但就连她的两个姐姐也说不准,她跟内德的关系是不是比她跟其他女孩子的关系更密切。两个姐姐觉得这个小妹妹身上有一种让人捉摸不透的东西:她沉默寡言、郁郁不乐、疯疯癫癫的;她脸上常常露出一种稚嫩的、甚至是羞涩的微笑,仿佛觉得别人都是在拿她开心。她在家里举止含蓄,机警敏锐,似乎总在嘲弄什么人似的。她可以一连几个小时地听着妈妈和姐姐聊天而不插一句嘴,但只要她一开口,保准让大家瞠目结舌——比如说,讲古典音乐——讲完后又紧闭着嘴巴,一言不发,仿佛她身上罩着一块神秘的面纱,偶尔撩起来一下,然后又盖上,不允许你去窥探里头的秘密。

拿到学位之后,她在爱尔兰西部一个偏僻小镇里找了一份工作,在女隐修院办的小学里教书,跟内德保持着通信往来。内德还到她那里去玩过,回来跟人讲丽塔在那里很开心。

可是,好景不长。几个月后的一天晚上,洛马斯内一家正在吃晚饭,突然听到外面嘎吱一声响,一辆汽车停了下来,接着是通过长廊到前门的脚步声。然后铃声响起,大厅里传来一个快乐的声音。

"你好哇,帕斯卡尔,没料到我会回来吧。"

"总不会是丽塔吧!"她妈妈说,那意思是:丽塔回来了,但她这个时候是不应该回来的。

"没得说的,一定是遇上麻烦了,"基蒂说出了自己的预言。

门开了,丽塔没精打采地走了进来,只见她修长的身材很结实,黝黑的脸上露出一团红润。她轻轻地吻了吻父亲和母亲。

"你们好,"她说。"家里都好吗?"

"你出了啥事?"她妈妈站起身来问。

"没事,"丽塔用高八度的声音回答道。"只是把饭碗弄丢了。"

"饭碗丢了?"她爸爸问道,胡子朝下撇了下去。"做错了什么事就把饭碗给丢了?"

"让我先留一口气吃点东西行不行?"丽塔笑着说。她摘下帽子,对着壁炉架上方的镜子笑了。那是一种好奇的微笑,仿佛看到了什么很搞笑的事情。接着,她把一头浓黑的头发往后抚平。"我让帕斯卡尔把我的东西都拿进来。十点钟就上了火车。跟往常一样火车上的暖气关了,我都给冻成冰块了。"

"真奇怪,你居然不给家里打个电话。"她妈妈说。这时,丽塔坐了下来,抓起一块面包和黄油。

"没那个洋钱,"丽塔回答说。

"你就不能给大家讲讲究竟出了什么事?"基蒂问,露出灿烂的微笑。

"我已经说过了。别的待会儿再说。女隐修院的院长会写信告诉你们我是怎样丢失人格的。"

"可是孩子呀,你究竟做了什么?"她妈妈的口气很平和,因为她跟丈夫还有基蒂都遇到过这种事,她知道上帝是仁慈的,并没发生过什么大不了的事情。

"有个伙计想跟我结婚,"丽塔说。"他在上大学四年级,他妈妈不喜欢我,于是就到女隐修院院长那儿去告了我一状,把我给开除了。"

"可那跟院长有什么关系呀?"内莉愤愤不平地问。"那关她什么事?"

"我也是这么说的,"丽塔说。

可是基蒂用怀疑的眼光看着妹妹。丽塔的表情很不自然,有一股子野性。这毕竟是她真正意义上的初恋。基蒂简直不相信妹妹也跟别人一样吃起了人间烟火。

"不过,我还是得说你这事太急了点儿,"基蒂说。

"在那种地方,不急不行啊,"丽塔说。"全村就那么一个合适的人选,他是银行的职员。我们都喊他'可意人儿'。我刚到那里一个礼拜,就因为坐在他摩托车后座上挨了一顿训斥。"

"你真的坐在他摩托车上了吗?"基蒂问。

"我没那个机会呀,姐儿们。学校告诉每一个老师,说是随时随地都有人监视着她们。我第一次跟托尼·多诺霍见面是两个礼拜以前——他病倒了,待在家里。"

"得了,得了,得了!"她妈妈并无恶意地吼叫着。"没得说的,你把他妈妈给惹急了。小伙子大学还没毕业呢!你就不能等他找到工作之后再说?"

"也不会有什么好工作,"丽塔说。"他要去当神甫。"

基蒂在座位上朝后一仰,发出一阵蔑视的大笑。当然,丽塔跟其他任何人一样也是毫无办法。只有黑奴不能当神甫,对此丽塔自然会大肆渲染。

"去当什么?"她爸爸跳起来问。

"好了,就别训我了!"丽塔匆匆忙忙地说。"这不能怪我。他跟我说他本人并不想当神甫,是给他妈妈逼的,所以他才会病倒。"

"让我把话说完,"她爸爸说。"然后——"

"说下去呀!"丽塔温柔地学着爸爸的口气(她很喜欢爸爸)。"然后你就怎么样?"

"然后哇,我真后悔自个儿不是神甫,"他怒吼着说。"那就不会有现在这样一大家子人围在身边打转了。"

他迈着沉重的脚步走出房间,姑娘们都笑了起来,因为说爸爸是神甫简直就像说他是妈妈一样可笑。急性子哈里一发起牢骚来就会招来哄堂大笑。不过,妈妈没有笑。

"院长做得对,"妈妈严肃地说。"你们这些女孩子不去勾引男孩子好像就不过瘾似的。丽塔,这事是你的不对。"

"好了,就算你说的是,"丽塔说着,像男孩子那样耸了耸肩膀,再也不肯回答大家的任何问题。

吃完晚饭后她就上床了,她妈妈和两个姐姐在客厅里讲着这件桃色新闻。有人按门铃,内莉去开了门。

"你好哇,内德,"内莉说。"我想你是来祝贺我们家的好消息来了吧?"

"你好,"内德说,只见他紧闭着嘴巴微笑着。他自己脱下大衣,摘下帽子,挂在衣帽架上。接着,他又把口袋里的东西全部掏了出来。他还是老样子,瘦瘦的身材,面色苍白,戴着一副眼镜,机智聪慧溢于言表,举止很得体,很平和,用内莉的话说,"很像一只老波斯猫"。他读的书太多。最近这一两年他好像发生了什么事情,不再去做弥撒了。洛马斯内一家子听说他不去做弥撒,都以为他人变聪明了。"什么好消息呀?"他有意识地按捺住不必要的仓促。

"你还不知道谁回来了?"

"不知道,"他回答说,同时稍稍地扬起眉毛。

"丽塔呀!"

"哦!"他的口吻仍是那样平静,这种遇事不慌也算是他聪明的一部分吧。

"她要跟一个神甫私奔,所以给人家开除了,"内莉说。

如果内莉以为这个消息会吓他一大跳,那她就错了。内德只是扬了扬脑袋暗笑了一声,走了进来,扶了扶鼻子上的眼镜。对于一个与丽塔青梅竹马的恋人来说,内德的举动未免有些离谱。他把双手插在裤子口袋里,两只脚分开站立在壁炉跟前。

"这消息是不是太可怕了?"洛马斯内太太用她那深沉的声音问。

"是吗?"内德嗫嗫地笑了。

"跟一个神甫?"内莉大叫着问。

"嗯,内莉呀,他不是神甫,"洛马斯内太太责备地说。"这件事本来就够恶劣的了,你还要添盐加醋。"

"你能不能把事情的原委告诉我?"内德说。

"可是,我们也不知道底细呀,内德,"洛马斯内太太说。"你也知道那孩子遇上不顺心的事是啥样子。也许她自个儿会告诉你的。她在楼上的床上躺着呢。"

"我去问她,"内德说。

他仍把双手放在口袋里,跟在洛马斯内太太后面,踏着厚厚的地毯上了楼,来到顶层丽塔的小卧室里。洛马斯内太太让他在楼梯间等着。他停下脚步,看着窗户外面的河流和灯火辉煌的市区。丽塔的睡衣外面套着一件粉红色的夹克,躺在床上,一只手枕在脑袋下面。床边有一张桌子,上面放着一个她用来装烟灰的烟盒。他微笑着,略带责备地对她摇了摇头。

"你好,内德,"丽塔大声说着,伸出一只光膀子。"吻吻我的手。我这会儿特想别人亲吻。"

这不用说他也知道。丽塔跟过去相比已经判若两人,这使他很惊讶。丽塔那瘦骨嶙峋、充满男孩子气的脸仿佛变得十分温柔、容光焕发、多愁善感了。他在床边的一把靠背椅上坐了下来,小心翼翼地将裤腿向上提了提,然后又把双手放进裤子口袋里,跷起二郎腿,身体朝后仰,肩膀略微弓起。

"楼下还在唧唧喳喳个没完?"丽塔问完,乐了。

"大家显得有点激动,"内德说着,低下脑袋,然后脑袋又偏向一边,那模样活像一只精明的老鸟。

"等听到事情的细节,她们会更激动的,"丽塔阴沉着脸说。

"为什么?"他温和地问。"还有细节吗?"

"多得去了,"丽塔说。"坦白地说,内德,过去我经常嘲笑女隐修院的那些漂亮女郎。当时我不知道为了一个男人你能够那么疯狂。就好像你身体里面有什么东西爆炸了似的。哎哟,我现在跟小孩子一样好哭鼻子!"

"那个男人长得什么样儿?"内德好奇地问。

"你是说托尼·多诺霍吗? 他妈妈在主街上开了一家店。我想,他长得还是够帅的。反正我不知道。有一天晚上在回家的路上他亲吻我。我发了脾气,臭骂了他一顿。第二天晚上他到我那里来道歉。我坐着没起来,也没给他让座,大概还在生他的气吧。他说他一晚上没合眼。'是吗?'我问他。'我对那事儿可没那么上心。'当然,我说的是谎话。'我吻你是因为我爱你,'他说。'你跟以前的那个女孩子也是这么说的吗?'我问他。听了这话他也生气了。他说我这是在骂他是骗子。'你不是骗子吗?'我问他。然后,我等着他来揍我,可是,唉,他没揍我。最后,我坐到他膝盖上,两个人说的尽是一些孩子话!他说这是第一次有女孩子坐在他膝盖上。听了这话,你说我是多么的开心。"

他们听到洛马斯内太太上楼的脚步声,接着洛马斯内太太站在门口朝他们俩和蔼地微笑着。

"内德是要喝茶吗?"洛马斯内太太低沉的声音问道。

"不,是我要喝茶,"丽塔说。"内德说他宁愿吃几块硬饼干。"

"哦,丽塔是不是变得跟以前大不一样了,内德?"洛马斯内太太大声说。

"他是很惊讶,"丽塔轻声解释说,然后扔给他一支香烟。"他原来认为我不是那样的女孩。"

"他对女孩子不怎么了解,"洛马斯内太太说。

"他正在学呢,"丽塔说。

帕斯卡尔把茶盘端了上来,丽塔给内德倒了一杯茶,又给自己倒了一杯威士忌。他没吱声。在洛马斯内家,主人给客人倒茶倒水是再平常不过的事。

"反正他跟家里的老人说了,"丽塔接着讲述道。"他要放弃教堂里的工作，跟我结婚。当然，为这事他们家没少吵架。街道对面那家店子的老板有个儿子是神甫。他妈妈要他向那个老板的儿子学习。于是，他妈妈带着他去找女隐修院的院长。院长派人来把我叫了去。她说他正站在一项崇高事业的门槛上，问我是不是想毁了小伙子的前程。我告诉院长：是你们这些人要毁了他。我问她托尼能成为一个什么样的神甫。她回答说，哦，当然这个牺牲是很大的，但是他做出了这样的牺牲，在宗教事业上就一个顶两了。内德，我坦白地告诉你，那个女人就是这样喋喋不休的，简直就像是在讲如何给一只雄猫治病。我告诉她，她并不了解托尼，而她却说托尼在女隐修院干过祭坛助手，从那时起女隐修院的人就很了解他。'他告诉过你吗，他当时在女隐修院的果园里偷苹果到镇里去卖？'我问。于是，她又讲起假圣人那一套，告诉我说，他妈妈为了让他得到神甫的职务，借了好多钱。如果他放弃了，在家乡就很难找到一份工作挣那么多钱来还债。三百英镑！这么慷慨，你听了会不会吓得晕过去？"

"那你后来怎么办？"内德乐了，问道。

"我去找他妈妈。"

"你没去！"

"我去了。我想用人情味也许能打动她。"

"但你的努力好像没有成功。"

"比启动一台牵引车还难。那个女人太厉害了，我根本就不是她的对手。我告诉她我想跟托尼结婚。'对不起，'她说。'你不能跟他结婚。''什么东西能拦住我？'我问。'他已经走得太远了，'她说。'如果他走得再远一点，我也不在乎，'我说。接着，我告诉她，院长说她已经负债三百英镑，我答应她：如果她让我跟托尼结婚，我愿意还这笔债。"

"那你有三百英镑吗？"内德惊讶地问。

"呵，我到哪儿去找三百英镑啊？"丽塔悲哀地回答道。"那个老婊子她也知道我没那么多钱！她对我说的话一个字也不相信。后来我见到了托尼。他哭了；他说他不想让他妈妈伤心。可是说真格的，那个女人跟牵引车一样毫无心肝。"

"嗯,看来你这事处理得很漂亮啊,"内德赞扬她说,同时把茶杯放了下来。

"这事八字还没一撇呢。我听说他妈妈刁难,就主动提出和他一起同居。"

"跟他同居?"内德很惊奇地问。

"跟他一起出去度假。好多女孩子都这么干。这我知道。天哪,这不是很自然的事吗?"

"那他是什么意见?"内德很好奇地问。

"他吓得目瞪口呆。"

"那也难怪他目瞪口呆,"内德说着,翘起鼻子,高傲地哼了一声,同时拿出一包香烟。

"哦,你在充好汉,"丽塔大叫着,昂起头来表示轻蔑。"你以为自个儿多么的了不起,因为你读过托尔斯泰,因为你不去做弥撒,可是如果有个女孩子主动提出来要跟你上床,恐怕你也会吓个半死。"

"那就试试吧,"内德很镇静地说,同时为她点燃了香烟。不过,想到要向内德提出这样的建议,丽塔觉得很好笑。

内德在她家里待到很晚才走。下楼的时候姑娘们和洛马斯内太太拦住他,把他拖到客厅里。

"嗯,大夫,"洛马斯内太太说。"病人咋样?"

"哦,我觉得病人的身体恢复得很好,"内德说。

"可是你相信吗,内德?"洛马斯内太太大声说。"小伙子到了路边上,姑娘连看也不看一眼,可是却愿意跟小伙子一起去偷果园里的东西。你再来点威士忌吗?"

"不用了。"

"你就没打听到什么别的消息?"洛马斯内太太问。

"哦,她自个儿会告诉你的。"

"她不会的。"

"我也觉得她什么都不会说,"内德说着,会心地暗笑了一声,到衣帽架那儿去取自己的大衣。

"我说,内德,"洛马斯内太太说。"你妈妈听说了这事会说啥?"

"她会说:'都是疯子。'"内德回答道,他翘起鼻子,哼了一声,洛马斯内太太把他这个动作叫做"海菲尔德式的鼻子喷气"。

"天知道,我想你妈妈说得对,"洛马斯内太太无可奈何地说,同时把大衣递给了内德。"但愿你妈妈闻不到你嘴上的威士忌气味,"她冷冷地说,她这是为了表示自己没那么容易受他的骗。接着,她站在门口,左右看了看,等待着内德在大门口跟她挥手告别。

"唉,"洛马斯内太太叹了一口气,把门关上了,"有上帝的保佑,一切都会好的。"

"如果你以为托尼会娶丽塔,那么我可以告诉你,这是不可能的,"基蒂说。"不信我在比尔·奥唐奈身上试验试验。让这家伙占了便宜,他只知道享受,别的什么也不会管。"

"呵,上帝是仁慈的,"她妈妈开心地说着,一脚把垫子踢回原来的地方。"有的男人可能是这样。"

不到一个星期,基蒂和内莉看到丽塔的影子就恶心得要死。丽塔病情最好的时候也是痴痴呆呆的,一会儿垂头丧气地沉思,一会儿出神地呆视,一会儿见了人就发脾气。每天下午她都到堤坝上去遛弯,然后逛到内德家的店子里,坐在柜台前,摇晃着二郎腿抽烟。内德靠在窗台上,用一种精密的仪器笨手笨脚地修理手表里面的零件,对周围的一切都置之度外。干完了活儿,他换了一身衣服,两人一道到外面去喝茶。他坐在茶馆的一个角落,背靠着墙,卷起裤腿,拿出一包香烟和一盒火柴,放在桌上,那眼神仿佛是叮嘱这两样东西不要给弄丢了。他苍白的脸上晴空一片,没有一丝云彩,犹如最后一道日光已经消退了的夜空。

"遇到了什么不顺心的事了吗?"一天晚上看到丽塔比平常的脸色更阴郁,内德问她。

"只是心里烦,"她说着,翘起下巴。

"为什么事烦呢?"他柔声地问。"还在为那事生气吗?"

"呵,不。我早把那事给忘了。是基蒂和内莉惹我烦。我说,内德,她们俩不是人。压根儿就不是人。就因为我不愿把内心的秘密公开出来。她们俩倒好,要是跟男朋友闹了什么别扭,吃上一粒阿司匹林,姐儿俩就上床去,把肚子里的苦水统统都倒出来讲给对方听——你说这怪不怪?'他不是说过他爱你吗?'我可不会这样。因为你说的不是实话呀。也不可能是实话。"

"记住,她们俩是姐姐,大你几岁,"内德微笑着说。

"就因为这个?"丽塔毫无兴致地说。"她们俩都说我疯疯癫癫的,你也这么认为吗?"

"我相信多诺霍太太——是叫这个名字吗——是这么认为的,"内德回答说,然后紧闭起嘴唇微笑。

"那她说得对吗?"丽塔突然坦率地问。"如果她同意接受那三百英镑,那我的日子是不是好过多了? 每当想到这一茬儿,我就吓出一身冷汗。内德,我真是个大笨蛋。我到哪儿去找那三百英镑呢?"

"哦,我想也许有人会借给你的,"内德说着,耸了耸肩膀。

"那他们是拿我穷开心。你呢?"

"也许,"他思索了片刻,神情阴郁地说。

"你是说真格的?"她很认真地嘟哝着。

"真格的。"

"哎哟,"她喘了一口气,"那你一定很喜欢我。"

"看样子是很喜欢,"内德说,这一次他开怀大笑起来,是男孩子让女孩子捉摸不透时那种喜悦的笑声。对于丽塔来说,把两人长期的友谊看得狗屁不值那也是很正常的事情,不过内德主动借给她三百英镑的现金,那可是一件意义重大的事情。

"你愿意娶我吗?"她皱着眉头问。"我不是正式向你提出结婚的请求,只是问问而已,"她仓促地补充了一句。

"当然愿意喽,"他说着,伸出了双手。"只要你喜欢,任何时候都可以。"

"对上帝发誓你说的是真话?"

"说半句假话,你割了我的脖子。"

"在我陷入那个泥潭之前,你干吗不向我提出来? 要是你向我求婚,我早就很乐意地接受了。你当时并不是很爱我,所以才没有提出来吗?"

"不是这样,"他实事求是地回答道,同时他像一架准备报时的老钟,收缩起身体。"我想我对你是一见钟情,而且始终不渝。"

"看得出来你很像你那个家族的祖宗,"丽塔说着,乐了。"我的祖宗是拿着尖刀割人头皮的,我也很像我的祖宗。"

"我是步祖宗的后尘哪,"内德说。

"哎呀,内德,"她说着,从内心感到悔恨。"要是你早向我提出来就好了,因为现在我不能嫁给你了。"

"不能?"

"不能。现在嫁给你对你就不公平了。"

"难道我在乎那种事吗?"

"可是我很在乎,"说到这儿,她环顾四周,看餐馆里有没有人在偷听。然后,她用一只胳膊肘支撑在桌子上,声音冰冷地继续说下去。"你会以为我这全是胡说八道,但我是说真格的。向上帝发誓,我认为你是我认识的男人中最好的一个——尽管你不信神,还有别的什么,"她满怀怨毒地补充了一句,这是她们洛马斯内家族的人在谈到祖国和宗教等严肃话题时惯用的腔调。"在这个世界上你是我最尊敬的人。如果我做了什么你不赞成的事情,我真会割了自个儿的脖子——我不是说撒谎或者开玩笑这样的事,"她仓促地补充了一句,以免引起对方的误会。"他们那些人尽是吹牛。我说的话也许你听了会感到震惊,但我是发自内心的。如果我受到什么诱惑想去干见不得人的事,我会问自个儿:'要是劳里那小子知道了,会怎么看我呢?'"

"嗯,"内德用一种异乎寻常的平静口气说,同时他把烟蒂在盘子上掐灭了,"这听起来很像是一个良好的开端。"

"不是开端，内德，"她悲哀地说着，摇了摇头。"这就是为什么我说我很在乎。如果你自个儿没有经历过这种事是无法理解的；如果你没有像我爱托尼那样爱过别的姑娘你是无法理解的。托尼是个小人，是个胆小怕事的小人，但我爱他爱得发狂。如果现在他到这儿来，说：'来吧，姑娘，咱们俩到基拉内去过周末。'我会马上出去，买一件睡衣和牙刷，跟他一起走的。而且我不会在意你或者其他人会怎么想。事后也许我会投湖自杀，但在那个节骨眼儿上我一定会跟他走的。天哪，内德，"她大声说着，脸羞得通红，那样子好像是哭了似的，"他进了房间，我也会含情脉脉地跟着进去的。这就是事情的真相。"

"嗯，"内德很平静地说，显然他丝毫没有不高兴的感觉——事实上在丽塔看来他那样子好像很愉快——"我并不着急。如果你割人家的头皮腻味了，我的求婚仍然有效。"

"谢谢你，内德，"她心不在焉地说，仿佛根本没听似的。

他付了账，丽塔站在门口，对着门边的一面大镜子折腾着自己的脸，并没有留意里面的人群。然后，她穿过灯火通明的街道朝家里走去。内德从商店里出来的时候，她突然转身面对着他。

"内德，至于那件事嘛，"丽塔说，"是你下次再向我提出来呢，还是我向你提出来？"

内德很想放声大笑，但他克制住了。"随你的便吧，"他欣喜地回答说。"也许每隔六个月我向你求一次婚。"

"那么长的时间多难等啊，我会随时改变主意的，"她说着，皱起眉头沉思起来。"好吧，"她说着，挽起了内德的手。"我跟你很熟所以才敢问你。如果到时候你不想娶我了，就直说。我不在乎。"

内德的求婚对丽塔是一个极大的安慰，帮助她把濒于崩溃的自信心支撑了起来。也许她长得丑，很无知，甚至是个傻大姐，但是全科克郡——她有时候想，甚至全爱尔兰——最优秀的男人都想娶她为妻，即使她被另外一个男人给甩了。对于她的情敌来说，那个男人也太怪了。于是,就在两个姐姐拿她穷开心的时候,她审视了自己的处境,等待着一个最佳的时刻让姐姐们知道:有人在向她求婚,如果合适的话,她可以赶在两个姐姐之前结婚。从孩提时候起对于任何一件事情丽塔都要从中抽出一丝戏剧效果,然后才肯放弃。她要瞅准一个机会才肯告诉两个姐姐,要让她们听了之后很难受。

遗憾的是,丽塔并没有意识到虽然她很尊敬内德,但喜欢她的男人并非内德一个。例如,有一个名叫贾斯廷·沙利文的高级律师曾经自称跟内莉订了婚。其实,这个人并没有跟内莉订婚,因为内莉跟泥鳅一样滑,最后她看上了一个名叫费伊的初级律师,贾斯廷打内心里瞧不起这个费伊,认为此人举止轻浮,见异思迁。不过,贾斯廷仍然以朋友的身份到姑娘们家来玩。没有哪个家庭像这里一样使他有宾至如归的感觉。此外,他料到内莉和费伊的生活迟早会是一团糟,到时候肯定会来找他帮忙的。

换句话说,贾斯廷是个从一而终的人。他比丽塔大好多,身材魁梧高大,宽宽的脸,光秃秃的头顶,眉毛扬起的时候分外显眼,他给人的感觉是十分机敏,十分幽默。跟许多其他律师一样,他和人聊天时仿佛是在和一个充满敌意的证人谈话,最后不是说服这个证人承认自己是作伪证,就是斥责他有精神障碍。只要贾斯廷一开口,费伊连忙按着脑袋,坐在楼梯上。"你们谁能让这个家伙住嘴?"费伊做出一副假圣人的模样呻吟着。没有人答应。姑娘们对他冷嘲热讽,他只是当做耳边风。内德·劳里是惟一一个敢于顶撞他的人。两人就宗教问题争论起来的时候,整个屋子里像沙漠一样鸦雀无声。当然,贾斯廷是正统观念的顶梁柱。"假设,"他那低沉洪亮而圆润的声音慷慨陈词,很容易让人觉得他是在炫耀自己的能耐,"我就是教皇。""贾斯廷,那是最简单不过的事了,"基蒂告诉他。他喝起威士忌来就像是喝水。酒喝得越多,就越是盛气凌人,说起话来越有逻辑性,说出的观点越像是正统的天主教徒。

与此同时,虽然贾斯廷神态凶狠好斗,但他的性情很温和,很耐心,善解人意,而且每当两个姐姐呵斥丽塔的时候,他就打抱不平。

"告诉我，内莉，"一天晚上贾斯廷态度和蔼，用他那懒洋洋的声音问道，"你跟丽塔说话的时候这种态度，是因为你喜欢这样，还是你觉得这样对她有好处？"

"你说得倒轻巧！"内莉大叫起来。"我们得跟她一起生活，而你却用不着这样。"

"而那也许正是我的不幸，内莉，"贾斯廷说着，脸上露出无所顾忌的笑容。

"贾斯廷，你这是在向她求婚吗？"基蒂敏锐地问。

"根本谈不上，基蒂，"贾斯廷说。"你在我的心目中还算不上是一个好的陪审团成员。"

"说话留点神，贾斯廷，不然的话她真的会去看望你妈妈的，"基蒂不怀好意地说。

"谢谢你，基蒂，"丽塔说着，脸上掠过一阵冷冰冰的愠怒。

"我希望我母亲会有足够的理智意识到那是一种莫大的荣幸，"贾斯廷严厉地说。

贾斯廷站起身要走的时候，丽塔陪着他走到大厅。

"谢谢你在道义上对我的支持，贾斯廷，"丽塔低声说，这时她披上大衣，准备一直把他送到大门口。贾斯廷开门的时候，两人停下脚步，环顾四周。这是一个月光明媚的夜晚；月光下的花园是一幅黑白交错的图案，花园倾斜而下，尽头是大路，那里一盏盏汽灯发出暗绿色的光芒。更远处的墙壁下，一个个的门楼掩映在漆黑的树影下；门楼再过去是一排排的台阶，也有的门楼通向树阴遮掩着的陡坡，坡下面的河堤上是一栋栋洒满了月光的房屋。

"天哪，今晚的景色真美！"丽塔压低嗓门说。

"哦，顺便说一句，丽塔，"贾斯廷说着，轻轻地挽住她的手臂，"那就是我的求婚。"

"天哪，那些都作废了，"丽塔说着捏了一把他的手臂。

"什么作废了？"

"求婚。"

“咋了？你还收到了别人的求婚？”

“不管怎么说，还有一个。”

“你接受了吗？”

“没有，”丽塔疑惑地说。“可以算是没有接受。至少我认为我没有接受。”

“你可以考虑考虑我的求婚，”贾斯廷用非同寻常的谦卑口吻说。“当然，我很喜欢内莉，这你是知道的。有一段时间我真的非常喜欢她。希望你不会介意。而现在那已经成了过去，已经结束了。对此双方也无怨无悔。”

“不，贾斯廷，我当然不会介意。如果我觉得很想嫁给你，我就不会三心二意。可是我很爱托尼，而这种爱并没有完全了结。”

“这我知道，丽塔，”贾斯廷柔声地说。“我非常了解你的感觉。我们都有过类似的经历。”如果他就此打住，也许一切都会很顺利。可是贾斯廷是个律师，那就意味着他要把一切都收拾得井井有条。“可是，那种爱也不会永远持续下去的。一两个月以后，你就会把这一切都忘掉的。到时候你就会发现那个家伙的许多缺点。”

“我不这么认为，贾斯廷，”丽塔说着，脸上露出不自然的微笑。她让对方明白了自己的无奈，对此也并不感到难过。“我想我需要的时间比那要长得多。”

“嗯，就算六个月吧，”贾斯廷继续说，他做好了让步的准备，但也留了一个最后进行防御的阵脚。“我所希望的是一个月或者六个月，当你忘掉了悔恨——那个可爱的小伙子（说到这儿他的声调里带着那种惯有的讥讽的口气），你会考虑考虑我。我年纪不小了，不能在这个问题上再犯错误。我知道我喜欢你，我也肯定这事最后能成功。”

“你的意思是我一点也不爱托尼，”丽塔极力按捺住自己不发脾气，“对不对？”

“不完全是这样，”贾斯廷很明智地说。即使此刻在月光下他有一支小夜曲要献给心爱的姑娘，他仍然要把自己认为是错误的推论纠正过来的。"我并不怀疑你对这位——这位信奉上帝的阿都尼①非常入迷;这位不管是姓什名谁先生,不管怎么说,你自己以为你对他很崇拜,可是最后的现实都一样,不过,我还知道那种事情当时是很痛苦,但是不会持续很长时间的。"

"贾斯廷,你是说你的爱情不会持续很久,"丽塔尖刻地说。

"我是说我自己的爱情,也是说任何人的爱情,"贾斯廷用炫耀的口吻说。"爱情——你能够称之为爱情的东西——是由经验而引发的。你还太年轻,不知道真正的爱情是什么样子的。"

丽塔不久前还说内德不知道真正的爱情是什么样子的,现在居然有人也这么说她,她觉得很难咽下这口气。

"那你说,你有多大年纪了?"丽塔厉声问道。"三十五?"

"到时候你自然就知道了,"贾斯廷说。

"说真格的,贾斯廷,"丽塔说着,挣脱了他的手臂,强忍住心头的愤怒看着他。"我觉得你是我见过的人中最笨的一个。"

"晚安了,亲爱的,"贾斯廷心情十分愉快地说,同时举起帽子,一路小跑地到了门口。

丽塔交叉着双手,凝视他的背影。十八岁的时候如果有人说你不懂爱情,就像是将一把刀子插进了你的心脏。

基蒂和内莉对丽塔的忧郁感到十分厌烦,两人说服妈妈:让丽塔分心的最好方法就是给她另找一份工作。新的环境对她的病情会有好处。于是,洛马斯内太太给远在英国的妹妹写了一封信。她妹妹是个修女,在英国的一个女隐修院为丽塔找到了一个工作。丽塔假装不理睬,不过她跟内德数说了自己的愤怒。

"为什么到英国去工作?"内德不解地问。

"为什么不能去英国工作?"丽塔挑战似的反问。

---

① 　罗马神话中年轻而英俊的猎人,月亮女神维纳斯爱上了他,但他一心迷恋着打
　　猎,并不爱对方。

"就近找个工作不行吗?"

"我想太近了,她们觉得烦。"

"干吗不自己拿定主意?"

"也许我会拿定主意的,"丽塔说着,笑了一下,随即止住。"我想先试探一下她们的想法再说。"

星期五她就要启程去英国了,星期三两个姐姐为她开了个欢送晚会。对此丽塔也假装毫无兴趣。星期三是半个假日,下了一整天的雨。姑娘们的朋友都来了。男的占了大多数:有在银行工作、跟基蒂订了婚的比尔·奥唐奈,有那个叫费伊的初级律师(他跟贾斯廷一道同时爱上了内莉),贾斯廷也来了,如果不下逐客令他几乎就不肯离开这个家,内德·劳里还有另外几个男人也来了。急性子哈里和妻子在厨房里看晚报。他说三个女儿的男朋友都长得差不多,跟他们说话的时候他不知道谁是谁。

比尔·奥唐奈充当招待员。他身材魁梧,比贾斯廷还显得高大,一张脸像是经常挨揍的拳击运动员,笑起来又像个黑奴。他的笑容不是因为跟别人接触而引起的,而是从他对生活的深厚幽默感中升腾上来的。他给每个人倒酒,一边倒一边大声地说话,嗓音之大周围的嘀咕声都听不见了,连钢琴的声音也能盖过。这时内莉在即席演奏一首室内乐歌曲。

"这杯酒给谁呀,丽塔?"比尔·奥唐奈问。"给帕蒂一瓶巴斯啤酒。呵,就是那个大胖子! 帕蒂,你还记得元旦节那天在班顿的情形吗? 还记得吗,你把穿着礼服的我带到银行里去,把我举到两张桌子边沿上? 基蒂,我给你讲过那天晚上在班顿的情况吗?"

"比尔,在过去的五年里你每个星期给我讲一次,"基蒂泰然自若地说。

"内莉,"丽塔说,"我想是让比尔唱歌的时候了。比尔,就唱那首《让我像个军人一样倒下》!"

"我唱一首小曲!"比尔爽朗地大笑道。"我就会唱一首歌,不过要唱就得唱好。是不是,内莉? 我唱得好吗?"

"好极了！"内莉附和着说，然后仰视着钢琴对面比尔那满月一样灿烂的笑脸。"就像那个人跟我妈所说的那样：'我听到过的最优美的男低音。'"

"那个人不是这么说的，内莉，"比尔悲哀地说。"全是你捏造的……""请大家安静！"比尔快乐地一边喊叫，一边鼓掌。"女士们，先生们，我向诸位道歉。我本来应该唱托斯蒂的《再见》，可是女士们，先生们，我不会唱托斯蒂的《再见》。"

"把歌词朗诵一遍吧，比尔，"贾斯廷友好地说。

"贾斯廷，我连歌词也不记得，"比尔说。"事实上，我不知道有没有这样一首歌。如果有的话，我本来是应该唱的。"

"怎么了，比尔？"丽塔天真地问。她穿着一件黑色的长袍，黝黑而瘦削的脸上露出异样的光芒。几个月以来她还是第一次这么开心。整个晚上她都像是在自顾自地笑着。

"因为只有那首歌才合适，丽塔，"比尔忧伤地说着，伸出手臂，把她拉到自己身边，搂住她。"你知道吗，我很喜欢你呀，丽塔？"

"我也为你而疯狂啊，比尔，"丽塔很大方地说。

"这我知道，丽塔，"比尔伤心地说着，拉了拉衣领，像是要让自己更气派一些似的。"我真希望你不要走，丽塔。你走了，咱们这里就变了样。我说这话，基蒂是不会见怪的，"他说着，紧张不安地瞥了一眼基蒂。只见基蒂正在沙发上跟贾斯廷闹着玩。

"你是不是要唱你那首老歌啊？"内莉不耐烦地问，同时手指在键盘上飞快地来回弹奏。

"等一会儿我就唱，内莉，"比尔说着，乐不可支地抚摩着丽塔的下巴。"我只想让丽塔知道我们会多么想念她。"

"去你的吧，比尔，"丽塔说着，把一头黑发靠近比尔的胸脯，"如果继续这样，我就不走了。告诉我，你真的不想我去英国吗？"

"我真不愿意你走，丽塔，"比尔回答道，说着他用手抚摩她的脸颊和眼睛。"你太好了，那里的人不配做你的同事。"

"哦，又来了，"她仓促地说，与此同时比尔放下了手。"你这么夸我,基蒂把醋坛子都打破了。"

"基蒂不吃醋,"比尔柔情地说。"基蒂很可爱,你也很可爱,我很不情愿看到你走,丽塔。"

"就这么定了,"她说着,从比尔的手臂中挣脱出来,脸上露出决然的神色。"我只是不想让你们难过。既然你这么说,我就不走了。"

"你真的不走了?"基蒂说着咧嘴一笑。

"现在你就别再为这事伤脑筋了,比尔,"丽塔活泼地说。"这事儿黄了。"

一直都在忙着大口大口地喝威士忌的贾斯廷懒洋洋地环顾四周。

"也许我应该告诉大家,"他瓮声瓮气地说。"这位年轻的女士向我求婚,我已经接受了。"

内德·劳里一直都在开心地看着比尔和丽塔之间发生的那一幕,这时他惊讶地看了贾斯廷一会儿。

"好消息! 好消息!"比尔大声叫喊着,像小孩子一样高兴地拍着手。"订了一门亲事,还有别的——什么来着? 丽塔我得吻你一下。贾斯廷,我给丽塔一个吻你不介意吧?"

"不介意,不介意,"贾斯廷回答说,同时慷慨地一挥手。"老弟,凡是我的也是你的。"

"你不是说真格的吧,贾斯廷?"基蒂不相信地问。

"哦,我当然是说真格的,"贾斯廷说。"我不知道你妹妹是不是真格的。你说呢,丽塔?"

"说什么呀?"丽塔问,她好像没听见似的。

"真格的,"贾斯廷重复道。

"怎么啦?"丽塔问。"现在又要撵我走了?"

"你告诉了大家这么一个好消息,我们都感谢你,"内莉挖苦地说着,从钢琴前站起来。"也许你好事做到底,还要告诉大家,爸爸知道了吗?"

"几乎不知道,"丽塔冷冷地说。"这事儿今天晚上刚刚定下来。"

"嗯，等爸爸跟你算账，也许你得改变这个决定，"内莉气极了。"不要脸！你胆子也真够大的！进屋里去，告诉爸爸。"

"别大惊小怪的，姐姐，"丽塔口气冰冷，满怀怨毒地说，然后她喜气洋洋地出了门。基蒂和内莉跟贾斯廷激烈地争吵起来。姐儿俩认定整个这一幕都是丽塔事先安排好了的，是要让她们俩出丑，而这也给她们猜了个八九不离十。贾斯廷仰靠在椅子上，欣赏这出戏。接着，内德·劳里划了一根火柴，点燃了一支烟。他那种慢条斯理、小心谨慎的动作吸引了大家的目光。正是因为他不喜欢出风头，大家才从他那拘束的脸色中看出了他在想别的什么事。争吵来得突然，去得也迅速。接着大家都感到很尴尬。内德是这一家人的老朋友了，姑娘们自然觉得分外尴尬。

丽塔又笑着回到房间里。

"怎么样？"内莉问。

"不同意，"丽塔愤怒地说，她低着头，模仿父亲做了一个往下扯胡子的动作。

"给我说对了吧？"内莉毫无恶意地大声说。

"你以为这没有什么区别？"丽塔冷冷地问。

"我也说不准，"内莉说。"爸爸还说什么了？"

"哦，他说他不知道我跟谁聊天，"丽塔轻松地说。"他说'贾斯廷，那是谁呀？'"丽塔学着爸爸的口吻。"'你们把那么多小饭桶带到家里来，我知道谁是谁呀？'"

"他发脾气了吗？"基蒂忍俊不禁地问。

"暴跳如雷。"

"他管我们叫小饭桶？"比尔问，他觉得自尊心受到了伤害。

"哦，天哪，他正是这么说的，比尔，"丽塔说。

"你没告诉他，那天我在公园赛马会上给他透露了一个秘密让他把赌注下在那匹黄金男孩身上时，他很喜欢我？"贾斯廷问。

"我告诉他了，"丽塔说。"我说你是个大块头，褐色的头发，他说你很有学问，还说他对学问一点也不感冒。他要我嫁给那个戴眼镜的瘦个子。'到咱家来的就他一个人有绅士风度。'"

"是内德吗?"内莉问。

"还能是谁?"丽塔说。"我问他为什么不早告诉我,他就大发脾气。'我的天哪,姑娘,不是我一把屎一把尿的把你养大的吗?这还不够,长到这么大了还要我操心?再说了,你是不是还要我给你生几个娃娃呀。'不管怎么说吧,内德,"她带着不自然的、几乎是怨毒的微笑加了一句,"你总是我老爸的宠儿。"

大家又一次把注意力集中到内德身上。内德小心翼翼地把香烟放下来,然后面带那种无所顾忌的微笑站起来,朝贾斯廷伸出一只手。

"祝你好运,贾斯廷,"他说。

"这些我都清楚,内德,"贾斯廷瓮声瓮气地说,他双手紧握着内德伸过来的那只手。"如果换了你,我也会像你这样的。"

"也祝福你,洛马斯内小姐,"内德快乐地说。

"谢谢了,劳里先生,"丽塔仍带着那种不自然的微笑回答道。

贾斯廷和丽塔结了婚,内德就像他外婆家的人一样很有大将风度,表现得很得体,很明智。在这种场合他并没有像人们所预期的那样喝他个一醉方休,打罐子砸碗的。他给新郎新娘送了一架很昂贵的钟,婚后还去拜访了他们一两次。他让贾斯廷为他洗礼,贾斯廷出远门的时候,他就陪丽塔去看电影。与此同时他经常跟霍班商店的一个女店员出去约会,姑娘性格温柔而幽默,一头浓密的黑发,塌鼻子,瘦削的长脸上带着忧郁的神色。内德不管到哪里去都带着她。

内德还经常到假日矿泉那里去看望洛马斯内家的老两口和内莉,内莉还没结婚。一天晚上他去那里的时候,洛马斯内先生和太太不在家,去教堂了,但丽塔在那里,因为贾斯廷又出差去了。她跟内德已经有好几个月没见面了。她怀了孕,产期快到了,所以在内德面前很难为情,脾气也不好。她说她就像一艘小艇突然之间改装成了一艘货轮。她一连三四次地跟内德说了一些不该说的话，要是换了别人准给气得发疯，但是内德还是跟往常一样，并没有生气。

"那个小婊子小姐还好吗?"她粗鲁地问。

"什么小姐?"内德温和地问。

"哦，我怎么记得住你们那儿那些布娃娃的名字? 就是在霍班商店卖短裤，模样很像西班牙姑娘的那个。"

"哦，她很好，谢谢，"内德严肃地说。

"那就是你称之为谨慎的婚姻，"丽塔恼怒地说。

"那种婚姻又怎么啦，丽塔?"

"你可以用成本价买戒指和嫁妆。"

"你对她怎么那么感兴趣!"内莉疑惑地说。

"我对她不屑一顾，"丽塔耸了耸肩膀说。"你那位西班牙姑娘会同意让你做我孩子的教父吗，内德?"

"为什么不同意?"内德温和地问。"当然我会很高兴的。"

"你那样对待人家，现在还有脸去求人家做你孩子的教父，"内莉说。内莉很感兴趣;她了解丽塔，知道丽塔又在感情用事，所以执意想弄懂这其中的含义。一般说来，丽塔也了解自己这位姐姐，本来是想让姐姐费一番心思去揣摩的，但此刻她似乎很需要一个听众。

"我对待他怎么啦?"丽塔忍俊不禁地问。

"愚弄了人家那么多年，结果嫁给了一个比自个儿年纪大一倍的男人。"

"嗯，我怎么知道会是这样?"

内德站起身来，拿出一包香烟。跟内莉一样，他也知道丽塔这是在演戏，是要告诉他什么事。丽塔仰靠在椅子上，望着内德直发笑，这时她拿了一支烟，等内德来给她点燃。

"说下去吧，丽塔，"内德鼓励道。"既然你说了这么多，把其余的也和盘托出得了。"

"还有什么没讲?"

"你对我的怨言哪。"

"谁说我对你有怨言？当时你跟我求婚的时候,我不是明确地告诉过你,我不爱你吗？也许你以为我当时说的不是真话。"

内德停了一下,然后扬起眉毛。

"我是那么认为的,"他平静地说。

丽塔笑了。

"你瞧他那副傲慢的德性,"丽塔对内莉说。接着,她改变了腔调:"内德,我对你没有任何怨言。我也为这事心神不安。是她和基蒂把我逼到这一步的。"

"你脸皮也真够厚的!"内莉大声嚷道。

"难道我说的不是真的吗?"丽塔尖刻地说。"你们俩不是老算计着把我撵出这个家吗?"

"这是根本没有的事,"内莉气愤地说。"再说了,那也跟这件事扯不上啊。如果你当初真的想嫁给内德,就没有任何理由不跟他结婚。"

"是我不想嫁给他。我谁都不想嫁。"

"那是什么事让你后来改变了主意呢?"

"没有什么能让我改变主意。除了托尼之外,我对谁都不在乎。可是我又不想到那个鬼地方去,我没有选择的余地。我总得嫁一个人,于是就决定谁最先到咱们家来,我就嫁给谁。"

"你一定是发了疯,"内莉气愤地说。

"我也觉得自己疯了。那天我在窗前坐了整整一个下午,看着外面的雨。还记得那一天吗,内德?"

他点了点头。

"下雨跟人的情绪很有关系。我隐隐约约地希望你能最先来。结果贾斯廷占了先——他的一个老姑姑病了,于是到我们家来吃晚饭。我看见他在大门口,拿着一把旧雨伞朝我挥舞着。我冲下楼梯去给他开门。'贾斯廷,'我说着一把抓住他的大衣,'如果你还想娶我的话,我已经准备好了。'他恶狠狠地瞪了我一眼——你是知道贾斯廷那德性的。'姑娘,'他说。'任何事情都需要时间和地点。'于是我跟着他到了楼上的洗澡间。这种订婚方式够浪漫的吧！还有他的亲吻。"

"我要到上帝那儿去告你！"内莉惊讶得目瞪口呆地说。

"我知道，"丽塔大声说着，然后为自己的不负责任而开怀大笑起来。"哎哟，等我明白了自己的冒失，我都快羞死了。"

"哦，这么说你后来清醒过来了？"内莉讥讽地说。

"那你又是怎么认为的？我跟贾斯廷就为这事闹了别扭；他说的话句句都灵验。这小子知道我结婚后一个礼拜就会把托尼忘得一干二净。当时我还以为自己这辈子不能嫁给托尼就算完了呢，要不就跳河得了！咱们女人在男女问题上一个个都是白痴！"

"我估计也就是在那个时候你发现自己嫁错了人？"内莉问。

"谁说我嫁错人了？"丽塔气冲冲地问。

"我还以为你要告诉我们的就是这个呢，"内莉坦率地说。

"内莉，你搞错了，"丽塔语气急促地说。"你得出的结论也太草率了。如果我真的嫁错了人，是不会告诉你的——也不会告诉内德·劳里。"

丽塔嘲笑地看着内德，她的这种神态暴露了她刚才说的不是真话。此时事情已经很明显为什么她需要内莉这个听众，因为有了内莉在一旁，她就可以否认自己不得不承认的事实，她就可以把那些会妨碍自己今后生活的事情隐瞒起来不说出口。内德站起身来，把烟灰弹到火堆里。接着，他转过身去，双手放在背后，又开双脚，站在壁炉跟前。

"你是说如果我早点来你就嫁给我了？"他平静地问。

"如果你早点来，也许我就会请贾斯廷做你孩子的教父。"丽塔说。"如果那样的话，你怎么知道贾斯廷会带着那位西班牙姑娘出去遛弯呢？"

"如果那样的话，贾斯廷是否会带那位姑娘出去遛弯，你也不会那么感兴趣了，"内莉说，不过她说这话时并没有任何恶意。至此丽塔的意思已经很明显了。内莉为她感到惋惜。

内德转过身来,把烟蒂狠狠地掷到火堆里。丽塔嘲弄地看着他。

"说下去!"丽塔奚落他说。"你他妈的说呀!"

"我没法说了,"他辛酸地说。

一个月后,内德跟那个西班牙姑娘结了婚。

奇　迹

　　大主教说,教士大人的致命弱点是爱慕虚荣,这话说得有几分在理。教士大人高高的个子,眉清目秀,下巴很大,接人待物假装谦卑。他常常哀叹如今好多神甫出身贫寒,没有家学功底,所以不懂得规矩,而过去爱尔兰的神甫人人都能读维吉尔① 的作品。他很喜欢别人夸奖他是烹饪高手,他喝的咖啡都是自己亲自磨碎,亲自煮的。他不愿意到好几代神甫住过的教务评议会的楼房去住,嫌那里的房子太破了。他自己建了一栋屋子,里面的装修陈设十分考究,很气派,很昂贵,仅次于大主教的宫殿。他到这个教区后进行的第一个改革就是让教友每年交四次会费,而在整个基督教世界里,每年只在圣诞节和复活节交两次。他说之所以要这么改革是因为一年两次,每次要交的数目太大,穷人掏不起,每年交四次,每次上交的数目相对就要小得多,大家都能接受。而事实的真相是:原来上交的会费总数不够他办公的开销。他在建造房屋那年征收了五次会费,此外还发行了兑奖售物券,征收了公共事业费。他很不喜欢欠债。每一顿饭他都是食不厌精,脍不厌细,还要配上合适的美酒,饭后再煮点咖啡,喝点绿色的察士士酒。偶尔还会读几页教会史。他喜欢读那些描写宗教人士如何富有的书。

　　教士大人很厌恶下层阶级的人爬进教会里面,攀上高位,而最让他痛心的是,教会的职权和优越性都落到了一些掌握了新方法的新人手里。如今要创造治病救人的奇迹靠的是药瓶子和注射器。他觉

---

　　① 　维吉尔(公元前 70—前 19),古罗马诗人,代表作有史诗《埃涅阿斯纪》。

得自己创造奇迹的方法有损尊严,但是又很惶恐:如果新的药物发明出来了,人们对医生的依赖性就会更强。他很希望像过去一样,外科医生继续从事他们的行当,理发师也继续理他们的发。虽然他听说了医生治病救人的事情很惊讶,但只要那个叫鲍比·希利的大夫带着棉球给人治病,他就像是被别人抢了风头的歌剧名伶一样嫉妒。他很希望自己能动手治病,但有时候当教会的尊严受到威胁的时候,上帝并没有像过去那样让他们宗教人士不时地创造几个治病救人的奇迹,对此他有时会颇感遗憾。教士大人知道他本来是可以正儿八经地创造出奇迹来的。他的身份摆在那儿了嘛。

大主教对他的批评也有几分在理。教士大人讨厌与人竞争,他很喜欢年轻的德瓦尼大夫,此人口头上宣称医术都是耍戏法(这与教士大人的观点不谋而合),并且对鲍比·希利大夫颇有微词,由此导致了鲍比·希利大夫的活计江河日下。教士大人去看望垂死的病人时,总是会问:"谁给你看的病?"如果对方的回答是:"德瓦尼大夫。"他就说:"那个小伙子好样的。"但是如果对方回答说:"希利大夫,"他只点点头,露出悲哀的神色,而在场的人都明白他的意思是说鲍比跟往常一样又害死了一个不幸的病人。他跟鲍比见面的时候会屈尊地向对方必恭必敬,而鲍比对他也很尊敬,很热情,从大夫的脸上谁也看不出两人背后是如何相互拆台的。可是鲍几乎无所不知。他有一种宗教人士无法企及的狡猾:那是一种农民的狡猾。希利大夫的身上就有这种东西。

但是教士大人对本教区另外一个人的厌恶甚至超过了他对鲍比的厌恶。这个人名叫比尔·恩赖特。比尔名义上是个种庄稼、养猎犬的,但他实际上是一个土匪家族的后代,他的祖先几代人曾经横行乡里。比尔高高的个子,瘦骨嶙峋,一头的金发,留着一撇金黄色的小胡子,皮肤像婴儿一样红润,两只明亮的蓝眼睛老是睁得大大的,活像一只要吃人的野兽。他的颧骨很高,仿佛要顶破皮肤似的,眼睛因此像东方人一样有点斜视,前额很低,倾斜得很厉害,整个一张脸盘朝外收拢到鼻子尖上,两颗又尖又白的门牙又往里面收拢去,下嘴唇下垂,小而细嫩的下巴很有女性特征。

教士大人会抢先告诉你比尔人不坏。他是个守传统的人,从事着他爸爸和爷爷的祖业。他按时去做弥撒和圣礼,每年交四次会费,在这一点上他又是不守传统的,他把教士大人看做是和自己一样有尊严的土匪。但是教士大人对比尔的礼遇感到恼怒,他要证明恩赖特家族的最后一代人是个十恶不赦的强盗,应该送到监狱里去。比尔跟自己的女管家未婚同居,这在远近一带是臭名昭著的,女管家名叫内莉·马霍尼,家在多南蒙。教士命令她离开比尔的家,但内莉不吃他那一套。于是他去找内莉的两个哥哥,要求他们把内莉拖回去。但是内莉的两个哥哥是领教过恩赖特家族的厉害的,根本不敢去冒这个险。事后内莉和比尔逢人就说宗教这玩意儿狗屁不值,从此不再去做弥撒了。大家都觉得这事不能全怪比尔,教士大人的气量也太窄了,连个性子急躁的人都容不下!

另一方面,鲍比·希利跟比尔是铁哥们儿,比尔的家族从来没交过这么铁的朋友,起因是鲍比为比尔治好了一条猎犬。这条狗是著名的狗王侄王的母亲。每年比尔要请鲍比去喝上四五次酒,每次都是一醉方休。比尔欠这位大夫的钱数目之大也是朋友之间很少见的,对此比尔的其他一些朋友心知肚明,所以他们遇到麻烦时从来不去找希利大夫借钱。不管教士大人怎么想,反正比尔是个很讲义气的人。

那年春季的一天,比尔跟往常一样又来请鲍比去喝酒。比尔住在离镇中心一英里开外的一栋老式房屋里。这幢房子原来是罗威家的,后来比尔对这一家人软硬兼施,让他们在这里没法待下去了,最后才把房子弄到了手。屋子门前的小路上杂草丛生,爱奥尼亚式的门廊看上去很脏,很破旧。看见鲍比来了,两条狗站了起来,很友好地叫着。这两条狗最怕比尔生病,但它们知道鲍比来了就能治好主人的病。

给他开门的是内莉·马霍尼。她是个矮胖的乡村姑娘,面色红润,一头乌黑的头发像眼睛一样亮闪闪的。大夫有时候跟她发一阵疯,勾着她的腰,她尖声笑起来,然后突然止住。

"我说,希利大夫,"内莉抱怨地说,"你不害羞,咱们俩是什么关系?"

"怎么啦,内莉?"鲍比焦急地问。"这不是很平常的事吗?"

"平常的事?"内莉尖叫道。她喜欢抓住别人的话尾,然后用高八度的声调重复一遍,就像是小提琴重复低音提琴的音符。然后她会戏剧性地降低嗓门,一边嘀咕,一边用围裙擦眼睛。"他已经不行了,大夫,"她说。

"天哪,"大夫嘟哝着。在比尔的身上人生的基本原理已经化为乌有,据说他参与过至少一次谋杀,可尽管如此生活也没有亏待过他。"他怎么啦? 星期一我在镇上还见到过他,看上去好好的嘛。"

"看上去好好的?"内莉像小提琴一样又在重复他的尾音,她那美丽的黑眼睛里充满了近似于喜悦的悲剧情感。"星期二早上他离开了我,跟着三个男人和两条狗冒着瓢泼大雨出去了,星期五晚上才回来,结果(这是内莉很得意的一个词语,后面是一个戏剧性的停顿和声调的转换),他着了凉,就卧床不起了。"

"你在跟鲍比·希利说些什么呀?"楼上传来一个男人的尖嗓门。声音差不多跟内莉的嗓音一样高,只是因为紧张而有些发颤。

"我在跟鲍比·希利说什么?"内莉机械地重复着。"我什么也没跟他说。"

"嗯,别让他老待在下面,我等了他一整天了。"

"他的肺没有毛病,"大夫上楼时说了一句内行话。楼梯没有垫地毯,很潮湿。罗威一家去英国的时候把日常用具都带走了,比尔·恩赖特长年累月地埋怨这家伙小气。

比尔坐在一张铁床上,下午外面投射进来的灰色光线和白色的枕头把他的脸色映衬得很明亮,他因为发烧已经面红耳赤。

"她在跟你说些什么啊?"比尔用他那高嗓门——那种很锐利、很冷静、与某种像狐狸一样狡猾而敏捷的野兽似的声音——问道。

"我在跟他说些什么?"内莉大胆地重复着他的问话,因为身后有大夫做靠山。"我告诉他你跟三个男人和两条狗一起出去,直到星期五晚上才回来。"

"啊,比尔,"大夫用责备的口吻说,"我不是经常劝你在家里守着女人和猫吗? 你又是发什么疯了?"

"大夫,我很糟糕的,"比尔说话时发出嘶嘶的声音。

"你看上去确实如此,"大夫坦率地说。"好了,内莉。"他说着,示意内莉离开。

"在楼下多弄点响声出来,"比尔冲着内莉的背影说。

鲍比给病人进行了全身检查。就他的经验来看,没有什么大病,只是着了凉,不过比尔那蓝色的眼睛老是盯着他,露出疯狂的神情,可见他是受了惊吓。大夫心里琢磨着能不能像处理某些病人那样把他的病情说得重一些。这是一种外行的做法,但也是惟一奏效的方法。有时候大夫被迫用心脏病或者肝硬化来威胁男性病人把饮酒量控制在合理的范围之内。这时,仿佛是天堂向可怜的罪人开启了一扇门,大夫的灵感来了,他默默地坐着,构思自己的计划。可是威胁对比尔·恩赖特是不奏效的。比尔需要的是奇迹,而奇迹不是轻而易举的事情。如果实施得体的话,奇迹对大夫有好处,对比尔也有好处。

"怎么样,鲍比?"比尔心烦意乱地问。

"你上次做忏悔到现在有多久了?"大夫严肃地问。

比尔红润的脸色一下子变得像蜡烛一样苍白,而本性善良的大夫感到很愧疚。

"我这病跟那有关系吗,大夫?"比尔用他那毫无表情的尖嗓门问。

"我把那看得很重,比尔,"大夫说,此时他的声音缓和多了。"也许我应该有个备用方案。"

"你的这个方案对我很有效啊,鲍比,"比尔激动地说,他的以德报怨使鲍比深感内疚。比尔从床上坐起来,把被褥盖在身上。"拿一支烟,给我点着。那又有什么区别呢? 我这一辈子就靠养狗吃饭,我养的是全欧洲最好的猎狗。"

"我也希望你养更多的好狗,"大夫说。"我去请教士大人来好吗?"

"就是那半个绅士?"比尔气愤地嗤笑着。"你就别去了。"

"他的脾气是不够好,"大夫叹了一口气说。"不过我给你另请一个人来。"

"啊,我要这种人干吗呀?"比尔问。"都不是一个样的吗？都是为了钱,钱！他们关心就是这个。"

"啊,我可不这么认为,比尔,"大夫沉吟道,他在房子里来回踱步,布满皱纹的老脸像粗布西装一样灰不溜秋的。"我希望你不会以为我是多管闲事,"他焦急地补充了一句。"我是作为朋友在劝你。"

"我知道你是好心,鲍比。"

"可是你瞧,比尔,"大夫继续说着,鼓起左腮帮子,仿佛那里疼似的,"我觉得你需要一个性格完全不同的神甫。当然,我不是说教士大人的坏话,毕竟他只是一个在俗的教士。我估计你从没跟耶稣会的会士聊过?"

大夫问这话的时候面带着毫无恶意的神情,仿佛他不知道在俗教士最害怕的就是耶稣会的会士,不知道教士大人最痛恨的就是耶稣会的会士,也不知道教士大人历来认为自己是这一带最有学问、最有权威的人物。

"没有,"比尔说。

"那些人的文化程度很高,"大夫说。

"我要耶稣会的会士干吗呀?"比尔大声说着,表示抗议。"喝点酒,玩一下女人——这有什么害处?"

"哦,一点害处都没有,伙计,"鲍比狡猾地表示同意他的看法。"好像你也没干过什么坏事嘛。"

"我没有,"比尔说着,出人意料地顾影自怜起来。"凡是我喜欢的人都是我的好朋友。"

"可你知道,如果你出了什么事教士大人会幸灾乐祸的——我这是说一句掏心的话。"

"这我明白,鲍比,"比尔说着,他因为受了委屈而声音变得硬朗起来。"你这是真正的基督徒说的话。像教士大人那种人说他的坏话也是应该的!我要是去做弥撒,可以扔几块钱给耶稣会的会士,鲍比,"他越说越激动。"这会让拉尼根很伤心的。他关心的就是钱。"

"啊,我可不会这么说,比尔,"鲍比说着,不由得警觉起来。干他这行的可得小心,而比尔是个很合他口味的学生。

"不,"比尔很自信地说,"可你是这个意思。好啦,鲍比。跟往常一样,还是你说得对。你喜欢请谁就请谁来得了。我只管听他说。反正说话也伤不了骨头。"

大夫下了楼,发现内莉面带焦虑的神色在这里等着他。

"我得赶紧跑到阿哈纳去请一位神甫来,内莉,"他低声说道。"我不在,你把一切都准备好。"

"神甫能起作用吗?"她问着,脸色变得苍白了。

"啊,总是朝好处去想吧。"大夫说着,又感到内疚起来。

他想得很周到,是开车去阿哈纳的。那里有一个年高德昭的大主教,名叫麦克金蒂,宗教界的人士一提起他的名字就很伤感,他批准耶稣会在阿哈纳建造了一栋房屋。大夫在这里有一个朋友名叫芬尼根神甫,此人是个中年的矮胖子,嘴巴很小,两只耳朵里面各长出一小撮白毛。当然鲍比是不会把自己的心思对他和盘托出的,这一点芬尼根神甫自然也是心知肚明。但是,耶稣会的会士是无所不知的,而芬尼根神甫觉得这是个好机会。

两人开车来到比尔门前的小路上,内莉出来迎接。

"什么事呀,内莉?"大夫焦急地问。他担心比尔在最后关头会突然中风死去。

"他发疯了,大夫,"内莉略带责备地回答道,仿佛她没料到一个专职医生会让她做这种事。

"是什么时候发疯的?"大夫疑惑地问。

"就是他看见我摆上祭坛的时候。这会儿他把门挡住了,还说谁最先进去,他就毙了谁。"

"那没事的,亲爱的女士,"芬尼根神甫安慰地说。"病人经常是这个样子的。"

"他手上有枪吗,内莉?"大夫谨慎地问。

"你什么时候见过他身上不带枪?"内莉反问道。

大夫生性胆怯,上楼的时候他很佩服神甫的冷静。大夫敲门,神甫站在门边,双手放在背后,低头沉思。

"是谁呀?"比尔尖声问道。

"是我呀,比尔,"大夫安慰地回答道。"我可以进来吗?"

"我病得很厉害,"比尔大声喊道。"我不想见任何人。"

"等一等,大夫,"芬尼根神甫沉着地说着,用肩膀去推门。门开了,他们走了进去。大夫一眼看到比尔的惊惶已经有好长时间了,他没有枪,但是那架势让大夫想起了双枪乔临死前的站立姿势。比尔坐了起来,用肘子支撑着身体,脑袋朝前伸得老长,明亮的蓝眼睛闪烁着,看看神甫,又看看大夫,再看看祭坛,但实际上什么也没看见。大夫很担心比尔会让他失望。你还不如到动物园里去劝说某个动物皈依天主教呢。

"恩赖特先生,我是芬尼根神甫。"耶稣会的会士走上前去,朝他伸出一只手。

"我没有请你来,"比尔抢白道。

"对此我很感谢,恩赖特先生,"神甫说。"不过,凡是希利大夫的朋友也都是我的朋友。不想跟我握握手吗?"

"我不介意,"比尔发出那种马嘶似的声音说,他让对方捏了捏自己的手指,但眼睛却偏到一边去。"不过我警告你,我可不是信教的那种人。我从来就不信什么宗教。谁要是以为我是一个很容易剥的核桃壳,那他最后是会大吃一惊的。"

"如果我是来剥核桃壳的,那我也会这么说的,"神甫勇敢地说。"你看上去能保护自己。"

比尔狠狠地用鼻子哼了一声,表示即使是得体的话也不能说得太多;他的眼睛像小孩手里的镜子仍然盲目地晃来晃去,但是大夫觉得神甫的话说到了点子上。他轻轻地关上门,来到楼下的客厅。这里有六个窗口,可以看到外面三处不同的风景。他觉得远处母牛的哞哞叫声分外悦耳。接着,他骂了一声,猛地推开通往大厅的门。只见内莉舒适地坐在楼梯上,侧耳倾听。他招手让内莉下来。

"什么事啊,大夫?"内莉惊讶地问。

"给我一盏灯,别忘了,神甫要在这儿吃晚饭。"

"你以为我没听见?"她气愤地说。

"是呀,"大夫冷冷地说。"瞧你那样子好像也在祈祷似的。"

"也在祈祷?"她大声说。"从六点起我就上了楼,一直在侍候他。后来一不小心晕倒在楼梯上了。现在你总该相信了吧。"

"我还是不相信,"大夫说。

"不相信?"她疑惑地重复着大夫的尾音。"天哪!"过了一会儿她说了这么一声。"我给你找灯去,"她用一种战败的口气说。

差不多一个小时过后,楼上才有动静。接着,芬尼根神甫下楼来了。他快乐地搓着手,连声抱怨天气太冷。大夫发现卧室里亮着灯,病人的一只手枕在脑袋下面。

"你现在感觉怎么样,比尔?"大夫问。

"很好,鲍比,"比尔说。"我感觉很好。鲍比,你说对了,神甫是很高明。我真傻,总是去想那个教士大人。他没文化,鲍比,跟神甫没法比。"

"我早就料到你会喜欢这个神甫的,"大夫说。

"懂得自己本行的人我都喜欢,"比尔说着,那口气就像是一个高手在评价跟自己同行的另一个高手。"他根本就不是那种半瓢水的人可以相比的。我要是早去请他就好了。"说着,比尔那疯狂的蓝眼睛渐渐地停留在了大夫的脸上。"我现在感觉好多了,鲍比。这是一种什么迹象?"

"我敢说,那是因为激动所致,"大夫说着,并没有暴露自己内心的想法。"让我再给你检查检查。"

"鲍比,内莉在煎什么呀? 是香肠还是腊肉?"

"闻起来有点像。"

"我最喜欢的就是这两样菜了,"比尔渴望地说。"吃下去不坏事吧,鲍比? 我的肚子像是给砂纸擦过了似的。"

"我想不坏事的。不过,吃完了只能喝茶。"

"哈!"比尔得意洋洋地说。"即使我活到一千岁也只想吃这些东西。不过,鲍比,我不抱怨。我说话算数。哦,天哪,是算数的。"

"说下去!"大夫说。"你这是发誓吗?"

"天哪,"病人说着,在床上猛地翻了一下身,"我他妈的把整个那艘船都抢了,连桅杆和锚……上帝原谅我说了粗话!"他虔诚地补充了一句。"他让我保证娶这个烈酒一样的恶婆娘为妻。"他说到这儿,看着大夫,好像是看大夫敢不敢笑。

"呵,比尔,你这事还不算太坏,"大夫说。

"你瞧他那德性好像我一定会嫁给他似的,"内莉开心地大声嚷道,同时她那圆月一样的脸庞从门口探进来。

"你瞧我们俩就这个样儿,鲍比 ,"比尔并无恶意地说。"我就得这么忍着。"

"对不起,内莉,我要忙了,"大夫说。"我给比尔检查检查……你今儿算是给熬过来了,"他坐到床沿上,捏着比尔的手腕又说。然后,他量了病人的体温,又用手电筒照了照病人的眼睛和喉咙。比尔神情恍惚地瞪着他。

"我的天,你说得对呀,比尔,"大夫用赞许的口气说。"可以说你比原来略微好了点。"

"我就是这么说的,伙计!"比尔大声嚷道,同时活动开来给大夫看看。"你瞧,鲍比! 以前我不会这个。我把这称之为奇迹。"

"如果你见识跟我一样广,就不会相信什么奇迹了,"大夫说。"不过,把这种药片吃上两块。天亮了我再给你瞧瞧。"

这一切来得太容易了。最时尚的治疗方法浪费在了鲍比的病人身上,而他们暗中希望的是用圣泉里的三块卵石擦擦身子。有时候这让大夫也感到很沮丧。

"嗯,希利大夫,总而言之,"芬尼根神甫坐在车上,在回家的路上说,"今儿晚上太令人满意了。"

"是呀,"大夫谨慎地说。他不想告诉朋友从自己的角度来看这个晚上又是如何地令人满意。

"圣礼结束后一些人总喜欢集会,"芬尼根神甫继续说着,而大夫发现没有必要告诉神甫。有文化的人之间能够相互理解,而不必来那种令人尴尬的申辩。他感到自己的良心很安然。来那么点宗教的东西对比尔毫无害处。他觉得神甫的良心也没有什么过不去的。即使没有发生奇迹,比尔与神甫之间的对话也让教士大人主管的教区向耶稣会敞开了一扇大门。既然发生了今天的奇迹,这个教区方圆几英里之内的男女老幼都会来请他们俩的。

"是呀,"大夫不解地说。"我也经常看到。"

"希利大夫,恐怕教士大人不是很高兴,"神甫补充说。

"他当然不高兴啦,"大夫说着,仿佛刚刚才想到这一茬儿。"恐怕他会很不高兴。"

大夫是个诚实人,该赞扬谁他就赞扬谁。他也知道教士大人恼火的不只是钱——每年至少三两百吧——的问题。他恼火的是,一个令他咬牙切齿的耶稣会会士居然在他的鼻子底下给本堂区的居民创造了治病救人的奇迹。神甫跟孩子们一样残忍。教士大人这一辈子也忘不了耶稣会会士创造的奇迹。

不过,在今后的日子里他再也不会来找鲍比的麻烦了。

唐璜①的诱惑

我们这些可怜的婊子无力抵抗有权有势的格西·雷纳德家族。那些狗娘养的,没一个好东西,我们不喜欢他们,甚至也不相信他们的鬼话。不过他们的鬼话我们还是得听一听,因为我们每个人的人生经历都是很有限的。从人的角度来说,我们能理解自己的妻子、女友和女儿;她们发脾气,我们能容忍;她们有什么愿望,我们愿意去考虑。但是有时候我们意识到那个油头粉面的大胖子流氓格西对女人的理解之透彻简直让我们不得不承认自己永远达不到那种境界,仿佛那些女人在脱衣服的时候也把自己最基本的人性全抛弃了,然后到一个隐形世界里去漫游,而在这个世界里只有像格西那样受过专门训练的人才看得见她们。我们惟一能感到聊以自慰的是,这些女人也遇到了诱惑——至少她们是这么说的。这些狗娘养的!即使这样的话你也不能全信。

不管怎么说吧,格西是在格林宫举行的晚会上碰到这个姑娘的,而且一眼就看出姑娘与众不同。她很年轻,高高的个子,黝黑的皮肤,眉清目秀。但是,吸引格西的不是她的容貌,而是她在众多穿着礼服的木偶似的人群中举止十分自然得体。姑娘是在一个乡村小镇长大的,从来没有学过化妆和摆姿势。可是她的言谈举止却显得那样自然,那样得体。

他们俩一起离开了晚会现场,姑娘像是格西的哥们儿似的挽着他的手,他感到十分惬意。这是一个美丽的夜晚,月亮差不多快圆

---

① 英国诗人拜伦同名长诗中的主人公,在英语中指善于勾引女人的花花公子。

164

了。格西的公寓就在草坪那条大街上的一栋老式楼房里;而姑娘在佩姆布罗克路也有一间房。两人来到格西那栋楼前,格西停下脚步,请姑娘进去。姑娘略微一惊,而格西因为喝了点酒,当时并没有察觉到。

"去干吗?"姑娘乐滋滋地问。

"哦,如果你喜欢的话,就在我那儿过夜。"格西的话一出口就后悔莫及。他的话说得那么尴尬,就像是小学生第一次跟女孩子约会似的。

"不了,谢谢,"姑娘简短地说。"我自个儿有房子。"

"哦,请吧,海伦,求你了!"他哀求着,同时拉着她的手,使劲一捏,好像是他们家的老朋友似的。"我开了个善意的小玩笑,你不会见怪吧。现在请你上去喝口水,表示我并无别的意思总可以吧。"

"改日再去吧,"姑娘说。"今儿太晚了。"

他只好作罢,因为他知道再坚持下去姑娘会受惊的。他知道这是怎么回事。喜欢搬弄是非、散布流言蜚语的希恩一家人警告姑娘要提防格西,而他正好走进了人家的圈套。姑娘挽着他的手并没有松开,但那只是表示她不愿大惊小怪。其实她的内心感到受了很深的伤害,也受到了不小的惊吓。虽然她还记得希恩一家人的警告,但姑娘只是凭直觉,她相信格西根本不是那种人。格西看人的眼光跟我们不一样,用他的话说,他知道自己就是那号人,只不过他想慢慢来,不能让姑娘一下子就发现了自己的意图,并且大吃一惊。

姑娘在运河的桥上停下了脚步,身体靠在栏杆上看风景。月光下,这里的景色的确很美,静静的河水、树木、河堤上的楼房、窗户里散发出的雪白的灯光,但是格西知道她心里不是在想月光。她正在从惊吓中恢复过来,而此刻她觉得受到伤害的是自尊心。

"告诉我,"姑娘假装很随意、很感兴趣的样子,不过从心理学的角度来看,她也的确是很随意、很感兴趣。"你碰到女孩子都提出这样的要求吗?"

"天哪,我不是跟你说了吗,我只是开个小玩笑?"格西用责备的口吻说。

她把脑袋靠在手臂上，扭过头来看着格西，头上那顶钟形的帽子把下巴以上的脸盘都笼罩在阴影里。这是一个很自然、很美丽的姿势，但格西知道姑娘自己并没有意识到这一点。

"你不诚实，"姑娘说。

"那你呢？"格西说着，露出浅浅的微笑。

"我怎么啦？"她回答时感到一惊。

"你承不承认有人警告过你，要提防我？"他说。

"说实在的，是有人这么警告过我，"姑娘坦率地说，"不过我并没把那当回事。我看人只是凭自己的眼力。"

"你这话说得在理，"格西说着，心头涌起一种父爱的想法："这个姑娘很漂亮。她是受了点惊吓，不过迟早她总得学这一课，最好是跟认识的人学。"爱尔兰丈夫的尴尬是格西的主题歌，而妻子跟你讲的话是信不得的。

"说出来也许你不信，能够让我起那种念头的女人还真不多，"他说。

"你邀请过的女人，"她继续说着，仍然坚持自己的观点，不过表面上假装并不在意，仿佛她仅仅只是想获得一些信息。"最后都去了吗？"

"有的去了，"他说着，笑对方太过天真。"有时候你遇到一个很难对付的姑娘，咋咋呼呼的，事后你连请她去喝杯茶都不肯。"

"是已婚妇女还是姑娘？"她问话的口气俨然是在填一张官方的表格。不过声音略显颤抖，表明她内心很胆怯。

"两种人都有，"格西说。如果他是百分之百的诚实，为海伦着想，他本来是会说，他所喜欢的，前者仅有一个，后者也不到一群。不过，他觉得既然海伦需要开阔一下自己的视野，那就没有必要把数目减掉一半了。最好的办法是像拔牙一样，和盘托出，然后就此打住。"怎么啦？"

"哦，没什么，"姑娘漫不经心地说。"既然你那么容易就能把女人弄到手,自然就把女人看得很轻了,因此,我并不感到惊讶。"

姑娘的这一观点着实让格西大吃了一惊,他从来不会这样描述过自己的行为。

"不过,可爱的姑娘,"他说着,递给姑娘一根烟,"谁说我把女人看得很轻?如果真是这样,那我跟女人一起干什么呢?恰恰相反,我把女人看得很重,见的次数越多,就越是喜欢。"

"是吗?"姑娘说着,低下头,不让对方的火柴光亮照着自己的脸。他估计此时姑娘的脸一定红了。"所以你对我的看法一定不会很好。"

"你这种想法真怪!"格西说着,仍然很认真地想弄清对方的内心秘密。"你怎么知道我很想见到你就是对你的看法不好。就算是我很想跟你做爱。事实上,如果你觉得很新鲜的话,我真的很想。"

"你是想很容易就得手,是吗?"她带着一丝愠怒问道。

"怎么啦?"他和蔼地问。"你以为这种事应该很艰难吗?"

"我以为一般的情况是先请女孩子去看电影。"她的话里故意装着厚颜无耻的样子,连小孩子也知道她不是说真格的。

"这我就不知道了,"格西乐滋滋地嘀咕着。"不管怎么说吧,反正我觉得你不是一般的女孩。"

"可是如果你那么容易就得了手,你怎么知道这事是真是假呢?"她问。

"其他的事情你怎么知道是真是假呢?"他反驳道。"正像你刚才所说的,看任何事情都得凭自己的眼力嘛。"

"看事情凭自己的眼力也不是囫囵吞枣啊,"她说。"这样的事情到了后悔的时候就迟了。"

"可是那又有什么区别呢?"他不解地问。"这种事一个星期七天,天天都有。你跟男孩出去约会也会干这种事。你痴情地爱着,后来腻味了,就甩掉。这没有什么区别。你的性格不会突然改变。在街上遇到了熟人,人家不会说:'这个姑娘整个都变了样!你瞧,她找到男人了。'当然,如果你过于看重肉体接触——"

"我就是看重那个，"她抢着说。这时格西惊讶地注意到姑娘快笑出声来了。她已经忘掉了刚才的惊吓和自尊心受到的伤害，觉得辩论起来她跟格西是半斤对八两。"是不是很可怕？"姑娘笑容满面地加了一句。"可是我就是这么怪。"

"哦，这不能说是怪，"格西说着，下定决心要控制住局面，不能让她抓住任何把柄。"这只是中学生的浪漫。"

"仅此而已吗？"她语气很轻盈地说着，假装不在乎对方已经发现自己受到了伤害。"什么事情你都能找出个理由来，是吗？"

"你可以这么说吧，可爱的小姑娘，"他用那种慈祥的口气说着，同时轻轻地拍了拍她的肩膀。"我把这叫做成长的痛苦。我不知道，你生性浪漫，不知道你是否注意到运河上游刮来了一股冷风。"

"没有，"她调皮地说。"我没有注意到，"然后她转过身来面对着格西，把手肘支撑在桥的墙压顶上。"不管怎么说，我喜欢。你接着说下去吧。所谓浪漫就是对自己喜欢的人从一而终，对吗？"

格西又给逗乐了。姑娘是那么坦诚。很显然她已经爱上了一个人，而那个人没钱娶她。两人陷入到青年人的情感混战之中，相互伤害感情而不知道原因何在。

"不，亲爱的，不是这样，"格西说。"所谓浪漫就是你喜欢一个自己压根儿就瞧不起的人，就是你想像着自己再也不会去爱任何别的人了。那正是你这个年龄的事情。走吧，别着凉了。"

"你该不是说你自己曾经有过这样的经历吧？"她问着，同时牵着他的手，两人走到佩姆布罗克路。她的声音里夹杂着喜爱和厌恶。对此格西并不感到意外，他已经习以为常了。

"哦，"他伤感地说。"我们大家都经历过。"

格西的内心充满了矛盾。他蔑视年轻人和年轻人的幻想，但是回忆起自己的青年时代又不免顾影自怜。他很孤独，有时候觉得没有人像他这么孤独。他从一个美好、井井有条、清晰可辨的世界里苏醒过来，发现自己的周围都是永恒，任何人也无法把这一切对他进行解释，就连神甫和科学家也无能为力。伴随梦醒而去的是对伙伴和

168

爱情的渴望,他不知道如何去满足这种渴望。他经常一连几个小时在外面散步,仰望着星空,心想如果遇到一位善解人意的姑娘,这一切就将得到很自然的解释。格西年轻时的那幅画面把海伦给逗乐了。

"说下去!"海伦开心地说着,她转过脸来对着格西,顽皮地皱起面孔。"我敢肯定你生来就是这个德性。不然的话,那么年轻哪来的理智?"

"那很自然,"格西神色庄重,俨然像是一个神甫的派头。"那时候我知道自己是自寻烦恼,就像你现在这个样,既然世界上的烦恼本来就够多的了,何必又去自找呢,于是我就作罢了。"

"打那以后就一直很幸福地生活着?"海伦嘲弄地问。"还有你邂逅相遇的女人呢? 难道她们也不浪漫?"

"凡是比你年纪大的都不浪漫。"他嘲弄地说。

"你就别老提什么年纪不年纪的了,"海伦说着,并没有生气。"年龄的缺陷是很快就可以自行弥补的。给我们谈谈你的女朋友吧——比如说那些结过婚的。"

"那太容易了,"他说。"眼下只有一个。"

"她的丈夫呢? 她丈夫知道吗?"

"我没问过她丈夫知不知道,"格西狡黠地说。"不过我敢说她丈夫觉得还是不知道的好。"

"那样的男人也真够大方的,"海伦说。"我自个儿跟这样的男人倒还合得来。"

格西突然打住了。就像我刚才说过的那样,格西这人的内心充满了矛盾,海伦公然蔑视弗兰西丝的丈夫,这使他怒不可遏:太过分,太欺负人了!

"你的这些话很像女中学生说的,"格西用责备的口吻说。

"是吗?"海伦怀疑地问着,发现了他的情绪有了变化。"怎么个像法?"

"你用这样的口气议论一个从未谋面的男人,这合适吗?"格西滔滔不绝地数落着她,越说越来气。"她丈夫不是小偷,不是流氓,而是一个很体面,很善良的人。夫妻俩共同生活了十七八年,彼此之间有点腻味,这也怪不着他呀。这样的事人人都有过。他那么做也只是为家庭着想。照你这么说,他是不是应该拿条枪来保卫妻子的荣誉?"

"我没往妻子的荣誉那方面去想,"海伦口气很平和地反驳说。

"那就是他自个儿的荣誉喽?"格西大声地嘲弄着说。"也甭为他妻子儿女的未来着想了? 如果像某些傻乎乎的女中学生那样认为自个儿的人格尊严受到了威胁,那实际上是把妻子的名誉扔到泥潭里去打滚。呵,小姑娘,明智点! 关于这一点他妻子还有话要说呢。再说了,在他那种年龄,如果妻子要离开他,那是不是一起很严重的事件呢?"

"比让妻子到你的公寓来过夜是要严重得多——告诉我,她到你公寓去过几次?"

"你说这话简直就像是一只小猫咪,"格西抢白了她一句,接着又继续往下说。他真的很生气了。"坦率地说,那样的事的确很严重,"他说着说着,变得理智起来。"晚上她要上哪儿去,这不关别人的事。至于饭做好了没有,那是另外一回事。夫妻俩有两个孩子——大的差不多跟你这个年纪了。"

"我倒是担心他让不让两个孩子晚上出去,"海伦冷冷地说。"孩子的母亲是个什么样的人?"

"我告诉你,你也不会相信的,"格西说,"她是个很了不起的女性;一个能把心都掏给你的女人。"

"如果她知道你请另外一个女孩子到家里来过夜,她会说什么呢?"海伦仍然用那种漫不经心的口气说。这时格西开始对她的话格外留意起来。

"呵,"格西也拿不定主意地说。"我想她对生活已经不抱太多的幻想了。"不过海伦自个儿有过这样的经历,她不会相信格西的话。弗兰西丝的麻烦就在于她仍有太多的幻想,甚至对格西也还抱有幻想。而她最大的幻想就是:如果当初嫁给了一个像格西那样有文化的男人,她一定会很忠于他的。

"她是不可能有什么幻想的了,"海伦说。"但我多少还有那么一点。"

"哦,你?"格西说着开怀大笑起来,笑声帮助他避免了好多尴尬。"你现在走路都带着幻想。"

"幻想只能是在家里,"海伦说。"五年前爸爸死了,妈妈至今还认为爸爸是世界上最最了不起的男人。"

"我敢说,"格西很厌倦地说,"当年他们俩彼此讨厌对方讨厌得要死。"

"是这样的,"海伦表示赞同。"他们俩还打过架,完了一个礼拜互不说话。然后爸爸喝了个烂醉,妈妈就拿我出气。哎哟,我的屁股给打疼了,连坐都不能坐了,就往爸爸跟前跑。爸爸仰靠在那张大椅子上,双手下垂,眼睛盯着壁炉,仿佛到了世界末日似的,他向我做了个手势,让我坐在他膝盖上。就这样爷儿俩默默地一坐就是几个小时,心想妈妈真他妈的那个⋯⋯可是,小伙子,他们忍过来了,轮到妈妈往外面跑的时候,她并不感到内疚,因为她知道老板总是在等着她。她每天早上都去做弥撒,但那只是不让上帝找到借口对我们家另眼相看。你说他会吗?"

"谁会呀?"格西说。奇怪的是,他居然对这个故事入了迷。一个女人可以对格西倾心相待,而他却可能觉得人家讨厌。不过,遇上那种微妙的情感纠葛,他又分外脆弱。

"老板哪,"海伦解释说。"我的意思是不是跟她约会?"

"嗯,"格西声音很微弱。"乐观是最重要的。"与此同时,他也知道自己说的不全是真话,因为正统观念是格西的拿手好戏。

"我知道,"海伦抢着说。"事情糟糕就糟糕在这里。不过,她很幸运,居然有心思把这种事当做儿戏来耍。她不怕死,我很怕⋯⋯但是我的意思是为了爱情,比如 L 先生,"她心情轻松地补充了这么一句。

"我希望你能如愿以偿,C小姐,"格西也用那种轻松的口吻回答道。

"恐怕我不可能如愿以偿,"海伦无可奈何地说。"那样的爱情在我的身边似乎并不多见。也许是因为我接触到的人中乐观主义者不多的缘故吧。"

两人来到海伦的公寓前,她双手放在背后,两腿交叉依偎在栏杆上——仍是那种逗格西喜欢的男孩子姿势。

"嗯,晚安,浪漫小姐,"格西很礼貌地说着,拿起她的手,亲吻了一下。

"晚安,唐璜,"海伦看到格西乐不可支的样子回答道。以前从来没有人这么称呼过格西。

"什么时候能再见面?"

"你能肯定到时候想跟我见面吗?"海伦略带嘲弄的口气问。"像我这种老古董的女孩!"

"我仍然抱有说服你回心转意的希望,"格西说。

"那太妙了,"海伦说。"我很喜欢别人说服我。有一次一个神甫差不多说服我皈依基督教了。有时间给我来个电话。"

"我一定会的,"格西说,可是直到他踏上运河桥时,他才意识到自己这句话的含义是:"你说我是不是个大傻帽!"他感到羞辱。"我这人最大的毛病就是把事情看得过于容易了,"他心想。他觉得自己就像是一个年薪一千英镑的大腕儿,而有人却要把他推到一个礼拜三十先令的那个阶层去。如果你以前分文没有,现在一个礼拜能挣三十先令也不赖。可是这对格西来说意味着一件事——穷得丁当响。他知道如果听信海伦的话,自己就会像她那个可怜的男朋友一样陷入到一种什么样尴尬的境地:在公园的长板凳上坐坐,又到运河的堤坝上走走,这时天上地下到处都刮起了每小时一百公里的大风。最后,姑娘给一个身穿制服、面貌英俊的警察逮住,带到警察局里拘留了起来。"我真是个大傻帽?"他嘲弄地自语道。

格西觉察到自己在盘算着风流韵事的机会大小,感到很新鲜。

他迷上了那个姑娘,这是不可抵赖的事实。他没有过桥,而是折转身来到月光下运河边的那条人行道上。这又是一件很新鲜的事,于是他自我嘲弄起来。"你瞧这个,格西,"他说,"如果你不当心就会陷入这样的境地。"这时他突然意识到姑娘身上使他入迷的是什么。原来姑娘长相很像琼。他在孤寂的少年时代曾经与琼不期而遇。当年他曾经久久地徘徊在琼要经过的路上,就是为了能看上她一眼。琼的身材细长而纤弱,当时格西还不知道这个姑娘已经染上了一种绝症。在她去疗养院的前一天晚上,格西在她从镇里回家的路上碰到了她,两人走到山顶上时,姑娘突然握住他的手。看样子,她也是孤独难耐。格西当时很害羞,不敢有任何非分之举,甚至也不敢提出任何非分的要求。他心里乐开了花,一路上牵着姑娘的手,两个人一句话也没说。这是件有始有终,也非常完美的事情,因为六个月后姑娘就去世了。至今他有时候还梦见这位姑娘。有一次他梦见姑娘来到他的房间,而他正跟弗兰西丝坐在一起,姑娘在他的另一边坐下来,跟弗兰西丝讲起了法语,可是弗兰西丝很生气,没有搭理她。

十五年后的今天,他对另外一个姑娘又有了同样的感觉,因为这个姑娘很像琼。虽然他知道海伦是在胡说八道,但他非常清楚海伦需要的是什么;那正是琼在进疗养院的前一天晚上所需要的东西;那是一种大于生活,而又能超越死亡界限的东西。他觉得自己刚才试图剥夺海伦的幻想也太卤莽了。也许人生是离不开幻想的。格西在月光下的运河边上走着,心想如果下一次能从一个女人身上得到这样的感觉,不论付出什么样的代价他也是心甘情愿的。即使是每小时一百公里的大风也无法吹走他的这种想法。

这时,正当他又掉转头往回走时,他看到路的另一边月光洒落在医生们的住宅上。而他笼罩在阴影的黑暗之中。他把钥匙插进锁里,心头一惊,一股恐惧和虚弱的感觉油然而生。门边站着一个人,背靠着栏杆,两只手垂直地放着,脸色苍白。姑娘站在那里似乎是希望他从旁边路过时不会发现她。格西的心里涌出第一个念头:"是琼,"接下来又一个念头:"她回来了,"最后是越来越不相信:"看来我还没忘记她。"他再看仔细看了一眼,这才看清是谁。

"天哪,是你呀,海伦,"他几乎要动粗了。"你在这儿干吗?"

"嗯,"海伦低声说着,强装笑脸,"你瞧,我这不是被你说服了吗?"

他带着海伦无声地上了楼,心里的一快石头慢慢地落了地。进了公寓之后,他才意识到自己已经是欣喜若狂了。一切都结束了,但是他觉得度过了一次真正可怕的诱惑,是一次为期一生的诱惑。只是别人可能会对此进行错误的解读,他是个很稳重的男人,他本来想说是他的保护神一直在关照着他。

狗娘养的! 雷纳德家族的男人都这个德性,没一个好东西。

初 次 忏 悔

爷爷去世后,奶奶过来跟我们一块儿住,麻烦也接踵而至。即使是在最好的时候,家里住着外人总是有点别扭。但是,更糟糕的是,我奶奶是个农村老太太,不习惯城里的生活方式。奶奶胖胖的老脸上布满了皱纹,最让妈妈生气的是,她总是光着脚丫子在屋里走来走去——她说,穿上靴子脚就疼。晚饭她要喝一小罐黑啤酒,吃一钵子土豆——有时候夹着咸鱼一起吃,她喜欢先把土豆倒在桌子上,然后以手代叉,津津有味地捡起来慢慢地吃。

一般人都说女孩子很挑剔,而我正是女孩子这种缺点的受害者。我的姐姐诺拉巴结奶奶,老东西每个星期五从自己的养老金中拿出一个便士来赏给她。干这种事我可不在行。我的缺点就是太老实了;我跟军士长的儿子比尔·康奈尔一起玩的时候,看到奶奶朝我们这边走来,披巾下面露出那只装酒的罐子,我觉得很丢面子。我找了很多借口不让比尔到我家里去,因为我担心到时候还不知奶奶闹出什么笑话来。

妈妈上班去了,奶奶做的晚饭我一口也不尝。有一次诺拉硬是逼着我吃,我钻到桌子底下,拿着一把切面包的刀子准备自卫。诺拉假装很生气(当然,她不是来真格的,不过她知道妈妈看穿了她的鬼把戏,所以老站在奶奶一边)跟在我后面撵。我举着刀子朝她猛扑过去,过后她就不再来惹我了。我待在那里直到妈妈下班回来,重新给我做饭。可是过一会儿,爸爸回来的时候,诺拉故意一惊一乍的,说:"爸,你知道杰基吃晚饭又做了什么吗?"接着,她自然把我的所作所为都抖搂了出来;爸爸狠狠地揍了我一顿;妈妈过来干预,此后一连几天爸爸不跟我说话,妈妈也不搭理诺拉。这一切都怪那个死老太太!天知道,我的心灵受到了莫大的伤害。

后来,我的厄运达到了顶峰。我被迫去做初次忏悔,参加初次圣餐。是一个叫瑞安的老太太为我们张罗的。她跟奶奶年纪差不多,日子过得很滋润,住在蒙特诺蒂的一栋大房子里,总是头戴黑色的女帽,身披黑色的斗篷,每天下午三点钟我们快放学的时候到我们学校来,跟我们讲地狱的故事。她本来是可以讲天堂之类的地方的,但是地狱在她心头占据了首要地位,所以其他的地方只是偶尔提及。

她点亮蜡烛,拿出一枚崭新的半克朗①硬币,哪个孩子最先伸出一个指头——仅仅只是一个指头!——在蜡烛的火苗上放上五分钟(按学校的那架大钟记时),她就把这枚硬币赏给谁,因为这样他就不会惧怕全身永久地在地狱的火炉里煎熬了。"永远也不怕了!想想看!人的一生匆匆而过,其中所受的痛苦只是你全部磨难的大海之一滴。"这个老太太讲起地狱来还真逗,不过我的注意力都集中到那枚半克朗的硬币上了。下课后,她把硬币放回钱包里。这真是让人沮丧;一个这么虔诚的老太太,你怎么也想不到她会对半个克朗那么上心。

还有一次她说她认识一个神甫。这个神甫一天晚上醒来发现一个陌生人依偎在他的床尾。神甫有点害怕——这也是很自然的事情——不过他问那个伙计想要干什么,那个伙计用他那低沉而沙哑的声音回答说,他要去做忏悔。神甫说这个时候不方便,天亮了再去不行吗?可是那个伙计说上次做忏悔的时候他隐瞒了一件事,因为当着生人的面难以启齿,事后他心里很难受。这时神甫明白了这件事非同寻常,因为这伙计不仅做忏悔时态度恶劣,而且还在犯另一个致命的罪过。他起床穿好衣服,这时外面院子里的鸡开始啼叫。喔唷,神甫环顾四周,那个伙计不见了踪影,只闻到一股木头燃烧的气味。神甫看看自己的床,那上面不正是两只烧焦的手印吗?原因是那个

---

① 价值相当于十二个半便士。

伙计做忏悔时态度很恶劣。这个故事在我的脑海里留下了深深的烙印。

不过最可怕的还得算她向我们展示如何检讨自己的良心。我们是不是无缘无故地提到过上帝的名字？我们是不是孝顺自己的父母？（我问她这一条包不包括爷爷奶奶，她说包括。）我们爱护邻居是不是像爱护自己一样？（说到这儿，我想起诺拉每个星期五得到一个便士的奖赏。）我认定自己不是在做这件事就是在做那件事的时候违反了摩西十诫①，而这一切都得怪奶奶这个老东西，只要她待在我们家，我除了违反戒律之外就甭想干别的了。

我对忏悔怕得要死。那天全班同学都去了，我假装牙痛，希望别人不会注意到；但是到了三点钟正在我庆幸自己没事了的时候，瑞安夫人派人送来一个口信，我星期六得独自去做忏悔，然后跟其他同学一道到教堂里去参加圣餐。更糟糕的是，妈妈不能去，让姐姐代替她跟我一起去。

姐姐折磨我的种种手段是妈妈连想也想不到的。我们俩下山的时候，姐姐握着我的手，悲哀地微笑着，说是为我感到惋惜，仿佛她这是送我进医院做手术似的。

"哦，上帝保佑！"姐姐低声说道。"你这么不听话，我真为你感到羞愧！哦，杰基，我为你心里都在流血呀！你什么时候能够想一想自己的罪过呢？到时候别忘了告诉神甫你踢奶奶小腿肚子的事情。"

"放开我！"我喊叫着，拼命从她手上挣脱出来。"我压根就不想去做什么忏悔。"

"可是，做忏悔你是非去不可的，"姐姐还是用刚才那种惋惜的口吻回答说。"要是不去，教区的神甫会找上门来的。凭上帝发誓，要说我不为你感到羞愧那是不可能的。记得那一次你在桌子下面拿着刀子要杀我吗？还有你当时骂我的那些话？杰基，我也不知道神甫会怎样对待你。他可能要把你上交给大主教。"

---

① 指《圣经·旧约全书·出埃及纪》中上帝面授给以色列人的领袖摩西的十条戒律。

我记得当时心里很难受,因为姐姐所知道的还不及我要忏悔的一半多——如果我真的全部都忏悔出来的话。我知道我不会对神甫和盘托出的。我很清楚瑞安夫人的故事里,那个伙计忏悔罪过时为什么态度那么恶劣;在我看来,大家对他不依不饶的,实在是太过分了点。我至今还记得教堂背后那座小山和陡峭的山坡,记得河谷那边洒满阳光的山腰。看着河谷两岸的房屋,我就像是亚当向乐园抛去了最后一瞥。

随后,姐姐连哄带拖地把我拽到教堂的院子里,声音突然一变,露出了她恶魔的本色。

"到了!"姐姐得意地尖叫着,把我猛地推进教堂门里边。"但愿神甫命令你背诵《七首悔罪诗》①,你这个小畜生!"

这时我知道自己完了,准备好了接受永恒的审判。身后那扇镶嵌着彩色玻璃的门吱呀一声关上了。阳光没了,四周一团漆黑,外面还在呼呼地刮着大风,里面的寂静犹如冰块在我的脚下碎裂。姐姐坐在我前面忏悔室的旁边。她的前面是两个老太太,一个恶魔般的家伙走过来把我揉到另一边,这样我即使有那个胆子也跑不了了。这个家伙双手交叉,朝屋顶骨碌着眼珠子,嘴里无限痛楚地呼吸着空气,我真想知道他是不是也有个奶奶。只有奶奶才能把你折腾成这副要死不活的模样,不过他比我要强一点,因为他至少可以忏悔自己的罪过,而我做忏悔的态度恶劣,忏悔完了当晚就会死去,然后灵魂回到阳间,焚烧别人的家具。

轮到姐姐了,我听到有个什么东西喳啷一声响,随后她开始说话。她的声音就像是嘴里含着一块融化不了的黄油,接着又是喳啷一声,她就出来了。天哪,女人就是这样虚伪!她低垂着眼睑,耷拉着脑袋,双手交叉放在肚子上,像圣女一样从过道走到旁边的祭坛上。你从没见过谁做祈祷时这样张扬;我记起从家里出门一路上她

---

① 指《圣经·旧约·诗篇》中的第六、三十二、三十八、五十一、一百零二、一百三十和一百四十三首。

折磨我的凶样子,心里直犯嘀咕:信教的人都这个德性吗? 现在该我了。我带着被打入地狱的恐惧走了进去,身后忏悔室的门自动关上了。

里面黑乎乎的,看不见神甫,也看不见别的东西。这时我真的害怕了。黑暗之中只剩下上帝和我了,而上帝主宰着一切。不等我开口他已经知道我的心思了;我是无能为力的。以前关于忏悔的种种传闻交织在我的脑海里,我在一堵墙前面跪下来说:"保佑我吧,神甫,我犯下了罪过;这是我的初次忏悔。"我等了几分钟,但是什么动静也没有。于是,我又面对着另一堵墙进行忏悔。也是没有任何反应。不管怎么说,反正上帝是看得见我的。

很可能就在这个时候,我注意到了一个架子,跟我的脑袋一般高,那是大人放手肘的地方,可我在心烦意乱之中以为那可能是膝盖跪下去的地方。当然,那玩意儿在忏悔室较高的那一边,也不是很深,而我是很会爬墙的,所以我没费多大的力气就爬上去了。难就难在要在那上面跪着不动。那上头是只够放两个膝盖的平面,没有让你手抓的东西,再上面一点有一块类似模具的木头。我抓住那个模具,大声地重复刚才的忏悔词,这一次还真有回应。一个滑动装置哐啷一声朝后移动;一束细小的光亮射进忏悔室,一个男人的声音问:"里面是谁?"

"是我呀,神甫,"我说着,担心他看不见我又走了。我看不见他。发出声音的那个地方是在模具下方,跟我的膝盖持平,于是我紧抓住模具,身体摇晃着倒吊下来,看到一个年轻的神甫正惊讶地仰望着我。他只有偏着脑袋才能看见我,我的脑袋也只有偏到一边才能看见他。于是我几乎是倒立着跟他进行对话。我觉得这种聆听忏悔的方式很古怪,但自己没资格对此妄加评论。

"保佑我,神甫,我犯下了罪过;这是我的初次忏悔,"我一口气把这几句话统统讲完,然后把自己的身体移到光线较亮一点的地方,这样他更容易看见我。

"你在上面干吗呀?"神甫气愤地喊道。我因为要向他表示礼貌,抓模具的双手很费劲,再加上他用这种粗暴的态度跟我讲话,我气得实在坚持不住了,手一松,重重地在门上碰了一下之后仰面倒在了过道的中间。在这里等候的人张口结舌地站起来。神甫打开中间忏悔室的门,把头上的法冠往上推到脑后,那模样难看极了。接着,姐姐跳着脚走下过道。

"哦,你这个小畜生!"她说。"我知道你会捣乱的。我知道你要给我丢脸的。我的眼睛离开你一分钟你就给我闹出乱子来了。"

我还没站稳脚跟做出自卫的姿势,她就弯腰给了我一记耳光。我给吓昏了头,连哭都忘了,所以周围的人以为打得还不够重,可实际上这一记耳光差点要了我的命,我大吼了一声。

"这是怎么回事?"神甫说话时发出嘶嘶的声音,脾气比任何时候都大,他一把将诺拉从我的身上推开。"你这泼妇怎么敢这么打孩子?"

"可是他妨碍我不能做忏悔呀,神甫。"诺拉大声说着,眼睛睁得大大的,仰望着他。

"嗯,那你就去做吧,不然的话我要你多做几次了,"神甫说着,向我伸出一只手。"你是去做忏悔的吗,可怜的孩子?"他问我。

"是呀,神甫,"我抽泣着说。

"哦,"他很尊敬地说,"像你这样身强力壮的人一定有很多罪过。你这是初次做忏悔吗?"

"是的,神甫,"我说。

"那就更糟了,更糟了哇,"他神情阴郁地说。"一辈子的罪过。不知道今天你能不能忏悔得完。你最好等那些年纪大的人做完了再去做。你看那些人的脸色就知道他们要忏悔的罪过并不多。"

"那我就等吧,神甫。"我说着,心头涌起一股类似喜悦的情感。

这一下我心里一块大石头落了地。诺拉从神甫的背后朝我吐舌头,我也懒得去回应她。神甫一开口你就知道他的文化程度非同小可。等我有时间去考虑这个问题的时候,我意识到自己的看法是正确的。一个长到七岁才第一次去做忏悔的人,要忏悔的罪过肯定比每个礼拜去忏悔的人多一些,这一点自不待言。就像神甫所说的,是一辈子的罪过。也正如他所期待的那样,老太太和姑娘们一边格格地笑着,一边议论着地狱、大主教和七首悔罪诗。她们知道的仅此而已。我开始检讨自己的良心,除了跟奶奶闹的那些别扭之外,其实也并无大过。

这一次忏悔的时候,神甫亲自把我带进忏悔室,让百叶窗开着,这样我可以看见他走进去,然后他自己坐在铁栅栏离我较远的那一端。

"嗯,好了,"他说,"大家怎么称呼你?"

"管我叫杰基,神甫,"我说。

"杰基,你有什么揪心的事呀?"

"神甫,"我说着,觉得最好还是趁他心情好的时候,把这一切都说出来得了。"我曾经准备杀奶奶。"

他听了似乎有点震惊,因为他好大一会儿没说话。

"我的上帝啊,"他最后终于开了口,"这可是件惊人的事呀。是什么把这个想法灌进了你的脑子里?"

"神甫,"我说着,为自己的行为深感内疚,"那个老太婆坏透了。"

"是吗?"神甫问道。"她做了哪些坏事呀?"

"她喝黑啤酒,神甫。"我说着,想起妈妈说过喝酒是一件致命的罪过,心里盼着神甫会对我产生同情。

"哦,我的上帝!"他说,我看得出来他给我的话打动了。

"她还吸鼻烟呢,神甫,"我说。

"杰基呀,那不用说,是很坏的事情,"他说。

"她还赤着脚走路,神甫,"我自怜自悯地抢着说,"她知道我不喜欢她,把钱给诺拉,不给我,我爸站在她一边,经常揍我,一天晚上我太伤心了,决定非宰了她不可。"

"那你当时打算怎么处理她的尸体呢?"他饶有兴趣地问。

"我想先把尸体砍成碎块,然后用我们家的独轮车推出去,"我说。

"哎呀,杰基,"他说。"你知道吗,你是个坏孩子?"

"我知道,神甫,"我说,因为我心里也是这么想的。"我还在桌子底下用切面包的刀子杀诺拉,结果刀子砍偏了。"

"就是刚才打你的那个小姑娘吗?"他问。

"是的,神甫。"

"将来某一天会有一个人拿着切面包的刀子去砍她的,这个人不会砍偏的,"他很神秘地说。"你的胆子一定不小。咱们俩说句悄悄话,有许多人我都想杀掉,但是又不敢。绞刑是很惨的一种死法。"

"是吗,神甫?"我非常感兴趣地问——我一直对绞刑是非常害怕的。"你看到过有人被绞死吗?"

"数以十计,"他神情严肃地说。"那些人死的时候大喊大叫的。"

"唷!"我说。

"哦,那种死法真惨!"他带着很大的满足感说。"我见到过的人中,有很多人也杀了他们的奶奶,不过他们最后都说不值得。"

就这样他跟我交谈了十分钟,然后跟我一起走出教堂的院子。跟他分手的时候我是真心的难过,因为在我见过的宗教界人士中他是最逗的一个。在外面,教堂的阴影过去之后,阳光就像海滩上咆哮的大浪,照得我眼花目眩;结冰一样的寂静融化之后,我听到路上有轨电车的嘶鸣,此时我的心飞了起来。现在我知道自己不会死了,当然灵魂也不会回来在妈妈的家具上留下痕迹。如果是那样的话,妈妈会很着急的,可怜的妈妈为我操的心还少了吗。

姐姐坐在栏杆上等着我,看到我跟神甫走在一起,她酸溜溜地撇起嘴巴。她很嫉妒,因为从来没有哪个神甫陪她走出教堂。

"哼,"神甫走了之后,她冰冷地问。"他给了你什么?"

"三声万福玛利亚,"我说。

"三声万福玛利亚,"她不相信地重复着我的话。"你一定什么也没告诉他。"

"我把一切都告诉他了,"我很自信地说。

"奶奶的那些事都跟他说了?"

“都跟他说了。”

（原来她希望回家告诉家里人说我做忏悔时态度恶劣。）

“你告诉他你拿着刀子要杀我了吗?”她皱着眉头问。

“我当然告诉他了。”

“而他只给了你三声万福玛利亚?”

“没别的。”

她神情沮丧地从栏杆上下来。显然,这是姐姐没有料到的。我们俩登上台阶回到大路上的时候,她疑惑地看着我。

“你嘴里在嚼什么?”

“薄荷糖。”

“是神甫给你的吗?”

“是的。”

“上帝啊,”她辛酸地抱怨着说,“有些人就是走运! 看来行善并没有什么好处。我还是跟你一样做一个罪人得了。”

圣 诞 节 的 早 晨

　　我从来就没有真心喜欢过弟弟索尼。打他还是婴儿的时候起，他一直是妈妈的宝贝，总是追赶着妈妈，告诉她我又在搞什么恶作剧。不过，我也的确是在搞恶作剧。我十来岁的时候，学习成绩不怎么好，想到弟弟读书那么聪明心里很不是滋味。而他似乎凭直觉就知道这正是妈妈所期盼的，几乎可以说他全靠自己的本事讨得了妈妈的欢心。

　　"妈咪，"弟弟说，"我可以喊拉里进来喝茶—了吗？"或者说："妈咪，水—壶—烧开了。"当然如果哪个单词他说错了，妈妈就给他纠正，而他下一次再说这个单词时就不会错了，反正妈妈对他的错误是不会置之不理的。"妈咪，"他说，"我拼读单词还可以吗？"哎哟，要是都像他这个样，谁不会拼读单词呀！

　　听好了，这可不是因为我笨。根本不是的。我只是好动，不能长时间地把注意力集中到一件事情上。我不是复习去年的旧功课，就是提前预习明年的新功课：就是不喜欢今年正在学的功课。到了晚上我就出去跟多尔蒂家的那帮孩子玩。这也不是因为我顽皮，而是因为我喜欢热闹。不管怎么说吧，反正我不明白妈妈为什么对上学读书之类的事情那么感兴趣。

　　"你就不能先做完作业再去玩？"妈妈说着，气得脸色发白。"你羞不羞啊，连这么小的弟弟都不如。"

　　妈妈似乎不明白我为什么不感到羞愧，因为在我看来读书这种事没什么了不起的，只有像弟弟这种女里女气的男孩子才适合去干。

　　"天晓得你将来会成为一个什么样的人，"妈妈说。"你要是一门心思地读书,将来没准弄个职员或者工程师什么的干干。"

"我要当职员,妈咪,"索尼沾沾自喜地说。

"谁想当个老职员?"我说着,故意要烦他。"我要当军人。"

"天晓得,恐怕你也只适合当兵,"妈妈说着叹了一口气。

有时候我不由自主地觉得妈妈有点神志不清。好像自个儿将来还不止那样的出息呢!

到了圣诞节,白天变短了,商店里买东西的人也多了,我开始琢磨着圣诞老人会给我送什么样的礼物。多尔蒂家的几个孩子说没有什么圣诞老人,礼物全是你爹妈给的,不过多尔蒂家的孩子很顽皮,圣诞老人当然不会到他们家去的。我到处搜寻有关圣诞老人的信息,但这样的信息似乎并不多。我不是会写字的材料,不过如果写信能起什么作用的话,我倒是很想给圣诞老人写封信试试。当时我的点子可多了,在学校里我一口气写出来的东西经常被老师当做范文,还写过有关我们学校的简介呢。

"呵,我不知道圣诞老人今年到底来不来,"妈妈带着焦虑的神情说。"他只关心那些学习用功的孩子,别的孩子他是不去理会的。"

"他只给会拼读单词的孩子送礼物,妈咪,"索尼说。"对不对?"

"凡是用功的孩子他都会去送礼物,不管是不是会拼读单词。"妈妈满有把握地说。

嗯,我很用功啊。上帝晓得,我是很用功的!圣诞节放假前四天,弗洛格·道利老师给我们布置了几道做加法的算术题,我们都不会做,于是我和彼德·多尔蒂逃了学,可那也不能怪我们哪。我们不是因为喜欢逃学才逃学的,就拿我来说吧,十二月份是不适合逃学的,大部分时间你得到码头上的一家店里去避雨。我们俩错就错在以为可以熬到放假,这样老师就不会发现。这证明我们俩是缺乏前瞻性的。

当然,弗洛格·道利老师还是发现了,给我们家捎了个信,问我不去上学在家里干什么。第三天,我进屋的时候妈妈那模样令我终身难忘,她说:"晚饭给你准备好了。"她气得说不出话来。我想跟她解释老师布置的加法题太难,她挥手止住我,说:"没你说话的份儿。"我明白了妈妈气愤的不是我逃了学,而是我撒了谎,不过我就不明白:你不撒谎怎么能逃学。一连好几天,妈妈不跟我搭腔。即使是在当时我也不明白她是怎样看待上学读书这件事的,不明白她为什么不让我跟别的孩子那样自然而然地成长。

更糟糕的是,弟弟比任何时候都趾高气扬。他那模样好像是说:"这个家要是没了我,谁也不知道会成什么样子。"他在大门口,靠着门框站着,学着爸爸的样子把双手插在裤子口袋里,对着过路的孩子大喊大叫,他的声音老远都能听见。

"不准拉里出门了,他跟彼德·多尔蒂一起逃学,我妈都不理他了。"

晚上大家都上床睡觉,他还在喋喋不休地说个没完。

"呵哈,今年圣诞老人不会给你送礼物喽!"

"他会送的,"我说。

"你怎么知道?"

"他干吗不给我送呢?"

"因为你跟彼德·多尔蒂一起逃了学。我是不跟多尔蒂家的孩子玩的。"

"是人家不跟你玩。"

"是我不跟他们玩。他们不够档次,他们在家里还玩娃娃呢。"

"圣诞老人怎么知道我跟彼德·多尔蒂一起逃了学?"我怒吼着说,没耐心跟这个小宠物啰嗦了。

"他当然知道喽。妈咪会告诉他的。"

"他在北极那边,妈妈怎么告诉他?咱们可怜的爱尔兰自个儿养的几个圣诞老人还没长大呢。看样子你还是个没长大的老毛孩。"

"我不是毛孩子,我拼读单词比你厉害,圣诞老人不会给你送礼物的。"

"咱们走着瞧,看他给不给我送,"我讥讽他说,同时在他面前摆出圣诞老人的架势。

不过,说真格的,圣诞老人这玩意儿完全是用来吓唬人的。你永远也无法解释这些超人是怎样知道你的心思的。而我在逃学这个问题上良心有点过不去,因为我从没见过妈妈这样对待过我。

　　那天晚上,我心想惟一明智的方法就是亲自去见圣诞老人,向他解释解释,因为他也是人,是能够理解的。当时的我是个很聪明的孩子,在有些事情上很有自己的一套。有一次在商业北街我朝一个老绅士灿烂地一笑,人家就赏了我一个便士。所以我觉得呀,要是能见到圣诞老人,也可以来这一招,没准他会赏给我一个很值钱的礼物呢。我很想要一个玩具铁路:什么鲁多棋、蛇梯棋呀,我玩腻味了。

　　我开始学着躺在床上不睡着,心里数数,开始时数到五百,后来数到一千,一直到尚登教堂传来敲十一点、然后是十二点的钟声。我敢肯定到了半夜圣诞老人就会来,因为他从北方来,南方这么大的地方他都得跑遍。在某些问题上我还真有远见。不过虽说我有远见,但是能见到的东西却不怎么样。

　　我完全沉浸在自己的小算盘上,无暇顾及妈妈的难处。我经常和弟弟一起跟着妈妈去上街。她去买东西的时候,我们俩就站在商业北街玩具店的外面,争论着圣诞节我们喜欢什么样的玩具。

　　圣诞夜爸爸下班回来给了妈妈一些生活费,妈妈迟疑地看着手里的钱,脸色苍白。

　　“嗯?”爸爸抢白她说,火气也上来了。“那怎么啦?”

　　“那怎么啦?”妈妈嘟哝着。“今天可是圣诞夜呀!”

　　“嗯,”爸爸粗暴地问着,双手插在裤子口袋里面,仿佛是护着里面没拿出来的钱,“你以为我圣诞节就能挣得多一些不成?”

　　“天哪,”妈妈心不在焉地嘟哝着。“家里连块蛋糕、一根蜡烛都没有!”

　　“好啦,”爸爸大吼道,狠狠地在地上直跺脚。“买蜡烛要多少钱?”

　　“呵,可怜见,”妈妈大声说,“你给我钱就别在孩子面前跟我争得面红脖子粗的,行不行? 一年也就这么一个圣诞节,我能什么都不给他们买吗?"

"那就算你跟孩子倒霉了吧!"爸爸怒吼着。"我年头到年尾做牛做马就是让你把钱扔到玩具上面去吗?瞧,"爸爸说着,把两个半克朗的硬币抛在桌子上,"就这些了,省着点用吧。"

"剩下的都要交给酒馆老板吧,"妈妈愠怒地说。

后来妈妈去上街,没带我们俩去,回家的时候大包小包的拿了好多,其中就包括圣诞蜡烛。我们等着爸爸回家来喝茶,可是老不见他的人影,于是我们自个儿喝茶,每人吃一块蛋糕。接着,妈妈把索尼放在椅子上,那里搁着一只盛圣水的大酒杯,是用来洒在蜡烛上的。弟弟点亮蜡烛时,妈妈说:"让天堂的光明照亮我们的灵魂。"我看得出来妈妈有点心烦意乱,因为爸爸没在家——因为这句祝福是冲着家里年纪最大和最小的来的。我们把袜子挂在床头上,这时爸爸还没有回来。

接下来是我最难熬的几个小时。我困极了,但是又怕拿不到玩具铁路的礼物,于是我躺在床上,琢磨着见到圣诞老人之后跟他说些什么。有些话得嘻嘻哈哈地说,有些话却要一本正经地说,因为有的老绅士喜欢孩子态度谦逊,口齿伶俐,也有一些老绅士喜欢孩子有勇气。我把这些话排练了一遍,然后想叫醒索尼跟我做伴,但是这小子睡得跟死人似的。

尚登教堂传来十一点的钟声,没多大一会儿我就听到门闩的响动,可那是爸爸回家了。

"喂,娘儿们,"他说着,看到妈妈还在熬夜等他,假装很吃惊的样子,然后格格地笑了起来。"这么晚了在干吗呀?"

"还吃晚饭吗?"妈妈简短地问。

"呵,不啦,不啦,"爸爸回答道。"回家的路上在丹宁家吃了点猪屁股,(丹宁是我叔叔。)我最喜欢吃猪屁股了……天哪,怎么这么晚了?"他大声叫嚷着,假装很惊讶的样子。"要是早知道我就上北区教堂去做夜半弥撒了。我很想再听听那首《谦逊》,那是我最喜欢的圣歌——非常动听。"

说到这儿,他用假嗓子哼了起来。

> 谦逊和忠诚地做人,
> 是拉丁人惟一的家园。①

爸爸非常喜爱拉丁文的圣歌,特别是喝了几口酒的时候,不过他不懂歌词的意思,唱着唱着就自己编起歌词来,妈妈听了很不耐烦。

"呵,真恶心!"妈妈用那种受了伤害的口气说着,关上房门。爸爸大笑起来,仿佛是一个很逗的笑话似的。他划一根火柴点着烟斗,噗噗地大口吐着烟。门缝里的灯光暗淡了下来,然后熄灭了,可他还在充满激情地唱。

> 迪克西米迪罗
> 土屯是惟一的弹屯
> 来到了阿多瑞末②

他把歌词完全唱错了,但是对我来说效果没变。我实在是困得不行了。

拂晓时分我一觉醒来觉得大事不好了。屋子里静悄悄的,小卧房的门底下和半个院子都是漆黑一团。我瞧了瞧窗户外面,这才看见天空中最后一丝银光也不见了。我从床上跳下来,摸了摸自己的袜子,心里琢磨着最坏的事情已经发生了。圣诞老人在我睡着的时候来了,然后带着对我的误解又走了,因为他给我送了一本书之类的东西,是折叠起来的,另外还有一支钢笔、一支铅笔和一包价值两便士的糖。连蛇梯棋都舍不得给我送一副!我惊讶得好长时间脑子不能想问题。圣诞老人能在屋顶上走路,然后能从烟囱里爬下来都摔不着——天哪,难道他就这么不晓事理?

接着我心里直犯嘀咕:索尼这个小狐狸得到了什么礼物呢?我走到床的另一头弟弟睡的地方,摸了摸他的袜子。尽管他会拼读单

---

① 原文为拉丁文。

② 原文为拉丁文的一些毫无意义的音节。

词,又会巴结妈妈,但得到的礼物也好不到哪儿去:除了跟我一样的一包糖之外,圣诞老人送给他一把玩具气枪,就是用弹簧发射软木塞子弹的那种,花上六便士在哪个小卖部都能买到。

不管怎么说吧,那毕竟是一把枪,枪在一个礼拜的任何一天都比书要强点儿。多尔蒂家的几个孩子是一伙的,他们跟草莓胡同的孩子打架,因为草莓胡同的孩子到我们这条路上来踢足球。这只枪对我的用途可大了,但是在索尼手里却是一种浪费,因为那些孩子不跟他玩,尽管他很想跟人家玩。

接下来我突然有了灵感,这种灵感仿佛是从天而降的。比如说我把枪拿走,把书给索尼不是很妙吗!索尼打架可不行,他只会拼读单词。像他那样学习用功的孩子从我那本书里可以学到不少的单词。既然他跟我一样没见到圣诞老人,就不会因为这个而伤心。再说我这么做对别人也没有什么害处;事实上,索尼会明白,我是在帮他的忙,事后他还会感激我呢。我这人哪,就是喜欢帮别人的忙。也许圣诞老人是故意这么安排的,他把我们兄弟俩给弄错了,而这种错误是谁也免不了的。于是,我把书、钢笔、铅笔放进索尼的袜子里,把枪装到我自己的袜子里,然后又上床睡觉了。就像我刚才说过的那样,那时候我的点子可多了。

叫醒我的是索尼,他摇着我的身体,告诉我说圣诞老人来过了,送给我一支枪。我假装很惊讶,假装不喜欢枪,他得意地把那本图画书给我看,把那本书吹上了天。

我知道你跟弟弟说什么他就信什么,他肯定还会把礼物拿去给爸爸妈妈看的。这样一来我的日子就很难过了。自从妈妈因为我逃学对我冷若冰霜之后,我就对妈妈不信任了,我感到聊以自慰的是,我相信能跟我唱反调的只有远在北极的圣诞老人一个人。想到这儿我信心百倍,于是我和索尼一起拿着礼物冲到爸爸妈妈的卧房里,喊道:"瞧圣诞老人给我们送的礼物!"

爸爸妈妈醒了,妈妈脸上的微笑稍纵即逝。她看着我,脸色也变了。我熟悉她这种脸色,太熟悉不过了。那天我逃学回到家时,她说没我说话的份,当时正是这种脸色。

"拉里,"她低声说道,"这枪你是从哪儿拿来的?"

"妈咪,是圣诞老人放在我袜子里的,"我说着,极力装出受到了伤害的样子,我感到困惑不解的是,妈妈是怎么知道枪不是圣诞老人送给我的呢。"是他送的,实话实说。"

"可怜的索尼睡着的时候,你从他袜子里偷来的,"妈妈说着,气愤得声音直打颤。"拉里呀,拉里,你怎么能这么卑鄙呢?"

"得了,得了,得了,"爸爸表示反对,"今儿是圣诞节早晨。"

"呵,"妈妈真的动火了,"你说得倒轻巧。你以为我会让儿子长大后去当骗子小偷吗?"

"呵,姐儿们,什么小偷啊?"爸爸暴躁地说。"讲点道理,行不行?"爸爸不论是心情好的时候还是心情不好的时候,你要是打断了他的话,他都会生气的,而这时他生气很可能是他因为昨天晚上自己的行为不检点而感到内疚,因此脾气比往常更大。"拿去,拉里,"爸爸说着,伸手拿起床头桌上的钱,"给你六个便士,给索尼一个便士。小心这次别丢了!"

可是我看了看妈妈,看到了她的眼神。我失声痛哭起来,把气枪扔在地板上,一边跑一边号啕大哭,来到路上,这时路边的人家都还没起床。我冲出屋子后面的那条巷子,猛地扑倒在潮湿的草地上。

我明白了这一切,但这几乎超出了我的承受范围:原来就像多尔蒂家的孩子所说的那样,压根就没有什么圣诞老人,是妈妈从平时的柴米油盐中省下的几个铜板给我们买的礼物;爸爸是个卑鄙、粗俗的酒鬼。妈妈一心指望我长大了能有出息,帮她跳出火坑,过上好日子。而她那种眼神就是担心我长大之后会像爸爸那样成为一个小气、粗俗的酒鬼。

男 性 原 则

迈尔斯·赖利是个建筑承包商,因为他不会做算术,生意的规模一向很小,也无法扩大。对于一个性情豪爽的人来说,做算术是件要命的事;越算脑子越笨。迈尔斯就是一个性情豪爽的人,长着一身的横肉,笨手笨脚的,遇到了开心的事几乎要哈哈大笑起来,出了什么差错简直就要痛哭流泪。一张脸就像是落山的太阳,身子骨软绵绵的,像是没骨头似的。尽管长得肥胖,却老是忧心忡忡的样子,因为他内心充满了矛盾的想法。他是干活的高手,可再好的活他也会抛到一旁去和人聊天,而再快乐的聊天却又会使他不由自主地产生一种负疚感。"乔,我向加夫尼打了包票,星期六一定从那儿搬出来。我知道我得走;我向上帝发誓,是应该走,我只想找个聪明人谈谈心哪,乔——找个有知识的人聊聊。"

虽然迈尔斯做算术不在行,但是他生女儿有方。他有三个闺女,都是绝色佳人,但是他从来没有意识到自己的真实才能,还常常因为少个儿子而伤心。这是他目光短浅的表现,因为在镇里上学的男孩子没有一个见了他不举起帽子向他致敬的,因为他们都想让迈尔斯记住自己那张长着青春痘的脸,都想有一天他会对女儿们说:"住在圣约瑟夫街的那个英俊小伙子叫什么来着?——是咱们镇里最懂礼貌的一个。干吗不请到家里来玩玩?"谁也不记得他是不是真的跟女儿们说过这样的话,反正说没说都一样,因为如果男孩子的母亲们没有暗示他家的几个闺女很骚的话,那么她们实实在在地说过这几个姑娘很轻浮。很可惜呀,做母亲的都这个样。

这三个姑娘相貌不凡。大女儿叫布里吉德,高高的个子,一副居

194

高临下的架势,活像女隐修院的院长;小女儿叫琼,个子矮小,模样很讨人喜欢,可是二女儿伊夫琳是个老大难。伊夫琳似乎从很小的时候起就放弃了跟姐妹们竞争的可能,而自愿去当假小子,以弥补爸爸妈妈少一个儿子的缺憾。她整天没精打采的,说粗话,喝酒,口音完全是姐妹们嗤之以鼻的土腔。她和蔼可亲的态度赢得了许多残疾人、失业人员和中年鳏夫的好感。其中有一个人给她的求婚书是这样开头的:"亲爱的赖利小姐,自从我妻子五年前去世之后,我就完全失去了希望,以为再也找不到一个像她那样我能深深爱着的女人了,后来我荣幸地见到了你迷人的风采。我有七个孩子;最大的已经十八了,很快就要成家,还有六个也不用我负担。"

接下来出场的是吉姆·皮珀。谁也不记得邀请过他,谁也没逼他再来,但是他来了,而且还赖着不肯走。据说他在家里很不幸福。他的职业是个摩托机械师。母亲开了一个小卖部,空余时间喜欢收藏,大多是一先令或六便士的硬币。这可能就是为什么吉姆一到外面就那么开心的原因。不过,里恩神甫第一个发现吉姆这人生性固执。

里恩神甫也是一个收藏家,白天他从脑子里驱逐出去的漂亮姑娘,晚上又回到他的梦中,在他的梦中漂亮的姑娘都打扮成一英镑的钞票,而那些其貌不扬、模样寒碜的姑娘则打扮成十先令的钞票。对此皮珀太太很震惊,所以每当里恩神甫来收会费她就像一个爱好收藏的同行那样,耍耍小手腕,发发小脾气。当吉姆欠的钱过期没交的时候,里恩神甫觉得还是找吉姆本人更合适,因为他性格很随和,不像他妈妈那样对别人满肚子的嫉妒和怨恨。

吉姆立马就同意由他来缴纳会费。他拿出钱包,从里面抽出一张十先令的钞票。对于一个体力劳动者来说十先令可不是小数目,至少比他妈妈交的多出了三倍,但是看到钱喜欢挑剔的里恩神甫不由得全身一颤。就像我刚才说过的那样,他把十先令的钞票与模样寒碜的姑娘联系在了一起。

"吉姆,"神甫耍无赖地说,"我想你应该给张一英镑的票子。"

"那恐怕不行,神甫,"吉姆很尊敬地说,他极力想看着神甫的眼睛,可那是很不容易的事情。

"当然喽,吉姆,"神甫用一种悲哀的腔调说,"你交多交少对我来说都一样;我不会去动一个便士;但是如果我收了你的钱,我自个儿就找上麻烦了,而这不是我所希望的。"

"我敢说不会的,神甫,"吉姆说。虽然他已经面红耳赤,但在神甫面前还是必恭必敬的。"我也不强迫你。"

于是,里恩神甫趾高气扬地离开了吉姆的家,他那神态仿佛是为了维护原则付出了巨大的自我牺牲。可是当天晚上他想啊,想啊,最后,一个满脸病容、体态风骚的十先令的钞票变成了一个红光满面、千娇百媚的十七岁的处女。于是他又来找吉姆收那张钞票。

"别在其他人跟前提这事啊,"神甫用信任的口吻低声说。"我把这事给你敷衍过去得了。"

"圣诞节的会费您就收了得了,神甫,"吉姆说着,浅浅地一笑,显然他没有意识到神甫给他的这个人情。"今年复活节的会费我交了,您没肯收。"

里恩神甫满脸通红,简直想揍吉姆了。他是个脾气暴躁的人;情侣之间的争吵结束了,双方言归于好,事情马上就了结了;神甫看着自己美丽的十先令钞票跟另外一个男人待了一个晚上!

"对不起,我没听懂你的意思,"神甫抢白对方说。"我还以为自己是在跟一个善良的基督徒说话呢。"

神甫再也忍不住了。他太仓促,太仓促了!这是像娇嫩、活泼的女人一样的十先令钞票哇!里恩神甫回家后想啊,想啊,越想自己的算盘打得越糟糕。他想募集一笔款子来维修教务评议会的屋顶,但又觉得大主教很可能只会派本教区的建筑师来。这些大主教跟其他的东西一样都今不如昔了。他们的身上没有任何权威,也从没有开除教籍的先例。两个礼拜之后他又来找吉姆。

"吉姆,小伙子,"他低声说,"月底我想请你去参加一场音乐会。"

吉姆不怎么会唱歌;只有像神甫这种情感受到了创伤的人才认为他会唱歌。不过他是个脾气倔强的人,他确信里恩神甫是不择手段地要他的钱来了。

"好吧,神甫,"吉姆平和地说。"给我多少费用?"

"费用?"里恩神甫喘了一口气。"什么费用?"

"在音乐会上唱歌的报酬啊。"

不给钱吉姆是一个音符都不会去唱的!一向思想自由的里恩神甫从来没碰到过这种事情,这是世俗对大主教们谨小慎微的反应,他觉得这至少让他明白了伏尔泰① 当年一定就是这样的人。费用!

迈尔斯·赖利喜欢讲这个故事,并不是因为他反对教会,而是因为他是一个性情豪爽的人,觉得自己桎梏在生活的卑鄙龌龊之中。"上帝呀,我喜欢这个人!"他嘟哝着,又去喝酒。"是一个人,不是一个针垫子,"他补充了一句,喝了一口水,眼睛带着凶光移开了。他喜欢吉姆因为吉姆很像他心目中的儿子。伊夫琳和吉姆订婚的时候,他深受感动。"俺们家最好的丫头给你选中了,"他满含热泪地对吉姆说。"上帝啊,我是不会批评哪个丫头的,三个丫头我都疼,但是伊夫琳要出众一些。她虽然有点小脾气,可是没那么一点脾气的人又有什么好的呢?"

他在姑娘们跟前也是这么议论吉姆的,姑娘们很浪漫,对他的话没怎么在意,就连伊夫琳本人也是这样。他对那几个跟姑娘们交往的小伙子都没有什么好感;有的是站柜台的;有的是银行职员,身上背着法兰绒的包,穿着运动服;有的喜欢打网球;有的是茶话会上的招待员,端着装满了三明治的盘子走来走去,"你们来点这个吗,来点那个吗? 请吧。"天哪,跟这种人过日子,谁受得了哇? 吉姆每个礼拜从工资中拿出十先令给伊夫琳,存到活期存款账户中,为婚礼做准备,迈尔斯就用这事给丫头们上了一课。你们瞧,这才是个会过日子的好生意人——男子汉,真正的男子汉——不像那几个穿运动服,背法兰绒背包的,他们没准还会跟姑娘们要十先令呢。等伊夫琳攒到二百个先令的时候,他会亲自给他们俩建一栋房子。这栋房子是她

---

① 伏尔泰(1694—1778),法国作家。

们从没见过的,很新潮,使用很多省料的技巧,但毕竟还是一栋房子,不是一个挤得满满的盒子。姑娘们很开心地听着,她们很喜欢爸爸发牢骚,讲怪话,但是听了之后也从不往心里去。

"你也不知道自己一头钻到什么样的黑洞里了,"伊夫琳冷冷地对吉姆说。"你跟我订了婚,要娶的却是我爸。一个人的最大错误莫过于跟岳父岳母打得火热。"

事实上,吉姆在岳父面前比在姑娘们面前更吃得开。当然喽,姑娘们并没有老想着自己家里原本就没有的儿子。伊夫琳很喜欢吉姆,如果有机会她简直能爱上吉姆,不过她在两个姐妹跟前有一种自卑感,所以听了她们俩的批评就格外上心。而她的两个姐妹也不明白她是看上了吉姆身上的什么,在她们俩看来,吉姆大不了就是一条可怜的鱼,因为在自己家里不开心就游到她们家来,而每个礼拜十先令又在他的自画像上做了最后的润色。一个有感情的女孩怎么会愿意跟一个每周省出十先令为婚礼做准备的男人走呢,姑娘们觉得这有点离谱。伊夫琳极力为吉姆辩护,但是暗地里她又觉得姐姐和妹妹说的也有道理,觉得自己和往常一样得到了生活中比上不足,比下有余的东西:一个为人正直,但是不修边幅的穷机械工,是姐姐和妹妹不屑一顾的。

到了圣诞节,伊夫琳拿着一个礼拜节衣缩食省出来的钱上街去买东西。她钻到一群在都柏林打工回家过节的人群里,跟他们一起喝酒。她老是说家里的钱都给她拿来了,她要好好地买一些东西回去。但是,她们赖利家的人都是这个德性:雷声大,雨点小;喜欢嚷着要做什么,结果又不去做。周围的伙计都说她是个怪人。伊夫琳最后把钱都花光了,只买了原计划一半的东西。回家后布里吉德掴了她一个耳光。

伊夫琳恨不得宰了布里吉德,但是她也不敢来真格的。结果她走进自己的房间哭了起来。后来吉姆来了,跟她一起去做夜半弥撒。他跟伊夫琳一样也喝醉了,所以说起话来少了那么点温情,只会就事论事。他非但没有去安慰伊夫琳,反而责备她太不讲理了。

"天哪,"他声音很低,但完全是一副演讲的架势,"还不是你自找的?可怜的布里吉德在家里准备圣诞节,你倒好,跑到约翰尼·德斯蒙德的酒馆里去跟什么卡瑟利呀,多伊尔呀,还有懒汉莫里斯这些人一起喝得个烂醉如泥。那她当然要生气了。"

"好了,"伊夫琳说着,怒火中烧。"跟往常一样,都是我的不是。"

"没有什么往常不往常的,"吉姆继续跟她讲道理,但收效全无。"你不知道自己还有这么一个好姐姐。大姐如母嘛。她就是你的母亲!我还真希望有这么一个母亲呢。"

"你会有的,"伊夫琳怒不可遏。

"可我不配有这样的母亲哪,"吉姆说着露出病态的谦卑。

"既然你不配有她,也就不配有我。"

"我从来也没说过配得上你。你还不就此打住,去做弥撒?"

"去见你的鬼去!"伊夫琳抢白道。

整个圣诞节期间,伊夫琳都在想着吉姆,想着自己软弱的性格,想着自己倒霉的命运,节后那一天她带着圣诞过后万事从头起的心情,心里仍然觉得在这个世界上没有人看得起自己,于是,她取出吉姆的存款,坐上了去伦敦的船。赖利家有朋友在伦敦,这家人姓罗南,是个拼凑起来的家庭,原来住在山冈子上,后来匆匆忙忙地搬走,去了伦敦。

可以说这是一件丑闻!只有琼一个人为伊夫琳说了句公道话,她说虽然伊夫琳把钱偷走固然是不对的,但是要逃避一场不可能的婚姻,逃跑是惟一体面的做法。不过,尽管琼讨厌吉姆,但她喜欢浪漫,喜欢凑热闹。在大姐如母的布里吉德心目中,浪漫的色彩自然淡化了一点,她知道自己有责任把琼从爸爸的手中夺过来,而要这么做的难度又加大了十倍,因为周围的人都议论纷纷,说赖利家的三个姑娘果然像那些男生的母亲所说的那样轻浮。

至于迈尔斯,他当然很心痛,而他又是一个生性很容易心痛的人。"到咱家来的就他一个很体面,"他双手捧着脸说,"可我的女儿居然抢了他的钱。天哪,你说,布里吉德,这是不是太狠心了点?"接着他一边抽泣,一边自言自语。"我喜欢那个小伙子。我喜欢他就像他是我自个儿的儿子一样。我本来打算跟他一起幸福地度过晚年的。我还打算好了给吉姆建一栋小屋子——一切都完了!"然后他用拳头擂着墙壁,大声喊道:"上帝啊,要是我逮住了伊夫琳,非掐死她不可! 伊夫琳哪,伊夫琳,我万万没想到给我丢脸的是你呀。"

吉姆的反应就像你能预料的那样。他最关心的是迈尔斯。他领着迈尔斯出去喝酒的时候,老家伙热泪盈眶,伸出五个像钳子一样的大爪子,然后无声地捏紧,就像女儿的脖子在自己掌心里似的。

"我要像这样对付她,吉姆,"他说。

"呵,你还在惦记着那事!"吉姆用责备的口吻说。

迈尔斯闭上眼睛,连连摇头。

"除此之外,我还能做什么呢?"他问道,那模样差不多快要哭了。"我不是为了那笔钱,吉姆;不是为了那笔钱哪,孩子。钱,我是要还给你的。"

"你千万别那么做,"吉姆平静地说。"那是伊夫琳和我之间的事。跟你没关系。"

"不,不,这是我的责任,完全是我的责任哪,吉姆,"迈尔斯痛苦地哭着,身体晃来晃去的。吉姆那意思是说不是他的责任,所以他很生气。如果他手头有那些钱,他宁愿立刻还吉姆十倍,也不愿像现在这样心里背上这个负担。吉姆知道他的脾气:说起来好听,但就是不肯去做,也不打算去做。几个星期之内他就改口答应给吉姆帮忙建一栋房子,让吉姆再去找一个姑娘来替代伊夫琳。可是吉姆压根就没这么想。一连几个月他天天喝得烂醉如泥。

后来流言蜚语渐渐少了,吉姆也不去赖利家了,谁也不再提要还他九十英镑的钱这一茬儿。就在这时,伊夫琳回来了,而且有一点毫无疑问:她是天没亮的时候从后门偷偷溜回家去的。她身穿一套崭新的特制衣服,头戴一顶像花环一样的帽子,坐小汽车回来了。布里吉德看见她给司机付钱,看见她显得很老,神情阴郁。

"我估计那笔钱就剩下这些了,"布里吉德刻薄地说。

"什么钱?"伊夫琳问道,立刻进行自卫。

"怎么啦? 你还拐走了别人的钱?"布里吉德问。"还问什么钱?"

"那件事早过去了,"伊夫琳傲慢地说。"我要还给他的。我想我能找个工作,你说能不能?"

"我想能吧,"布里吉德说。"除非吉姆·皮珀给你写一份品德证明书。"

迈尔斯站起身,迈着沉重的脚步上了楼。他非常烦躁,告诉布里吉德说,他要亲手宰了伊夫琳。布里吉德尖刻地说最好还是用一根棍子,听了这话他更来气了。他跟布里吉德说他不喜欢别人这样跟他说话。他的确也是不喜欢。事实的真相是,迈尔斯处于一种进退两难的局面。自从伊夫琳出了那件事后,布里吉德说话老带着训人的口气,非常像她妈妈,而这是有潜在危险的。跟她妈妈不同的是,她说话的那种口气不会因为你的奉承和爱抚而改变,也不会因为你的眼泪而软和下来。这个姑娘老要爸爸起居守时,尽管他肩负着一家人的重担,但是劳累一天后布里吉德却又不准他跟一家人一起聊天。布里吉德生性心硬;她从来没想到爸爸生活在怎样的重负之下。

尽管伊夫琳做错了事,但她在这一点上比姐姐要强。尽管她性格软弱,做了小偷,应该掐死,但是她知道父亲喝醉了酒心中有愧,不需要别人的提醒,因此她跟父亲说话时格外小心。迈尔斯也记得他曾经发誓决不让伊夫琳再踏进这个家的门槛,可是,她毕竟是自己的女儿,再说——这是他不愿讲的话——他看到女儿回来了还是很高兴的。

琼也很开心,她的开心溢于言表。她在跟一个银行职员谈恋爱,这个小伙子名叫本·亨尼西,人长得很帅,但脾气特大;尽管布里吉德对本·亨尼西态度冰冷,但她跟琼仍然是形影不离。布里吉德自己跟一个名叫康西丁的布商好上了,两人是老相识。大凡布商都是很讲体面的,所以她也不敢提婚事,去冒那个风险。她们赖利家的姑娘们就是死爱面子。她那刀子似的舌头一次又一次地挑明:这个家容不得伊夫琳。琼觉得大姐这么做很恶心。

此外,对于琼来说,伊夫琳描述自己在伦敦的情形是令人开窍的经历。伊夫琳对自己,对生活感到恶心的同时,似乎有过一场卑鄙龌龊、愚不可及的风流韵事,而她陷入到这场风流韵事之中去的目的仅仅是为了进一步地伤害自己。就在她意识到与自己谈恋爱的那个男人蔑视她就像自己蔑视自己一样的时候,她跟人家吹了,回到了家里。琼把这归咎于姐姐不幸的性格,认为姐姐没有能力从生活中去收获最好的结果。在伊夫琳看来,她本来是可以不走这一步的。她本来是不应该让任何一个男人蔑视自己的;而她自己也本来是决不会蔑视自己的,本来是在任何情况下都不会回家的。琼也想离家出走,目的就是想让二姐瞧瞧该怎么个出走法。

但是伊夫琳还有一件事需要费心去思考。她得面对吉姆。这是她所生活的这个小镇对她进行的一系列测试之一,是无法回避,事先也无法预料的。一天晚上,她去拜访一个朋友,在回家的路上碰到了吉姆。当时也躲避不及。吉姆吓了一跳,但强作镇静,举起帽子停下了脚步。伊夫琳也停了下来。等到她面临测试的时候,发现自己无法从吉姆的面前走过去;她是个性格软弱的姑娘。

"你好,伊夫琳,"吉姆用惊讶的口气说。

"你好,"她声音哽咽着回答道。

"回来度假吗?"他问——仿佛他不知道似的!

"不是,是再也不走了。"

"想家了吗?"他又问了一句,完全是没话找话说。

"呵,看在上帝的分上,"她突然失声痛哭起来。"如果你想跟我谈谈,咱们找个地方吧,别在这儿让全镇的人都瞧见。"

她在前面带路,走得很快,一言不发,内心充满了压抑住的愤怒和羞辱。吉姆在她身边大步流星地陪着,双手插在雨衣的裤子口袋里。伊夫琳拐弯走进情人街,他们俩当年谈恋爱的时候经常到这儿来。这是一条很长、很黑暗、弯弯曲曲的小巷子,两边是两个住宅区,围墙很高。接着,她无法回避了,只好转身面对着吉姆。

女人在自卫的时候能做出令人惊讶的事情来。伊夫琳朝吉姆大喊大叫。她说全怪吉姆这个受气包;要是吉姆有一点男人味,她是不会离家出走的,吉姆明知她受到了伤害却没那个胆量站出来保护她。她的言下之意是吉姆偷了她的积蓄。但是吉姆没有打断她的话。

　　"嗯,"吉姆等她把心里的话都说完了这才语无伦次地说,"牛奶洒到了地上,再哭也没用了。"

　　"哦,要是只洒一点牛奶就好了!"伊夫琳说着哭了起来。"罗南的家无异于一家低级旅社。我并不是想拿走你的钱。我本来是想找个工作,然后把钱还给你的,可是他们一家人老是讨债,最后我一个便士也没有了。"

　　"事情只到现在这个分上,也是不幸中的万幸,"吉姆说着,然后伸出一只手。"不管怎么说,咱们现在谁也不欠谁的了,好吗?"

　　伊夫琳一把抓住吉姆,紧紧地搂着不放。她歇斯底里地哭着,吉姆轻轻地拍着她的背,低声地安慰着她。她没跟吉姆讲起在伦敦碰到的那个伙计。她想把那件事忘了,因为每每想起来她都感到羞愧。再说,她觉得那件事跟吉姆没有任何关系。

　　打那以后,他们俩继续见面,但没有让双方的家庭知道。两人都有些难为情。伊夫琳不邀请吉姆到她家去,吉姆很高傲,也不肯做不速之客。事实上,她觉得这样是缺乏男子汉气魄的表现。两人见面的时候吉姆本来是要宰了她的,要不,也会喝个烂醉,痛打她一顿,因为她在伦敦的所作所为太气人了。不过,伊夫琳没有把自己在伦敦的风流韵事告诉吉姆,所以他就更无法为自己的行为辩解了。她因为吉姆而受的气跟她因为自己的过失而受的气一样多。两人总是在很偏僻的地点碰头,过了好几个星期才有传闻说他们俩又在约会。琼很伤心,很失望;她原来把伊夫琳看得要好得多。布里吉德看到机会来了,可以洗刷妹妹偷钱的丑闻了,于是要求吉姆到家里来跟她妹妹会面,但是伊夫琳沉着脸拒绝了。现在,她惟一担心的是不让琼和吉姆单独在一起,免得妹妹把伦敦的那件事泄露出去:这倒不是她担心琼会出卖她,而是琼对她的所作所为感到很自豪,一定会在吹嘘她的时候无意中说出去。这也难怪她,谁叫她有这么一个浪漫的姐姐呢。

"如果你想嫁给吉姆·皮珀,我举双手赞成,"布里吉德说。

"吉姆·皮珀没说他想娶我呀,"伊夫琳说。

"那你们出去约会干吗?"布里吉德大声说。

"别人出去约会都是干吗呀?"伊夫琳轻蔑地问。

几个月以后,布里吉德才意识到伊夫琳为什么那样固执,坚决不肯邀请吉姆到她们家来。可是这时已经晚了。琼知道,但她不会说出来。一个夏天的夜晚,伊夫琳在一片树林的旁边告诉吉姆,说话的时候她抽着一支烟,像男孩子一样倔强,带着一种吹牛的神气。吉姆给吓呆了。

"你敢肯定吗,伊夫琳?"吉姆温和地问。

"当然肯定,"伊夫琳说。"琼在图书馆帮我查出来了。"

吉姆发出苦涩而尴尬的笑声,双手放在脑袋下面。

"反正是一件震惊的事,"他说。"那咱们怎么办呢?"

"我想我只有再回到罗南那儿去,"伊夫琳轻松地说。"他们一家人是不会在意的。能让他们吃惊那才是怪事呢。"

"我想是这样,"吉姆悔恨地说。"现在我们再不能办事莽莽撞撞的了。"

"谁也没有让你莽莽撞撞的呀,"伊夫琳气呼呼地说。"把心里话都说出来吧。"

她沉默了片刻;接着,猛地站起身,拂了一下裙子,越过篱笆,走进巷子里。吉姆耷拉着脑袋跟在她后面。他从篱笆上往下跳的时候,伊夫琳转过身来怒气冲冲地面对着他。

"别跟着我!"伊夫琳说。

"为什么?"吉姆惊讶地问。

"为什么?"她嘲弄地重复着吉姆的问题。"好像你不知道似的!哦,你把我愚弄得够惨的了! 你是为了那个钱向我报复,现在如愿以偿了,总该心满意足了吧。"

“我没有什么心满意足的，”吉姆说着，抬高了声调。他态度很坚决，但那样子很古怪，很不开心。他把双手插进裤子口袋里，两只脚叉开站着，声音一点也不响亮。“我没有为了那个钱报复你，尽管我有很多理由要报复你。”

“你报复了；就是因为我还欠你那笔钱；要是我没亲眼看见就好了。”

“不是为了钱。”

“那是为了什么？”

他没有回答。也没有必要回答。看着吉姆那带着谴责意味的眼睛，伊夫琳的脸又红了。她从来没想到过吉姆会知道。

“我估计又是琼跟你说了什么，”她刻薄地说。

“没人跟我说什么，”吉姆轻蔑地说。“第一天晚上跟你见面的时候，我都知道了。你是掩盖不了的。”

“我没想掩盖，”伊夫琳怒火中烧。“我没有什么值得在你面前隐瞒的。”

“我不是要揭你的老底，”吉姆抗辩说。“要是有能耐我照样愿意娶你。”

“娶我？”伊夫琳吐了一口唾沫。“即使你是世界上最后一个活人我也不会嫁给你的——你这个小人！”

说完，她沿着巷子大踏步地走开了，心里觉得受到了莫大的羞辱。如果她不对吉姆说什么就这么走开，也许还能保住面子，不过她也知道自己在绝望的时候曾经请求吉姆跟她结婚，更糟糕的是，提出这个请求的时候她是找的一个虚假的借口。这是她当时对伦敦那起风流韵事绝口不提时所没有料到的；后来她惟一的想法是保护自己受了伤的情感。事到如今她意识到如果那件事传开了，她在众人的眼里就跟那些小贱货一样，假装清白去骗一个男人跟自己结婚。现在不管怎么样也无法改变世人的成见了。她回到家里后十分气愤，十分痛苦，脱口跟布里吉德说了几句话。

“你最好到哪里去给我搞点钱。我要生孩子了，我得到伦敦去生。"

"你要什么——?"布里吉德话说了一半打住了,脸色变得苍白。

"生孩子,我说了。"伊夫琳发疯似的喊叫着。

"是吉姆·皮珀的吗?"

"别管是谁的!"

"他得跟你结婚哪。"

"他不肯。我问他了,他让我见鬼去。"

"这我们马上就会问个水落石出的。"

"你就甭去问了。我在伦敦跟另外一个伙计也干了这种事,结果他发现了。"

"你——这么说你在伦敦就是干这个。"

"我就是干这个,"伊夫琳讥笑着说。"不管怎么说,即使那个伙计给我跪下来我也不肯嫁给他了。"

说完她就上床了,琼第一次对她产生敬畏,现在给她端去了一杯茶。迈尔斯开始的时候是流眼泪,接着跑出去喝了个烂醉。他说如果要是别人他一定会立马出去用自己的双手宰了他,可是吉姆的钱是让自己的女儿偷了去的!人穷了就是这样悲惨,这整个地把一个人的自尊给毁了,他想用鲜血来洗刷自己的耻辱都做不到。他想要的就是鲜血,但是布里吉德并不想要谁的鲜血。她只想跟布商康西丁结婚;虽然康西丁跟所有的布商一样宽宏大量,她不想再给他炫耀自己宽宏大量的借口。她冲出去找吉姆的妈妈评理。

虽然布里吉德肩负着全家的重担,但她毕竟还是个孩子。皮珀太太站在那里,一只手放在桌上,另一只手放在髋部,从一开始就是一副居高临下的架势。她用世界上最坦率的口气问在她这个循规蹈矩的家庭里怎么会发生这种事,当布里吉德告诉她没有发生任何事情的时候,皮珀太太说伊夫琳没得肺炎真算她走运。布里吉德要想跟她斗嘴那简直就像一个赤手空拳、毫无经验的野蛮人抵抗一个有机关枪把守的据点。

两人正在争论的时候吉姆走进来,挂好帽子。

"吉姆,你知道我是干吗来了,"布里吉德挑战似的说。

"布里吉德,如果我不知道的话可以猜一猜嘛。"他回答着,露出很不自然的微笑。

"那姑娘是没娘的。"

"她有个跟娘差不多的姐姐,布里吉德,"吉姆简单地回答说,布里吉德突然意识到吉姆对她的尊敬不是根据需要而可有可无的东西。这给她增添了尊严和自信。

"那你看在我的面子上跟她结婚,好吗,吉姆?"布里吉德问。

"我要是有这个能力立马就会跟她结婚的,布里吉德,"吉姆固执地说,他把双手插进裤子口袋里,这个动作可以使他有一种平衡感。"一年后我也许有能力娶她为妻,但现在还不行。"

"一年之后,那也太晚了,吉姆,"布里吉德大声说。"像她这样的姑娘可以没有房子,但是不能没有丈夫。"

"带着孩子在刚刚装修的房子里开始过日子?"吉姆轻蔑地回答道。"干这种事的人我见得多了,但没有一个后来有好结果的。"

布里吉德疑惑地看着他。她不相信吉姆的话,她觉得吉姆之所以要瞒着她是因为吉姆痛恨伊夫琳背叛了他。结果她走错了一步棋。

"我知道她跟伦敦那个伙计的事不像话,"布里吉德说。"我今天还是第一次听说。看着她现在这副德性,你是大人不记小人过,会原谅她的。"

吉姆的脸色使布里吉德确信她说对了。吉姆的脸上有痛苦、羞辱和困惑的表情,但是他说话的声音仍然很坚定。

"如果我没有原谅她,我就不会像现在这样进退两难了,"吉姆说。

"是什么事呀?"他妈妈大声问。"伦敦那个伙计的什么事呀?原来那个流浪婆干了这种事!现在把脏水往我清清白白的儿子身上泼!"

"她不是要把脏水往任何人身上泼,"吉姆说着,第一次露出真正的愤怒。"这事我有责任,我并不推卸,但是现在我不能跟她结婚。她得到伦敦去。"

"可是我们没钱送她去伦敦哪,"布里吉德恼怒地大喊道。"你不知道我们的处境吗?"

"该我付的钱由我出,"吉姆说。"孩子的抚养费我来付,但其他的费用我概不负责。"

"让她把偷走的钱拿出来支付,"他妈妈气得说话时发出嘶嘶的声音。"哦,我的天,很多好人家都没有那么多钱来花费呢!"

"我立马去找里恩神甫,"布里吉德绝望地说。

"你就不必去劳这个神了,"吉姆断然地说。"里恩不会让我跟伊夫琳结婚的,谁也没这个能耐。"

对于吉姆这个年龄的人来说,这算是很重的话了,但是这并没有出乎里恩神甫的意料之外。

"布里吉德,"里恩神甫说着,同情地紧捏了一把姑娘的手,"我尽力而为,但希望不是很大。实话告诉你得了,我也没有更好的期待。我能做的就是去找雷恩。"

于是,里恩神甫去了吉姆的老板迈克·雷恩的家。

"你可以警告他,如果他不跟伊夫琳结婚你就炒他的鱿鱼,"里恩神甫建议说。

"哦,天哪,神甫,我不能这么做,"雷恩担忧地回答道。"要是别人我倒不担心,可是吉姆要是知道我威胁他,他是会头也不回就走的。再要去找一个像他这样的好手,得等很长时间。我可以很友好地跟他谈谈。"

"迈克,"里恩神甫失望地说,"你那只能是浪费时间。他是个在教区音乐会上不给钱都不肯唱歌的人哪! 从长远的角度来看,对于可怜的姑娘来说,也只能这么着了。"

伊夫琳第二次从伦敦回家的时候没有穿任何华丽的衣服;婴儿放到乡下去喂养了,她再也没去理会。不过招来的谣言可是不少。

好多人说吉姆做得不对,就算姑娘是一件破碎了的物什,他也应该忍声吞气。真正的男子汉大丈夫就得那样。但是吉姆把这些议论当做耳边风,还是老样子,不言不语,固执己见。

最后,赖利一家也没有受到很大的伤害,因为琼跟银行里那个感情充沛的帅哥们儿订了婚,布里吉德跟康西丁结了婚。伊夫琳咬紧牙关熬了过来。她两次去看过她的小宝贝欧文,只是她意识到每年去看望两三次是无法留住孩子的情感的,便作罢了。

她一连好几个月没有见到吉姆。后来有一天晚上,她到乡下去散步,在离镇子三里地的地方撞上了他。他正仔细地观察他那辆抛了锚的汽车,看是哪里出了毛病。在这种场合相遇谁都占不了上风;主要得看天气是好是坏,看你的消化功能是不是健全——或者话扯得再远一点,看你父母亲的地位如何——看你的职业是什么等等。伊夫琳不愧是她父亲的女儿,缺乏真正的女性自豪感来引导自己,因而自然就走错了一步棋。

"你好,"她说。

"哦,你好,伊夫琳,"吉姆说着,举起帽子。"你近来怎么样?"

"还好,"她草草地回答道,伤心不已,因为她知道自己的终身大事已经定了,但是跟往常一样,这个决定也是错的。

"要我捎你段路吗?"

"我不到哪儿去,"伊夫琳说着,意识到要想恢复到刚才的那种氛围需要极大的意志力。

那天晚上她气得快发疯了,给吉姆写了一封充满了怨气的信,问他怎么敢跟她说话,警告他如果他敢跟她说话她就要扇他一个耳光。然后,伊夫琳想起把信发出去之后,这个晚上她会很寂寞的,于是又把信放进包里,出去找吉姆。两人坐在乡下一个巷子的大门上,伊夫琳意识到现在她决不会把信发出去了,想到包里还装着那封信她不禁很生气,仿佛看到自己身上有两个女人为了争夺地位打了起来。她拿出信,撕了个粉碎。

"那是什么?"吉姆问。

"一封写给你的信。"

"我不能看看吗?"

"你看了会生气的。"

这个不同寻常的男人扬起头来,笑得像个孩子似的。毫无疑问,他是个小人,可是不管怎么说,他是伊夫琳的小人;他没有三心二意,即使伊夫琳并不是很看重他,她也没有特别看重的男人。她不能就这么坐在家里,等着一个人来原谅她的污点。爱尔兰的男人对女人的污点是特别忌讳的。

可是现在伊夫琳心中的罪恶感已经根深蒂固:在镇子里碰到了吉姆她只打声招呼,如果她和人在一起,连招呼都不想打。这事儿很逗,不过她觉得如果她停下脚步跟吉姆说话,她会听信流言蜚语把吉姆的眼睛给挖出来的。在这种场合她同样觉得自己身上有两个女人,而她自己不知道想要成为其中的哪一个。

结果,直到几个月以后别人才知道他们俩又出去约会了。这一次众人议论起来吵吵嚷嚷跟打雷似的,而赖利一家人更是远近出了名,就连琼也不理她了。布里吉德倒没什么,因为那个布商已经跟她结了婚,再也跑不了了,可是琼的那位银行职员还是悬着的,大家都知道银行是很爱粗暴地干涉职员的私事的。

"天老爷在上,"琼鄙夷地说,"你没一点点自尊心和体面。"

"哼,他也没有,所以我们俩是天生的一对儿,"伊夫琳沮丧地说。

"天知道,你们俩把两个家庭的名声都败坏了。"

"你倒没什么啊,琼,"伊夫琳说。"我还得考虑孩子的前途。"

这不是真心话;很久以前她就想到过欧文的前途,结果她很明白这孩子没什么前途可言,不过她也没别的借口。

"因为只他一个孩子,所以你会恨他的,"琼抢白她说。

"我可没那么傻。"伊夫琳说着,自尊心受到了极大的伤害。

"这个'傻'字倒是说到点子上了,"琼反驳她说。

在家里,伊夫琳的爸爸不理她,原因是刚刚传出来的丑闻。他对伊夫琳感到很失望,但是对吉姆更失望。吉姆这孩子原来还有点个性。原来他以为只有女儿才会把人搅得心烦意乱，现在他发现儿子可能也好不到哪儿去。

琼出嫁之后，他轻松多了，可是伊夫琳并没有感到轻松。对于一个姑娘来说，自己最后一个妹妹都嫁出去了，婴儿车也买回来了，她就会感到分外的寂寞。更糟糕的是，她自己没推过婴儿车，姐姐妹妹的孩子都呀呀地嚷着要这要那，而自己的孩子什么也没有。这更使她在姐姐妹妹面前感到分外的自卑，仿佛自己这么做都是存心的。有时候她也纳闷自己是不是存心这么做的。

但是她的父亲慢慢地明白了，如果上帝因为他这辈子循规蹈矩而要奖给他一个平安的晚年，那么他难办的就是有这么一个可以算是嫁不出去的女儿，一个不肯遵守道德准则的女儿。就算他一个礼拜七天，天天喝醉了回家，把家里买柴米油盐的钱都省下来拿去喝酒，他的罪过仍然没有这个女儿的多。像迈尔斯这样在道德问题上无懈可击、高人一头的人自然待人是很善良的。"天老爷在上，"他跟自己的哥们儿嘀咕道，"我不能责怪那个丫头。我自个儿也好不到哪儿去。这种事是难以启齿的，自从我老伴过世之后，我也有过诱惑。"有时候，他看到女儿梳妆打扮准备出去跟吉姆约会，他就拍拍女儿的肩膀，说几句鼓励的话，然后眼含着泪水走出去。迈尔斯就是这个德性，整个一个没有个性的人！

一天晚上他正和伊夫琳一起喝茶，门开了，吉姆·皮珀走了进来。自从那天他来安慰迈尔斯不要为女儿的罪过烦恼之后，他这还是第一次来。

"但愿上帝保佑你们家。"吉姆说着，很大度地朝他们微笑。

迈尔斯仰望着他，从鼻子里深深地吸了一口气，然后将目光转到别处。他能容忍女儿的胡作非为，但就是不能容忍吉姆。就连伊夫琳也感到很尴尬，耍起小性子来。她可不像吉姆。

"你好，"伊夫琳冷冷地回答道。"你想干什么？"

"哦，只想跟你说几句话，"吉姆高兴地回答说，他自己拿了一把椅子,放在厨房的中间。"也不是什么很要紧的事。就别麻烦你了,吃你的饭吧。要是有报纸的话,我倒想瞧瞧。"

"给,"伊夫琳说着,感到很蹊跷,不过有了报纸吉姆还是要啰里啰嗦说个没完的。

"晚上好,赖利先生,"吉姆对她父亲说,看到迈尔斯不理睬他,他扬起脑袋笑了起来。"我不知道咱们爱尔兰人的热情好客都到哪儿去了,"他的语气里带着一丝愠怒。"你向一个人问好,而他居然不回答你的话。天哪,"他轻蔑地说,"他们连声请坐都没有。只顾喝自个儿的茶,也不问你有没有嘴巴!'你想干什么?'"他学起伊夫琳的话来。

伊夫琳立刻就意识到吉姆这是怎么了。他是喝醉了。她从来没见过吉姆醉得这么厉害,而吉姆不是那种喝醉了酒能安安分分的人。他一醉了酒就胡来。吉姆这时挥舞着手臂,就像一个手臂脱了臼的布娃娃。不过,伊夫琳看了心里一块石头落了地。看到男人这个样她就很放心。

"不管你今儿在哪儿,反正你没喝过茶,"伊夫琳说着,拿出一个杯子和一个茶盘。"想喝点茶吗?"

"哦,不啦,"吉姆尖刻地说,同时又做了一个手臂脱臼的布娃娃的手势。"我是来聊聊天的。从早上到现在没吃一丁点东西,到这里你却问我喝不喝茶!"

"你最好还是吃点东西,"伊夫琳说。"想吃点香肠吗?"

"你不是早就该问我了吗?"吉姆责备地问,同时瞪着猫头鹰似的眼睛看着她。

伊夫琳费了好大力气才控制住自己,没有笑出声来。不过她父亲从一开始就知道吉姆的底细,因为他自个儿也是一个酒鬼,有酒鬼的那种敏感。他用鼻子深深地吸了一口气,拳头在桌上猛地一砸,大叫一声:"天哪,这是在我的家里呀!"然后站起身来,上楼去,哐的一声关上了卧房门。毫无疑问他很想亲手宰了吉姆,但又控制住了。吉姆笑了起来。显然他没有意识到自己所处的危险境地。

"叫他回来。"吉姆说着,扬了扬脑袋。

"为什么?"

"我想请他去参加我的婚礼。"

"得了吧你!"伊夫琳说着,乐了。"你要结婚吗?"

"我实在忍受不了这种单身汉的生活了,"吉姆动情地说。

"我注意到了,"伊夫琳说。"新娘是谁?"

"请你等等!"他严肃地说。"还没说到这儿来呢。首先,我有件事对你不满意。"

"说下去!"她说着,脸上的微笑慢慢地消失了。好多人都向伊夫琳发泄不满情绪,她对这个感到厌倦了。

"你说即使我是世界上最后一个活人,你也不会嫁给我,"吉姆说着,手指头在伊夫琳面前指指点点的。"我不是一个记仇的人,但我得让你记住自己说过的话。你还说我是个小人。这个我也没什么怨言。我要问的就是一句话:你准备好了吗——准备好了把这些话都收回去吗?"说完他有点得意。

"这可说不准,"伊夫琳说着,嘴唇开始颤抖起来。"你最好是酒醒之后再来问我。"

"你以为我不知道自己在说些什么吗?"吉姆得意地问道,同时站起身来——但是他身体摇摇晃晃的。

"那你知道自己在说什么吗?"她问。

"我今儿把最后两百英镑存到银行去了,"吉姆的声音仍然没变。"两百零五英镑给里恩神甫。如果那个老王八蛋嫌不够的话,我立马再去找一个乐意接受的人。剩下的事情我全包了。你可以现在就到乡下去,如果愿意的话,明天就把欧文接回来,让全镇的人都来拍你的马屁吧。怎么样,我知道自己说的是什么了吗?"他喊叫着,笑声从话语里渗透出来。

可惜他站不稳脚跟。不过,伊夫琳没再去注意这个。她只注意吉姆的笑声和得意,她意识到她浪费了吉姆,也浪费了自己的青春。她低声喊了一句什么,然后跟在父亲后面上楼去了。吉姆头昏目眩地看着她的背影,又做了一个手臂脱了臼的布娃娃的手势,然后那只手垂了下去。要想跟赖利这个不稳定的家庭聊天,根本就聊不成,他们老是楼上楼下跑来跑去的。

现在轮到她父亲出场了。他拖着沉重的脚步走下楼梯,双手紧抓着栏杆,好像要往下跳似的。然后,他在楼梯脚下站住了。这一次很显然吉姆的大难临头了。吉姆并不在乎。他知道反正自己这样也很难受。

"这个丫头怎么啦?"迈尔斯声音颤抖地问。

"我不知道,"吉姆沮丧地说着,扬了扬头,把额头上松软、潮湿的头发甩到后面去。"估计是在等吧。"

"等?"迈尔斯问。"等什么?"

"这个,"吉姆喊着,狂暴地挥舞了一下手臂,然后让手臂自然下垂到髋部。"现在有钱了。给里恩神甫两百零五英镑。明儿早上你八点钟开始干活建那栋房子。明白了吗?"

迈尔斯花了几分钟来消化他这番话。即使是对于一个性情豪爽的人来说,从谋杀到结婚也是一个飞跃。他摸了摸下巴,看了看吉姆,他耷拉着脑袋躺在那里,一只手无力地垂在髋部,格格地笑个不停。这故事真逗!天哪,这故事真逗!

"屋里连一滴酒都没有!"迈尔斯大喊大叫。"伊夫琳!"他朝楼上喊道。

没有回答。

"伊夫琳!"他又盛气凌人地喊了一声,仿佛已经习惯了别人对他惟命是从。"咱们先别管她,"迈尔斯嘟哝着,搔了搔脑袋。"我想她听了这个消息一下子有点转不过弯来。吉姆哪,她是个好丫头,是个乖丫头呀。你别看错她。相信我的话。"即使是在这种情况下,他也意识到吉姆是个不需要别人鼓励的人。他满脸堆笑,搓着双手。迈尔斯最喜欢的是一个男孩子,男孩子呀。他站起身来慈爱地俯视着自己的女婿。

"你这个大坏蛋!"迈尔斯格格地笑着,摇了摇脑袋。"哦,天哪,要是三十年前我干了这种事,今天就不是我迈尔斯了。"

我 的 恋 母 情 结

爸爸整个战争期间——我说的是第一次世界大战——都在军队里,我五岁前很少见到他,即使见到了他我也是若无其事。有时候,我醒来看见一个穿着卡其布衣服大人的身影在烛光下俯视着我。有时候,天没亮我听到大门嘎吱一声响,然后便是钉了鞋钉的靴子,踩在巷子的鹅卵石上发出的咔嚓咔嚓的声音。这是爸爸回来和出去的声音。他像圣诞老人一样来无踪去无影。

事实上,我很喜欢爸爸的来访,只是清早我爬到那张大床上,钻进爸爸和妈妈的中间有点挤。爸爸抽烟,所以全身有股令人喜欢的霉味;刮胡子更是一种让人惊讶的神奇手术。他每次回来都会留下一些纪念品——有模型坦克;有尼泊尔军刀,刀柄是子弹壳做的;有德国兵的头盔;有帽徽;有军装上的纽扣垫板;还有好多军队里的东西——这些东西都整齐地摆放在一个长盒子里,放在衣柜顶上,要用的时候随手就可以找到。爸爸生性喜欢收藏一些杂七杂八的东西;他总是期待着这些东西将来有朝一日能派上用场。他转背一走,妈妈便会让我搬来一把椅子,在他那堆宝贝中乱翻。她可不像爸爸那样把这些玩意儿看得那么珍贵。

战争期间是我一生中最宁静的日子。我家阁楼上的窗户开向东南方向。妈妈在那里挂上窗帘,但起不了多大的作用。天一亮我总是醒来,把前一天要做的事情都抛到脑后,觉得自己像太阳一样要发光,要欢笑了。我一生中再也没有像当时那样过着简单、清晰、充满希望的生活了。我把双脚从被子底下伸出去——我管左脚叫左太太,右脚叫右太太——还为她们设计了各种富有戏剧性的场景,让她们俩讨论当天的事务。至少右太太做到了;她很容易感情外露,不过左太太没那么听话,大多都是对右太太的意见点头称是。

两位太太讨论我和妈妈当天要干什么,圣诞老人会给我什么样的礼物,怎样才能使家里更有生机。比如说小宝宝这件小事吧,我和妈妈总是说不到一块儿。这条街上就我们家没小宝宝,妈妈说我们家负担不起,要等爸爸打完仗回来后再说,因为买一个小宝宝需要六先令十七便士。这表明妈妈的头脑太简单了点。街北边的吉内家有一个小宝宝,谁都知道他们家是拿不出六先令十七便士的。可能那是个便宜的宝宝,而妈妈想要一个货真价实的宝宝。不过我觉得妈妈也太挑剔了点,就像吉内家那样的宝宝其实也挺不错的。

制订好了一天的计划后,我就起床,把椅子放到阁楼的窗口下,把窗户门撑得老高老高的,这样我就可以把脑袋伸出去了。从窗户往外可以看见我们后面那条街的前花园,花园的后面是一条很深的山谷,对面的山腰上矗立着一排排高大的红砖屋,仍在阴影之中,而我们这边的房屋都洒满了阳光,不过我们这边的每栋房子后面拖着长长的影子,给人一种陌生、僵硬的感觉,就像是上了油漆似的。

随后,我来到妈妈的卧房里,爬上那张大床。她醒了,我就跟她讲自己的计划。我穿着睡衣都快冻僵了,但自己没有感觉,说着说着,我的身子慢慢地暖和起来,等身上最后一丝冰霜融化的时候,我也在妈妈的身边睡着了。等我再次醒来的时候,我会听到妈妈在楼下的厨房里做早饭。

早饭后我们去上街;到圣奥古斯丁教堂去听弥撒,为爸爸祈祷,然后去买东西。如果下午天气好,我们不是到乡间去散步,就是去拜访妈妈的好朋友、女隐修院的圣多米尼克院长。妈妈让这些人都为爸爸祈祷,每天晚上上床睡觉的时候我请求上帝保佑爸爸能从战争中平安地回来。的确,我当时根本不知道自己祈祷的结果会是什么样的!

一天大清早,我爬上那张大床,果然爸爸又像圣诞老人一样躺在了那里。可是后来,他没有穿制服,而是换上了那身最漂亮的蓝西装,妈妈高兴得什么似的。我看不出有什么值得高兴的,因为爸爸不穿那身制服时,看上去一点也不精神,可妈妈总是乐呵呵的,给我解释说我们的祈祷得到了回应。于是我们出去做弥撒,感谢上帝把爸爸平安地送回了家。

这真是一个莫大的讽刺!那天爸爸回家吃晚饭,脱下靴子,穿上拖鞋,因为担心感冒在屋子里还戴着那顶脏兮兮的旧帽子,跷着二郎腿,神色严峻地跟妈妈说话,妈妈的脸上也露出忧虑的神色。当然我不喜欢妈妈那种忧虑的神色,因为这样一来她就不美了。于是,我就打断爸爸的话。

"等一等,拉里!"妈妈柔声地说。

家里来了令人厌烦的客人,她总是这么说我,所以我对她的话没在意,仍然只顾说我的话。

"安静点,拉里!"她不耐烦地说。"没听到我在跟爸爸说话吗?"

这是我第一次听到那几个不吉利的字眼:"跟爸爸说话,"我心里不由得直犯嘀咕:如果上帝就是这样回应我们的祈祷,那他还不如不那么认真地听我们的祈祷呢。

"你干吗要跟爸爸说话呀?"我极力表现出无所谓的神情说。

"因为爸爸和我有事情要商量。听着,别再插嘴了。"

下午,妈妈吩咐爸爸带我去散步。这一次我们没到乡下去,而是去了闹市区。刚开始我还乐观地想这会比以前要好一些呢,结果根本就不是那么回事。在到闹市区散步这个问题上,爸爸跟我在看法上存在着很大的分歧。他对有轨电车、轮船、马这些东西没有任何兴趣,惟一能吸引他的就是跟他年龄不相上下的伙计聊天。我想停下来,他却拖着我的手继续往前走;他想停下来的时候我却没辙儿,只得跟着他停下来。我注意到这样一个现象:每当他靠着墙的时候,就一定是要停很长时间。我第二次看见他又靠墙站着,就火了。他好像要永远停在那儿不动似的。我扯他的大衣和裤子,但是他跟妈妈不一样,妈妈要是看到我忒固执,就会发脾气说:"拉里,如果你再调皮,我就扇你一个耳光。"爸爸只是态度温和地对我不理不睬。我端详着他,心想我哭不哭呢,但是即便这样他仍然完全不理会,也不生气。我简直就像是跟一座山出来散步了!他要么就是对我的拧啊打的全然不顾,要么就是从顶峰上朝我俯视一眼,咧嘴一笑。我从来没见过这么全神贯注于自我的人。

下午喝茶的时候,"跟爸爸说话"又开始了,这次的局面更复杂,因为爸爸手上有一份晚报,每过几分钟他就把报纸放下来,跟妈妈讲那上面的新鲜事。我觉得这很不公平。男人对男人,我准备好了随时跟他竞争妈妈的注意力。但是他已经让别人替他安排好了一些,因此我根本就没有任何获胜的希望。有几次我想改变他们谈论的话题,但都没有成功。

"爸爸在读报,你得安静点,拉里,"妈妈不耐烦地说。

很显然,妈妈要么是真的很喜欢跟爸爸聊天,而不喜欢跟我聊天,要么就是爸爸对她有某种可怕的控制力,妈妈不敢承认事实。

"妈咪,"那天晚上,妈妈给我裹好被子的时候,我说,"你觉得如果我使劲祈祷的话,上帝会把爸爸送回到战场上去吗?"

妈妈似乎考虑了片刻。

"不会的,亲爱的,"她笑着说。"我想他不会。"

"妈咪,为什么呢?"

"因为现在没仗可打了。"

"可是妈咪,如果上帝喜欢的话,能够再发动一场战争吗?"

"上帝是不会喜欢战争的,亲爱的。发动战争的不是上帝,而是坏人。"

"哦!"我说。

对此我感到失望了。我开始想上帝看来并不像人们吹嘘的那样有能耐。

第二天早上,我和平常一样早早地就醒来了,而且感觉自己就像一瓶香槟酒。我把脚伸到被子外面,让左太太和右太太进行了一次长时间的对话。右太太说她跟她爸爸闹别扭,她把她爸爸放在家里了。我不知道"家"指的是什么,但觉得把当爸爸的放在那里是再合适不过了。然后我拿来椅子,把头伸到阁楼窗户外面去。天刚刚亮,空气带着一丝负罪感,让我觉得自己似乎在它干坏事时将它逮了个正着。我脑子里装满了故事和计划。于是我跌跌撞撞地来到隔壁房间,借着朦朦胧胧的微光爬上了那张大床。妈妈这边没有空间了,我只好钻到她和爸爸的中间。此时我完全忘记了爸爸,笔直地坐了好几分钟,绞尽脑汁地想怎么对付爸爸。他占去了大半个床的位置,我挤得很不舒服,于是我踢了他几脚,他哼了几声,伸了个懒腰,给我让出了一点位置。妈妈醒了,伸手来摸我。我嘴里含着大拇指,在床上最温暖的地方怡然地躺了下来。

"妈咪!"我心满意足地哼哼道,声音很大。

"嘘! 亲爱的,"妈妈嘀咕着说。"别把爸爸吵醒了。"

事情又有了新的进展,瞧妈妈这德性,比"跟爸爸说话"还严重。生活中没有了早上的交谈是不可想像的。

"怎么啦?"我一本正经地问。

"因为你可怜的爸爸累了。"

我觉得这是个站不住脚的理由,我对妈妈充满感情地说什么"可怜的爸爸"感到恶心。我从来就不喜欢她那种装腔作势的样子,觉得不是真情实感。

"哦!"我很轻松地说。然后我又用最迷人的腔调说:"妈咪,你知道我今天想跟你一起到哪儿去吗?"

"不知道,亲爱的。"妈妈叹了一口气。

"我想到峡谷下面去,用我的新网去捕刺鱼。然后我想去看《狐狸和猎狗》,还有——"

"别把爸爸吵醒了!"她生气地压低了嗓门说,同时用手捂住我的嘴巴。

可是迟了。爸爸醒了,要不就是快要醒了。他哼了一声,伸手去摸火柴。然后不相信地瞪着自己的手表。

"想喝杯茶吗,亲爱的?"妈妈压低嗓门温顺地问。我以前从没见过妈妈这样说话。听上去她好像很怕爸爸似的。

"茶?"爸爸恼怒地大叫起来。"你知道现在几点吗?"

"然后我想到拉斯库尼路去。"我大声嚷着,生怕爸爸妈妈的打搅使我忘记了什么。

"你马上给我睡觉去,拉里!"妈妈严厉地说。

我哭起鼻子来了。我无法集中注意力,瞧他们俩那个德性,扼杀掉我早晨的计划就像是把一个家庭从摇篮里埋葬掉。

爸爸一言不发,只是点着了烟斗,狠命地抽着,眼睛看着外面的阴影,根本就没理会我和妈妈。我知道他生气了。我每次开口妈妈都恼怒地止住我。我觉得很没面子。这也不公平;是一种不祥的预兆。以前我每次说我和她睡两张床太浪费时,她总是说分开睡有益于健康,可现在这个家伙,这个陌生人却跟她一起睡,丝毫也不考虑她的健康!

爸爸很早就起来沏茶,他给妈妈端了一杯,却没有我的份。

"妈咪,"我大声说,"我也要一杯茶。"

"好的,亲爱的,"妈妈耐心地说。"你就喝妈妈那一杯得了。"

事情就这么定了。不是父亲就是我,两个人中必须有一个离开这个家。我不要喝妈妈杯子里的茶,我在自己的家里要得到平等的待遇,于是为了气气妈妈我把她的茶都喝光了,一点也不留给她。她也没吭气。

但是那天晚上妈妈侍候我上床睡觉的时候柔声地说:

"拉里,我要你答应一件事。"

"什么事呀?"我问。

"早上不要过来打搅可怜的爸爸睡觉。答应了吗?"

又是"可怜的爸爸"!一提起这个讨厌的家伙我就疑虑重重。

"为什么?"我问。

"因为可怜的爸爸又着急又累,睡不好觉。"

"他为什么睡不好觉,妈咪?"

"嗯,你还记得吗,他在打仗的时候妈妈到邮局取过便士?"

"是在麦卡锡小姐那儿?"

"对呀。可是现在,你瞧,麦卡锡小姐那儿没便士了,所以爸爸得到外面去找。你知道吗,如果他找不到便士会怎样?"

"不知道,"我说。"给我说说。"

"嗯,我想啊,咱们就得跟每星期五在街上看到的那个要饭的老太太一样出去要饭。咱们可不能干那种事,对不?"

"对,"我表示同意说。"咱们不能去干那个。"

"所以你答应不过来吵醒爸爸了?"

"答应。"

你瞧,我说话是算数的。我知道便士这玩意儿可不是闹着玩的,而我是坚决反对像每星期五街上那个老太太那样到外面去要饭的。妈妈把我所有的玩具放在床上,组成一个圆圈,这样我不管从哪一边下床都会碰翻一个玩具。

我醒来的时候还记得自己答应妈妈的事情。我起床后就坐在地板上玩——我觉得玩了有好几个小时。然后我拿来椅子,站在阁楼窗户上看着外面,又是好几个小时。我真希望爸爸早点醒;希望有人给我泡杯茶。我一点也不喜欢太阳;我觉得腻味了,而且身上很冷很冷! 我非常渴望到那张羽毛绒的大床上去享受那里的温暖和柔和。

最后我实在忍不住了。我来到隔壁房间。因为妈妈这边没有地方,我就从她身上翻了过去,她一惊,醒了。

"拉里,"妈妈嘀咕着说,紧紧地攥住我的手臂,"你答应了我什么?"

"可我没吵哇,妈咪,"我像个当场给抓住的坏蛋,哭起鼻子来。"这么长时间了我一直没吵。"

"哦,亲爱的,你真是不可救药了!"她悲哀地说着,把我浑身摸了个遍。"好,如果我让你待在这儿,你能答应不说话吗?"

"可是我想说话呀,妈咪,"我哭着说。

"这是两码事,"妈妈语气十分坚决,是我以前从没听到过的。"爸爸想睡觉。你懂了吗?"

我太懂了。我想说话,爸爸想睡觉——这个家到底是谁的呀?

"妈咪,"我的口气也同样的坚决,"我想爸爸到他自己的床上去睡会更健康一些。"

妈妈听了这话吃了一惊,因为她有好大一阵子没说话。

"好了,我再说最后一遍,"妈妈又继续说。"要么你就待在这里安安静静地不说话,要么就回到自己床上去。你自己挑吧。"

这种蛮横无理把我给镇住了。我指出妈妈这么干是言而无信,蛮不讲理,她也自知理亏,没有回答。我气极了,狠狠地踢了爸爸一脚,妈妈没注意到,可是爸爸哼了一声,警觉地睁开眼睛。

"几点了?"爸爸声音里带着惊慌,没有看妈妈,而是看着门,仿佛那里有人似的。

"还早,"妈妈安慰地回答道。"就是这孩子。去睡吧……好了,拉里,"妈妈从床上起来了,又说:"你把爸爸吵醒了,你得回去。"

这一次她语气虽然很平和,但我知道她是动真格的了。我知道如果不据理力争,我的权利和地位就会丧失殆尽。就在妈妈把我抱起来的时候,我尖叫起来,声音之大足够可以把死人吵醒,更甭说爸爸了。他哼了一声。

"这个狗崽子! 他睡不睡觉哇?"

"这只是一个习惯问题,亲爱的,"妈妈的声音很平静,尽管我看得出她在生气。

"哼,现在是他改掉这个习惯的时候了,"爸爸大声喊着,躺在床上使劲喘着气。突然,他把所有的被褥都卷到自己身上,面对着墙壁,扭过头来,我只看得见他那双又黑又小的眼睛露着凶光。这个家伙看上去真像一个坏蛋。

妈妈把我放下来,去开卧房的门,我挣脱了出来,冲到房间那边的角落里,尖声叫喊着。爸爸在床上笔直地坐了起来。

"住嘴,小畜生!"他的声音很沙哑。

我惊呆了,立刻停止了叫喊。以前从来没有人用这样的调子跟我说过话。我不相信地看着他,发现他气得脸上肌肉在抽搐。这时我才完全明白了,上帝捉弄了我,他听信了我的祈祷把这个恶魔安全

地送了回来。

"你住嘴!"我失去了自制力,声嘶力竭地喊叫着。

"你说什么?"爸爸喊着,从床上猛地跳了下来。

"米克,米克!"妈妈喊道,"你没看见吗,孩子跟你还不太亲?"

"我看到了,你给他吃的多,教的少,"爸爸怒吼道,同时狠命地挥舞着手臂。"他的屁股欠揍。"

他刚才的喊叫我还可以容忍,但现在他居然用脏话来侮辱我的人格,我就忍不住了。我全身热血沸腾。

"揍你个的屁股!"我歇斯底里地尖叫着。"揍你自己的屁股!住嘴! 住嘴!"

爸爸这时已经失去了耐心,朝我扑了过来。在妈妈惊惶的眼神下他失去了自信心,最后只是拍了一下我的屁股。我感到义愤填膺:这个陌生人,彻头彻尾的陌生人,因为我天真的求情他连哄带骗地从战场回到了我们这张大床上,现在居然还敢打我。我一声接一声地尖叫着,光着脚丫子在地上跳个不止。爸爸毛茸茸的脸上露出尴尬的神色,他身上只穿着一件灰色的军装衬衫,整个一座要压死人的大山,恶狠狠地瞪着我。我想就是在这一刻我意识到爸爸也很嫉妒我。妈妈穿着睡衣站在那里,仿佛为了我们爷儿俩心都要碎了。我希望她心里的感受也像面部的表情一样。但是她这是活该。

从那天早上起我的日子就不好过了。爸爸和我成了公开的死敌。我们之间发生了一系列的小冲突,他总是想占去妈妈跟我在一起的时间,我也想占去妈妈跟他在一起的时间。妈妈坐在我床上给我讲故事的时候,爸爸故意寻找一双旧靴子,并且还打包票说是战争开始的时候他撂在家里的。他跟妈妈说话的时候,我吵吵嚷嚷地玩着玩具,表示我把他们俩的谈话根本没放在眼里。有一天晚上,爸爸下班回来看见我在玩他盒子里的团徽、尼泊尔军刀和纽扣垫板就大吵大闹。妈妈站起来,从我手上夺走了那个盒子。

"没得到爸爸的准许你不能玩他的玩具,拉里,"妈妈严肃地说。"爸爸可没有玩你的玩具。"

也不知是怎么搞的,爸爸那脸色就像是挨了妈妈一顿揍似的,皱起眉头转身走了。

"那可不是什么玩具,"爸爸愠怒地说着,拿过盒子看我是不是偷走了什么。"有些纪念品是很稀罕,很珍贵的。"

随着时间的推移,我越来越明白了爸爸极力疏远我和妈妈的关系。更糟糕的是我不知道他用的是什么手法,也不明白他对妈妈有什么样的吸引力。不管是从哪个方面来看他的魅力远不及我。他说话带着乡下口音,土里土气的,喝茶的时候声音特别响。我想大概妈妈是看上了他的报纸,于是我自己捏造一些新闻念给她听。后来我又想可能是因为爸爸抽烟,我自己也觉得抽烟是很有魅力的,于是我拿了爸爸的烟斗,在屋子里跑来跑去,一边跑一边吧嗒吧嗒地抽,最后爸爸把我逮住了。我喝茶的时候也故意吸出声响来,可是妈妈说我这样很恶心。我最厌恶的是爸爸妈妈睡在一起,这是很不健康的。于是我打定主意钻到他们的卧房里去找东西,边找边自言自语,这样他们就不会怀疑我在监视他们了。可是我从来也没有看到他们背着我做过什么。最后我完全给搞懵了。看来魅力是要等你长大之后给人家送戒指的时候才会有的。我知道自己得等着。

但是与此同时我得让爸爸知道我只是在等待,而不是投降。一天晚上他特别讨厌,在我头上唧唧喳喳地说个没完,我给了他一个下马威。

"妈咪,"我说,"你知道我长大了打算干什么吗?"

"不知道呀,宝贝,"她回答道。"干什么呀?"

"我要跟你结婚,"我不动声色地说。

爸爸扑哧地笑出声来,不过他没听懂我的意思。我知道他这是在装蒜。不管怎么说吧,妈妈听了很高兴。我觉得她可能是为自己有一天会摆脱爸爸的统治而感到轻松。

"那不是太好了吗?"妈妈笑着说。

"那是会很好的,"我很自信地说。"因为我们会有很多很多的小宝宝。"

"是呀,宝贝,"妈妈平静地说。"我想咱们很快就要有一个了,到时候你就有很多伙伴了。"

我听了之后心里乐开了花,因为这表明虽然妈妈在爸爸面前低三下四的,她还是考虑了我的愿望。再说,这也可以煞一煞吉内一家的气焰。

不过后来事与愿违。首先,妈妈心事重重的——我估计她是为了到哪儿去弄那六先令十七便士着急——尽管爸爸现在每天很晚才回家,但我也没有因此而从中捞到什么好处。妈妈不再带我出去散步了,脾气像是吃了炸药似的,一点就着,还经常无缘无故地打我的屁股。有时候我真后悔不该提什么倒霉的小宝宝——我在自找苦头吃这方面似乎很有天分。

苦头还真来了!索尼吵吵闹闹地降生了——就这么点小事他也呱呱地吵个没完——从他落地的那一刻起我就不喜欢他。他是个很难侍候的孩子——就我所知道的,他每时每刻都在调皮——总是要妈妈给予更多的呵护。妈妈对他的照料简直到了愚蠢的地步,也看不出来她是不是故意做出来给人瞧的。让他做我的伙伴那还不如没有呢。他从早到晚都在睡觉,我在家里走来走去得踮着脚,生怕吵醒了他。现在再也不是吵醒爸爸的问题了。现在妈妈的口号是"别吵醒索尼!"我真不明白这孩子为什么不在该睡觉的时候睡觉,所以妈妈一转身我就把他弄醒。有时候为了让他醒着,我还拧他一把。那天我给妈妈逮住了,妈妈把我打了个半死。

一天晚上,爸爸下班后回来,我正在屋前的花园里玩火车。我假装没有看见他,自言自语地大声说:"要是再来一个他妈的小宝宝我就离开这个家。"

爸爸猛地停下脚步扭过头来看着我。

"你刚才说什么?"他沉着脸问。

"我是在跟自个儿说话,"我回答道,极力掩盖自己的惊慌。"这是隐私。"

他转过身去,一言不发地进了屋子。听好了,我是把这句话当做

严重警告说出来的,但是产生的效果却不尽如人意。打那以后爸爸
对我特好。当然我明白这其中的原因。妈妈疼爱索尼的那模样真让
人恶心。即使是在吃饭的时候,她也会站起身来,跑到摇篮跟前呆呆
地看着他,边看边傻笑,还让爸爸去看呢。爸爸总是很礼貌地顺从
她,不过,他满脸的困惑根本没听进妈妈在说什么。晚上他抱怨索尼
无缘无故地哭个不止,这时妈妈就使小性子,说索尼有哪儿不舒服,
否则他是不会哭的——这是个彻头彻尾的谎言,因为索尼从来就没
哪儿不舒服,只是哭着要妈妈关注他。看着妈妈这么傻乎乎的样子
我真的很伤心。爸爸长相不怎么样,但人很聪明。他早就看穿了索
尼的鬼心思,现在他知道我也看穿了索尼的把戏。

　　一天晚上我猛地一惊,醒了过来。有个人躺在我身边。有那么
一阵子我还以为那一定是妈妈,她清醒过来了,永远离开了爸爸,接
着我听到隔壁房间里索尼在拼命地哭,妈妈在说:"乖乖! 乖乖! 乖
乖!"我这才知道身边那人不是她。原来是爸爸。他躺在我身边,眼
睛睁得大大的,喘着粗气,显然是在生气。

　　过了一会儿,我突然想到他为什么生气。现在该轮到他了。他
把我从大床上撵了出来,现在索尼又把他撵了出来。如今妈妈除了
呵护那个要你命的小畜生之外,谁也不管了。我情不自禁地同情起
爸爸来了。我自己是经历过这种事的,即使是在那个年纪我也很宽
宏大量。我上下抚摩着爸爸的身体说:"乖乖! 乖乖!"他并没有做出
任何反应。

　　"你也睡不着?"他怒吼道。

　　"呵,来吧,抱着我们,行吗?"我说,他真的抱住了我,用你的话说
就是小心翼翼地抱着我。爸爸很瘦,但总比没人抱要好。

　　圣诞节那天,他破天荒地特意给我买回了一个真正非常漂亮的
铁路模型。

庄　稼　汉

　　迈克尔·约翰·克罗宁偷了"卡里克纳布利纳曲棍球、足球和戒酒协会"——一般俗称俱乐部——的基金之后，大家都说："他是鬼迷了心窍！""让他拿命来抵！""让仁慈的上帝拯救他！""这我早就料到了！"也有人说他情有可原。

　　不仅迈克尔·约翰本人受到了谴责，就连克罗宁家族的人，以及跟他们家沾亲带故的人也得看人家的白眼。方圆三十里、过去一百年间他们家族每个人的一言一行都被人回忆了起来，并且都跟这件丑闻联系到了一起。迈克尔·约翰的父亲（但愿他百年之后能进天堂！）是个酒鬼，喝醉了酒就打老婆，他爷爷是个强占别人土地的恶霸。他的叔叔，要不就是他的叔祖，是个警察，很久以前参加过米切尔镇那起镇压事件。还有一个未出嫁的妹妹，名声给弄坏了，根据各种说法需要一个团的丈夫帮忙才能恢复过来。这件事给克罗宁一家的震惊着实不小，凡是对他们家怀恨在心的人（即使是三十三代之前同宗的堂兄弟）简直就像是过节似的开心，见了面总要友好地问起这件事，对迈克尔可怜的母亲表示同情，直到克罗宁家族的人目露凶光才住口。

　　大家只能有一个方法来处置迈克尔·约翰，那就是送他到美国去，让这件事情慢慢地销声匿迹得了。假如不是发生了一件令人不快的特殊事件，大家本来是会这么办的。

　　本教区的克劳利神甫是俱乐部的主席。他相貌不凡，高高的个子，身体很结实，只是腰弯得很厉害，无情的眼神里透着精明敏锐，只是见了两三个老年人才露出温和的神色。他为人很古怪，年纪很大了,但政治观点很激进,却又不偏向于任何一个政党,性格固执得要死。现在,克劳利神甫除了逼迫俱乐部迫害迈克尔·约翰之外,还会做什么呢?

俱乐部的成员都是信教的,时至今日他们从不敢对神甫的判决表示怀疑。是呀,说真格的,即便神甫是一个恶霸——不过说句公道话,他不是这种人——在他们这些人身上跳吉格舞,他们也不会抱怨的。可是人是有原则的,像这样的事情在本教区还从没听说过。什么? 小伙子遇上了麻烦还叫警察来对付他?

俱乐部的成员一个接一个地发言,大家都众口一词。"可是他犯了错误,"克劳利神甫说着,拍起桌子来。"他犯了错误就应该受到惩罚。"

"也许是这样,神甫,"俱乐部副主席康·诺顿说,他现在是俱乐部的发言人。"也许你是对的,可你总不会说他母亲也应该受到惩罚吧,她可是一个寡妇啊。"

"说得在理!"大家异口同声。

"他母亲是活该!"神甫简短地说。"这个小伙子是怎么长大的,你们谁也没有我清楚。他是一个恶棍,而他母亲是个傻瓜。既然她现在肯给儿子下跪,为什么当初不早点把基督教的原则灌输到儿子的脑子里去呢?"

"那倒也是,"诺顿口气温和地表示同意。"我只能说你的话有道理,不过那就是惩罚他叔叔彼德的理由吗?"

"还有他的叔叔丹呢?"又一个人问。

"还有他的叔叔詹姆士呢?"第三个人问。

"还有他的堂兄弟德怀尔家的兄弟几个呢? 他们在里斯纳卡利加开了一家小店,是科克郡很有体面的一个家庭啊。"第四个人问。

"是的,神甫,"诺顿说。"大家都不同意你的意见。"

"是吗?"神甫大声嚷了起来,他发火了。"是这样的吗? 跟他叔叔丹和詹姆士有什么关系? 你们这是在说什么呀? 那你们说给这几个人什么惩罚? 接下来你们还会说这是对我的惩罚,因为我跟他样都是亚当的后代。"

"得了,神甫,"诺顿简直不敢相信自己的耳朵。"你意思是说,把他们的骨肉公开示众还不是对他们自己的惩罚?你以为我们都疯了吗?你自己希望别人这么对待你吗?"

"我家里没有做贼的,"克劳利神甫简短地说。

"天哪,以前有没有过,这我们就说不上了,"一个叫达利的小个子抢白道。他家住在山上,是个火暴性子。

"冷静点儿,我说!冷静点儿,菲尔!"诺顿提醒他说。

"你这是什么意思啊?"克劳利神甫说着站起身来,手上攥着帽子和拐杖。

"我的意思是说,"达利怒气冲冲地说。"我不会坐在这里听着外乡人说我们这个地方的坏话。库劳格的恶霸、小偷、流浪汉、骗子跟卡里克纳布利纳一样多——对了,天哪,是要多得多,坏得多!我就是这个意思。"

"不,不,不,不,"诺顿用安慰的口吻说。"他不是这个意思,神甫。我们不希望库劳格和卡里克纳布利纳这两个地方有孬种。他的意思是说,你们姓克劳利的在当地是一个响当当的家族,可是离我们这儿有四十里地儿,这儿不是您的家乡,而有史以来克罗宁家族跟我们就是邻居,如果这个时候我们把这个家族的人交给警察,那就是一件怪事……您听我把话说完,神甫,"他继续说着,忘记了自己这会儿是充当调解人的角色,跟其他人一样把桌子捶得砰砰直响,"如果今儿早上我们家一头牛得了病,我不会去请克雷明家或者克劳利家的人来帮忙,即使我去请的话,也没多大用处。大家谁都知道我从来不跟教会作对,我是一个大家都尊敬的庄稼汉,按时交费,按时纳税。"

"说得对!说得对!"委员们都表示赞同。

"至于你是什么身份我不在乎,"神甫反驳道。"你听我说,康·诺顿。我跟克罗宁这个小伙子无冤无仇,这一点你们中间有的人可能不是十分清楚。可是我清楚自己的职责,尽管你们人多我也不能忘了自己的职责。"

他走到门口，回头望了一眼。大家茫然地你看我，我看你，不知道该对这个可恶的家伙说什么才好。神甫朝他们挥舞着拳头。

"你们都是了解我的，"神甫说。"你们都知道我这一生都在跟那些长尾巴的家族作斗争。现在，有上帝的支持，我要剪掉一个家族的尾巴了。"

大家都被克劳利神甫的威胁镇住了。他们都知道神甫是个固执的人，整天忙着攻击各种政务委员会和宗教委员会里所谓的"腐败"。那些腐败现象都出在你的教区之外，所以并不重要。大家不敢公开地反对神甫，因为神甫对他们每个人的底细十分了解，而且至少是在公开场合神甫的舌头可是不饶人的。大家都赞成一个圆滑的解决方案。他们组成了一个迈克尔·约翰·克罗宁基金会，游说本教区的居民来捐款，把迈克尔·约翰偷走的钱给还回去。大家都认为克劳利神甫不会同意举行一场募捐的足球赛。

大家跟迈克尔·约翰这个失职的会计一起到教务评议会去。迈克尔·约翰很知趣，脸上带着悔恨的神色。克劳利神甫正在吃饭，他让管家来把大家带了进去。他惊讶地看着七个委员推着面无人色的迈克尔·约翰，把餐厅挤得满满的。

"你们都些是什么人？"神甫的眼睛在油灯上面瞪着他们问。

"我们都是俱乐部的委员，神甫，"诺顿回答道。

"哦，是吗？"

"这就是会计——不，应该说是原来的会计。"

"我并不想假装很高兴看到你们，"克劳利神甫沉着脸说。

"他是来道歉的，神甫，"诺顿继续说道。"上帝作证，他很后悔，我不是说谎……"诺顿朝前跨了两步，然后戏剧性地把一堆钞票和银子放在桌子上，一言不发。

"这是什么？"克劳利神甫问。

"是那笔钱哪，神甫，现在都还回来了，咱们双方是谁也不欠谁的了。对天发誓，今后再有什么纠纷，我们也决不提这一茬儿了。"

神甫看了看钱，又看了看诺顿。

"康，"神甫说，"你最好把这些软绵绵的话留着到法官面前去说。也许他会三思的，可我不会。"

"神甫，您是说法官？"

"是法官哪，康。"

一阵长时间的沉默。委员们张口结舌，简直不敢相信。

"神甫，您就是这样对待我们的吗？"诺顿声音颤抖地问。"咱们共事这么多年了，我们为您办的事也不算少哇，您就这么把我们当做强盗在父老乡亲们面前示众吗？"

"你们这些蠢货，我不是要拿你们示众。"

"神甫，这就是示众，您是把全教区的男女老幼拿去示众啊，"诺顿说。"您听好了，我们是不会忘记的。"

在接下来的那个礼拜天，克劳利神甫在祭坛上说起了这件事。他说了足足半个小时，那张阴沉的老脸上没有一丝表情。但是，他在布道中长时间地、恶毒地攻击那些"长尾巴家族"。他说这些家族是我们国家的祸根，他们嘲弄真理、正义和慈善事业。全教区的人都认为这个老头子太顽固了，从来不认错。

做完弥撒后，委员们到神甫的圣器室里去拜访他。神甫那双浓眉下的眼睛狠狠地瞪了诺顿一眼，这位受人尊敬的庄稼汉吓得连连后退。

"神甫，"诺顿恳求地说，"我们只想跟您说一句话。说完了就走。您是一个很难对付的角色，今天早上您说了我们一些很难听的话；这些话从您的口里说出来我们感到很委屈。可是我们没吭声，默默地忍了，我们并不想惹您生气。"

克劳利神甫鼻子里哼了一声。

"我们是来跟您讨价还价的，神甫。"诺顿说着，脸上开始露出笑容。

"讨价还价？"

"如果您卖我们一个人情给我们做一件事——一件很小的事——我们今后再不提这茬儿了。"

"这就是你出的价!"神甫不耐烦地说。"什么小事?"

"如果您肯给小伙子开一个品德证明书,我们就永远不提这件事了。"

"是的,神甫,"全体委员齐声喊道。"给他一个品德证明书! 给他一个品德证明书!"

"给他什么?"神甫大声喊道。

"看在上帝的分上,给他开个品德证明书,"诺顿激动地说。"如果您给他证明一下,法官就会饶了他,我们教区也没了污点。"

"你们这些可怜虫,是不是疯了哇?"克劳利神甫问道,他的脸因为充血而涨得通红。他不停地摇晃着脑袋。"这么多年了,我一直都教育你们什么是体面,什么是正义,什么是真理,可你们像那堵墙一样,根本不懂。你们是要我作伪证吗? 你们是要我嘴里一边喊着上帝的名字一边撒谎吗? 回答我,是不是?"

"啊,这也算是作伪证!"诺顿厌倦地回答道。"您能不能为小伙子说几句话呢? 谁也没请您多说。您告诉法官小伙子很诚实,很勤劳,很正直,他拿钱也不是想害人,这对您自己有什么损害?"

"天哪!"神甫嘟哝着,双手心不在焉地搔着头上的灰发。"不跟你们说了,不跟你们说了,一群不可救药的羔羊。"

神甫走了之后,委员们转过身来困惑地你看我,我看你。

"这家伙真可恶,"一个人说。

"简直是个暴君,"达利赞同道。

"可不是吗,"诺顿叹了一口气说,同时搔了搔脑袋。"可是,伙计们,看在上帝的分上,我们再试一次,然后采取别的行动。"

当天晚上,神甫正在喝茶,委员们又来找他。这一次他们穿着整洁干净的衣裳,一本正经的样子,个个都很有主见。

"你们又来了,"神甫尖刻地说。"我也料到你们会来的。向老天爷发誓,我讨厌你们,讨厌原来那个俱乐部。"

"哦,我们不是以委员的身份来的,神甫,"诺顿口气严厉地说。

"你们不是?"

“不是。”

“可我说，你们看上去都是委员的派头啊。说句不太礼貌的话，你们究竟是什么身份？”

“我们是代表团，神甫。”

“哦，代表团！瞧瞧。是哪儿派来的呀？”

“是教区的代表团，神甫。现在您总该听听我们的意见了吧。”

“哦，说吧！我在听着，我在听着呢。”

“嗯，是这样的，神甫，”诺顿说着，放下了架子和斯文，身体靠着桌子。“就是今天早上那件小事。神甫，您可能不理解我们，我们也不理解您。现在世界上的误解太多了，神甫。可是我们都是些安分守己、头脑简单的人，只想尽自己最大的努力去帮助每一个人。几句好话，几个英镑是不会拦得住我们的。现在您明白了吗？”

“叫我说啊，”克劳利神甫说着，把手肘放在桌子上，“我也不知道明白了没有。”

“嗯，是这样的，神甫。我们不想让教区和克罗宁一家人受到指责，您是惟一能拉我们一把的人。我们请求您的就是给小伙子开一个品德证明书——”

“是的，神甫，”大家打断了诺顿的话齐声说，“给他开个品德证明书！给他开个品德证明书！”

“给他开个品德证明书，神甫，完了您就不用再为他的事费心了。等我把话说完了您再说。我们不是请求您去法庭，或者是走近法庭。您身边有笔有墨，只要写两行字就可以了。事情过去了之后，您可以把迈克尔·约翰的船票给他，让他去美国，叫他再也不要在咱卡里克纳布利纳露面了。这就是他的船票钱，神甫，”说着，诺顿把一把钞票放在桌子上。“这是他们克罗宁家族做出的决定，他母亲跟我们说了，他自己也说了，事情一结束他就动身。”

“让他去见鬼去吧！”神甫反驳道。“他去哪里关我什么事？”

“神甫，您就不能耐心点儿吗？”诺顿用责备的口气问道。“您就不能让我把话说完？我们知道这对您没什么好处，所以我们才来跟您商量。假设——为了争论这件事,我们不妨假设——您照我们说的办了,说句不对外公开的话,我们这几个人去给您募集教区的基金,您说个数字,供您自己花费。现在您听明白了吗?"

"康·诺顿,"克劳利神甫站起身来,抓住桌沿,"我听明白了你的意思。今天早上是伪证,现在是贿赂,上帝知道下一步是什么。我知道我这是白费口舌……我还知道,"神甫凶狠地说着,身体伏在桌面上,看着大家,"对于你们这些人来说,一头纯种的公牛比一个神甫更有用。"

"您这是什么意思呀,神甫?"诺顿低声问道。

"没别的意思。"

"您这话我们可是一辈子都记得的呀,"诺顿气呼呼地说,同时他靠在桌子的这一边,向神甫那边倾过身子,这样两人在桌面上面面相觑。

"要一头公牛,"克劳利神甫喘着粗气说。"不要一个神甫。"

"这话我们不会忘记的。"

"是吗? 那请你把这句话也记住。我老了。当了四十年的神甫。不像我认识的有些人那样只图金钱、图权力、图名誉。我把自己的知识都奉献了出来——也许我的知识不是很多,但是有许多比我更有知识的神甫没有像我这样全力以赴。等到我生命结束的那一刻……"说到这儿,神甫的声音变成了嘀咕,他那对可怕的眼睛在大家的身上搜寻着,"……等到我生命结束的时候,如果我曾经做过什么错事、坏事、不正义的事,这个教区的男女老幼没有一个会当着我的面说我是坏蛋的。对于一个总是想当一名好神甫的老头来说,要他干这种事是不是很可悲?"他抬高了声音,挑战似的扬起头来。"给我滚出去,要不我就把你们踢出去!"

神甫说话还真的算数,审判那天他还是没帮迈克尔·约翰说一句话,好像迈克尔·约翰是个黑人似的。结果迈克尔·约翰被判处三个月的徒刑,而这还是从轻发落。

出狱后,迈克尔·约翰完全变了样,整天垂头丧气,愁容满面。大家都很同情他,以前从没跟他说过话的人这时见了他也跟他打招呼。他逢人便谦虚地说:"朋友,你不计较我的过错,我很感谢你。"既然他不肯去美国,俱乐部又为他募了一次捐,再加上大家以前给他凑的那些钱,还有克罗宁一家人给他准备去美国的路费,迈克尔·约翰手头有足够的钱开一个小店。后来他在郡政会找到一份工作,然后又到一家公司的办事处干了一阵子,最后他买下了一个酒馆。

至于克劳利神甫,一年后调动了工作,不过他在这个教区没做过一件好事。会费交不齐,给他送礼的人也少了,那些花钱做弥撒的人宁愿跑到七八十里开外的教堂去,也不肯把钱给他。大家说他肺都气炸了。

神甫给这里的人留下了很坏的记忆。大家说,如果不是他,迈克尔·约翰现在已经去美国了。如果不是他,迈克尔·约翰决不会娶一个有钱的姑娘,也不会在困难时期把钱放账给穷人,吸基督徒的血。一个老头曾经跟我说起迈克尔·约翰:"他过去是强盗,现在还是强盗,跟他那个当警察的叔叔一样是人民的敌人;他的黑手以前伸向哪里,现在还伸向哪里。我觉得这人不可救药,除非上帝再给我们派一个摩西或者布莱恩·博如①   来,把他打入地狱,叫他永世不得翻身。"

---

① 摩西,圣经人物,以色列人的领袖。布莱恩·博如(? —1014),生年不详,爱尔兰国王。

法 律 的 威 严

丹·布莱德正在劈柴,突然听到路上有脚步声。他停了下来,把一捆嫩枝放在膝盖上。

母亲活着的时候,丹照料过她,老太太死后,再也没有女人跨进过他的门槛。他的家门口像是挂着一个"女人免进"的牌子似的。家里的东西都是他按照自己的想法亲手制作的。椅子面是木头锯成的圆形木板,又粗又厚,长年累月上面的污垢和油漆都给粗糙的裤子屁股磨光了,留下一个圆圈。丹把满是节疤的粗壮的白蜡树枝楔进去,充当椅子腿儿和靠背。那张从商店买回的松木桌子虽然一碰就摇晃,却是母亲给他留下的遗产,他非常自豪,非常珍惜。未刷石灰水的墙上到处落满了苍蝇,上面挂着一幅马库斯·斯通① 的名画复制品,门边有一本挂历,上面画有一匹赛马。门上头挂着一杆枪,很旧但是保管得很好。壁炉前面趴着一条老猎狗,丹一站起身来,或者动弹一下,它就期待地昂起头来。

脚步声越来越近,丹放下那捆嫩枝,若有所思地把手在裤子屁股上擦着。这时,那条狗昂起头来,大声叫着,但它这只是为了炫耀自己的机警。这条狗很有人性,知道人们嫌它老了,不中用了。

半扇门上有一块尘土飞扬的长方形光束,这时一个人影出现在光束中间,丹环顾四周。

"就你一个人在家吗,丹?"一个声音道歉地说。

"哦,进来吧,进来吧,警长,进来,欢迎,"老人大声地说着,踉踉

---

① 马库斯·斯通(1840—1921),英国画家。

跄跄地来到门边,这时大个子警长开了门,走了进来。他站在那里,身体的半边晒着太阳,另半边在阴影里,看到他那模样你就可以想像屋子里头是多么黑暗。为了看到光亮,警长把半边红脸侧向一旁,光亮的后面一棵白蜡树绿色的枝叶在微风中直指云霄。山腰上一排排梯田被七零八落的红褐色岩石弄得支离破碎。山的那边一直延伸到地平线的地方便是大海,汹涌澎湃的海水在阳光照耀下几乎呈了透明状。警长的脸很胖,气色很好,而老人的脸因为刚从厨房阴暗的光线中显露出来,有一种风吹日晒后留下的颜色,他的容貌上留下了与岁月和风霜搏斗的痕迹,跟岩石表面的痕迹有几分相似。

"哎哟,丹,"警长说,"你越来越年轻了嘛。"

"半老头吧,警长,半老头,"老人表示赞同,他那口气是把警长的话当做恭维,但出于礼貌他也不便倚老卖老。"还算过得去吧。"

"哎哟,那也是,谁也不会说你日子不好过的。瞧你家这条老狗一天也没变老呀。"

那条狗叫了几声,好像是说警长这么不礼貌地谈论它的年龄,它可是要记在心里的。但是只要有人提到它,这条狗都会叫起来,仿佛它知道人们不会说它什么好话似的。

"你还好吗,警长?"

"嗯,大家都一样啊,丹,不是很好,也不算很坏。每个人都有自己的烦恼啊,谢天谢地,不过我们都有一些补偿。"

"老婆孩子都好吗?"

"好哇,谢天谢地,好哇。都出去了,要一个月才能回来,到克莱尔她娘家去了。"

"你是说到克莱尔去了?"

"是到克莱尔去了。我可以安安静静地过几天了。"

老人打量了他一会儿,然后到厨房里去了,出来的时候手里拿着一件旧衬衫。他一本正经地把壁炉边那把椅子座位和椅子背擦得干干净净。

"请坐,警长。您走这么远的路一定累了。这一段路不近哪。您是怎么来的?"

"蒂格·里利的车带了我一程。我说,丹,你就别忙乎啦。我不会待很久的。我答应他们一个小时之内回去的。"

"这么急干吗呀?"丹问。"瞧,我生火的时候,你的脚刚踏上我们家的小路。"

"呵,丹,你不是给我沏茶吧?"

"的确,我不是给你沏茶;是给我自个儿沏。你要是不来一杯,我可要见怪了。"

"丹,丹,不打搅了,我在警察所喝过了,还不到一个小时呢。"

"呵,嘘,嘘! 别做声好不好! 我这儿有一样东西可以给你开开胃。"

老人把沉重的水壶吊在火堆上面的链子上。那条狗坐了起来,摇着耳朵,好像是认真听的样子。警长解开上衣的扣子,松开武装带,从胸前的口袋里掏出一根烟斗和一块烟草,跷起二郎腿,用一把小刀切着烟草。老人从碗橱里拿出两只有精美图案的杯子,他家里就这两只。杯子有缺口,没有柄,只是在非常特殊的场合才派上用场。他自己喝茶喜欢用钵子。他无意中瞥了一眼,发现杯子因为好久没用,粘上了白色的细草皮土。这种微粒随着烟雾时刻都在屋子周围弥漫。他想到身上穿的衬衫,正儿八经地卷起袖口,里里外外一擦,直到袖子发亮了为止。接着他弯腰打开小碗橱,里面有个一夸脱的瓶子,装着白色的液体,显然是没动过的。他拔开盖子,闻了闻,然后停了一下,好像是回忆以前在哪里闻到过这种烟味。接着,他打定了主意,站起身来,很随意地往外倒了一点。

"尝尝这个,警长,"丹说,他心里很自豪但没有显露出来。

警长极力掩饰内心的不安,因为法律明令禁止喝酒,他仔细地朝杯子望了望,用鼻子吸了一口气,然后仰起头来看着丹。

"看上去还不错,"警长说。

"应该不错,"丹回答道,他并没有假装谦虚。

"味道也不赖,"警长说。

"呵,是呀,"丹说着,心想不应该在自己家里吹嘘自己的好客。"质量不咋的。"

"你真够得上一个好法官啦,"警长说,他这话并不是讽刺。

"自从事情变成今儿这个样,"丹说着,小心翼翼地不直接提及客人主管的法律事务。"酒就不如以前好了。"

"这种说法我也听说过,丹,"警长若有所思地说。"我听一些很内行的人说过去的酒要好得多。"

"酒嘛,"老人说,"这玩意儿要时间。慢工出细活。"

"也是一门艺术呀。"

"可不是吗。"

"而艺术是耗费时间的。"

"还要知识,"丹加重语气说。"每种艺术都有窍门,烧酒的窍门给忘了,就像你忘了一些老歌一样。我小时候咱们这个分区没有哪个人脑子里不装上百十首歌的。随着大伙儿东奔西走的,这些歌都给忘了……自从事情变成今儿这个样,"丹说到这里仍然是用词小心翼翼,"大伙儿东奔西走的,好多窍门都给忘了。"

"窍门一定不少。"

"可不是吗。问问现在做酒的人,能用欧石南烧出威士忌来吗?"

"威士忌是欧石南烧的吗?"警长问。

"是的。"

"你自个儿从没喝过?"

"我没喝过,但我知道喝过这种酒的老人,他们告诉我说,现在烧的威士忌跟那没法比。"

"喔唷,丹哪,有时候我觉得法律插手这件事搞什么禁酒是一个很大的错误。"

丹摇了摇头。他的眼睛帮他回答了这个问题。但是人的天性是不会在自己家里批评客人的职业的。

"也许是这样吧,也许不是。"丹含糊其词地说。

"但事实明摆着,除了一点酒之外穷人还有什么?"

"那些制订法律的人自然有充足的理由。"

"都一样,丹,都一样,法律太严了点。"

警长不想在主人面前显得小气。出于礼貌他不想屈从于主人为法律界的上司所做的事辩护,他们的做法实在是让人捉摸不透。

"我可惜的是那些窍门,"丹说着,做了一个概括。"有人死,有人生,一个人在这里排水,就会有另一个人来犁田。可是窍门忘了就找不回来了。"

"千真万确,"警长伤感地说。"找不回来了。"

丹拿起一只杯子,到门边的干净水桶里涮了涮,又用衬衫擦了擦。然后小心翼翼地放在警长的肘子旁边。他从碗橱里拿出一罐子牛奶和一个装着糖的蓝袋子;然后又拿来一块乡下做的黄油——显然这些都是为来客准备的——一块自己做的圆形面包,面包很新鲜,没有切开。这时水壶响了,往外面吐着水。那条狗摇了摇耳朵,对着水壶愤怒地叫着。

"滚开,畜生!"丹怒吼着,把拦在他路上的狗一脚踢开。

他沏好茶之后,倒进那两只杯子里。警长自己切了一大块面包,涂上厚厚的一层黄油。

"跟药一个样,"老人说着,用老年人特有的冷静继续着刚才的话题。"每门艺术的窍门都忘了。没人能跟我说现在的医生跟过去那些有窍门的医生一样高明。"

"那怎么能比呢?"警长问,他的嘴里塞满了面包。

"最好的证据是,医生总是跟聪明人在一起。"

"我敢说,大伙儿去那里不是为了找医生?"

"当然不是。怎么啦?"老人手臂一摆,似乎看到了小木屋外面的整个世界。"外面山腰上的那些东西什么病都能治。因为那里写着呢。"——说到这儿,丹的大拇指在桌子上面弹了弹——"是诗人写的'有什么病就能找到什么秘方。'但是大家在山里上上下下的,只看得见花。花呀! 好像全能的上帝——让我们向他致敬! ——闲着没事干了才去创造几朵破花的!"

"医生治不了的病,聪明人能治,"警长表示同意地说。

"呵,这我是知道的,"丹辛酸地说。"我知道,不是脑子里这么想,而是我这几根老骨头亲自试过。"

"你还有风湿病吗?"警长用那种惊讶的口气问。

"有。呵,基蒂·奥哈拉,要是你还活着就好了,还有你,住在峡谷那边的诺拉·迈利,我不是害怕山风海风,我不是愿意爬下山去拿着一张倒霉的红票到狗屁不懂的药剂师那里买回蓝的、红的、黄的药丸药水。"

"是呀,那是为了哪桩啊,"警长说,"我给你一瓶治风湿病的药。"

"呵,什么药也治不了。"

"这你就不对了,丹。先别管好歹,试试再说。我叔叔当初痛得厉害,嚷着要木匠拿手锯把他的两条腿给锯掉,后来就是用这种药治好的。"

"要是能根治,我愿出五十英镑,"丹夸耀地说。"就是五百也干。"

警长一口喝干了杯子里的茶,念了一句祈祷词,划着一根火柴,他忙着回答老人的问题,火柴自行熄灭了。他又划了第二根、第三根,仿佛是要拖延时间好让肚子里的东西消化。最后他终于点着了烟斗,两个人把椅子挪在一起,脚趾挨着脚趾放在灰堆上,大口大口地吸着烟,时而欢快地说一阵话,时而长时间地沉默,一门心思地享受着嘴里的烟。

"我没耽误你什么事吧?"警长说着,仿佛感到自己逗留的时间太长了。

"呵,能耽误我什么?"

"要是你有事的话就告诉我。我最不喜欢浪费别人的时间了。"

"我的天,你就是在我这儿待上一个晚上也不会浪费我的时间哪。"

"我也想跟别人聊聊,"警长承认了自己的动机。

然后他们又忘我地聊了起来。屋子里的光亮渐渐有了颜色,也更加浑厚,在厨房里旋转着,又染上了金色,最后消失殆尽;这时,厨房是冷灰色,碗橱里杯子、钵子和盘子上也是那种冷色。白蜡树上一只画眉在歌唱。暮色中,敞开燃烧的火堆很明亮,火光是暖色的,全然一块均匀的深红色光斑。

外面的暮色越来越暗,警长站起身来要走。他把腰带扎在上衣上,小心翼翼地掸了掸身上的灰尘。然后戴上帽子,脑袋时而侧着,时而后仰。

"嗯,今儿聊得很开心哪,"警长说。

"我很高兴,"丹说。"真的很高兴。"

"我会记得给你那瓶药的。"

"但愿上帝赐福!"

"再见了,丹。"

"再见,警长,祝您好运。"

丹没有送警长到门外。他坐回到火边原来的老地方,又拿出烟斗,若有所思地吹了吹,弯下腰正要拿一根细枝点烟的时候,突然听到脚步声又回来了。是警长。警长的脑袋从半扇门上面探了进来。

"哦,丹!"警长轻声地喊道。

"哎,警长?"丹回答着,环顾四周,那只手还伸着准备去拿壁炉里燃烧的细枝。他看不到警长的面孔,只能听到他的声音。

"我估计你没想要交那点罚金,丹?"

一阵很短的沉默。然后丹从壁炉里抽出那根燃烧着的细枝,慢慢地站起身来,踉踉跄跄地来到门边,同时把细枝往差不多是空的烟斗嘴里塞。警长靠在半扇门上面,双手插在裤子口袋里,眼睛盯着小巷子那边,但余光也看到了海岸线。

"警长,我一贯就这个样,"丹不动声色地回答道,"没想过。"

"我刚才就是这样想的,丹。我想你是不会交的。"

一阵长时间的沉默,只听到画眉的叫声更加尖厉,更加欢快。落日把停留在天空中的云霞染成了紫色。

"可以说,"警长说,"我就是为这个才来的。"

"我刚才也是这么想的,警长,您到了门外我才想起来。"

"丹,如果只是几个钱,我敢肯定好多人都愿意帮你这个忙。"

"这我知道,警长。不是钱的问题,只是我交了钱那个家伙心里会痛快一些。因为他惹我生气了,警长。"

警长对此不置可否,接着又是一阵长时间的沉默。

"他们把逮捕令给我了,"最后警长终于开了口,他那声调似乎是要表示自己与那份不仗义的文件之间没有任何联系。

"是吗?"丹大叫起来,仿佛是为官方的粗心大意感到震惊。

"所以等你方便的时候——"

"嗯,既然您现在提到了,"丹说着,像是提出一个话题供双方来辩论似的,"我现在就可以跟您走。"

"呵,是呀,你干吗这个时候要去呀?"警长的手一挥,配合着声音表示不赞成对方的建议。

"要不明天我可以去,"丹又说,他似乎对这个问题产生了兴趣。

"现在你去合适吗?"警长的声调一个劲地上扬。

"可是,事实上,"老人加重了语气说,"我最方便的时间是礼拜五晚饭之后,因为我进城去可以捎几个口信,我总不能白跑一趟。"

"礼拜五很好嘛,"警长说着,如释重负,因为这样一件棘手的事情终于解决了。"如果不行的,他们可以等。你可以在适当的时候过去,跟他们说是我叫你来的。"

"警长,如果没有什么不方便的话,最好还是找您本人。这事找别人我有点难为情。"

"好吧,你不必难为情。那里有个名叫韦兰的门卫,跟我是一个教区的。你可以找他;我告诉他你要来。我可以保证,他知道你是我的哥们儿会把你安排得舒舒服服的,就像跟家里一样。"

"那很好,"丹说着,感到非常满意。"警长,我很喜欢交朋友。"

"你会很开心的,别怕。再见了,丹。我得赶快去。"

"等等,等我送你到大路上。"

两个人沿着小路大踏步地走着,丹解释说他这么个受人尊敬的老人怎么会把另一个老人的脑袋砸开了花,送到医院里去;他之所以不拿出现金给那个受伤的老人支付医疗费是因为对方出言不逊。

"您瞧哇,警长,"丹说着,同时眼睛看着山顶上那栋小屋子,"他就在那上头,看着我们呢,他那双微弱、游移不定、泪汪汪的眼睛里还看得见,惟一能让他感到满足的就是我交这笔钱。但是我得惩罚惩罚他。因为他,我要躺在没有铺盖的板子上,我要折磨自己,警长,这样他和他的子孙后代就会羞愧得在众人面前抬不起头来。"

在接下来的那个礼拜五,丹准备好驴子和酒桶出发了。一路上他碰到前来给他送行的乡亲。到了山顶,他停下来送大家回去。一个坐着晒太阳的老头匆匆地走进了屋子里,然后他家的门无声地关上了。

丹跟所有的朋友挥手致意,然后抽了那头老驴一鞭子,喊了声"嗨!"就出发到监狱里去了。

责　任　感

　　我小的时候,米克·坎蒂隆和杰克·坎蒂隆兄弟俩就住在我们那条街的北边。哥儿俩的长相非常相像:矮小肥胖,性情敦厚,但除此之外就没有任何共同之处了。米克是个臭名昭著的恶棍,而杰克行动迟缓,少言寡语,很讲良心。很自然地坎蒂隆太太——一个高个子、面色阴郁、虔诚信教的女人,年轻时的姿色尚有几分风韵犹存——喜欢米克,讨厌杰克。她喜欢有男子汉气魄的男人;米克把家里节省下来的柴米钱拿去喝酒,灌醉了之后闹事给抓了起来,他这时伸着双手来到母亲跟前讽刺地说:"妈,请原谅你犯了错的儿子。"坎蒂隆太太就喜欢儿子这样。杰克即使喝了点酒也不认为自己有什么过错,第二天早上不论头痛不头痛都去干活;他似乎没有什么宗教情感,懒得去什么教堂做礼拜或者在家里静修,还把家里记账的事情都交给他妈妈,而坎蒂隆太太最不擅长的恰恰是记账。

　　杰克跟一个名叫法伦的小伙子是铁哥们儿。两人在外面形影不离,但相似之处几乎没有。法伦高高的个子,很英俊,白白净净的脸细皮嫩肉的,一副痨病鬼的面容。他脑子很好使,整天乐呵呵的。他小时候是在女孩子堆里长大的,后来又到一个只有女人的办公室里上班,有时候简直成了半个女人。他跟女人在一起比跟男人在一起要开心得多。他结识了假日矿泉那边一个家庭富裕、受过良好教育的姑娘,姑娘以假日矿泉那边的人特有的胸怀敢于承认自己的全部过错,法伦管她叫"心上人",她听了之后吓了一大跳,等她习惯了,法伦哄她说出她男朋友从巴黎回来之后有什么变化。法伦跟这个姑娘在一起的时候自己就像是姑娘的女友:他善解人意,富有同情心,说

247

话轻言细语,姑娘直到后来才发现他身上的女性特点仅此而已,可是等到这时往往已经太晚了。结果,女人有事总是给他打电话,而他跟女人说起话来总是让对方大吃一惊。这倒不是他有意要吓唬对方,而是他跟人家讲的全是不能公开的悄悄话,有的男人不喜欢这样,觉得这跟偷听没什么两样。

除了法伦之外,杰克跟德怀尔家几个兄弟的关系也非同一般,这一家的兄弟姐妹很多,个个说话的声音都特别大。父亲是一个小本经营的建筑承包商,妻子管他叫"可怜的德怀尔",由于傲慢拘谨,他这辈子永远不会有多大的发展。妻子的智力胜过他十倍,可他教训起妻子来就像她是个白痴似的,而德怀尔太太也真的像个白痴似的默默地忍气吞声。德怀尔太太个头很大,丰满、漂亮、活泼,很虔诚地信教,但说起话来很刻薄。夫妻俩有三儿三女,杰克到他们家跟男孩子喝酒,打保龄球,跟女孩子跳舞,后来三个姑娘还专门为他开了一个会,大家决定既然杰克从来就拿不定主意,那就由她们姐妹几个来替他拿主意。大家还决定让杰克跟二姑娘苏茜结婚,尽管他喜欢的是三姑娘安妮。于是,大家只好又给安妮买了一件连衣裙作为补偿。

杰克虽然也注意到苏茜是人家硬塞给自己的,这事有点离谱,但也没多说什么。他从来就是个少言寡语的人。没多久,德怀尔一家人发现在很多场合杰克总是找机会跟他们亲近。

米克娶了一个名叫玛吉·亨特的姑娘。这个女人面容和蔼,多愁善感,但很蠢,很喜欢米克。她很惊讶地看到老板待丈夫那么狠,一个星期要他干六天活,也很惊讶地看到丈夫的债主跟他逼债时令人切齿的举动,不管他有没有钱,都逼着他偿还。结婚一两年后,米克极大地改变了她,使她更善于面对现实。她的性格变得像钉子一样坚硬而冷漠,而她的消息也很灵通。后来米克死了,死得不是那么壮烈,是遇上了一起车祸,玛吉只得外出干活,给人当清洁工。

米克死后,杰克感到非常难过。他形成了一个习惯,定期来看望玛吉和她的小儿子。德怀尔一家人开始还不觉得这有什么不对的;为丈夫守寡是一件很体面的事情,而他们德怀尔家是最讲体面的。

但是杰克的关心不像是真心诚意,而且事情并不是仅此而已。德怀尔家的大女儿巴巴拉从玛吉的雇主麦克顿菲太太那里听说了一切,听说杰克让玛吉放弃了清洁工的工作,从自己的腰包里掏出这份钱来给她。据麦克顿菲太太说,这笔钱一直要给到她儿子毕业之后。麦克顿菲太太的原话是这样的:"你有一个这么好的弟弟!"而巴巴拉的原话是:"我要是找到这么一个傻瓜来养着我就好了!"而巴巴拉母亲的原话是:"他在跟苏茜约会,干这种事也太离谱了点。"德怀尔太太这是第一次看到杰克性格的另一面,而她不喜欢这个样子。

德怀尔太太让苏茜跟杰克把话都说清楚,可是苏茜一听就慌了,说她害怕。可她德怀尔太太并不怕。凡是德怀尔家里人的雇主都可以从她那里得到保证:他们家的东西绝对货真价实。而她是不能容忍自己的女儿遭受冷落的。

"我听说小东西去上学的时候,你去照料玛吉·亨特了,杰克,"一天晚上,德怀尔太太趁身边没人的时候很和蔼地对杰克说。

杰克的样子很尴尬。他不喜欢让别人知道自己的慈善行为。

"也帮不了她什么忙,"他用道歉的口吻说。"不过每天让小东西跟生人在一起对他不好。"

"难哪,"德怀尔太太表示同意。"我敢说,你自个儿安家就不是很容易呀,"她又加了一句。

"是不容易,"杰克表示同意。

"杰克,你想让苏茜等很久吗?"她责备地问。

"我自个儿也不想等那么久,德怀尔太太,"他说着,敲出了烟斗里的烟灰。"涨工资我还有点希望,但也说不准。当然如果苏茜有更合适的人选,我是不会拦住她的。"

"我想这事就甭再提了,杰克,"她的回答里没有丝毫的炫耀。德怀尔太太也许有别的缺点,但她决不会炫耀自己。然而,她就这样给一个手里没有王牌的业余选手打败了,心里非常羞愧。玛吉·亨特不是一个很聪明的人,她能让杰克服服帖帖的,而德怀尔太太却不能。

"苏茜呀,要是换了我,就跟那个家伙吹了得了,"德怀尔太太心平气和地跟女儿说。"他连一点男子汉的气魄都没有,跟谁结婚也不是一个好丈夫。坎蒂隆家的两兄弟都像他们的妈妈。"

但是苏茜不是那种人。她很温柔,很喜欢唠唠叨叨的;听说杰克不欣赏她,她很惊讶,她关心的不是如何保住自己的尊严,而是如何让他改变主意。

于是苏茜明目张胆地向帕特·法伦献媚。她并不是真的喜欢帕特,像帕特那种名声的人苏茜是不会喜欢的。而他也看出苏茜身上的小毛病,这些毛病是苏茜自己不会承认的。一个男人不知道你脑子里想什么的时候来奉承你,这也不错嘛。苏茜哪怕感到任何一点委屈,帕特事先都能看出来。与此同时,她想让杰克看一看,除了他之外还有别的男人也很欣赏她。

要是换了别的男人,准得从这种微妙的处境中赶快脱身,但是帕特这人不知趣。他觉得这是很逗的事情。苏茜自以为谁也不知道她这样做的动机,帕特看在眼里乐在心头,急于窥探到苏茜究竟在这件事上能走多远。他很入迷因为这就像一盏探照灯把一个女人的性格暴露无遗。要是苏茜知道了,她准得羞死不可,但是帕特还把这事跟杰克说过。当三个人碰到一起的时候,帕特拿出浑身解数把这件事给表演出来。

"苏茜,你跟我一起回家吗?"帕特说着,伸手挽着她。"没有了你我一天也活不了。"

"我也活不了,"苏茜大声地说,她一半是开心,一半是被帕特的举动吓坏了。

"你是害怕那个家伙吗?"帕特说着,用手指了指杰克。

"他会宰了我的!"

"那个家伙?他对你不屑一顾。我才是真正爱着你。"

"别跟我来这一套了,你们这两个婊子!"杰克大声喊着,同时笑得眼泪都出来了。

德怀尔家在克劳斯黑文有一个避暑的别墅,帕特大部分时间也住在这里,两人的调情仍在继续,苏茜有点乐此不疲。但杰克好像无动于衷。她开始怀疑母亲说的究竟对不对,怀疑杰克究竟还是不是个男人。

圣诞节到了,帕特病倒了,要做手术。苏茜从来没见过杰克这么心烦意乱。他每天下午都待在医院里。从帕特的母亲那里,苏茜得知帕特曾经保证借一笔钱给一个要去瑞士的朋友,但现在太迟了。帕特在圣诞节过后一个礼拜就死了。杰克经常去看望法伦一家,就像对待玛吉·亨特一样,还忙着帮一家人把帕特生前在生意上的点滴利润收回来,但这事比米克死时的事情要麻烦多了。杰克把帕特的画像挂在自家壁炉上方,苏茜偶尔到他家来玩时,发现他会不时地瞥一眼那张画像,她意识到她打断了杰克与画像的某种对话。随着时间的推移,苏茜发现杰克对那张画像有一种固着型的偏爱,于是她更加关心了。那是一种病态;她觉得有责任进行制止,但是她无法让杰克听进去别人对帕特的理性批评。杰克不是脸上露出痛苦的神色,转移话题,就是柔声地说她不懂。苏茜对后一种情况很恼火。帕特究竟是向她求爱,还是向杰克求爱呀?

"你真傻,"苏茜冷淡地说。"你对别人太崇拜了。你听我说,我决不会像你那样崇拜任何人,连男人也不会。帕特固然很逗,但是你没有看出他是多么的肤浅。"

"我说苏茜,咱们就别争了,"杰克说着,面带一丝痛苦的微笑。"帕特的脑子很好使。"

"呵,可他很不诚恳,杰克。"苏茜说着,皱了皱眉毛,又摇了摇头。

"帕特很诚恳,只是别人不理解他。他诚恳的方式跟你我都不一样。我们每个人表现诚恳的方式是不同的。"

"呵,我的天,"她大声喊叫着,面带一种高傲的神情。"帕特在你跟前还不错,但是你一转身,他就变了样。天哪,我还不了解他吗?"

"苏茜,你不了解他。帕特是在跟我们逗乐,就像他能跟任何人逗乐一样。但是他不会做伤害朋友的事。他甚至不知道是怎么回事。"

接着,苏茜意识到自己必须以生命为代价来说服杰克,除此之外任何东西都无法使他摆脱对死去的朋友的怀念。

"你知道的就这些，"苏茜低声说着，心里想到自己的高贵，嘴唇因此而颤抖起来。

"我知道的并不比任何人少。"

"我估计是这样吧，你知道帕特和我——同居过？"她问道，同时她的下颌突出于上颌之上，极力保持声音的平稳。

"你们俩什么来着？"杰克烦躁地叫道。

苏茜哭了起来。

"哦，你的批评是对的，"她抽泣着说，"但是你就这样一年又一年地拖着，那就是你的不是了。你说得多轻巧！任何一个姑娘都会像我这么做的。"

"苏茜，我不是要粗鲁地给你一个回答，"杰克气愤地说，"你做了什么我根本就不在乎，但是我不许你诬陷一个已经无法自卫的男人。"

"诬陷？"她气愤地说。

"不是诬陷还是他妈的什么？"

"不是诬陷，"苏茜哭道，这一次她是真的生他的气了。"你真无耻！我估计你以为谁也不会对你做这种事的。嗯，帕特·法伦就做了，而我也不能怪他。你这人很不正常。是我妈说的。你甚至不知道人都有什么样的诱惑。"

"就像我以前说过的一样，我不在乎，"杰克说着，都快要在她面前指手画脚了，仿佛她只不过是一个中学生，要在葬礼上大出风头。"听到这样的谣言到处流传，帕特家里的人是会很痛苦的。所以，做个好姑娘，别再说这种话了。"

苏茜呆若木鸡，她意识到不管杰克相不相信她，杰克把不再给帕特的家人带来痛苦看得比她的警告还要重要。更糟糕的是，她不能跟家里人讲他们俩争吵了些什么。家里人永远也无法意识到苏茜为了让杰克回到现实中来所付出的巨大代价。他们要么是相信她的话，把她看做一个怪物，要么是不相信她的话，把她看做一个傻瓜。

她回到家里，几乎要歇斯底里了，跟家里人说杰克这人真不像话，太不正常了。她妈妈平静地说："嗯，丫头，你可不能说我没把丑话说在前头，"可她这话一点作用也起不了，因为你越是让苏茜警惕杰克，她就越是对杰克感兴趣。说穿了，苏茜这是出于好奇。一个姑娘对小伙子不好奇了，那么两人的事就黄了。

五年之后，杰克才有条件跟苏茜结婚，但这时苏茜的精神已经崩溃。她对杰克也习以为常了。德怀尔太太也用不着假装很高兴的样子；她一次就把杰克这人给看死了，但是既然苏茜对他的态度如此执着，她估计自己也只能尽最大的努力将就着跟杰克保持那种关系。杰克这时已经是运输公司的办公室主任，他们的日子过得挺滋润的，在离德怀尔家只有一箭之地的坡上买了一栋房子，生了两个孩子，一男一女。夫妻俩似乎终于熬出了头，特别是苏茜感到分外的舒适。她似乎始终都没有忘怀当初杰克冥落她所做出的巨大牺牲。她在情绪不同的时候，对自己与帕特的关系有两种不同的说法。第一种也是最常听到的一种说法是，他们俩的关系是纯洁的——这也是事实；第二种说法是，根本不是这么回事——这同样也是事实，就看你对这个问题是怎么看了。当她情绪好的时候——绝大多数时候她心情很好——她跟帕特之间什么事也没有，只是有一些她称之为"胡说八道的陈词滥调"；当她不舒服的时候，她干过见不得人的事，而那完全是为杰克所逼，而她已经落落大方地向杰克忏悔过了。但杰克说她孩子气，不让她再说了。在这种情绪的支配下，苏茜做忏悔的时候把这当做是一种历史罪过反复地说出来，对此她也非常懊悔，想起自己的高贵，苏茜心头升起一股悲伤和愤怒的火焰，跟杰克大吵大闹起来，一边哭一边叫喊着，说杰克没有男人的气魄。杰克把双脚放在壁炉上面，手里拿着一本书，或是一张报纸，不时地抬起头来，从眼镜上方望着她，不时地来一番慷慨陈词，而这又惹得苏茜大发脾气。最后，他实在忍不住了，把报纸猛地一掷，声音哽噎地说"操你的！"然后出门去，喝个一醉方休。第一次发生这种情况，苏茜非常激动，但是不久她发现杰克的情感词汇就那么一个词，只在你惹得他实在受不了的时候才说出来,而说完之后,他就不吭气了。

后来,在他们婚姻生活最幸福的时候,最糟糕的事情发生了。坎蒂隆太太那点积蓄消耗殆尽,欠了许多数目不大的债务,每一笔小小债务的原委都不尽相同,最后面临着被驱逐出去的危险。杰克非常着急。他去找玛吉·亨特拿主意。玛吉·亨特是惟一一个能帮他拿主意的女人。

"嗯,在我看来,你这一生中得第一次做缩头乌龟了,杰克,"玛吉·亨特说。

"为此我得吸取教训吗?"杰克轻声地问。

"要吸取的第一个教训就是给你妈找个家。"

他摇了摇头。

"我就是这个意思,"她说着耸了耸肩膀。"如果你不是那种很明智的人,我也不会坐在这里劝你要明智点。你知道你妈会把你的家搞得乱七八糟的。"

"我想她会那么做的。"他说着,阴沉地点头表示同意。

"杰克,你就别捉弄自己了,她一定会这样的。你惟一能做的就是让她到我这儿来。我看在你的面子上欢迎她来。不过我敢打赌她会首先要求去济贫院。"

然后,她把满脸阴郁的杰克送到门外,她心里有一种愤世嫉俗的想法:要是她跟杰克一起生活可能会很幸福。

但是她看透了坎蒂隆太太的为人,因为这些话多多少少就是坎蒂隆太太说的原话。开始的时候,她看着杰克脸上露出羞涩的微笑,仿佛不知道杰克是不是来真格的。后来她用简单朴实的语言解释说玛吉害得米克英年早逝,还说尽管为了孩子她睁着眼睛说了瞎话,但大家都知道米克是自杀的,又说虽然作为一个基督徒她早就忘掉了这一件事,也原谅了玛吉,但是成天要她跟杀害了自己儿子的女人接触,像她这样明智的人确实受不了。坎蒂隆太太虽然很蠢,但看问题却不含糊。她发现要是玩弄恶作剧,谁都不是玛吉·亨特的对手;她是一个心肠很硬,愤世嫉俗的女人,如果一个老太太想在她面前玩什么把戏,不等你开始她就看出来了。而苏茜虽然做饭是把好手,却只是她手里的泥,任她去捏。

德怀尔太太人有点糊涂,但是看问题看得很准,她对这件事也持相同的看法。她警告苏茜说坎蒂隆太太会不择手段地把她赶出这个家的。她还采取了进一步的行动。看到女儿不那么精明会事,她亲自找杰克谈。这一次她的态度可没那么好。她觉得是图穷匕首见的时候了。

"我觉得你没意识到一个做婆婆的在你家里的危险,杰克,"德怀尔太太一本正经地说。

"这我知道,德怀尔太太。"杰克说着叹了一口气。

"我想你并不知道,杰克,"她说着,声音变得很生硬,"要不你不会肯让你妈跟苏茜和孩子一起住。这样的事我见得比你多,后来都没有什么好结果。有的人也许没什么坏心肠,但造成的恶果却是一样的。"

"德怀尔太太,"杰克几乎是乞求地说,"就连我妈的死敌也不会说她有坏心肠,"听到这儿,德怀尔太太的眼睛闪烁着。坎蒂隆太太的为人她也是知道的。

"杰克,这就更不能让她跟苏茜一起住了,"她毫无悔恨地说。"既然你跟苏茜结了婚,就肩负起了对她的责任。年轻人闹矛盾是免不了的,但只能避着人私下里闹。你和苏茜之间的事不论好歹我从不干预,因为我知道会引起什么后果。结婚是两个人之间的秘密。如果外人插手进去婚姻就到了尽头。"

"你以为我会站到苏茜的对立面去!"杰克大声说着,几乎带着抱怨。

"你也可能是无能为力,杰克。说一说没什么。你妈妈毕竟是你妈妈。"

"到了那一天,我会割了自己的脖子的,"杰克说着有点激动。"但是老年人也得活呀,德怀尔太太。"

"是得活,杰克,"德怀尔太太几乎是无可奈何地说,"但是他们的要求跟年轻人不一样,也没有必要否认这一点。为了大家着想,最好还是给你妈另找个家。我得为苏茜着想。"

"而我得为苏茜和我妈两个人着想。"杰克说着,脸上露出难为情的笑容。

"我想你得在她们俩中选择一个,杰克,"德怀尔太太平静地说。

"德怀尔太太,有些事是没有选择可言的,"杰克阴郁地说,与此同时德怀尔太太意识到这个软弱无能的男人,这个笨蛋屈从于又捣蛋又自私的母亲,却有力量公然抵抗起像她这样很有个性的女人,想到这儿她很气愤。

"嗯,如果你家里闹翻了天,可别怪我啊,杰克,"德怀尔太太斩钉截铁地说。

打那以后,德怀尔太太再也不肯去杰克家了,不过孩子们照样经常来看望她,杰克自己每个礼拜天早上做完弥撒之后到她家来时,她也很热情地接待他,但是原来的那种关系没有了。她的自尊心太强,是不会容忍别人蔑视自己的。

但是我们得承认这样一个事实,她错误地估计了坎蒂隆太太的形式,而不是她的实质。坎蒂隆太太的确把那个家搞得乱七八糟,这是事实,但是她采用的方式不是德怀尔太太所预想的那种。她没有打算让苏茜的日子不好过。她能让杰克的日子不好过就已经满足了。像坎蒂隆太太这种女人的愚蠢在某一些方面与天才相去不远。她看出了杰克的某些弱点,而这些弱点是苏茜从来都没有注意到的。她带着深情的慈爱回忆起杰克小时候受过的屈辱。她知道虽然杰克现在已经结婚做了父亲,但是多多少少还有那么点单身汉的性格特点。这种性格特点与求婚和结婚的压力相去甚远。也许只有单身汉才有责任感。他一生都生活在科克市一个偏僻的角落,邻居见了面点点头,笑一笑,除了红白喜事向别人表示祝贺和同情之外,别的对人家一无所知。他好多事情对苏茜保密,但是要对他妈妈保密非得用一辆坦克来挡住她不可。他妈妈人生的最大乐趣就是管别人的闲事。

他妈妈知道他下班回家后喜欢穿上旧裤子,喜欢看点书,跟孩子们玩玩,于是她哄杰克带苏茜出去溜达。从表面上看,这是出于好心,苏茜觉得内心熄灭已久的爱情火焰又重新燃了起来,她把婆婆的话信以为真,表示同意。

"呵,像我这么一个老太太,除了让你们开开心心地去乐之外,"坎蒂隆太太悲哀地问道,"还有什么别的用?"

特别引人注目的是,随着家庭处境的日益艰难,苏茜越来越依赖这个婆婆了。关于这件事她甚至还跟自己的母亲吵过。德怀尔太太相信杰克性情软弱,而他妈妈是一肚子的坏水。于是苏茜就跟她争吵起来。苏茜说压根就不关坎蒂隆太太什么事;还说你了解了坎蒂隆太太之后就会发现她人并不坏;坏就坏在杰克身上。她发现夫妻俩闹矛盾就是杰克的自私引起的。杰克从小就是这样——冷酷无情。她迫不及待地听着坎蒂隆太太讲米克的故事,米克没有杰克身上的那些弱点,尽管跟她自己的记忆不相吻合,但苏茜却听信了坎蒂隆太太的话,认为米克是一个比杰克强得多的男人。"啊,可怜的米克,"坎蒂隆太太热泪盈眶地说,"尽管他也有些小缺点,你不会对他产生妒忌之心。"如果玛吉·亨特认定自己嫁错了人,当初应该嫁给弟弟而不是哥哥的话,那么苏茜的感觉则恰恰相反。即使杰克说出他那个脏词,现在也已经无法扭转局面。于是,他晚上不回家,在外面玩命儿地喝酒。

一天,苏茜回到家里发现孩子们在哭,坎蒂隆太太趴在楼梯脚下不省人事。坎蒂隆太太接连两天没有苏醒过来,杰克在医院里伺候着。德怀尔太太过来照料孩子,很显然双方都忘记了过去的那场争吵。事实上,那场争吵已经过去很长时间了。德怀尔太太的印象是,坎蒂隆太太打动了苏茜,但是却没有打动杰克。在坎蒂隆太太的葬礼上杰克假装不是很伤心,而苏茜每逢葬礼都会痛哭不止,好多妇女误以为她是死者的亲闺女,向她表示慰问。这使德怀尔太太很生气,她说等她死的时候杰克对她的孝敬不会比他妈妈强。

此时德怀尔太太也有自己的心事。她的小儿子吉姆已经结了婚，她一个人过。用她自己的话说，这是她梦寐以求的。她尽情地享受起来，看电影，打牌，不肯去照料孙子。"你说，我这样对吗？"她问杰克。"我为他们折腾了那么多年，也够意思了吧？现在该是我享享清福的时候了。"后来，她得了关节炎。苏茜过来照料她，家里人都明白母亲短暂的独立期已经结束了。不能把她一个人扔在家里不管。得让她去跟哪个儿子一起住——这对性格坚强的苏茜来说是一种侮辱。

蒂姆禀性很随和，他很高兴让妈妈跟自己过，不过有随和的丈夫就有随和的妻子，德怀尔太太总是吹嘘在家里她没有哪一天不是饭来张口的，她不可能长期地容忍诺拉的性子，也吃不惯诺拉烧的菜。

内德的老婆生有六个孩子，如果不换一套大房子是容不下他妈妈的。吉姆刚刚结婚，家具都没办齐，要把家安顿好还需要相当大的一笔开支。这几个儿子并不是不孝敬母亲，如果有必要的话也不是不愿意去替母亲死，但是谁也不想去做那种傻瓜，片刻的犹豫很可能减轻自己分内的牺牲。

一向富有同情心的苏茜对这件事心知肚明，为每个兄弟都没少流眼泪，但是她大姐巴巴拉却说他们都是饭桶，还上楼去把这话说给妈妈听。"我跟您说过多少遍？"巴巴拉说。"你把这几个人都宠坏了。谁没从这个家里得到过东西？可现在他们就是这样回报你的。"

巴巴拉是个直率的姑娘，要是把她惹火了她会让大家都很难受。她妈妈听了她这一通气急败坏的牢骚后只是暗暗发笑。

"但愿上帝减轻他们身上的负担，"妈妈冷冷地说。"好像我成了他们的负担似的！"

"嗯，那你准备怎么办哪，老太太？"巴巴拉问。

"你就别为我的事费心了，"她妈妈说着，一挥手。"我到小妹妹养老院去，她们会把我照料得好好的。六个月以前我就把一切都安排好了。你想，我这么大岁数了，到媳妇家里去，看人家的脸色？我可不干。"

全家人听说了这个消息都认为自己原先对妈妈的估计没错。虽然多少都有那么点遗憾,但更多的是轻松。只有杰克一个人没有感到轻松。当苏茜把这个消息告诉他的时候,他把双腿伸到火堆上,神情忧郁地抽出烟斗。

"那会要了她的老命的,苏茜,"杰克终于开了口。

"你真这么认为吗,杰克?"苏茜不解地问。

"我敢肯定。"

"不过总比跟媳妇一起过要强一点。"

"为什么?"杰克问。"你以为她到别人家里就可以躲避女人吗?"

"我想还是躲不开,"苏茜说着,自己也为这事着急起来。"但是你能把她怎么办? 你知道她打定了主意别人的劝说是不管用的。"

"我不知道她是不是已经打定了主意,"他怀疑地说。

第二天晚上,杰克出去散步走得很远,到了北边的蒙特诺特,然后从梅菲尔德那边再绕回来。回家的路上他去看望了德怀尔太太。巴巴拉在那里,她妈妈让她出去给杰克沏茶。德怀尔家的几个姑娘不管结婚没结婚,在娘家都一个样。到了这里她们都得听德怀尔太太的。德怀尔太太从来就不顾及什么女权问题。"如果她们给了我足够多的钱,我就给她们权利,"她说,为了迁就她的丈夫,大家得投票。她的观点是:"不管她们谁当选,对我都一样。"

"我听说你要到小妹妹养老院去?"杰克和德怀尔太太一起坐在火边时,问她。

"哎哟,当然是啦,孩子,"她轻松地回答道。"你知道我一贯对媳妇们都是什么看法。"

"这我知道,"杰克回答道,同时咧着嘴笑了。

"你想想,我能去看她们的颜色吗? 不,咱们娘儿俩说句掏心的话,我这个女人也不比她们好到那儿去。"

"谁都说您比她们要好哇。"

"上天作证,"德怀尔太太又屈从了女婿的话,说:"我不知道她们会成为什么样的女人。她们只会把肘子撑在桌子上,把屁股坐在板凳上休息,别的什么都不会。就说蒂姆的那个媳妇吧,我不知道她什么时候说过一句得体的话。如果我是男人,有那样的女人把香肠给我的话,我会去给她端锅的。向上帝发誓,我会这么做的。"

"您不想跟我和苏茜一起过吗?"杰克问道,他的嗓音突然降低了。"您不会给我们添什么麻烦的。我妈妈过世之后,那间房子一直空着。"

"这话是苏茜说的吗?"德怀尔太太尖刻地问。

"她没说,"杰克用力地回答说,其实他同时回答了两个问题;第一个问题没有问出来,是暗含着的,第二个问题连暗含都没有。那个暗含着的问题是:"是你鼓励苏茜来怜悯我吗?""当然最后得由苏茜来定夺,"杰克补充了一句,同时也回答了只存在于自己脑子里的另一个问题。

"我说,杰克,孩子呀,"德怀尔太太说着,放弃了自卫,"我不管到哪儿都能随遇而安。好日子我都过来了,我现在只能心满意足。不过,你听好了,我喜欢别人求我。我想每个人都有那么点虚荣心。"

"这是应该的,"杰克说着笑了起来。"您来吗?"

"不啦,杰克,谢谢了。你后辈子还有好多亲戚要照顾——我这不是批评你可怜的母亲,上帝保佑她。请原谅我在她生前说过的一些话。你只有亲身经历了才能明白。再说了,"德怀尔太太说到这儿很坦诚,"我不能责怪孩子们。"

"这一点我也想到了,"杰克点点头表示同意。"如果这事您让我先跟他们提出来,我想他们是不会介意的。我想我能说服他们。您瞧,我比他们要宽裕一点,我想让您日子过得舒服点他们是不会阻挡的。"

德怀尔太太仔细地端详着他,看他是不是在笑,她意识到杰克的话里头并没有讥讽的意思。她突然耸了耸肩膀。

"跟你说句掏心的话吧,杰克,"她说,"我很讨厌去养老院这种地方。我本来更愿意跟蒂姆的媳妇凑合着过。我跟那些修女永远也合不来,但愿上帝原谅我。有一半的时间我觉得她们不正常。你听好了,杰克,我是不想给你添麻烦。我只能尽力而为,不能给你打任何包票。人老了就变得很自私。这你不知道。你只是在这儿等一杯茶,如果科克市一半的人都死了,你也不在乎,还要等那杯茶。这难道不是很正常的事吗?"她问道,同时扬起眉毛做出准备辩论的姿态。"我们还能期待别的什么呢?"

当然事情得圆滑一点,即便如此也引发了几次争吵和几个人的抗议,但是自从杰克提出这个主意那一刻起,这家人似乎就知道事情会朝这个方向发展的。如果他们的母亲到养老院去不是立刻就当上院长,她是无法在那里待下去的。杰克做好了准备;他的日子过得比较宽裕;他是个生来喜欢肩负重任的人,在钱的问题上他比这个家里的任何人都要随和。

奇怪的是,后来德怀尔太太真的成了一个负担,至少是成了杰克的负担。因为她不必再去另安一个家,所以她觉得生活有了新的开端,直到死为止她的精力似乎都比苏茜要充沛得多。第一天晚上,杰克下班回家,她把杰克的裤子放在火边的椅子上烘,然后叫杰克不要进房子里了,就在那里换裤子。"哎哟,像我这把年纪的人了,好像没见过男人脱裤子似的! 你是要我出去吗?""不是的。""哎哟,你为什么呢?"德怀尔太太看着杰克,仿佛他是个孩子似的,总是揣摩他想要干什么——像他这种善于抑制自己情感的人,你要揣摩出他的意图可不是一件容易的事。她很高兴杰克没有像老伴生前那样把自己看做是一个蠢货,于是她为了讨好杰克,也喜欢上了政治。苏茜第一次跟杰克大吵大闹的时候,她妈妈尖刻地说:"苏茜,怎么能这样对杰克说话呢?"苏茜忍不住了,上楼去哭。杰克想跟着她也上楼去,德怀尔太太坚定地说:"杰克,你停下来。你这样只能让她更伤心。"

德怀尔太太自己上楼去安慰苏茜。她知道杰克不喜欢这样;她知道杰克讨厌任何人干涉他与苏茜之间的事情,但是她也知道应该怎样去哄女人,而这一点杰克不知道。

"你的麻烦就在于看到一个好男人却不知道好男人是什么样

的，"德怀尔太太冷冷地对苏茜说。"我真希望当年能有杰克这样的好丈夫——我这不是说你爸的坏话。"

"上帝是仁慈的，"苏茜用鼻子吸了一口气说。"恐怕我在你们俩中间不会待得很长的。"

但是苏茜对母亲是很孝顺的，她意识到妈妈说的话是对的，即使在德怀尔太太去世之后，她也不再到别的地方去找模范男人了。德怀尔太太临死之前请求跟杰克和苏茜葬在一起。她提出这个请求的时候没有带任何感情色彩，但即便如此杰克还是很惊讶，因为德怀尔太太讨厌多愁善感，不喜欢听别人提及高于金钱和安全的理想，她原来根本就不在乎自己死后别人要把她扔到哪里去，不过杰克还是答应了。

他也违背了自己的诺言，不过德怀尔太太是不会责怪他的，因为她知道杰克讨厌给别人添加不必要的苦恼。他需要铭记德怀尔太太的就是殡仪馆的账单，账单在他手里，他经常拿出来瞧瞧。使他感到困惑的是，他那么讨厌自己的亲生母亲，却又这么关怀德怀尔太太。他觉得让别人来分担葬礼的费用是不合适的，值得庆幸的是，这个家里没一个人来跟他争夺承担葬礼费用的特权。

丑 小 鸭

　　米克·考特尼十四五岁的时候就认识了南·瑞安。南是米克最好的朋友的妹妹。南的家里姊妹四个,数她最小。米克差不多就像她父亲和哥哥一样喜欢她;她长得太像父亲了,几乎跟母亲没有什么关系。她长得虽很丑,但也有逗人喜爱的地方:矮矮墩墩的个子很壮实,简直就是男人的五官相貌揉进了一个女人的躯壳里,然后膨胀凸露了出来。其实她的五官独自来讲并没有任何毛病,一双褐色的大眼睛闪烁着快乐的光芒,只是凑合到一起后有了一种喜剧效果。

　　她的两个哥哥喜欢她的好脾气;他们都是相同的年龄,却也让南跟他们一起玩,尽管她晚上经常做噩梦,迪尼违反了妈妈的规定让南到他的床上去睡,但他们都没有跟外人说。半夜里南又是拉又是摇地把迪尼弄醒。"迪尼,迪尼,"南喘着粗气恶狠狠地说,"我又做噩梦了!""这次梦见什么了?"迪尼睡眼惺忪地问。"狮子!"南用吓得半死的口气回答道,然后就在哥哥的手臂上躺上半小时,收缩着脚趾,痉挛地踢着,而迪尼轻轻地拍着她,安慰着她。

　　她长大之后整个一个假小子,又狠又粗,从不流眼泪,跟迪尼那伙人一起打架,跟贫民窟那边来的山里帮争夺路边的旧采石场;米克对她记忆最深刻的就是在这个场合——一个相貌丑陋的矮胖子,从一块岩石跳到另一块岩石上,用非常别扭但很有效的姿势扔石头,尖声地痛骂敌人,鼓舞自己人的士气。

　　米克也说不清南究竟是什么时候不再打架的,但是在十二岁到十四岁之间,她就成了这个不太虔诚的家庭里一个很虔诚的信徒了,总是在放学回家的路上去做弥撒,或者钻进教堂里,帮着点蜡烛,做连祷①。后来,米克觉得南到迪尼的床上去只是偶尔为之的事情,因为南晚上仍然做噩梦,只不过她现在做噩梦时只会攥着自己身上的念珠。

米克很开心地发现南热恋上了他。米克放弃了信仰,而这在科克郡就像女人失去了贞操一样,他也开始对女性中那些比较文静的姑娘产生好感。晚上南在门口等他,一看到了他南就会并起双脚一级一级地跳下台阶,两只手僵直地放在髋部,背后的辫子一甩一甩的。

"连祷进行得怎样了,南?"米克笑着问。

"好极了!"南用她那尖厉而毫无表情的声音回答道。"马上就快要轮到你了。"

"我会很安静地去做的。"

"你以为自己不会去做的,可我知道你会。我祈祷起来可卖力了。"

她又挺直身体从米克身边跳过去。

"你干吗不给黑人做连祷啊,南?"

"我当然也给他们做了。"

虽然她的两个哥哥能为她减轻童年的痛苦,但是到了少年时期她只能听凭生活的摆布了。她母亲是个矮胖子,风韵犹存,总爱叉着双手走来走去的,目的是增加自己身体的曲线美和头发的拳曲美,她总是尽最大的努力来掩饰南的丑陋,她丈夫对此困惑不解。她丈夫觉得这孩子除了数学成绩不稳定之外,没什么不好的。

"我不是什么狗屁美人,"南总是大声地说,同时模仿男生粗鲁的举止,每当妈妈给她脱下身上粗花呢的衣服和肮脏的套衫,她都想着要穿一身更女性化的衣服。

"天知道你不能穿那种衣服,"她妈妈说着,又起双手,面带着顺从的表情。"我想你总不会去做广告吧。"

---

① (天主教)连续九天的祈祷式。

264

"我干吗不能做广告?"南大声叫喊着,勇敢地面对着妈妈。"我可不要你那些脏老头子。"

"你不必着急嘛,孩子。他们不会管你的闲事的。"

"就让他们来管吧!"南说着,皱起了眉头。"我不在乎。我要去当修女。"

同样,她跟同龄的女孩子交朋友也很难为情,即使是像她一样虔诚地信仰宗教的女孩子也不例外。这些女孩子也交男朋友,可是这些男孩子不理睬南。虽然她总是尽量避免遭到男孩子的冷落,但是只要有带那么点意味的举动也会让她闷闷不乐,甚至生气。而她似乎也变得更可恶,身材更不匀称,行动更鬼鬼祟祟。她在家里无声无息地走来走去,将肩膀耸得高高的,蓬着一头红褐色的头发,下嘴唇粘着一支摇摇欲坠的香烟。有时候她会突然毫无理由地断绝跟与她有多年交情的女朋友交往,并且再也不提人家。于是她便有了冷淡、不忠诚的名声。但是正如迪尼用他那精明的老头子似的方式对米克所说的那样,南真正的朋友是一些老太太甚至病人——用迪尼的原话说:"都是七老八十的,或者身体瘫痪的。"即使是跟这样一些人,她也很嫉妒,很挑剔。

迪尼不喜欢这样,他妈妈也觉得很可怕,但是南对他们的看法不理会,她已经变得非常倔强,跟她的年龄和性别根本不相称。在大家的眼里她似乎是一个有棱有角的男人,仿佛这就是她丑陋的心理层面。她大大咧咧的,在家里进进出出时昂首阔步,双手甩起来跟男孩子一个样,她的声音也变了,说起话来像个中年妇女。说的话并不傻——她脑子很好使,不可能说傻话——但很单调——用当地的方言就是有点"黏糊"——不像年轻人谈话那样把激情和厌倦分得很清楚。迪尼和米克彼此的确是很厌倦了,但是突然之间某一个话题可能在他们的脑子里燃烧起来,两人可以穿着扣得严严实实的衣服整小时地在大街上边走边争论。

她不肯去上大学,这让她父亲很失望。后来她到一家卖衣服的商店去上班,对于像她这样认为衣服就是长裤加 T 恤衫的姑娘来说,这个工作很奇怪。

　　一天晚上发生了一件让米克震惊的事情。他从来没有见过这种事情,简直就是哑剧中变形的场景。当然他只是后来才意识到根本就不是那么回事。事情的经过是这样的:他对南的言谈举止司空见惯,认为是理所当然的事情,不再留心观察了,而南身上的变化又是在不知不觉中逐渐地发生的。最后变化之大他就感到震惊了。

　　那天迪尼在楼上,米克和南争论了起来。米克虽然没上过学,但自己读的书却不少,他对南的文学修养不屑一顾,因为她读的都是她那些老弱病残的朋友所喜欢的作品——通俗小说和传记。他和往常一样嘲笑南,最后南给惹火了。"你他妈的也太高傲了吧,米克·考特尼。"她皱起眉头说,然后到那个大红木书架上去找他们谈论的那本书。这个书架是她妈妈感到很自豪的少数几件家具之一。米克哈哈大笑,从椅子上起来,站在南的身边,就像平常一样把一只手臂钩住她的肩膀。南误解了他的这个动作,身体后仰,靠在他的肩膀上,让他来亲吻。只到这一刻,米克才发现南已经出落成了一个大美人。他没有亲吻南,而是放下了自己的手臂,用怀疑的目光看着她。南朝他恶狠狠地傻笑了一下,继续找自己的书。

　　那天晚上,米克的眼睛怎么也离不开南了。现在他自己可以很容易地分析南身上发生的变化。他记得南病了,发过烧,退烧之后脸色苍白,身体干瘦。后来她好像长高了,此刻米克发现她在生病期间脸变长了,脸上那些凸出的肿块都成比例地塌了下去,整个面部结构不再那么容易被年龄和疾病所损坏。她的美一点也不像她妈妈,她妈妈圆圆的脸盘,肌肉非常软,富有弹性。而她的美更像是从父亲的相貌中脱胎换骨过来的,肌肉绷得紧紧的,几乎有点生硬,而且她为了强调这一特点有意把头发扎成一个很紧的结,拖在后面,露出两只很大的耳朵。她的步伐也受到了影响,在房子里面昂首阔步的时候不再像军士长一样甩着双臂了。但是她还没有学会怎样做到举止优雅,与其说是走路还不如说是漂浮。在屋子里进进出出总是侧着身

266

子,仿佛是害怕面对客人,或者是有意要背对着他。而客人对习惯的力量感到费解,因为这种力量使得人们之间都以惯有的方式相处,缺点和优点只有我们自己心知肚明,别人则熟视无睹。

米克跟假日矿泉那边一个漂亮的姑娘约会整整一年了,继续下去他自然会跟这个姑娘结婚。米克是一个墨守成规的人,他支配环境的方法就是把环境简化为某种惯例——吃饭喜欢到同一个餐馆去,进了餐馆喜欢坐同一张桌子,喜欢同一个招待员来服务,喜欢点同一样的菜。这样他可以随心所欲。但是如果某件事情打破了这些惯例,对于他来说就是自然界发生了抽搐;熟悉的餐馆也成了一种负担,他就不知道该怎样度过夜晚和周末的时光了。南变成了美人,这事对他也有类似的影响。渐渐地他没有做任何解释,也没有说一声道歉就把假日矿泉的那个姑娘给甩了,转而经常到瑞安家里来。这一家人除了迪尼之外并不是对他特别的热情——至少是有时候——南本人对他很热情。追求南的男孩子除了米克之外还有很多,这也是一种变化。南的父亲瑞安先生颀长的身材,秃顶,说话声音很大,和蔼可亲的面孔很像猿猴。他看到女儿有这么多追求者,非常高兴,认为这又证明了明智的男人是不会因为女孩的数学成绩差而改变对她的看法的——这位可怜的父亲并没有发现女儿身上的变化。南的母亲瑞安太太并不为女儿感到高兴。她理所当然地把精力都放在几个儿子身上,而这几个儿子并没有把年轻貌美的小伙子带到家里来强迫他们与南调情,此刻的南有了一种变态的高兴,因为她把小伙子们跟母亲隔绝了起来。美带来了丑所无法企及的东西——她母亲非常恼火,有时候连米克都觉得有失体面。偶尔米克看到南身上有一种跟她童年时的臃肿、古板、粗蠢相反的气质,有时候南会带有恶意的灵机一动,想出一个绝妙的好主意来。这时南往往会表示歉意,米克认为她这是过分为她父亲着想所致。每当米克来到她房间里乐哈哈地大喊大叫时,南就会容光焕发。

南过去非常喜欢穿那种粗野男人的花呢子衣服,现在这种习惯也改了。在米克看来这是朝坏的方向迈出了一步,因为南现在不加考虑,一味地痴迷于高档的衣服,还像个十二岁的小姑娘一样脸上抹着浓浓的脂粉,嘴上涂着厚厚的唇膏。

如果说米克对南在衣着上的欣赏口味仅仅只是不赞成的话,那么他对南在男女问题上的欣赏口味则是深恶痛绝。南身上让迪尼感到厌烦的东西却会让米克疯狂。为此他跟南之间还发生过口角,就像他们争论书一样。"花花公子",米克当着南的面这样称呼她的追求者。南众多的追求者中有一个叫乔·莱昂斯的高级律师,这个小伙子长着一头黑发,举止文雅,一双眼睛活像两道神秘的裂缝,他对酒的知识很丰富,对天主教也很有研究。还有一个叫马特·希利的小伙子,模样像传说中的矮妖精,他父亲是经营黄油的商人,有一条船,他总喜欢喋喋不休地讲威士忌和"女士"。这两个人可以就某种款式的汽车或者都柏林的某一家宾馆侃上半小时而不说一句——在米克看来——有意义的话,显然莱昂斯瞧不起希利,认为对方只会耍贫嘴,而希利也瞧不起莱昂斯,说莱昂斯是个骗子。两个人都瞧不起米克。他们认为米克是个怪人,每当米克跟他们谈论宗教和政治的时候,他们俩都会感到好笑地听着,惹得米克大发雷霆。

"我同意米克的观点,反对革命的到来,"希利带着他那矮妖精般的笑容说。

"不,"莱昂斯说着,用一种屈尊纤贵的姿势把手放在米克的肩膀上,"米克跟革命没有任何关系。"

"别那么肯定,"希利说着,脸上露出喜气洋洋的神色。"米克是个激进分子。米克,我说的对吗?"

"我再说一遍,不对,"莱昂斯面带着悲哀的微笑说。"我了解米克。请注意,米克可是个聪明人。"他严肃地说着,同时举起一个指头,"我没有说他是个有学问的人,我只是说他是个聪明人。这是有区别的。"

米克不禁恼怒起来。当他们这样跟迪尼说话的时候,迪尼只是礼貌地眨巴一下眼睛,然后走上楼去看书,玩留声机。可是米克没有走,而是原地不动,所以气就更大了。他很勤奋,但是没有雄心壮志;

他很聪明,因此不能像普通人那样去评价事物;他的脸皮太薄,因此别人嘲笑他与众不同的时候,他就特别上心。

南对米克的求爱并不反对,她仍然像小时候那样迷恋着米克,而这也满足了她的虚荣心。对于米克来说,南是个好伙伴,凡事都很主动,人又聪明,常常愿意伴随着他一起翻山越岭到河边去散步,最后来到格兰米尔或者小岛上的小酒馆里。米克想学希利和莱昂斯的样子铺张一点,南马上就制止了他。"米克,我喝威士忌,"她笑着说,"可你买不起。"她喝一杯啤酒可以谈上一个小时,每当米克试图谈一些带有感情的话题时,南就说一些很直率、很实用性的话来制止他,很让米克感到吃惊。

"跟我结婚?"南笑着大声说。"谁死了,留给了你一笔遗产?"

"怎么啦,我就非得有遗产才能娶你?"米克平静地问,但他看到南那种和蔼却带有蔑视的态度,心里像是给蜇了一下似的。

"嗯,如果你想到了要结婚,那这就管用,"南笑着回答道。"我记得我们家的人只操心这种事。"

"当然,如果你跟乔·莱昂斯结婚,就不用操心了,"米克用嘲弄的口吻说。

"从我的观点来看,那倒是一个很不错的理由,"南说。

"一辆豪华轿车再加圣托马斯·阿奎那①,"米克接着又说,他觉得自己像个小孩子,非要把话说完不可。"女孩子还能要什么呢?"

"你讨厌别人有小汽车,对不对?"南问道,同时她把手肘支撑在桌子上,狠狠地瞪了米克一眼。"如果你去了,也搞一辆小汽车,那不是更好吗?"

南的声音像个中年人,她喋喋不休地讲着,特别是当她谈到瑞安很有进取心的时候,米克感到很不是滋味。米克感到很烦恼的不只是这个,但他自己也不清楚究竟为什么。他总想装做一个老于世故的人,但南有时候让他很吃惊,因为她身上有某种能勾起你产生肉欲

---

① 托马斯·阿奎那(1225? —1274),中世纪意大利神学家,哲学家。

的东西,而这种东西是与她自身特性不相符的。他不相信南是有意的,但是有时候米克一看到她,就会有一种突然的冲动或粗野,这是对其他女孩子所没有的。

后来,有一天晚上他们俩在李家的田野上散步,米克发现她的情绪与以往不同。她和另外一个姑娘跟希利和莱昂斯一起在格伦加里夫玩了几天。她不愿谈这件事,米克觉得她一定是遇到了什么不顺心的事。反正她跟以往不同了——喜欢沉思,充满了柔情,一副急不可耐的样子。她坐在河边,脱下鞋袜,把脚浸在河水里,双手交叉放在膝盖上,眼睛盯着河对岸的树林。

"你把心思都放在马特和乔身上了,"她一边说着,一边用脚拍打着水。"你为什么不为他们感到惋惜呢?"

"我为他们感到惋惜?"他重复着南的话,十分惊讶,不禁大笑起来。

她转过头来,褐色的眼睛里带着奇异的天真,注视着他。"如果你不是一个老古董的不可知论者,我还会说为他们祈祷呢。"

"为什么呢?"他说着,仍然还在大笑不止。"可以得到更多的红利吗?"

"红利对他们来说没多大用处,"她说。"他们都很腻味了。这就是为什么他们俩喜欢我——我不让他们感到腻味。请注意,他们不了解我……"她说着,热情洋溢地大笑起来。"我喜欢钱,米克·考特尼。我喜欢昂贵的衣服,丰盛的晚餐,还有酒,名字我说不上了,但这些东西也诱惑不了我。像我这种出身的女孩子单凭这些东西是诱惑不了的。"

"那你需要的是什么呢?"米克问。

"你干吗不去做点什么事情?"南问道,她的表情突然变得严肃起来。

"什么?"他耸了耸肩膀回答道。

"什么呀?"她问道,同时挥了挥手。"我在乎你什么? 我连你喜欢什么都不知道。你就是一塌糊涂我也不在乎。我担心的不是失

270

败。我担心的是甘心落后，对什么都不在乎。瞧瞧我老爸！也许你不相信，我知道他是个很了不起的男人，但是他甘心落后。他希望男孩子肯动脑筋找窍门，能做那些他不会做的事情。可我不喜欢这样的男孩子。"

"是的，"米克表示赞同，他一副若有所思的样子，点燃了一支香烟，与其说是在回答南的问题，还不如说是自问自答。"我明白你的意思。我敢说我是个没有雄心壮志的人。我从来都不觉得自己需要什么雄心壮志。但是我为了别人自己可以有雄心壮志。不过，我得逃出科克市。可能是去都柏林。这里没有我感兴趣的行当。"

"对我来说，都柏林还算凑合，"她很满意地说。"如果我离妈妈那么远，两人的关系会好一些。"

有好几分钟他沉默不语，南快乐地用脚拍打着水。

"那么就这样说定了？"他问。

"哦，是的，"她说着，把一双柔情的大眼睛转过来看着他。"就这么定了。你不知道我一直爱你爱得发狂？"

订婚之后，米克的变化很大。我说过，他是个墨守成规的人，靠社会关系而生存。他对这个城市的了解之深是我们这些人难以相比的，他了解城里有哪些有趣的角落，有哪些古怪的特性，如果到另一座举目无亲的城市去，他也会比我们中间的任何人更惊讶；不过，有些时候在这座城市里他也会有某种失落感，但是过不了多久，儿时的激动和快乐又会回到他的身上，仿佛他要进行的旅行是一次没有归路的航海。当他这样喜气洋洋的时候，他就很有魅力，很卤莽，很天真。南一直痴迷于他，而现在对他更是十二分的崇拜和热恋。

然而南并没有终止跟其他几个情郎一起出去游玩。特别是她跟莱昂斯的友谊仍然很深，莱昂斯是真心喜欢她，也相信她并不是当真要嫁给米克。正像南所说的那样，莱昂斯是个善良的人，想到这么漂亮的女孩子居然会考虑要靠一个职员来养活自己，专门为丈夫做饭洗衣服，莱昂斯不禁十分惊讶。为这事他去找姑娘的父亲，解释说如果真的这样，南的社会地位就完全给葬送了。如果不是南的阻挡，他还准备亲自去找米克。"南,米克不能这么做,"他很认真地反驳说。"他是个体面的人,不能这么对待你。""他不能,见他的鬼去吧。"南说着,窃笑起来,同时把头靠在莱昂斯的胸脯上。"他为了自己搞同性恋会逼我去当婊子的。"

对于南的这些不忠诚的小动作米克并不着急,因为他现在已经不吃醋了。南偶尔撒点谎,回避他,他还觉得很逗,因为事后南会很内疚。

"米克,"南笑着说,但又在生气。"我干吗要对你撒这些谎啊?我生来就不是一个虚伪的人,对吗? 礼拜六晚上我没去做忏悔。是跟乔·莱昂斯一起出去了。他仍然相信我会嫁给他。要是他有脑子我本来也打算嫁给他的。米克,你为什么不能像他那样拿点魅力出来?"

如果米克自己不生气,瑞安太太也会替他生气。不过她更气愤的是米克在南面前的殷勤讨好。瑞安太太是很有女人味的,她知道要是换了她,她也会像米克那样的,同时她也觉得如果她像米克那样,是需要改正的。没有哪个男人像一个女人味十足的女人那样反对女性。

不,让米克生气的是南的父亲。但米克很明智,他清楚地知道南的父亲惹自己生气是没有理由的。乔·莱昂斯哀叹地把南的决定告诉了汤姆·瑞安,仿佛她是要自杀似的,老人听了之后大发雷霆。他自己没有在复杂的社会关系中滚打过,很可能就是这个原因他才在人生道路上总是不得志。

"你真的认为会到那一步吗,乔,"南的父亲皱着眉头问。

"可是,瑞安先生,您自个儿想想,"乔乞求地说着,举起一个手指以示警告。"谁会接待他们俩? 当然他们可以去我家里,但并不是所有的人都像我这样啊。您以为希利一家人会邀请他们去吗? 我说,他们俩前脚结婚,马特后脚就会离开他们,而我也不能责怪他。毫无疑问,这是一场游戏,但你得玩下去呀。就连我也得玩下去,我惟一感兴趣的是哲学。"

那天晚上快分手的时候,汤姆·瑞安终于相信了米克是个没出息的人,而且还特喜欢冒险。汤姆对米克在都柏林的工作前景也不满意。他想知道米克到都柏林之后具体干什么工作。是歇着什么都不干吗?他要参加考试,以确保工作职位上的晋升。汤姆可以帮他安排好这一切,甚至可以亲自辅导他。

米克起初很开心,也很耐心;然后,他很会挖苦人,当别人把他惹急了时这是他最大的一个缺点。汤姆·瑞安像小孩子一样不懂得讽刺话,他气愤地摸着光秃秃的脑袋,一阵风似的跑了出去。他老婆有时候被他惹恼了就打他的脑袋,如果米克也这样打他的脑袋,汤姆还会以为这是帮他松弛自己的情绪,还会因此而更喜欢米克的。但是对他来说,讽刺是一种沉默,是不理睬,会使他很伤心的。

“我希望你不要以这种态度跟我爸说话,”南说。那天晚上南的父亲唧唧喳喳地议论米克,说他对米克的课程表不屑一顾。

“我希望你老爸不要再为安排我的生活而操心了,”米克厌倦地说。

“他那是出于好心。”

“我也没说他有坏心,”米克生硬地说。“我希望他能认识到我是要跟你结婚,而不是要跟他结婚。”

“这一点我也说不准,米克,”她气愤地说。

“是吗,南!”他责备地说。“你想让我听凭你家老头子的摆布吗?”

“不光是这样。”她说着,站起身来,走到房间对面的壁炉跟前。他注意到每当南发脾气的时候,她就支配不了自己的美丽了。她皱着眉,低着头,走起路来迈着卫兵那样沉重的步伐。“咱们这样开诚布公地说出来也好,反正我迟早总是要告诉你的。上帝作证,这个问题我想得够多的了。我是不可能跟你结婚的。”

仅仅是她的声调就足够能使米克恢复理智,但他仍然还是那样宽容,那样讲道理。

“为什么不呢?”他温柔地问。

"如果你真的想知道的话,那我告诉你,我害怕。"正在这时南俯视着他,一副很害怕的样子。

"害怕结婚?"

"也害怕结婚。"米克注意到南的话语里有一点保留。

"那么,还害怕我?"

"哦,害怕结婚,害怕你,也害怕我自己,"她暴躁地说。"最怕的是我自己。"

"害怕你自己不听使唤?"米克柔情地讥讽她说。

"你以为我会听自己的使唤吗?"她紧握着拳头,眼睛眯成一条缝,脸色显得很苍老,很阴郁,说话时发出嘶嘶的声音。"米克·考特尼,你一点也不了解我,"她说这话时带着男孩子吹牛的口气,这使米克想起她小时候那个假小子的样子。"你连我能够做什么都不知道。你看我看走眼了。我早就知道你看走眼了。"

米克把这一幕看得很淡,仿佛就是他们俩之间的又一次意见分歧。但是当他离开南的家时,他既觉得自尊心受到了伤害,又觉得很烦恼。显然南的性格中有一个方面是他所不了解的,而他是一个喜欢了解人的人,除非他把别人都忘了,陷入到自己的沉思之中。在这条他很熟悉的山腰街道上,煤气灯平静地照着夜空,他仿佛是行走在一条举目无亲的路上。他知道南不幸福,但又觉得这跟他们俩争吵的问题无关。当初南正是在不幸福的时候才投入到自己的怀抱中,而现在这一阵风又把南吹走了。他曾经洋洋得意地以为南是看透了希利和莱昂斯,所以才来找他的,而现在他觉得南的不幸福与他们两人毫无关系。她是对自己失望了,而不是对他们俩失望了。他觉得莱昂斯长得那么帅气,人又和善,本来是很容易勾引她的。而南又是那种感情用事的女孩,很容易就会上人家的圈套,把什么事情都和盘托出,然后腻味了就讨厌起自己来。一想到这里,米克不禁动了恻隐之心,很想保护她。上床去睡觉之前,他给南写了一封热情洋溢的信,为自己对她父亲的卤莽言行表示道歉,并保证今后会时刻想到她的感受。信写好了之后,他就发了出去。

南给他回了一张便条,是在他上班的时候送到他家里来的。她没有提及米克写的信,只是告诉他说,她准备跟莱昂斯结婚。在他看来,这张便条冷冰冰的,充满着没有说出的恶意。他走出家门,准备去迪尼那里,结果在路上碰到了迪尼。从迪尼阴沉的面孔上,米克看出他已经知道了一切。两人到过去经常去的乡间小道上散步。在一家乡村酒馆里喝啤酒时,米克说起了他与南分手的原委。

迪尼很着急,一着急不免说话很粗鲁。从他粗鲁的话语中米克仿佛能听到瑞安一家人谈论他时的声音。他们一家人都没有真正地考虑过让他做南的丈夫,但是看在南的面子上都能容忍他。与此同时,他们一家人的脑子里都以为南并不爱莱昂斯,跟他结婚仅仅是南对米克感到绝望了才做出的决定。所以这一切都得怪他米克。

"我真无法想像自己的所作所为,"米克很理性地说。"你老爸在我跟前摆谱,我对他不客气。这我都知道,我也对南说了道歉。"

"哦,那个老头子在我们大家面前摆谱,我们都对他很不客气,"迪尼说。"不是因为这个。"

"这么说就跟我没关系了,"米克固执地说。

"也许没有了吧,"迪尼没有把握地回答道。"但是,不管怎么样,已经造成了伤害。你知道南一旦有了什么想法是九头牛也拽不回来的。"

"那么你认为我不应该去见她,去问她?"

"我想是这样,"迪尼说着,第一次正眼看了米克一下。"伙计,我想南是不会嫁给你的。我也不敢肯定这对你来说是不是最好的消息。你知道我很喜欢她,可她是个很怪的姑娘。我想你再这样下去只会是自找苦头吃。"

米克意识到迪尼不知是出于什么原因在劝他退阵,而他也做好了这个准备。具有嘲弄意味的是,米克为了南而在都柏林找的那份工作现在也有了眉目,所以这个月的月底他要去那里上班了。

这本来看上去像是他与过去的重大决裂,现在却是对他最好的安慰,因为他很苦恼。尽管他比很多人更想念老朋友,老地方,他对新鲜事物有一种特殊的敏感,最后他不禁纳闷:自己怎么能在科克市待上这么长时间。在一年之内他遇到了一位名叫爱丽什的女孩,并跟她结了婚。尽管科克市人的地方观念很强,爱丽什相信只要在格拉斯内文和特伦纽之间没有发生什么事情,世界上就什么事也没有。当他跟爱丽什谈起科克市的时候,爱丽什的眼睛闪闪发光。

科克市的场景和人物在他的记忆中完全消失了,有一天他在都柏林的格拉夫顿大街偶然碰到迪尼时不禁大吃了一惊。迪尼是初次去英国上班路过这里,米克马上把迪尼请到家里,临走前两人在格拉夫顿大街附近米克最喜欢的一个酒馆里庆祝再次相逢。然后米克把刚刚看到迪尼的脸时脑子里想到的一个问题问了出来。

"南还好吗?"

"哦,你没听到她的消息?"迪尼用平常那种微带诧异的口吻说。"你知道吗? 南进了修道院。"

"南?"米克重复他的话说。"进了修道院?"

"是的,"迪尼说。"当然,她很小的时候就说过要去当修女,但我们当时都没在意。所以等她真的去了,大家都大吃一惊。我想修道院里的人更是吃惊,"他干巴巴地补充了一句。

"天哪!"米克大声叫道。"跟她订婚的那个伙计呢? 莱昂斯。"

"哦,订婚之后一两个月她就把人家给甩了,"迪尼很反感地说。"不过我也知道她对那个伙计不是动真格的。那个家伙他妈的是个白痴。"

米克继续喝着酒,突然之间他感到很尴尬,很紧张。几分钟后他脸上泛起一丝微笑,问道:

"你估计,如果我坚持向她求婚,她会不会改变主意呢?"

"我敢说她会的,"迪尼很精明地回答道。"不过,我不敢肯定那对你来说是最好的选择,"迪尼很友好地说。"事情是明摆着的,我想南不是那种贤妻良母型的女孩。"

"我敢说她不是那种女孩,"米克说,但他这种想法只维持了一瞬间。然后他很肯定南就是一个贤妻良母型的女子,他和南一开始好上了,后来两人又分了手,都是因为她不幸福。同样也是因为她不幸福所以才不肯结婚。至于她为什么不幸福,他就说不上了,而在这个问题上迪尼知道的比他还少。

两位老朋友的会面把过去的好时光都带了回来,在随后的几年中米克又会不时地想起这些往事,一想起这些事他就心神不宁。这并不是因为他自己的婚姻生活不美满——如果一个男人跟爱丽什这样的女人在一起不幸福,那除非他是犯下了大错——但是有几天早上他在大门口跟爱丽什吻别,然后在丑陋的现代化林阴大道上大摇大摆地朝海边走去时,他会想起科克市的河流山川,想起那个不能跟他一样分享琐屑事物乐趣的姑娘,而那个姑娘的决定完全是听凭自己内心苦楚的摆布。

很久以后,米克独自一人回科克市为父亲办完丧事之后收拾残局,他在这里再也没有亲人了。他仿佛又回到了童年和青年时代,像一个幽灵一样从一条街道逛到另一条街道,从一个酒馆溜达到另一个酒馆,看望完一个老朋友又去看望另一个,在半痛苦半快乐的情绪下帮助其他的幽灵升天。他走出黑池塘,攀登戈丁峡谷,结果发现磨房水池都干涸了,他坐在水池边上,回忆起小时候冬天池塘里到处都是滑冰的人,夏天的夜晚池塘上布满了星星。他沉湎于熟悉的事物,因此很容易与描写变化的诗歌产生共鸣。他拜访了瑞安一家,发现瑞安太太几乎跟过去一样标致,肌肉仍然很富有弹性。不过她哀声叹气地说儿子都离开她了,南又那么让她失望,而老伴的脾气越来越古怪。

她把米克送到大门口,然后叉着双手,靠在门框上。

"我说,米克,你不去看看她吗?"她责备地问。

"是南吗?"米克说。"你觉得她不会介意吗?"

"孩子,她介意什么?"瑞安太太说着,耸了耸肩膀。"那姑娘想跟人说话恐怕都想疯了!米克,好孩子,我从来不批评宗教,但是上帝原谅我,那不是一种正常人的生活。我一个礼拜都受不了。都是一大堆丑老太太。"

米克想像着瑞安太太对组织严密的女修道院的看法,心想上帝可能不会特别地反对她的观点,不过他还是决定去看看南。女修道院坐落在郊区一个陡坡上,从前门的草坪上可以看到山谷的全貌。他心想可能会有一些变化,但是在丑陋的会客室里看到南的身影时,米克仍然不禁大吃一惊。她穿着白色的法兰绒衣服,戴着黑色的面纱,棱角分明的五官完全就是十五世纪德国画像上很不自然的浮雕。看到她那双褐色的大眼睛不停地眨巴着,米克更加确信了自己脑海里这些年来慢慢形成的一个想法。

"米克,我不能吻你,是不是太可惜了?"她说着格格地笑了起来。"我想还是可以的,不过我们那位老神甫很可怕。他把我当做是那个新来的修女,他一生都在打听那位修女的情况。但是他碰到的第一个修女就是我。走,咱们到花园里去聊聊,"她敬畏地看了一眼墙上的圣徒画像。"这个地方叫人直起鸡皮疙瘩。为了忘掉圣母玛利亚的圣心我总是看着这些画像。当然,圣心是巴伐利亚画家的作品。他们特喜欢。"

两人边走边谈,南在前面带路,她低着头来到草坪上。米克从她颤抖的声音和举止上看得出两人见面相互都感到很高兴。她领着米克来到花园里面一排树篱后面的一个椅子跟前,这里树篱遮住了修道院。南激动地一把攥住米克的手。

"跟我讲讲你的情况,"她说。"我听说你跟一个很漂亮的姑娘结了婚。我们这里有一个姐妹过去跟你的夫人是同学。她说你的那位夫人是个圣女。她让你皈依基督教了吗?"

"你瞧我这模样像不像是皈依基督教的人?"米克说着,露出苍白的微笑。

"不像,"南回答道,同时格格地笑了起来。"你这副不可知论者的模样我在哪里都认得出来。不过别以为你能逃得过我的眼睛。"

"你做祈祷时很卖力呀。"米克学着南从前说过的一句话,她听了不禁乐得放声大笑起来。

"说得是,"她说。"我做祈祷是很卖力。我做任何事情都很执着。"

"是吗?"他嘲笑地问。"一个姑娘居然把两个男人给捉弄了——多久?一个月吗?"

"呵,那是另一码事,"她说着表情忽然变得严肃起来。"当时还有其他事情都很成问题。我想最后是上帝先到了一步。"接着,她用眼角的余光瞥了米克一下。"要不你以为我这只是在胡说八道?"

"不是胡说八道又是什么?"他问。

"说真格的,我不是在胡说,"她说。"虽然我自个儿有时候也纳闷这一切究竟是怎么回事,"她说着悲哀地耸了耸肩膀。"这倒不是说我在这儿不幸福。你知道吗?"

"知道,"他平静地说。"很长时间我都在怀疑。"

"天哪,"她笑着说。"你变了!"

米克不需要她说也知道她不幸福,也不需要她说为什么不幸福。他知道过去一两年来在他脑子里形成的那个想法是真实的,发生在她身上的这一切并不是很特别,并不是无法解释的。别人也发生过这种事情,只不过形式不同而已。因为这些人身上存在着某些缺陷——男人的贫穷和身体虚弱,女人的贫穷和丑陋——那些有创造才能的人为自己构筑了一个丰富的内心世界;当身上的缺陷消失了,现实世界的财富和美丽展现在他们眼前时,他们无法全心全意地去面对。他们对自己的选择没有把握,在几个目标之间犹豫不决——在人群之中感到孤独,对嘈杂声和笑声感到不满足,即使是跟自己最喜爱的人在一起也高兴不起来。内心世界把他们召唤了回去,对某些人来说只有回到内心世界里去死。

米克极力向她解释这些道理,同时也觉得自己的话缺乏说服力,与此同时他也知道南正在聚精会神、乐呵呵地看着他,仿佛她并不把他的话当真。也许她并没有把米克的话当真,可是我们这些人中有谁能感觉到另一个人的内心世界呢?更不用说描述了。两人在那里坐了将近一个小时,听着修道院的钟声召唤这个或者那个姐妹。

米克不肯在这里待到喝午茶的时候,他知道修道院的茶会是什么样子,因此不想让自己对她们的茶会的良好印象遭到破坏。

"为我祈祷吧,"他们俩握手的时候米克微笑着说。

"你以为我停止过为你祈祷吗?"南嘲笑着回答道。而这时米克快步从树阴下向大门口走去,心里有一种莫名其妙的快乐,他意识到不管这个城市如何变化,往日的爱情是不会消损的,人世的厌恶和绝望也无法触击它,这种情意会一直延续下去,直到两个人都死了为止。

礼拜五的鱼①

　　阿贝多夫村的小学教师内德·麦卡锡一天早晨被他姨妹叫醒了。他姨妹面带着讥讽的微笑俯视着他,用她那粗哑的嗓音说道:

　　"起来,已经开始了。"

　　"苏,什么已经开始了?"内德粗声粗气地问道,一下子从床上跳了起来,面带着痛苦的神色。

　　"怎么啦?"苏冷冷地问。"你准备好了没有? 最好是穿上衣服去找大夫。"

　　"哦,大夫!"内德叹了一口气,突然记起他为什么会独自在窄小的后房里睡觉,为什么这个讨厌的女人也会在这个屋子里,显然她并不喜欢内德。

　　内德匆匆忙忙地穿上衣服,对妻子说了几句打气的话,边大口大口地喝茶边跟孩子们聊天,然后把那辆旧车开了出来。内德四十刚出头,身体健壮,一头金发,两只淡灰色的眼睛,他有点神经质,很容易激动,而让他激动的事情还真不少——比如说房子。他这栋房子很漂亮,是一处老式的狩猎小舍,坐落在离大路两垅田的地方,门前有一个草坪,草坪那边有一条路直通河边,后面的陡坡是一个花园,坡顶是树木葱茏的山冈。其实,这是一个很理想的住处,是他曾经梦寐以求的,妻子基蒂养着几只母鸡,他经常在花园里挖地,还不时地去打打猎。可他在这里安顿下来之后不久,就发现这完全是一个错误。在市区里有两三间房子比这儿要强得多。夜幕在山谷里降临之

----

　　① 罗马天主教的教徒礼拜五这一天禁吃肉食,只能吃鱼。

后,漫长的晚上格外的寂寞,这是他以前无法想像的。

他向基蒂诉苦,基蒂就说有那辆旧车。但是车也有短处,就像婴儿似的需要时刻照料。内德一个人独自待在车里的时候,便跟车聊天,说一些鼓励的话;他忘了加油车子熄火停了下来,他便恶狠狠地踢上几脚,仿佛是一条捣蛋的狗,有的村民还看见他用石头砸车。因为这个,再加上他不跟车说话的时候常常自言自语,大家都说他神经有点不正常。

他在小路上开着车翻过那座步行桥,来到大路上,然后在拐角处的酒馆门前停了下来。酒馆的老板是他的老朋友汤姆·赫利。

"你要不要我帮你在城里捎点东西回来,汤姆?"他在车子里面喊道。

"你说什么呀,内德?"屋子里面一个声音问道,汤姆咧着嘴笑着,脸上满是皱纹,从里头走了出来。他矮小的个头,黄褐色的圆脸。

"我要进城去。我不知道,你要不要捎点什么?"

"不啦,不啦,内德,谢谢,不捎什么,"汤姆表情紧张地回答道,一连串的词语都抢着从嘴里涌出来。"我们只要点晚饭用的鱼,乔丹夫妇俩去买去了。"

"那东西!"内德大声说着,做了一个鬼脸。"有他们俩去了,我就省事了。"

"哎哟,内德,你说是不是见鬼?"汤姆说着,唾沫四溅,脸上也露出厌恶的神色。"店里整天就是那种鬼气味,可是礼拜五除了鱼之外还能做别的什么菜呢? 你是出去兜风吗?"

"不,"内德回答着,叹了一口气。"是基蒂。我去请大夫去。"

"哦,我明白了,"汤姆说着,脸上开始露出笑容。他的表情很夸张,活像一幅漫画像,也不管对方的情绪如何。"呵,谢天谢地,会很顺利的。进来喝两盅。"

"不啦,谢谢,汤姆,"内德无可奈何地说。"最好还是不喝了。"

"呵,见你的鬼去吧,还是喝上两盅,"汤姆啰里啰嗦地说。"用不了两分钟。自从我的酒馆开张,我时刻都盼着你来呢。"

"说得是呀,汤姆,"内德略带惊讶地说着,同时从车子里跳了下来,跟在汤姆后面进了酒馆。"我都忘了。上次是哪些人在这儿呀?"

"呵,天哪!"汤姆抱怨地说,"半个镇子的人都在这里。杰克·马丁和欧文·亨尼西,还有你的朋友,城里那个酒馆的老板——克罗宁。你们一共有十几个呢。第二天早上送牛奶的发现了你,地上到处都是垃圾,你走的时候都忘了锁门!你可以在我的营业执照上注上违规记录。"

"你知道吗,汤姆,"内德说着露出得意的微笑,"我把那一茬儿全忘了。我的记忆大不如从前了。我想咱们都老了。"

"呵,嗯,"汤姆若有所思地说着,给内德倒上一大杯酒,给自己也倒上一小杯,"自从第一个孩子生下来之后就觉得老了。这是不是有点吓人哪,内德,第一个孩子。"他急迫地补充了一句,身子伏在柜台上。"你怎么样啊,内德?天哪,你好像人生刚刚起步似的。等第二个孩子生下来的时候,你就纳闷这还有完没有哇……上帝原谅我贫嘴了。"他低声嘀咕着,扭过头来向内德露出孩子一样的微笑。"她自个儿不喜欢我唠叨这些。"

"都一样啊,汤姆,"内德沉思着说,这时他明白了前几个礼拜自己为什么神情阴郁,想到这儿,他有一种轻松感。"不一样啊。连那本身也是一种幻觉。就像你恋爱的时候,以为自己得到了世界上惟一的一个女人,而实际上那只不过是大自然的一个小花招,让你相信自己在享受,而实际上你只不过是按大自然的意志行事而已。"

"呵,嗯,"汤姆说着也受到内德的感染而笑了起来。"据说等你当了爷爷,这些感觉还会回来。"

"哪个该死的想当爷爷呀?"内德说着,鼻子里哼了一声,他想到自己家里乱七八糟的,又来了那个讨厌的姨妹,还缺钱花,不禁顾影自怜起来。

内德开车走了,他的情绪更加阴郁。从他家到城里这段路上的风景很美,左边路面下有一条河,两边都是山,春天的第一抹绿色泼在山上,就像一幅未完成的速写画。不管是步行还是开车,他一想起道路另一端城市的文明就十分惬意。这虽是一座海滨小城，但是商店、酒馆、别墅、电灯一应俱全，自来水公司到了五月也不停业。这里还可以碰到许多有趣的人，有夏天的游客，有政府派来的巡视员，他们带来都柏林最新的消息。可是此刻他的心情很沉重。他意识到初次做父亲的喜悦并不会在后面几个孩子降生时再现，而想到要当爷爷他毫无兴致可言。他现在是又老又虚弱。

与此同时，他经常回忆起自己年轻力壮时的那些日子，那时候的他无忧无虑，成天喜笑颜开。当时他是一个志愿兵，一连几个月跟一个纵队在山上游荡，心里老惦记着晚上在哪儿宿营。那样的日子很不舒坦，很危险，就像现在幻想着传宗接代自己做了父亲一样，当时幻想的是自由。不过，他觉得那种幻想都是过去的事情，现在已不复存在。当时的那种幻想是与高山和广袤的风景相联系的，而现在他的生活已经降到一个山谷里头了，就像他开车走的这条山谷，离大海越近，河流就变得越来越深，山也变得越来越高。他是沿着职责义务这条平静的小路下到山谷中来的：一个从一而终的男人，痴迷于自己的职责——爱尔兰式曲棍球协会的会计，共和党的会计，还兼任三个组织的书记。糟糕！糟糕！他看着树木、河流和鸟儿自责地摇着头。那些鸟儿看到他的汽车走近，从树篱上俯冲下来，跟汽车亲切地交谈。

"老伴，你没什么可抱怨的，"在家里他曾经这样鼓励妻子说。"这一切都是大自然的造化。大自然给你们一种自由的幻觉，但是实际上它是让你们屈从于它的意志，仿佛你们就是牛群和树木一样。"

他很紧张，不喜欢穿行于闹市区。他只有在不得已的时候才走闹市区，但他总是紧张不安，心慌意乱。于是街上的熟人也看不见了，可是进城来的头等大事就是要见熟人哪。他通常总是把车停在城边克罗宁家酒馆的外面，然后步行着进城。拉里·克罗宁是他革命时期的老战友了，是跟酒馆老板的女儿结婚才当上老板的。

他停下车，然后去告诉拉里。这本来是没有必要的，因为拉里对方圆几十里的车都很熟悉，他也知道内德的小毛病，但这是内德的习惯。而内德是个墨守成规的人,他自己倒不觉得。

"拉里,我这辆旧车在这儿停半小时,"他的声音里充满了哀伤,仿佛是对自己给拉里添麻烦表示道歉,也为自己身上的负担而哀叹。

"进来吧,伙计,进来!"拉里大声喊道,他高高的个子,面孔很英俊,很有风度,如果他喜欢你的话,他那无所顾忌的笑容便会显得很真诚;如果他不喜欢你,他的笑容就会显得很虚伪。他的嘴巴就像是一个陈列柜,里面是一整排的假牙。"这么大清早的你出来干吗来了?"

"哦,大自然,大自然,"内德笑着说,双手插进裤子口袋里。

"你说大自然是什么意思呀?"拉里问道,他对知识分子拐弯抹角的措辞不懂,不过对这样的人他还是很佩服的。

"我是说基蒂,"内德说。"我去请大夫。我告诉过你她又有喜了。"

"呵,这是上帝给你的赐福啊!"拉里开心地大声说。"是第三个还是第四个啊?天哪,你连数目都记不清了,是吗?既然到了这里,就来喝上两盅吧。我是说,镇静一下神经。开车是很费精神的。你家生那个男孩的时候我们闹了一整夜。"

"可不是吗?"内德说,想到老朋友回忆起多年前的往事不禁笑逐颜开。"刚才我还跟汤姆·赫利谈起那事儿呢。"

"呵,赫利见他的鬼知道什么呀?"拉里一问,一边大大方方地给内德倒上了一杯酒。"那家伙两点钟就去睡了。那人忒小心了,一点也不逗。不过杰克·马丁很是出了一回风头。你还记得吗?把《托斯卡》① 的第一幕整个地给唱了下来,还有乐队,一应俱全。告诉我,杰克回家之后你见到过他吗?"

"杰克?"内德惊讶地喊叫道,同时他眼光从杯子里抬了起来(现在他脑子里轻松了许多,因为这里离大夫家近在咫尺)。"杰克出去了吗?"

---

① 意大利作曲家普契尼的三幕歌剧。

"哎哟,天哪,他出去了,"拉里说着,全身靠在柜台上。"到巴黎去了,你相信吗?当然,又是寻欢作乐去了。你就等着他在巴黎的消息吧!除非上帝怜悯,否则教区神甫是不会听到他的消息的。马丁要管自个儿的事。"

"这你就搞错了,拉里,"内德说着突然感到一阵怨恨,他怨恨的与其说是马丁还不如说是生活本身。"马丁不必管自个儿的事。教区神甫会照料他的。如果一个巡视员在马丁的周围窥探,克莱利神甫是会带着他去参观文物古董的。"

"呵,你说得对呀,"拉里的声音很悲哀,他表示不赞成。"可是你我是无能为力的。天哪,咱们要给人家活活地宰了。你该不是为基蒂着急吧?"他声音温和地问。

"呵,不着急呀,拉里,"内德说。"不是因为那个。我是说像这种时候人会觉得自个儿很渺小。你明白我的意思了吗?一个送信的孩子都能办得到。我们跟孩子都一个样了。"

"要是不一样那他妈的才怪了呢,"拉里说着露出和蔼的微笑。"除非你自个儿能把那个他妈的婴儿生下来。"

"呵,还不只是这个呀,拉里,"内德恼怒地说。"压根儿就不是这样。可是人总是要想问题的嘛。"

"啊,是呀,你说得对呀,"拉里说,因为开酒馆的经历,他因而对人生有一种暗淡而又乐观的看法。毕竟,一个人不能一天十个小时地看着精神分裂症患者而不会觉得人生是很复杂的。"也只有这种时候你才注意到这个——人来人去的,就像树上的叶子。我说得对吗?"

但是内德想的不是这些。他在想自己迷失的青春,想着年轻时发生的一切,想着自己从一个狂热分子变成了一个父亲。

"不,拉里,我不是这个意思,"内德说着,用玻璃杯的底部在柜台上画着图案。"你只是情不自禁地想自己正在发生的事情。你有许多想做而没有做的事情,如果这些事情都做了,情况是不是完全两样呢?可你现在四十好几了,你的生命快完了,却仍然一事无成!仿佛你娶了一个好女人，结果那个女人跑了。"

"小小的损失，就像是有的傻瓜没赶上做弥撒时所说的那样，"拉里反驳道，他在酒馆里找到一个安乐窝，不再渴望着去冒险了。

"当然，这是一个诱饵，"内德说着，露出阴沉的微笑。"每当这种时候大自然就逮住了我们。"

"啊哈，见鬼，大自然有什么过错？"拉里问道。"你的第一个孩子降生的时候，你进城来满世界地跑，到处找人到你家去庆祝。现在你那口气好像是要人家向你吊唁似的。天哪，有一个人来分担你的忧愁，把屁股让你打，这不是挺好的事吗？就算她偶尔砸砸罐子，那又有什么呢？家里破几个罐子有什么了不起的？"

"这些都没事的，拉里，"内德说着，皱起眉头，"如果——如果，注意——吵起来损失的就那么点东西。"

"那他妈的还损失了什么？"拉里问。"一个礼拜二十一顿饭，外加上几磅茶叶。当然，这算不了什么。"

"就这些吗？"内德恼怒地问。"在军队里的那些日子呢？"

"呵，那可不一样了，内德，"拉里说着，叹了一口气，眼睛看着远方。"不过，当然，那时候一切都和现在不同。我也不知道咱们国家会是什么样子。"

"就像你我经历过的那样，"内德说。"中年时期。但是除了那以外，咱们还过了几天好日子。"

"哦，天哪，我们是过了几天好日子，是有几天好日子，"拉里愁眉苦脸地承认道。

"我们一来了劲可以蹦蹦跳跳地上汽车，一连两个礼拜不回家。"

"伙计，是这样，是这样，"拉里说着，露出满嘴的牙齿。"就像那次咱们去看交叉口马赛，完了之后从多内加尔绕回来。呵，天哪，内德，年轻是一件好事。我说得对吗？"

"好的不只是年轻，"内德大声地说。"那时候我们还有自由。现在咱们的生活都由女人操纵，就像咱们小时候一样。今儿礼拜五，我发现了什么？赫利在等人给他买鱼回去。你也在等鱼。我回家去也要吃上一盘好鱼。在祭坛上说上一两句话,咱们这后半辈子就是礼拜五的鱼了。"

"可是,内德,吃上一顿鱼是再好不过了,"拉里美滋滋地说。"听好了,我是说如果鱼烧得好的话。如果烧得很好。你并不能经常吃上烧得很好的鱼。我敢说。天哪,上个礼拜我在基尔肯尼吃了点红烧的欧鲽鱼,还闹了肚子。我敢向上帝发誓,我如果把那辆车停下一次,它就要熄上六次火,等我到家的时候我全身颤抖,像一棵山杨树似的。"

"可是我记得你在特拉摩尔的时候为了吃上咸肉和鸡蛋冒充新教徒,"内德指责他说。

"哦,千真万确,"拉里说着咧着嘴笑了起来。"上帝原谅我,我特喜欢吃肉。看到那些新教徒吃肉,我馋得要死。那个女招待,内德——那个女招待你还记得吗,她不相信我是新教徒,后来我对她说'我们的慈父',结果说错了,她才相信?她说我的脸皮太厚不像个新教徒。内德呀,她对'我们的慈父'是不是真够了解的?"

"为了让男人吃鱼,女人能知道的都会知道的,"内德说着,理直气壮地站起身来。"拉里,这种事你可以转得过弯来,我可不行。我吃鱼是因为我有一种责任感,我不想让基蒂为这事跟邻居吵嘴,上帝可怜见,如果要我转而支持这种事,除非在我死之前再来一次革命。"

"呵,嗯,"拉里叹息着说,"年轻是好事呀,那当然喽……来了,汉娜,来了!"他回答楼上卧房里一个女人的尖叫声。他自鸣得意地朝内德眨巴了一下眼睛,示意他很喜欢这样,但是内德知道他这位像受了惊的兔子一样的老婆想知道他们俩谈论他是新教徒的细节,然后她在去做忏悔的时候就可以告诉神甫:她的丈夫说过异教徒的祈祷词,这算不算是一种隐瞒的罪过,拉里是不是应该去见大主教?这不是人过的日子,不是人过的日子,内德在经过教堂大步走下山腰的时候心里琢磨着。每当他对乡村生活感到厌恶的时候就喝酒,这是不对的,因为喝酒之后乡村的景色就不美了。

突然有人拍了拍他的肩膀。原来是杰克·马丁,那位职业学校的教师,此人小小的个子,胖乎乎的,有点神经质,长着一张娃娃脸,一撇浅灰色的小胡子收拾得很整洁,一双蓝色的大眼睛露出天真的神色。内德阴沉的脸色顿时明朗了起来。在他所有的朋友当中,他最喜欢的就是马丁,因为这人很有学问,嗓门是很好的男中音。他老婆几年前过世了,留下两个孩子,但他没有再婚,是一个很负责任的父亲,只是对孩子脾气太急躁了点。每年有两三次,特别是临近妻子的忌日之时,他都要喝个烂醉,给外人留下了一些话柄。有一次他给街头吹玩具哨子的流浪汉教授意大利音乐,还有一次女管家把他的裤子藏了起来,他从下水道溜了下去,穿着睡衣站在闹市区中心,必恭必敬地向来往的女士们鞠躬。

"麦卡锡,你这个坏蛋!"马丁用他那尖厉的鼻音高兴地说,"刚才你想躲开我。过来我跟你讲一件事。天哪,我看你活不成了!"

"杰克,你在这儿等上十分钟,我会过来的,"内德急迫地说。"我有一件事情,一件小事要去办,然后我就可以完全听你的了。"

"是呀,但是你走之前得喝上一杯,"马丁跟他唱起了反调。"你还不是送信的小孩呢。喝一杯,然后我就放了你,你想去哪里就去哪里得了。你压根儿就猜不出来我最近去了哪里。我是在那里清醒过来的——千真万确!"

内德心想站在街头上争论十分钟还不如到酒吧间里去解释五分钟,于是他跟在马丁后面,在靠门边的一张桌子跟前坐了下来。很显然马丁是喝醉了。他像是装了发条一样,浑身有使不完的劲,一会儿冲到柜台前去拿酒,一会儿在身上摸钱,一会儿举起玻璃杯生怕把酒泼了出来,嘴里不停地说着话。内德朝他微笑着。不管是不是喝醉了酒,他都喜欢马丁这个人。

"内德,"马丁喜气洋洋地冲口说道。"我最近去了哪里,你可以猜三个地方。"

"让我想想,"内德假装沉思的样子说。"我想该不是巴黎吧?"说完他看着马丁受伤的神色放声大笑起来。

"在这个城市里你什么事也干不成,"马丁恼怒地说。"我想接下来你该告诉我我在那里碰到的女人了。"

"不,"内德一本正经地说,"克莱利神甫会——在讲坛上——说这个的。"

"让克莱利见他的鬼去!"马丁抢白着说。"不,内德,这是一件很严肃的事情。这事我上个礼拜刚刚遇上。你我都在这个鬼国家里把我们他妈的时间都浪费了。"

"是呀,杰克,"内德说着,坐在椅子上,表情突然变得严肃起来,"可是你能把时间怎么着呢?"

"呵,伙计,这不是一个哲学问题,"马丁暴躁地说。"我告诉你,这是个很严肃的问题。"

"我知道这个问题很严肃,好了,"内德洋洋自得地说,"因为十分钟前我还跟拉里·克罗宁说起过呢。你的青春到哪里去了?"

"伙计,那也是白白给浪费了,"马丁不耐烦地说。"你不能把那叫做青春。酒馆关门时间到了之后,还在里面喝着廉价的啤酒,听别人唱《翠艾里的玫瑰》,伙计,那不叫生活。"

"是不叫生活,"内德说着,点了点头,"可是那什么才叫生活呢?"

"我他妈的怎么知道?"马丁问。"我想你最好像我一样到外面去寻找答案,在这个鬼地方是找不到答案的。你得到南方去,那里有阳光,有好酒好菜,有味道很足的女人。"

"你不觉得那里也一样吗?"内德毫不留情地问,而马丁只顾仰望着天花板,呻吟着。

"哦,天哪,令人失望!令人失望啊!每个礼拜从克莱利那里听到的还不够吗?这种事克莱利知道的也不比我们多。"

此时,内德很喜欢马丁,也很羡慕他四十几的人了,还那么充满着活力,充满着幻想。不过他也不想听马丁用简单的地形学知识来解释人生。

"这就是人生的真谛,"内德故弄玄虚地说。"你以为亲眼看见了的东西其实却在别的地方。这跟女人一个样——你失去的那个姑娘就是能让你幸福的那位。我想南方人也希望到咱们这种荒凉的地方

来——我承认这种可能性不大，但也并不是没有这种人。不，杰克，我们最好还是面对这样一个事实：不论在哪里生活，都有不如意的地方。"

"我的天哪，伙计！"马丁愤怒地大叫起来。"听你这话简直像个九十五岁的老人。"

"我今年四十二，"内德用平静的口吻强调说，"我没有什么幻想了。听着，你还有一些，"他的话音里饱含着真挚的热忱，"我羡慕你有幻想。你从来都不像我和克罗宁那样喜欢玩命，但是你取得的成就却比我们俩多。但是你也给攥在大自然的手掌心上。你现在很轻松，很飘忽，但是下个礼拜的这个时候你会怎样？即使是现在，"他用恐吓的口气接着说道，"即使是此时此刻，你之所以这个样子是因为你暂时摆脱了罪恶。你从下水道里下来了，穿着睡衣在闹市区走着，但是迟早他们会把你带回去，给你穿上裤子的。"

"可是，内德，作怪的不是什么罪恶，"马丁打断了他的话。"是欲望。我无法满足自己的欲望。"

"杰克，不只是你的欲望在作怪，"内德得意地说着，现在他终于来到了争论的宽阔海面上。"你在大街上要躲着我并不是由于什么欲望。"

"躲着你？"马丁学着他的话，脸涨得通红。"我什么时候躲着你了？"

"杰克，你是躲着我，"内德说着，脸上露出宽容的笑容。"我看到了你，还有，你跟克罗宁也说了。听着，"他很大度地又说，"我不责怪你。这不能怪你。要怪的是罪恶。罪恶追赶着你，就像责任感追赶着我一样，这样一直会继续到我们的坟墓里。我甚至可以告诉你，你会是怎么个死法。你会有一天到教堂里来回跑上十次，担心一次不够，你会低着脑袋，生怕给熟人认出来，眼睛走了神。你会拍打着胸脯，点亮蜡烛，心里数着自己的嗜好。每次你见到了神甫，就会容光焕发，就像是见到了一个漂亮姑娘似的，你会向他举起帽子，说：'是的，神甫。'或者说：'不是的，神甫。'或者说：'您看着办吧，神甫。'这不是你的过错。生活的真正悲剧就在这里,杰克——我们是种瓜得瓜,种豆得豆啊。"

"我不知道你他妈的是怎么了,"马丁困惑不解地说。"你——麦卡锡,你完全是凭空想像。我从来就没有躲过任何人。我很讨厌这种说法。神甫都知道我是哪号子人。我从来都没有隐瞒过什么。"

"这我知道,杰克,这我知道,"内德温和地说着,他为自己忧郁的措辞所折服,"我也没有说你隐瞒了什么。我不是凭空想像,因为这是实实在在的事情。这是大自然在捉弄你。大自然也捉弄过我,只是用的手法有所不同而已。我用责任感来解释一切事情,最后是一事无成。我也知道我自个儿会是怎么个死法。我会分解成丈夫、父亲、教师、当地图书馆馆长以及十五个委员会的官员,其中没有任何一个职务是应该永远活下去的——除非我死在路障旁边。"

"什么路障?"马丁问道,他觉得这些话很不好懂。

"任何一个路障,"内德怒气冲冲地说。"只要是在搏斗,我就不去管是为什么而搏斗。我不想当一个送信的孩子。我也不会给人家送信。你瞧,这会儿我在酒馆里跟你辩论,而不去干别人委派给我的差事,不管是什么差事。"说到这里,他开怀大笑起来,因为他意识到此时此刻——当然仅仅只是此时此刻——他忘记了究竟是什么差事。"嗯,把其他的一切都撂下了,"说到这儿,他咧着嘴大笑起来。"可你知道我是什么意思。责任感意味着什么。我忘记了自己是来干吗来了。"

"呵,那是因为事情不太重要。"马丁说着,急着想谈谈巴黎的情况。

"杰克,你错就错在这里了,"内德说着,真的很喜欢眼前的处境。"也许对你我并不是很重要,但对大自然却很重要。不重要的是我们自己。那是件他妈的什么事来着? 我的记忆都到地狱里去了。等一等。我得闭上眼睛,清空脑子。这是我惟一的解决方法。"

内德闭上眼睛,软绵绵地靠在椅子背上,虽然他这是自己故意发呆,但一想到这事很荒唐,不禁微微一笑。

"没用,"内德说着,轻快地睁开了眼睛。"这事真不寻常,突然之间就没了,好像大地裂开了一个口子一下子吞进去了似的。而你眼睁睁地看着,无能为力。它会自个儿回来的,也没有任何道理可讲。我读过一篇文章,上面写道,一个德国医生说过,你忘记了什么事情,那是因为这件事情想起来很不愉快。"

"该不是理发吧?"马丁提示着说,但是内德是个很洁净的人,他摇了摇头。

"要不,是衣服?"马丁接着又说。"对于他们来说衣服也是很重要的。"

"不是,"内德皱着眉头说。"我敢肯定不是我个人的东西。"

"是孩子的东西? 鞋子什么的?"

"刚才还在我的脑子里一闪而过。"内德嘀咕着。

"如果不是衣物,那就一定是杂货了。"

"我也不知道怎么会是杂货,"内德争辩着说。"杂货都是威廉姆斯每天送到家里来的,都一个样。"

"既然这样,"马丁断然地说,"那就一定是吃的东西了。他们总是忘记这些东西——面包或者黄油或者牛奶。"

"我想是这样,"内德困惑地说,"但是我要是知道是什么我就不是人。吉姆!"他喊着酒吧间的男招待。"如果派你今天去送个信,你说那会是什么?"

"鱼,麦卡锡先生,"男招待不假思索地回答道。"每个礼拜五都是。"

"鱼!"马丁兴奋地重复着他的话。"正是!"

"鱼?"内德重复着他的话说,他觉得这是一个很熟悉的调子。"我想可能是吧。我记得出门时主动提出给汤姆·赫利捎鱼,还跟拉里·克罗宁谈起过这事。我记得他说他很喜欢吃鱼。"

"喜欢吃鱼?"马丁大声地说。"我可受不了那玩意儿。不过我的女管家得弄给孩子们吃。"

"呵,是鱼,好了,麦卡锡,"男招待会意地说。"再过一个小时全城到处都是鱼的气味，你就不会再忘记了。"

"嗯，那是当然，"内德表示顺从地说，"是跟鱼有关系。可能并不真的就是鱼，但也八九不离十吧。"

"不管是不是，反正她会觉得是好意，"马丁安慰地说。"就像花儿一样。咱们国家的女人觉得自己跟花儿一个样。"

"这是很特殊，"两个人出门时内德说。"我们能驱使汽车，就是不能驱使自己的脑袋。现在的科学这么发达，你想会不会有一种方法可以治疗像我这样的记忆？"

两个小时过后，这两个好朋友的话更多了，他们驱车来到内德家吃中饭。"决不能把鱼给忘了，"内德转身回到汽车里拿鱼的时候说。正在这时，他听到一个新生婴儿的啼哭声，脸一下子全白了。

"那是什么呀，内德？"马丁惊恐地问。

"那呀，马丁，"内德说，"恐怕是鱼。"

"我就不打搅你了，内德，"马丁匆忙地说着，从车子里下来了。"我到汤姆·赫利那里去吃一顿快餐得了。"

"拿出点勇气来，伙计！"内德皱着眉头说。"既来之则安之。可是为什么要吃鱼呢，马丁？我就不明白了。我为什么会认为自己是去买鱼的呢？"

欺　　骗

　　在科克市与我年龄相仿的人当中,迪克·戈登只在一个方面与大家格格不入,那就是他对待宗教的态度。作为一个工程师,他觉得除了热力学的第二原理之外,不能相信别的任何东西。据他说,一个人只需要掌握这个原理就够了。

　　多年来他一直追求一个名叫琼·特沃梅的姑娘,人人都估计他会跟这个姑娘结婚,然后像其他工程师一样在这里安家落户。一般来说,当工程师的性情都很严肃,比其他人更容易安顿下来。在做正午弥撒的时候,你经常能看到一些老年的工程师,拎着工具包,你的心里不禁会纳闷:他们梦寐以求的自由思想和社会正义都怎么样了?婚姻能使所有的人都趋于平等。

　　但是,琼的妈妈死了,她得承担照料父亲和两个妹妹的义务,于是她的性情也变得严肃起来,夏天他们在海边租住的那栋房子里再也没有不规不矩的行为了。她很害怕跟一个没有信仰的人结婚,因为将来孩子也会没有信仰。可在这一点上她错了,因为迪克是个很宽容的人,即使是他的死敌他也不会剥夺人家相信地狱里有永恒惩罚的乐趣,更不用说自己的妻子了。但是琼的严肃发展到了精神上的骄傲,她抛弃了迪克,就像是放弃了大斋节① 的某些乐趣一样。

　　迪克百思不得其解,自尊心也受到了伤害:这是他对生活基本理性的情感第一次受到打击;但是他没有因此而改变自己。毕竟他哥哥汤姆原来是个神职人员,因此他受到了宗教专家的指导。后来他

---

① 　复活节前为期四十天的斋戒及忏悔。

296

碰到一位名叫巴巴拉·休的姑娘,是个教师,在一所新教徒的学校里教书,于是两人开始约会。从表面上看,巴巴拉跟他性情相近。她长得很漂亮,温文尔雅,在宗教上是不坚定的无神论者,在政治观点上有左翼倾向,她认为爱尔兰人,不管是天主教徒也好,新教徒也罢,在宗教问题上都是疯子。尽管如此,对于一个出身良好的天主教家庭的年轻人来说,要跟一个新教徒一道共同生活实在是一种挑战。巴巴拉是个乐天派,很喜欢这样,也充分利用这一条件。迪克的朋友给逗乐了,他的家人都很震惊。当然,如果巴巴拉签署一个协定,保证孩子长大后都信天主教,迪克也会得到一个特许独自信奉新教,可身为神学院院长女儿的巴巴拉,她会同意吗? 一般来说,迪克的哥哥汤姆问起这个问题,迪克只是微笑着说,"很逗,是不是? 我从来没问过她。"很可能他觉得这样很保险,尽管巴巴拉自己没有意识到这一点,她在一个少数派宗教的环境下长大还是很孤独的,总觉得缺少了点什么,迪克之所以对她有吸引力是因为他就是魔幻王子①,打破了她觉得会禁锢她终生的魔圈。但是,迪克没有问她,而是提议到伦敦一个安静的婚姻登记处去登记结婚。她对迪克的周到安排很感动,也没有去考虑这会产生什么样的后果。

你瞧,迪克的头脑就是这么简单,他没有意识到有些本来很简单的事情可能给你招来很多不必要的麻烦;如果说他真明白这个道理,那他至少也是低估了其重要性。有几个赞成他的老朋友也承认迪克的身上有一种难以容忍的个性。巴巴拉怀上孩子的时候,家里派汤姆为代表来警告他的所作所为。汤姆高高的个子,面貌英俊,成天想入非非的,有一种病态的神经过敏。他根本就不想接近迪克,但是看到迪克是家里跟神甫的职业最接近的人,就觉得自己有义务来这么做。

"你知道别人会怎么看你吗,迪克?"汤姆结结巴巴地问。

"我想跟现在的看法差不多,"迪克微笑着回答道。

---

① 跟灰姑娘结婚的美貌王子。

"不一样啊,迪克。"

"怎么不一样,大哥?"

"这关系到第三方,你明白吗?"汤姆说着,感到很难为情,当着弟弟的面提到婴儿的话题有点难以启齿。

"我希望还有第四方,第五方,"迪克开心地说。"你知道这是婚姻的必然结果。而孩子是像父母亲的,至少小时候是这样。"

"在咱们这个国家不是这样的,"汤姆生气地说。"我想这是有历史原因的,"他又补充道,因为他是一个历史知识很渊博的学者。

"在咱们国家任何事情都是有历史原因的,大哥,"迪克很快乐地笑着说。"但是,有些老糊涂因为历史原因而相信童话故事,这不能阻止我把孩子培养成我自己的样子。"

"呵,嗯,可没有那么糊涂啊,迪克,"汤姆说着,模样比刚才更可怜了。"这是很有诗意,很富有想像力的事情,不管你怎么说吧,反正我们从小到大都相信这个,我们的父亲、祖父也都相信。"

"修士们说咱们爱尔兰是个神圣的国家,世界末日比别的地方要早八年到来……我不知道这有什么样的优越性……我想你总不至于相信这个吧?"

"我干吗要相信呢?"汤姆问。"这又不是什么信仰条约。"

"这对于你我来说就是信仰条约,在这个问题上我并不想做一个离经叛道的人,"说到这儿,迪克的鼻子哼了一声。"不管怎么说吧,这跟我们听到的其他胡说八道并没有什么两样。今天这些东西在别的地方都被看做是儿戏,在你我的有生之年,咱们这儿也会把这看做是儿戏的。十五年过后人们听到这样的话只会一笑了之。"

迪克就是这个德性,既有理性,很宽容,又与众不同,好像有两个脑袋似的。一个有责任心的上司怎么可能提拔这样固执愚蠢的人呢?迪克惟一的明智之举就是迁移到英国或美国去,一切从头开始,在那里人们不大相信鬼魂,但是他身上有一种固执的、愤世嫉俗的特性,看到那些笃信鬼魂的人骑在自己头上作威作福,把本来很简单的事情弄成一团糟,他就会暗中感到快乐。

他有许多朋友跟他的观点一致,他们星期天聚在迪克在学院路的小屋子里,谈论大学里最近发生的营私舞弊案件。大家都义愤填膺,但迪克宽容的态度始终没有改变。他最多只是叹口气:仿佛看到了别人看不见的东西。一个叫内德·墨菲的小学老教师因为这个总跟他发火。墨菲是个面色阴郁,相貌英俊的人,但非常虔诚,反对教权主义。他一发起火来总是有礼有节,例如,他管老朋友叫"先生"。

"戈登先生,"一天晚上墨菲大声喊叫道,"你脑子有毛病。一百年后,那些跛子的后代还会在树林子的后面看到鬼魂的。"

"不会的,内德,"迪克微笑着说,他很喜欢墨菲,特别喜欢看到他发火。

"什么东西能拦住他们呢,戈登先生?"

"事实呀,内德!"

"事实!"

"事实会把自己的逻辑强加于人的,内德。现在的情形就是这样,就在此时此地,在任何地方,不过我们看不见罢了。那仅仅只是一种叙事技巧而已。咱们这里的人叙事技巧还很低级。但是女人在做男人的事情,她们也会有男人的想法。你知道,这是不以人们的意志为转移的。你所谈论的世界已经结束了。十到十五年之后这就会成为笑话。简单的事实会摧毁它。"

迪克能看到外面的世界里正在发生的事情,这倒没什么。不过他看不见自己家里正在发生的事情。一天晚上,夫妻结婚已经十年了,迪克在家里,巴巴拉带着儿子汤姆出去了,突然有人敲门。外面是一个年轻的神甫;高高的个子,很瘦,长得很英俊,一副无忧无虑的样子。

"我可以进来吗?"神甫问道,仿佛他确信主人一定会欢迎他似的。

"哦,请进,请进!"迪克面带一丝微笑说。他讨厌那些举止拘谨的人,这种人自信心多于礼貌,开口便问你的灵魂是否安好。他是个彬彬有礼的人，不想举止唐突，或者失礼。

"戈登太太不在家吗？"神甫快乐地问。

"不在，到镇里去有事去了，"迪克附和着说。"很快就会回来的。"

"呵，这样咱们就有机会闲聊一会儿了。"神甫说着，拉了拉腿上的裤脚。

"瞧，神甫，我不喜欢你说的那种闲聊，"迪克恳求地说。"这个镇子里很多人都想跟我闲聊，他们不知道我不喜欢这个。我十八岁上就不信宗教了，我压根儿就不想再把抛弃了的宗教信仰捡起来。"

"我请你捡起来了吗？"神甫带着惊恐的神色问道。"伙计，我根本就没打算见你。我是来跟你老婆谈谈的。你就是戈登太太的丈夫，对吗？"

"是的，"迪克回答道，他为神甫说话的腔调感到惊讶。

"嗯，她在信教，你不知道吗？"

迪克是很难让人问得慌乱的，他回答的时候连声音里也没带一丝惊讶。

"在信教？不，我没听说。"

"见鬼，我又说错话了！"神甫气愤地说。"我应该带个男护士在身边。瞧，很对不起呀。我下次再来。"

"哦，既然来了，就待会儿吧，"迪克很友好地说。话音里一半是自豪，一半是怜悯。他能看到神甫是真的很伤心。

"下次！下次！"

"我跟她说是谁来拜访她了？"迪克把神甫送到门口时说。

"我的名字叫霍根，戈登先生，本来给我一百英镑我也不愿讲的。"

"这不能怪你。"迪克说着，脸上露出友好的微笑。

但是当他关上门的时候，他脸上的微笑消失了，他发现自己全身冰冷，在不住地颤抖。他给自己倒了一杯酒，但是酒进了肚后他又感到恶心。他没有料到这么糟糕的事情会降临在自己的身上。妻子无耻而狡诈地背叛了自己,他已经能看到自己成了全镇人的笑料。一个男人的孤独就是他的力量,只有妻子能毁了他,因为只有妻子能懂得他的孤独。

他听到妻子把钥匙插进锁孔里的声音,心里真后悔没有在她回来之前出去。他喜欢支配自己的言行举止,而现在他担心自己无法支配自己的言语和行动了。

"迪克!"妻子用她那银铃般清晰的声音喊道,同时打开了客厅的门。"出了什么事?"看到他没有转身,她又问道。"等一等,汤姆!"她对大厅里的孩子说。"快上楼去,把你的东西拿走。茶沏好了我就喊你。亲爱的,别耍贫嘴了。妈妈忙着呢。"她关好门,走到迪克跟前。"我想霍根神甫来过了,"她用疲倦但很有教养的口吻说道。"是这么回事吗?你应该知道我是打算告诉你的。我想自己先打定主意再说。"但是迪克没有回答,她一下子嚎啕了起来。"哦,迪克,我经常想告诉你,就是没那个勇气。"

她在迪克看她的那一刻就知道她是自己捉弄了自己;她相信迪克人很笨,很宽容,很温和,不管她对迪克做了什么都不会影响他们之间的关系。不管是男人还是女人,这正是欺骗行为中的一个弱点。

"你没那个勇气,"迪克毫无表情地重复着巴巴拉的话。"但是你有勇气在你的宗教界朋友面前把我当猴耍。"

"我没有哇,迪克,"她气冲冲地说。"可你自己知道得很清楚,这件事我无法跟你商量。在这件事情上你是不可能很理性的。"

"理性"这个字眼刺痛了他。

"这就是你所谓的有理性吗?"迪克刻薄地问。"我本应该理性一点在跟你结婚之前证实一下的。我本应该有理性一点,按我家里人的方式来教育汤姆的。我生活中的每一天本来是可以很理性地对待一切的,可是因为你却要接受屈辱。而你打算做什么,这样做会对汤姆带来什么样的后果,这些你却没有勇气跟我商量。你宁愿教育孩子,让他相信他爸爸是个混蛋,这就是你的理性!"

"可是,迪克,我现在就跟你商量,只是你得耐心地听我说。"巴巴拉的双手交叉在一起。"我如果没有什么信仰是活不成的,这也不能怪我。"

"相信天堂,"迪克讥讽地说。

"如果你喜欢的话,我就是相信天堂。不管怎么说,为了你,为了我,为了汤姆,我得相信一点什么。我从小到大就是相信这个,有一阵子我抛弃这种信仰,因为我不珍惜它,可是现在我需要信仰——也许是因为我除了这个信仰之外一无所有了。只是你不要说这全是胡说八道!"

"我干吗要说这些?"迪克问道。"现在你有了更高明的顾问。"

事实上,迪克从来没有就这个问题跟巴巴拉商量过。他甚至让汤姆跟巴巴拉一起去做弥撒,去上当地修道士办的学校而没有一句怨言。最让巴巴拉惊讶的是迪克的大哥老汤姆。她知道在跟迪克争论的时候,老汤姆总是护着她,但是当他们在一起商量事情的时候,老汤姆似乎对她的要求比对迪克更严一些。这很奇怪,因为老汤姆总是那么胆怯,说起话来有点结巴,他的微笑也很迷人,这些都没有变化。

"巴巴拉,当然,作为一个天主教徒我为了你,也为了孩子感到很高兴,但是作为迪克的大哥,我又感到很不幸。"

"可是你不觉得这会有助于迪克将来以不同的眼光来看事物吗?"

"不,巴巴拉,我不觉得是这样。"老汤姆说着,露出温和而怜悯的微笑。

"可是,汤姆,我看不出来那会加大你和迪克之间的差距。"

"巴巴拉,结婚和不结婚是有区别的,"老汤姆说,她看不出来,像老汤姆这样被家里人认为不能结婚的人谈论起婚姻来会有什么特殊之处。"有些人自己并不知道,但他们结婚就是为了寻找保护,有时候他们为了得到保护不得不牺牲别人的原则。"

"你认为迪克需要保护吗?"她不解地问。

"巴巴拉,我觉得迪克需要很多的保护。"老汤姆说着,脸上露出指责的神色。

城里的议论很多,其中很多都是不怀好意的,不过总的来说这些议论对迪克的害处少于好处。迪克已经不再是邪恶的有生力量了,他只是一个滑稽人物,就像是大学里舞弊的学生,人人都可以嘲弄他。现在连提拔他也没有什么风险了。

但是,还是老内德·墨菲说的话最得体。一天晚上他和迪克的另外两个朋友在一个酒馆里喝酒,另外还有几位——卡什曼和恩莱特,恩莱特这人有点独断专横,惹人讨厌——都在开迪克的玩笑。只有墨菲一个人没有笑。他皱着眉头,用拳头揉着前额,把前额都揉红了。

"好像你老婆有了外遇似的,"墨菲烦躁地说,因为他是个单身汉,卡什曼和恩莱特大声笑了起来。不过这个比喻虽然令人不快,但有几分恰当,卡什曼和恩莱特都是结了婚的,而且恩莱特的老婆还闹出过一条小小的桃色新闻,是跟一个旅行推销员。他们俩知道还有一个人,一个身影模糊的人物,不像他们那样明显,而他们很害怕这个人物出现在背景中。

"但是你认为他给老婆留下了什么把柄?"卡什曼说。

"他留给他老婆的把柄可多了,"墨菲说。

"可是他们夫妻之间的关系一直不错嘛。"

"关系是不错,"墨菲表示承认。"但是他老婆一定是跟他在一起日子过得非常不舒服。她结婚之前是信教的。"

"好多信教的姑娘都很愿意跟这样的男人结婚嘛。"恩莱特说着,仿佛自己一直都在听他们的谈话似的,其实不然。

"没有哪个男人像迪克·戈登那样,"墨菲沉思着说。"他是个乐天派,而乐观主义跟宗教头脑的人是水火不相容的。迪克不知道生活是多么令人难以忍受。像他这样的人连邪恶都不相信。"

几年以后,迪克的乐观主义受到了更严厉的考验。他病倒了,有传言说他好不了了。

半个科克市都骚动了起来,因为凡是跟他聊过天的人似乎都感到有责任说服他去信教,而那些准备跟他攀谈的人也不断被人告知应该对迪克做些什么,说些什么。他的老板还专门备了一辆车,让他的朋友不分白天黑夜随时可以把神甫请到他的床边来。"兀鹫这种鸟总是让我很痴迷,尽管我想它们已经灭绝了,"内德·墨菲说。

巴巴拉对这些人的歇斯底里很恼火,特别是因为这使她处于一种虚情假意的位置上,她对众人的答复也很简略。"对不起,这件事我从来没跟我丈夫商量过,"她说。"有些事情很隐私,连妻子也不便告诉。"即使是这样人们也不肯善罢甘休。他们说信教的人跟别人是不一样的。

有一天晚上,天下着雨,迪克独自一个人在房间里,想看一会儿书,突然一个陌生的神甫来访。此人个头很高,很肥大,面容严肃。

"你就是戈登先生吗?"神甫问。

"是的,"迪克说。

"我可以进来一会儿吗?"

"哦,当然可以。请坐。"

"戈登先生,你不认识我是谁,"神甫拿着一把椅子很和蔼地说。"可是我对你很了解。我是教区神甫,瑞安神甫。"

迪克点了点头。

"戈登先生,我想跟你谈谈有关你的灵魂的话题,"神甫说着,改变了腔调。

迪克微笑着点燃了香烟。这种事他经历得多了。

"当然,在你们教会里像我这样的人你可以找到很多,"迪克温和地向他提出建议。

"像你这样处于危险之中的人并不多呀,"神甫微笑着回答。看到他这种微笑,迪克不禁为之一动,因为他的微笑中似乎放射出一种冰冷的恶意,是迪克从未见过的。

"戈登先生,"神甫说着举起一只手。"我说的不只是你的精神危险。戈登先生,你得了重病。"

迪克站起身来,为他开了门。

"瑞安神甫,你为一些与自己无关的事情操心太多了,"迪克冷冷地说。"现在请你离开我的家好吗?"

"戈登先生,你的傲慢不会延续很长时间了,"神甫说。"你会死于癌症。"

"我已经说过了,"迪克威胁着说。

"你活不过三个月。"

"那你们这些搬弄是非的人就更没有理由来迫害我了,"迪克说着,突然怒火中烧。"给我滚出去,不然我就把你给扔出去。"

迪克的声音并没有抬高,但是他少有的愤怒中有一种阴森的东西让神甫不寒而栗。

"你会后悔的,"神甫说。

"可能吧,"迪克咬牙切齿地说。"我只会后悔没给你应有的惩罚。"

随后,迪克转身回来看书,但是他什么也看不进去,什么也看不懂了。刚才神甫的腔调让他心烦意乱。他的身上已经没有了恶意,就连与自己意见相左的人他也不屑与人家争论,只当做是愚蠢罢了。但是,这不只是简单的愚蠢,比愚蠢要恶劣得多。而愚蠢转化为了恶毒,愚蠢转化为了赤裸裸的邪恶。但是,正如内德·墨菲所说的那样,迪克是个连邪恶都不相信的人。

巴巴拉走进来的时候,迪克仍坐在黑暗的壁炉前面沉思。

"喂,亲爱的,"巴巴拉假装开心地说。"就你一个人在这儿?"

"刚才有个神甫大人来访。"迪克说着,乐了。

"哦,天哪!"巴巴拉伤心地说。"是谁呀?"

"他姓瑞安。很怪的一个人。"

"他想干吗?"

"哦,只是要告诉我,我得了癌症,活不过三个月。"迪克愤怒地说。

"哦,天哪,不会的,迪克! 他没这么说吧?"巴巴拉大声喊道,开始流起泪来。

迪克惊讶而关切地看着她，然后站起身来。

"哦，巴巴拉，别为这事烦恼！"迪克说着，耸了耸肩膀。"你知道，这是他们一贯的伎俩。你应该听听他当时说话时那副开心的样子！他们这种人不拿自己的骨骸来炫耀还能有什么市场？"

这是刚刚结婚不久他跟妻子说过的话，自从巴巴拉皈依基督教之后他就再也没有说过。巴巴拉不知道他究竟说的是真心话，还是为了安慰她才故意这么说的。经过这么多年的婚姻生活之后，他还是那么温柔，那么体贴。他的大哥老汤姆对她没有任何帮助。

"我得花更多时间到你们家来走动走动，"老汤姆阴沉着脸说。"这种事情还会有的。"

"我们能不能向大主教提出申诉，"她气愤地说。

"巴巴拉，恐怕那起不了多大的作用。大主教很可能会站在瑞安神甫那边。再说，你信任你的家庭医生吗？"

"卡伦大夫吗？哦，我想他已经尽力而为了。"

"我不是这个意思，"老汤姆耐心地说。"你敢肯定他没去找过瑞安神甫吗？"

"哦，天哪，汤姆！"她说。"他们都是些什么人哪？"

"我想，跟别处的人一个样，"老汤姆沮丧地说。

随后，她很担心让迪克一个人留在家里。她现在知道了周围的人个个都歇斯底里，她知道那些从中得到乐趣的人都很残忍，是迪克无法理解的。

一天她上楼来跟迪克聊天，突然门铃响了。她去开门，发现外面来的是霍根神甫。他现在是离城三十里地一个村庄的教区神甫，所以他们不常见到他。巴巴拉的朋友中，迪克喜欢的只有他和另外少数几个。

"神甫，请进，"她说着，领着神甫走进那间窄小的前厅，关上门，低声说："神甫，我现在不能让你迫害迪克。"

"迫害？"神甫惊讶地问。"谁迫害他啦？"

"您知道他的信仰,"巴巴拉说。"我敢说他是错的,如果你逮住他很软弱的那一阵子,他会承认自己错了,但是认错的是他的软弱,不是他自己。"

"你这是在说些什么呀?"神甫愤怒地问。"你疯了吗? 我听说他病了就跟他打电话,他叫我来喝杯酒。我不会对他做什么的——等一切都完了,我只会给他进行有条件的赦免,但那跟他没多大关系。城里有些人不肯按基督教的葬礼安葬他。你不知道,但不会喜欢这样的。他的家人也不会喜欢的。"

"有个神甫说他死到临头了,你跟这个人没有任何关系?"

"怎么了?"神甫平静地问。"有人跟他说过这种话吗?"

"是教区神甫说的。"巴巴拉说。

"难道所有穿黑色法衣的傻瓜、乡巴佬都由我负责吗?"神甫气愤地问。"巴巴拉,是他请我来喝一杯酒,我要跟他一起干一杯,不管你怎么想……"接着,神甫的情绪陡变,问道:"这会让他心烦意乱吗?"

"值得庆幸的是,他不相信这个。"

"是真的不相信,还是假装不相信?"神甫很精明地问道,然后又把这个问题抛到一边。"呵,你怎么知道? 巴巴拉,我不会打搅他的,"神甫柔声地说。"要是我对自己的灵魂拯救和对他的灵魂拯救一样有把握就好了。"

"我也是这么想的——"巴巴拉说,神甫非常清楚巴巴拉此刻的内心活动,她是在后悔自己这些年的软弱,希望自己能像当初年轻时、恋爱时那样跟着丈夫一起去黑暗的世界中。现在这是惟一对迪克有意义的事情了。但是他是个好神甫,他不能对这些意义进行过多的沉思。他仍然对活着的人,对这位行将就木的朋友负有责任。

流泪的孩子们

　　乔·桑德斯和他的老婆布里吉德结婚一年后生了第一个孩子——一个小姑娘,取名叫南斯,是根据孩子的外婆命名的。布里吉德是爱尔兰人,而乔总觉得自己也有爱尔兰血统。布里吉德是个天主教徒,虽然乔自己不信教,但他喜欢布里吉德信奉天主教,并且还鼓励她在屋里屋外到处挂上圣徒的画像,摆上圣徒的雕塑。他有时候甚至也跟老婆一道去做弥撒,不过布里吉德说看到他那虔诚的神色她就不想做祈祷了,乔听说后大笑起来。布里吉德逗得他发笑,乔也很喜欢这样,因为他天生一副严肃的面孔,很容易陷入忧郁之中,甚至流泪。布里吉德的教养很好,对此乔也很喜欢,不过,有时候布里吉德在他妈妈和妹妹面前无意识地摆起谱来,乔就受不了了。妈妈和妹妹都很平庸,这他知道,但他不喜欢别人总是唠叨这个。跟结婚之前一样,布里吉德和任何钟情于自己的男人进行无耻的调情,并从中得到极大的乐趣。这让乔很开心,因为尽管布里吉德很有魅力,但他知道布里吉德很野,很贞洁,很纯,他也意识到那些相貌堂堂的阴谋家是绝对从她身上得不到什么的。

　　生了南斯之后,乔对自己的生活感到很自豪。有时候他看任何东西都是重影,仿佛他不只是在做着手头的事情——比如在住宅区里推着婴儿车,半夜爬到后屋里去看孩子盖好被子了没有——而且在看自己做这些事情,仿佛自己成了电影、小说中的人物,而这种重影的连接给了事物很强的立体感。他肯定人们常说的幸福就是这个意思。

　　但是他也意识到,布里吉德的感受跟自己是有区别的。尽管有时候她忘我地逗孩子玩,就像一个小姑娘玩玩具一样,但是她常常很忧郁,哭鼻子,发火。这跟她一贯的性情是相悖的。乔的好朋友杰里·克劳斯说她患有产后精神病。虽然乔对杰里喜欢的这些古怪名词不大相信,但还是采纳了他的建议,带着布里吉德到布莱顿去玩了一个礼拜。布里吉德感觉好了一些,但持续时间不长。乔是个很敏感的人,有时候他认为自己知道布里吉德有什么样的感觉。布里吉德是个性情活泼的野姑娘,喜欢出游和去参加晚会,她深受这种人生哲学的影响:只知获取,不知付出。

乔对她的关心近乎好管闲事,不论是去看电影,还是去朋友家玩他都管着。但是连一些老朋友也觉得布里吉德变了,她对杰里·克劳斯十分讨厌。虽然杰里很喜欢给女人送礼物,但他似乎并不是很喜欢这些女人,现在布里吉德就把他的这种行为看做是不喜欢自己。她像女中学生那样直言不讳,嘲笑克劳斯的单身宿舍里暖气的温度调得太高,嘲笑他的留声机和他收藏的唱片,还有他的酒柜,那里面总有一些刚刚进口的外国酒,一有客人来,杰里就硬要人家来一杯,搓着双手,焦急地说:"这酒不错,是吗?我是说,真的很不错。乔,你也觉得不错吧。"乔听了她的嘲笑简直无言以对。有两次为了袒护克劳斯,乔只好责备她,虽然语气很缓和,但他感到很痛心。

"你为什么不能对杰里好一点?"一天晚上他们俩回家的时候,乔这样问布里吉德。"他没我们那么多的朋友。"

"如果你问我的话,我可以告诉你,他一个也没有,"布里吉德冷冷地说。"他太自私了,交不起朋友。"

"自私?"乔大声问道,脚步一下子停了下来。"我没房子住的时候他把两百英镑的支票撂在了我的壁炉架上!"

"这些我们都知道,"布里吉德鄙夷地说。"他明知道你不会要的。"

"他比我知道的多,"乔说着,又迈开了脚步。"不管怎么说,当时重要的不是钱不钱的问题。重要的是他对我的信任。我自己也因此有了自信心。我告诉你,布里吉德,男人之间有的事情是你们女人永远也弄不懂,到死的那一天也弄不懂的。"

但是争论对布里吉德不起任何作用,只能给她提供更多蔑视杰里的根据。一天晚上,克劳斯在乔的家里无意中吹嘘自己不肯卷入一桩不明不白的交易之中,布里吉德假装很钦佩,很机智地把他的话全套了出来。克劳斯有一个小毛病,喜欢把自己吹嘘成一个精明的商人——"一个想入非非的家伙":他叔叔这样跟乔说起克劳斯。

"杰里,你玩得总是很保险,对吗?"布里吉德最后问。

"你这是什么意思呀,布里吉德?"克劳斯急迫地问。他太得意了,没听出来布里吉德话中有话。

"布里吉德!"乔警告地说。

"凡是跟你来往的人都得留点神,"布里吉德说。

克劳斯站起身来,抓着上衣的翻领,仿佛要做讲演似的。乔忽然觉得克劳斯是个靠做讲演——令人不愉快的讲演——来保护自己的小人物。

"我可以告诉你,布里吉德,凡是跟我来往的人都不必留神,跟你说的恰恰相反,"克劳斯炸着嗓门说,仿佛听众离他很远似的。"不过,我做事是很保险。这一点你算是说对了。今后为了更保险,我不会再到这里来了。"

说完他朝门口走去,乔替他拿着大衣,发现他全身在剧烈地颤抖。乔打开门,将手搭在着克劳斯的肩上,跟他一起慢慢地来到大门口。克劳斯靠他更近,这样两人就像是拥抱似的,乔知道他这并不是搞同性恋的动作。住宅区的那条路直通山顶上郊区林阴路旁的公共汽车站。两个男人像一对情侣似的肩并肩地走着,到了车站,乔双手抓住克劳斯的一只手。

"杰里,别去想那件事了,"乔低声说。"她根本不知道自己在说些什么。那个女人脑子有毛病。"

"她是有毛病,乔,是有毛病,"克劳斯可怜巴巴的样子,急切地说。"我一开始就想到了,现在我可以肯定。对不起,我对她的态度太凶了点。"

"你没有,杰里;我对她的态度才凶呢。"

乔在人行道上朝克劳斯挥手送别,不禁流出了眼泪。他慢慢地在路上来回走着,直到那阵情绪消退了才回家。进门后,他看到布里吉德在客厅里等着他,那模样跟他出去的时候一个样。

"进来,乔,"她平静地说。"咱们得谈谈。"

"对不起,布里吉德,可我什么也不想谈。"他说着,觉得自己如果跟她谈的话又会伤心落泪的。

"可我想谈谈,"她断然地说。"这可能是咱们的最后一次机会。我要走了。"

"是什么事呀?"他不相信地问。

"我得走了,"她又说了一遍,乔知道她是说真格的。

正是在这种时刻,乔聪明的惰性才达到巅峰状态。他年轻的时候受到过侮辱,受到过伤害,那种痛苦从来没有消失过。但他知道你得向痛苦屈服,如果你不想让痛苦毁灭自己的话,就得让它溅满你的全身。

"亲爱的,你为什么会认为非走不可呢?"他温和地问着,从外面拿一把椅子进来,双手交叉放在面前。

"因为我已经破坏了自己的生活,不想再去破坏你的生活,"她说。

"嗯,这个问题我有话要说,"他说。"当然小宝宝也有话要说。除非你带她一起走。"

"我不带她走,"布里吉德假装很不在意的样子说。"我敢说你妈妈可以照料她。"

"我敢说我妈妈是可以带她,"乔平静地说。"但我认为孩子需要的不是奶奶的爱。"

"至少你妈妈不会侮辱你的朋友,"布里吉德刻薄地说。这时他知道布里吉德已经认识到自己对克劳斯太过分了点,于是他的心软了下来。

"对于我来说,你比任何一个朋友都要重要,亲爱的,"乔说。"就连杰里也不例外——天晓得，他对我来说是很重要的。可是你干吗要做那种事呢？他们伤害你，也伤害了其他人。是什么事呀，布里吉德？你干吗不信任我？是有了另外一个男人吗？"

有那么一阵子，乔以为她会揍他呢。接着，她觉得这事很逗，咧着嘴微微一笑。

"你对自己的评价不很高，是吗?"她直率地问。"就连克劳斯这头蠢驴也不会想到这样的蠢事。我跟你结婚之后连其他男人走过的路都没有正眼看过。"

她的忠诚是毋庸置疑了，乔又有了一种轻松之感，随之而来的是往日的柔情和爱慕。

"当然，那正是我所希望的，亲爱的，"他说。"去他妈的，其他事情都算不了什么了。"

"连我认识你之前的旧情人你也不在乎?"她嘲笑着问，她的腔调又让乔心里冷了下来。

"我明白了，"他说。"你意思是说还有别的男人。"

"这很自然，"她气愤地说。这时，布里吉德仿佛是读懂了乔的心思，又回到刚才那种愠怒而逗乐的腔调上。"你以为我伤了他的心？是的，我就是伤了他的心！我但愿今后永远也不会见到他了。要是我能这么对他的孩子说就好了。"

"他的孩子?"乔傻乎乎地重复着她的话。现在他觉得世界真的在他身边崩塌了。"你是说你原来已经有了一个孩子?"

"你以为我当初到伦敦干吗去了?"她很理性地问。

"这我不知道，"乔说着，声音里带着尊严。"当初你跟我说是去找工作的，我还以为你说的是真话呢。我想你说我头脑简单，看来是说对了。"

"我从来不认为你头脑简单，"她反驳说，那副愤怒的模样活像个泼妇。"如果你想知道我对你的看法，我只觉得你人太好了，好得让人很难相信是真的。"

"而你的那个孩子在哪里？跟你家里人一起吗?"

"不,在科克市郊区,"她简短地说。"我想她离我越远越好。说起来,我还有另外一件事。我把家里的柴米钱省下来拿去养活她了。我离开那个职业之后自己就没有了收入。"

"你不能让孩子饿死呀,"他轻声地说。"跟别的事情比起来这算不了什么。"

"别的什么事情?"

"你跟我撒的那些谎,"他愤怒地说。"像我这样的人,你不应该那样待我。瞧,布里吉德,要我假装没有受到伤害那不起作用——不过你刚才讲的这件事除外。那是你自己的事情。但是你在结婚之前应该告诉我的。"

"那样你就不必跟我结婚了?"她愤怒地问。

"我不是这个意思,"乔说。"我不知道自己会做出什么样的决定,但我想不会妨碍我们结婚。你对我不公平,对孩子也不公平。你本来应该像我信任你那样信任我的。"

"好像这两件事完全一样似的!"她反驳道。"我告诉你了,我觉得你人太好了,好得让人不敢相信是真的。你果然不是真的,但是要了解你,我就得先跟你结婚。要跟你结婚,我就得撒谎。至少在我看来是这样。而我从中得到了许多的好处!"

乔叹了一口气。

"不管怎么说,我们得考虑一下这个孩子该怎么办,这件事咱们今晚上就可以决定下来。"

"只有一种方法,乔,"她说。"我得回到伦敦去找一个工作。"她很有男子汉气概地说着,但是乔知道她说的不是真格的。她是在乞求乔给她一条出路。

"这个家我们不必拆散,"他坚定地说。"他妈的,这是咱们自己的家。咱们可以把孩子接过来跟咱们一起住。"

"可我不想让她跟我们一起过,"布里吉德气愤地说。"你不明白吗?那是一次见鬼的错误。我不想后半辈子在错误中过日子。我也不想让你跟我的错误一起过日子。我只是觉得这事很难办,我拥有世界上的一切,而她一无所有。"

"这我明白,"乔柔声地说。"我明白这不是一个简单的问题。只不过我们得想个办法而已。"

那天晚上就这个问题他想了很多,对于布里吉德的孩子该怎么办他想得要少一些,对于这场灾难夺走了他美好的世界他想得要多一些。他再一次明白自己必须采取行动,把自己认为必须要做的事情办好,除此之外的一切似乎都是书中或电影中人物的事情。他几乎可以像听见第三个人的声音那样听见自己的声音。"'咱们得想个辙儿,除此之外,没别的,'他说。"他想人们常说的伤心大概就是这个样子。

可是当布里吉德叫醒他,把一杯茶给他端到床上来时,她似乎什么也没发生似的。布里吉德把自己的秘密和盘托出只是减轻了她自己心头的负担,事实上也恢复了她往日的生机。

那天晚上,乔回家的时候,惊讶地发现克劳斯坐在前面那间房子里等他。从克劳斯的举止来看,他知道布里吉德已经跟克劳斯重归于好了。要是在往日他一定会很高兴的,可是现在这件事好像与他不相干了。他送走克劳斯的时候,克劳斯急迫地说:"乔,你不会认为我是在干涉你的私事吧,但是布里吉德到我的办公室去了,并且把你那点小麻烦都告诉了我。我估计她在为什么事情伤神。我只想说对此我很遗憾。"乔被克劳斯的机敏给逗乐了,他淡淡地说布里吉德虽然很骄傲,但已经在他面前把自己糟蹋得一塌糊涂。不过这似乎也没什么关系。

"我知道,杰里,我知道。"乔说着,捏了一把克劳斯的手臂,但克劳斯只顾着说那件事。

"这件事不管你怎么安排,反正糟透了,"克劳斯说,"我只想让你知道,我很乐意去做任何事情。很乐意!因为,乔,我很钦佩布里吉德。这你是知道的。"乔意识到,布里吉德不惜放下自己的面子,以极其尴尬的身份去见了克劳斯,并且终于攻破了克劳斯的防线。而克劳斯也不愧为是克劳斯,他不只是为布里吉德进行简单的调解而已,还把支票藏在了壁炉架上。

晚饭后,乔对布里吉德说:"亲爱的,这件事我反复想过了,我觉得只有一种方法。咱们得把孩子接到这里来。"

"我也反复想过,我觉得完全没有那个必要,"她匆忙地说。"克劳斯也同意我的看法。跟你说实话吧,我觉得那对我们每个人都是不可能的。"

乔明白她是怎么想的。既然心头的秘密抖搂出来了,她走到了自信心的另一个极端去了。只有突发的自信心才能使她重新返回到克劳斯那边去。一旦有了自信心,她又重新恢复了往日那种狡诈的个性,像发了疯似的精心策划着从废墟中尽量找回更多的东西,尽量避免在邻居面前以及在乔这个体面、平凡的劳动阶级家庭面前不让自己蒙羞。

"这并不是不可能的事,"乔说。"是很难,这点我同意。在这个住宅区里咱们有很多好朋友,虽然这不会提升咱们的地位,但别人也有类似的事情,有的比咱们还不如呢。"

"男人比女人要容易得多了,"布里吉德悔恨地说。

"女人是要难一点,因为她需要做更多的事情才能保住自己现有的地位,"乔严肃地说。"对于任何人也不容易。都一样,跟孩子的生命相比这算不了什么。"

"还得考虑你妈妈,"布里吉德说。

"对呀。得考虑妈妈,还有巴巴拉和科拉莉,我们知道她们会怎么想,会说些什么。布里吉德,她们会跟你算账的,这事由我来顶着。但这还不是最糟糕的。最糟糕的是她来得太晚了会不适应咱们那个孩子的。不过,尽管如此,现在总比十年、十五年后要好一些。"

"我不知道,乔,"布里吉德认真地说。"以前我瞒着你,因为我想自个儿把这事给了结了。今后我再也不能瞒着你了,再说了,有好多事情我一个人可以独自去做,而不必让咱们俩都去遭罪。"

"比如说?"

"嗯,其实这是杰里提的建议——把她接到这里来,给一个体面的家庭抚养,咱们还可以不时地照顾她,节假日带她和南斯一道出去玩,等她够岁数了,送她去上一所比较好的学校。"

"我估计杰里主动提出要帮忙?"

"是的,"布里吉德承认道。"他很慷慨。"

"他是很慷慨,"乔说。"都一样,他这么做是错的。错完了。"与很多性情温柔的人一样,乔的性格中有一种刚强,只要是他下定了决心的事情,他就很固执。"杰里是个单身汉。他说的话是有口无心。要是大人,不论是男是女,你可以扔下不管,任凭他去漂流,可是对一个孩子你不能这么做。孩子完全没有自理的能力。这一次吞下苦果的不只是你一个人。我也有份,如果孩子有个三长两短,我也是谋杀犯。布里吉德,我是有毛病,但我不能当谋杀犯。"

两个礼拜后,他们从海上飞越都柏林,乔知道布里吉德心里着慌。每过一分钟她心头的惊慌就会增加一点。他们坐着高大、颠簸、摇晃的汽车进城时,布里吉德一言不发,但到了旅馆的房间里,她崩溃了。

"你瞧,乔,我无法面对这个,"布里吉德说。

"布里吉德,比这难得多的事情你都做过,"乔安慰她说。

"我没做过,乔,"她说。"你不懂,我告诉你吧。明天我不能到科克市去见熟人,胡乱编造一些回来的理由。"

"你不必编造理由,"他耐心地说。"你到这里来是跟着丈夫一起度假的——这有什么错?"

"手上抱着一个两岁的孩子?"她愤怒地说。"我告诉你,乔,要是孩子出了事我不在乎。反正我不去。"

她这副样子让乔感到很害怕。这个都市的外表是老式的广场、华丽的宾馆、高级的餐厅,而背后仿佛有一座秘密和惊慌的丛林。但是他不愿意让布里吉德知道自己对这件事情的看法。

"很好,亲爱的,"他耐心地说。"那我回去。我敢说你的家里人会给我带路的。"

"我想他们会给你带路的,"她疑惑地说。"不过如果你也替他们想想的话,你最好还是离他们远一点。"

他知道跟布里吉德争论是很危险的。她已经接近歇斯底里了,不然的话他本来是会说一个外乡人到一个陌生的地方来寻找一个抛弃了两年的孩子,这事太离谱了。

"很好,亲爱的,"他说。"如果你这么说,我就照办。"

乘火车回科克的旅途很愉快,他惟一感到遗憾的是布里吉德没有跟他分享这种愉快,没有给他指出一路上的风景名胜:就像是浪费了一次愉快的远足。这个城市本身很漂亮,他在卧室的窗口可以看到河流和码头。下楼后,他跟宾馆的经理聊了起来,经理宽宽的肩膀,声音浑厚,为人和蔼可亲,他全力以赴忙着把乔送到目的地,好像他的生活中没有别的目标似的。用"全力以赴"这个词来形容他是再恰当不过了,因为他此时趴在桌子上,看着地图,研究时刻表,不时地吆喝着能帮上忙的服务员,甚至还把偶尔路过的顾客喊过来。这可把乔吓坏了,因为他不想过早地公开自己的旅途。他完全有足够的时间解释自己回宾馆的时候怎么带着一个孩子——他也意识到这是一个很艰难的时刻。

但是旅途最后的三十里地似乎是最艰难的。

"那没关系,科尔曼先生,"乔说。"我可以租辆车。"

宾馆经理瞥了一眼大厅里的钟,用他那浑厚的声音说:

"你不必租汽车了。晚饭后我抽出一个小时开车送你。"

"那太谢谢你了,"乔低声说。"不过租辆车也许更好一些。你瞧,这是一件很棘手的事。"

"哦,对不起,我不是好管闲事,"科尔曼略带恼怒地说。

"别傻帽了,"乔笑着说。"这不是你多管闲事。我没有什么可隐瞒的事,反正我迟早都得告诉你的。请坐,让我给你解释。"

两个人坐在大厅的一个角落,乔开始给他解释。宾馆经理略带一丝微笑地听着。

"就我个人来说,我可以保密,"经理说。"但是如果好多你认识的服务员也知道了,你也不必惊讶。他们即使今天晚上不知道,明天也会知道的。他们也会知道你老婆是谁。这个城市在你看来也许够大的了,但是住在这里的人并不觉得大。听好了,"说到这儿他脸上露出了微笑,"我也不会为这事伤脑筋的。给你送个儿童床到你房间吗?"

"今天晚上就不用了,"乔说。"我得收拾收拾。你知道,这种事对一个男人来说是不容易的。不过我觉得今天晚上就把孩子带回来对于她来说是不公平的,特别是身边没有女人的时候。即使布里吉德在这里她也会很惊讶的。不,我想还是先去那家人家,跟孩子认识了再把她带来。"

"明天整个一个上午我都有空,"科尔曼说。

"不,我也不是这个意思,"乔说。"我可以租得起小汽车。见鬼,走了这么远的路,我总不能因为租不起一辆车停下来吧。"

"你没有理由去租车,除非你一定要这么干,"科尔曼粗暴地说。"我想你今天晚上不把她带来是明智之举。晚饭后咱们在大厅里再见。如果我是你的话,我一定要吃上一顿烤牛肉。"

晚饭后,两个人坐着科尔曼的旧车出发了。几分钟以后科尔曼才开始说话。

"经营宾馆业务是没有多少人给你提出忠告的,"他很幽默地说。"但是,桑德斯先生,如果你能原谅我的个人看法,我觉得你这人有点怪。"

"是吗?"乔听了的确感到有些惊讶。"就我目前的处境来说,很多人都会有同感的。"

"是会有同感,毫无疑问,"科尔曼说。"不过我不敢肯定是不是所有的人都会采取这种行动。很自然,当你给我讲了你的故事之后,我做的第一件事就是问自己:如果换了我,我会怎么办?"

"那你会怎么办呢?"乔急切地问。

"我做出了决定——可不要怪我不礼貌了——这件事我得三思而行。"

"别着急,老伙计,"乔说着大笑起来。"我是三思而行啊,事实上我考虑了四遍。"

这句话似乎把两人之间的空气给净化了。此时他们已经越过了市区的界线,沿着河堤在行驶,河的那一边是一条林阴道。主干道是沿着河的支流蜿蜒伸展的,从水边到河堤长满了树木。最后他们到了一个小村庄,这里有一座教堂和一家酒馆。他们沿着一条岔路上了坡,坡顶在河流和港口的上方,他们停下来问路,然后慢慢地行驶在一条山路上。天慢慢黑了,科尔曼开车更加小心。右边有一个农庄,两个小孩子赤着脚在车道上玩耍。他突然停下车。

"我觉得这里就是,"科尔曼说着,对孩子喊道:"这是瑞安太太的家吗?"

"什么事呀,先生?"小男孩问。

"我说,瑞安太太的家。"

"是的,先生。"

"这是玛丽吗?"科尔曼问道,同时用手指着男孩身边的小姑娘。

"不是的,先生,她是马莎,"小男孩说。

"那么玛丽在哪儿?"科尔曼问。突然,一个红脸颊、五大三粗的高个子女人出现在白色的门柱旁边。乔事后心想他永远无法忘记这个女人给他留下的第一印象:她站在白色的门柱和高耸入云的漆黑的倒挂金钟树之间。

"是从英国来的客人吗?"她喊道。"玛丽在屋子里面呢,二位先生。请进来吧。"

乔先下了车,向她伸出手去。

"我是乔·桑德斯,是布里吉德·希利的丈夫,"他说。"这是科尔曼先生,科克市一家宾馆的经理。他好心顺便带了我一程。"

"我都不指望你来了,"她微笑着说,露出一嘴的大牙齿。"请进!家里乱七八糟的,都是孩子给闹的。"

"瑞安太太,您不必道歉,"乔说。"我也是在一个大家庭里长大的。"

但是,即使是在伦敦大家庭里长大的乔也没有料到这小农舍里会是这个样子,屋子里面黑乎乎的根本分不清是不是很乱。卧房的门开着,隐隐约约可以看见里面有一张大床,被褥都没有整理,厨房的墙壁空荡荡的,只有门里面有一本杂货商送的挂历。火堆周围坐着另外三个孩子,他看不清孩子们的脸,但是很显然那个没有穿裤子、在火堆上烘着脚丫子的两岁孩子就是布里吉德的女儿。他突然纳闷自己到这里干吗来的。

　　"二位先生,这就是希利小姐的小女儿,"瑞安太太说。"她长得跟她妈妈一模一样。不过,你们看不清,我点盏灯来。你们走了这么远的路,想喝一杯茶吗?"

　　"不啦,谢谢,瑞安太太,"乔说。"我们刚刚吃过晚饭。再说,我们不会待很久的。我们想明天早上再来把玛丽带走,这样你有时间准备准备……你好,玛丽,"他说着,拉着孩子的手。"我敢肯定你不认识我。"

　　"你好,玛丽,"科尔曼用一种友好态度很随意地说着,也拉住了孩子的另一只手。玛丽抬头毫无表情地看着他们俩,乔突然发现她长得很像布里吉德。他吓了一跳。

　　"出去跟马莎和迈克尔一起玩去,"瑞安太太向房子里的另一个男孩喊道。"带着基蒂一起去。"那两个孩子无声地站起来,出去之后关上了挡板门。看样子他们俩不是给吓唬住了,而是没有违抗大人的理由。也不知是怎么搞的,乔觉得事情比这还要糟糕。他觉得私生子应该很好奇。瑞安太太点亮了灯,眯着眼睛看着灯光。

　　"哎,请坐,"她说着,拉过来两张椅子,用围裙胡乱擦了一把。"希利小姐好吗?请原谅,我忘了她结婚后的姓氏。"

　　"桑德斯,"乔说着,坐了下来,打开随身带来的一个小盒子。"她很好,瑞安太太。她可能跟你说过了,现在我们自己也有了一个小姑娘。桑德斯太太身体不好,不然她自己就来了。我不想催你。我带来了几件衣裳,也许你能告诉我合不合身。"

　　他把连衣裙、大衣和帽子递给瑞安太太,她拿到灯光下,微微一笑。接着又看了看鞋子。

"哎呀,太漂亮了!"她说。"玛丽,你运气是不是很好呀?你们俩真的不喝茶吗?我烧开水用不了一分钟。"

"不啦,谢谢,"乔说着,他只想早点离开这个地方。他来到那道挡板门前,又看到了他永远也无法忘怀的一幕:篱笆上一盏灯,白色的门柱旁边四个小孩挤在一起,低声嘀咕着。"最好现在进来,"他笑着说。"我敢肯定我们说的每句话都给你们听见了。瑞安太太,这几个小孩都是你的吗?"

"呵,不,先生,"她用责备的口吻说。"我们自个儿没孩子。全是因为我丈夫死了,我才开始照料这些孩子。"

四个孩子走了进来,站在衣柜旁边乱动,两个男孩和两个女孩看样子吃得很好,只是衣着不怎么样,也不整洁,但是不像其他孩子那样举止自然。乔拿出一把硬币,分给他们。孩子们很驯顺地拿过钱去,但没有表示感谢。

"嗯,玛丽,"他问道,向坐在凳子上的孩子弯下腰去。"我做你的爸爸,你会喜欢我吗?"

"她很古怪,"瑞安太太道歉地说。"大多数时候她的话很多。"

"我敢肯定她的话一定很多,"乔说。"再过一两天她跟我也会很说得来的。是不是,乖乖?"

他们又坐着聊了几分钟。然后,乔说了声晚安,吻了吻玛丽,拍了拍另外几个孩子的头。上路之后天已经黑了,汽车的前灯照在翠绿的河堤上,像舞台布景似的,但是却遮住了他的脸,因此他很高兴。

"嗯,我不知道你有什么感觉,反正我很想喝上一杯,"科尔曼说。"而且是一大杯。"

"我只想着要给其他几个孩子买点玩具,"乔说。

"恐怕太晚了点,"科尔曼说。"商店都关了门,要到礼拜一才开。你可以到糖果店里买点便宜的玩具,买上几包糖果。如果你的意思是说他们的钱留不住的话,我倒是同意你的看法。"

两人走进宾馆的时候,那个高个子夜班看门人正在看报纸,看见他们进来，说："晚上好，先生。晚上好，桑德斯先生。"这时，乔知道这里的人谈论过他的事情了。男招待给他们送来了饮料，他似乎也知道了。但是，乔觉得这个人是赞成自己的做法的。他自己可能也是个做父亲的，也很可能认识布里吉德和玛丽的爸爸。布里吉德和她的情人也许就在这个大厅里喝过饮料，就像现在坐在这里的情侣一样。今天晚上他在那个山间孤独的小农庄里看到的是这幅图画的另一面。他感到很沮丧。

第二天早上他很开心。教堂的钟声一响他就醒了。他从来没听到过这么多的钟声，要不就是在这个城市中心较低洼的地方钟声格外响亮一些。他想，只能说这里的人对宗教很虔诚。出城的时候，他看到很多穿着很整齐的人去做弥撒。在路过的第一村庄里，教堂外面聚集着一大群人，酒馆外面有一小群人。

那四个孩子在路旁等着他们，看到他们的车走近了，有两个孩子冲进屋子里去报信。四个孩子都洗过了澡，有两个还穿上了靴子。他们走进屋子的时候，玛丽僵直地坐在门边的一张矮椅子上，好像是给粘在了那里，不让她弄脏了新衣服。她目光无神地看着他们俩，指了指自己的鞋子。"瞧，鞋子！"她尖声叫道，乔弯下腰来欣赏她的鞋子，结果发现这双鞋子太大了。

"我们明天给你换双合脚的，乖乖，"他说。

他把费了好大力气买来的玩具分发给孩子们，跟瑞安太太握了握手，然后将玛丽抱到了汽车上。其他孩子跟了过来，他又挨个跟每个孩子握手，挨个摸着孩子的脑袋。越过低矮的大门，他可以看到瑞安太太高大的身材，扶着门柱，凝视着荒无人迹的道路两端。

汽车发动的时候，他转身朝孩子们挥手。这些孩子站在道路上，手上抓着他送的礼物，他看到孩子们都在默默地流泪。他觉得这些孩子的哭泣与现实生活中那些孩子的哭泣不同，现实生活中的孩子哭泣的时候是很放纵，很可爱的，而他们的哭泣像老年人，仿佛世界已经离他们而去了。现在他明白了刚才自己为什么不敢亲吻他们。如果他亲吻了这几个孩子，他就不能把他们留在那里了。他的第一个想法就是不让玛丽看见他们,但是他也意识到自己不必为这个担心。玛丽身体前倾,像入了迷似的摸着自己漂亮的新鞋子。科尔曼聚精会神地开着车,眼睛注视着山间弯曲的道路,他那张肥胖、阴沉的脸上毫无表情。

"我纳闷,你是不是知道我做了什么?"乔终于打破了沉寂说。科尔曼不解地瞪了他一眼。

"我害怕我会永远忘不了这一切的,"他说。